LES MOISSONS

ERIN YOUNG

LES MOISSONS

Traduit de l'anglais (Royaume-Uni)
par Valérie Bourgeois

belfond

Titre original :
THE FIELDS
publié par Hodder & Stoughton, une marque de Hachette UK Company, Londres

Retrouvez-nous sur www.belfond.fr
ou www.facebook.com/belfond

Éditions Belfond,
92, avenue de France, 75013 Paris.
Pour le Canada,
Interforum Canada, Inc.,
1055, bd René-Lévesque-Est,
Bureau 1100,
Montréal, Québec, H2L 4S5

ISBN : 978-2-7144-9732-1
Dépôt légal : mars 2023

Belfond | un département **place des éditeurs**

place
des
éditeurs

1

Elle courait sans réfléchir, sans savoir où elle allait, le désespoir la poussant à s'enfoncer toujours plus dans les champs. Piégée au milieu du labyrinthe oppressant des interminables rangées de maïs, elle sentait les épis mûrs accrocher ses cheveux et les feuilles lui fouetter la paume des mains tandis qu'elle se frayait un passage entre les hautes tiges. Pas une seule fois elle ne regarda en arrière.

Puis elle trébucha dans une ornière. La terre sèche roula sous ses pieds, dont l'un, déjà à moitié déchaussé, perdit sa basket. Elle ne chercha pas à la retenir, malgré les cailloux qui la blessaient à travers sa chaussette. Les oreilles bourdonnantes, elle continua à avancer sous le ciel nocturne nuageux. L'obscurité l'étouffait et les pollens soulevés par sa course lui irritaient les yeux. La voix de sa mère résonna dans sa tête. *N'oublie pas tes médicaments, ma chérie !* Un sanglot lui échappa.

Ses poumons la brûlaient et le bourdonnement dans ses oreilles s'amplifia. Il y avait quelque chose dans les airs. Quelque chose qui se rapprochait. Une nouvelle vague de terreur la submergea lorsqu'un faisceau lumineux fendit la nuit en faisant chatoyer la canopée verte du maïs. Elle se jeta à terre et se mit en boule près d'un plant. Un drone décrivit un cercle au-dessus d'elle dans un bruit strident semblable à la roulette du dentiste. Une lueur pâle inonda ses paupières closes.

Au bout d'un moment, enfin, l'appareil s'éloigna. Était-ce des cris qu'elle distinguait par-dessus son vrombissement de plus en plus ténu ? Ou le grondement assourdi d'un moteur au loin ? Elle se recroquevilla davantage et s'obligea à rester immobile, à ne faire plus qu'un avec les racines-échasses du maïs et le sol. Comme une souris tapie pour échapper à un faucon.

À mesure que sa respiration ralentissait, la douleur, jusqu'alors tenue à distance par l'adrénaline, refaisait surface. Elle l'éprouvait un peu partout dans son corps. À l'arrière du crâne, où elle avait reçu un coup si violent qu'elle avait vu des étoiles. Dans sa main gauche, dont deux des doigts, coincés en arrière, avaient fait entendre un affreux craquement dans sa chute. Sa cuisse aussi, à l'endroit où le coton léger de son pantalon avait été déchiré. Mais le pire était son cou. C'était là qu'elle avait le plus mal.

Elle effleura sa gorge et cilla au contact d'une substance poisseuse. Son T-shirt était trempé. Elle s'était crue en nage – il faisait si lourd qu'elle pouvait à peine respirer –, mais elle reconnut cette fois l'odeur du sang. Une odeur de métal chaud, mélange de fer et de rouille. Des images jaillirent telles des étincelles dans sa mémoire : une chute de vélo, ses genoux écorchés sur l'asphalte brûlant, l'abattoir de son oncle à Fayette, les couinements des porcs à moitié étourdis, des perles rouges qui enflaient sur sa paume au passage d'une lame de rasoir, une main pressant la sienne.

Elle tremblait et claquait des dents. Elle savait qu'elle aurait dû se redresser, mais ses membres étaient de plomb. Son souffle s'accéléra. L'obscurité tangua et le maïs frissonna sous le murmure du vent. Un rire résonna dans sa tête. Remontant le temps, elle se retrouva au milieu de champs dont les cultures de printemps, pas encore au faîte de leur croissance, ondoyaient à perte de vue devant elle. Il lui courait après et n'allait pas tarder à la rattraper. Le choc délicieux de ses bras autour de sa taille, son rire à elle se transformant en cri joyeux. Ses lèvres sur les siennes. La poussière du maïs et le sel de sa peau moite de sueur. Le désir fusa en elle.

James.

Ses pensées s'accrochèrent à lui. Au jour de leur mariage, quand il avait fait tomber des confettis de ses cheveux. À la manière dont il ajustait sa cravate devant le miroir avant de partir au travail. À cette habitude qu'il avait de souffler un baiser vers elle depuis la porte d'entrée – un baiser qu'elle faisait mine de rattraper dans sa main et qu'elle lui retournait ensuite. Elle se rappela leurs nuits dans la belle maison qu'ils avaient fait construire, le chant des cigales derrière les fenêtres, le front plissé de James sous l'effet de la concentration, la lumière de son écran d'ordinateur reflétée dans ses lunettes, les équations qui défilaient sur ses verres. Le grincement de leur lit lorsqu'il se couchait enfin et qu'il s'excusait tout bas en l'entendant s'agiter et se réveiller.

Qu'est-ce que tu faisais ?

Je bossais.

Quelle heure est-il ?

Il est l'heure de dormir.

Son cou l'élançait et la substance humide sur son T-shirt s'étalait de plus en plus. Quelque chose papillotait au fond d'elle aussi – son propre cœur, dont les battements rapides et ténus lui évoquaient ceux de petites ailes contre sa poitrine.

Elle revit ses yeux rouges et ses cheveux blonds décoiffés quand elle avait pris ses clés et quitté la maison quelques heures plus tôt. Le trajet en voiture. La climatisation qui rendait l'air trop sec dans l'habitacle. La voix calme du GPS. Les quartiers résidentiels coquets, suivis des illuminations flamboyantes de l'artère commerçante. Le fast-food Wendy's, une entreprise de pompes funèbres, le garagiste Bob's Lube, un cabinet de dentiste et, juste devant, son enseigne au néon – un visage féminin au sourire grouillant d'insectes. Puis la station-service Kum & Go, la voie ferrée, la rivière semblable à une nappe de pétrole, les lumières de la ville de plus en plus distantes derrière elle. Un château d'eau à l'horizon, pareil à une sentinelle veillant sur l'étendue sombre des champs de maïs. Elle avait déjà effectué ce trajet, son esprit tout entier tourné vers James, mais la peur de découvrir ce qu'il y avait au bout lui avait toujours fait faire demi-tour avant d'atteindre le point d'arrivée, figuré par un petit drapeau sur l'écran du GPS. Des phalènes s'étaient écrasés contre son pare-brise. Au loin, des phares dessinaient des traînées rouges dans le noir.

Les papillons dans sa poitrine faiblissaient. À chacune de ses inspirations, la poussière du sol se collait à ses lèvres sèches. Elle n'avait jamais eu aussi soif. Encore une image de James, penché vers elle le jour de leur mariage, avec une coupe de champagne à la main. *Oh, mon Dieu. James ?* Ses pensées refluaient, ses souvenirs s'estompaient, comme ces trains de fret qui traversaient les grandes plaines avec fracas dans la nuit, le vent soufflant dans leur sillage.

Elle avait tellement soif. Et elle était si fatiguée.

Il est l'heure de dormir.

2

Riley Fisher consulta de nouveau son terminal mobile. La flèche clignotait avec insistance, signe que le GPS voulait toujours qu'elle tourne à droite. Vingt-trois minutes s'étaient écoulées depuis qu'elle avait reçu le message du Central. Elle tambourina avec impatience sur le volant en attendant que le feu passe au vert. Comme chaque matin, des pick-up et des poids lourds défilaient dans un bruit assourdissant sur le grand axe routier qui traversait la ville.

— Je peux finir le chemin à pied.

Riley jeta un coup d'œil dans le rétroviseur. Madison avait levé les yeux de son téléphone, dont la lueur soulignait ses pommettes anguleuses.

— Ça ne me dérange pas de te déposer, ma puce.

Sa nièce soutint son regard un instant, puis se replongea dans ce qui monopolisait toute son attention depuis qu'elle l'avait entraînée précipitamment hors de la maison ce matin-là pour la pousser avec son sac à dos dans la voiture.

Un coup de klaxon informa Riley qu'elle pouvait avancer. Elle prit à gauche et longea la rue Lafayette. Elle arrivait au niveau du bureau du shérif – soit la direction opposée à celle qu'elle était censée suivre – quand elle repéra Logan Wood sur le parking. Son badge étincelait au soleil.

Il l'aperçut à son tour et se mit à courir vers elle en lui faisant signe. Dès qu'elle se fut arrêtée, il ouvrit la portière côté passager. Il portait des lunettes d'aviateur et, sous sa chemise beige, un T-shirt noir frappé du sigle BHCSO en lettres gaufrées blanches – Black Hawk County Sheriff's Office.

— Tu vas sur la scène du crime ? Je viens tout juste d'être prévenu, mais Carter n'a pas encore fini son service et on manque de voitures de patrouille.

— Monte.

Logan s'assit et repositionna le terminal mobile afin de pouvoir loger sa carrure imposante sur le siège bas de la Dodge Charger.

— Oh, salut, Maddie, dit-il en remarquant la présence de l'adolescente à l'arrière.

Elle ne lui accorda pas même un regard.

— Salut, répondit-elle simplement.

Perplexe, Logan se tourna vers Riley.

— Ethan, murmura-t-elle en se réinsérant dans la circulation. Il faut que je la dépose chez sa mère.

Elle se gara quelques centaines de mètres plus loin, à la périphérie de l'un des quartiers les plus pauvres de Waterloo. La rue était parsemée de nids-de-poule et des mauvaises herbes poussaient entre les fissures du bitume. Sur la façade des maisons, toutes serrées les unes contre les autres, des drapeaux pendouillaient mollement dans l'air immobile, et les pelouses à l'abandon laissaient voir çà et là des barbecues rouillés et des transats affaissés. Une grosse dépanneuse rouge stationnait devant chez sa belle-sœur. MASON LEE – RÉPARATEUR AUTOMOBILE, était-il écrit sur la portière au-dessus d'une clé à molette.

Maddie descendit, son téléphone toujours à la main. Riley devina au dos de l'appareil un crâne blanc dont les orbites vides semblaient la fixer entre les doigts de l'adolescente. Elle ignorait quand cette coque avait remplacé la rose à paillettes qu'elle lui avait offerte pour ses quatorze ans.

— À plus ! lança-t-elle par sa vitre ouverte.

Sa nièce s'éloigna en rejetant ses cheveux bruns en arrière et en calant son sac à dos sur une épaule.

— Hé, bisous !

Maddie se retourna cette fois, et un sourire adoucit brièvement l'expression de son visage.

— Bisous.

L'instant d'après, elle avait disparu derrière la dépanneuse rouge.

Riley attendit que la porte-moustiquaire de la maison se soit refermée. Alors seulement, elle redémarra.

— Elle est à peu près aussi bavarde que Jake et Callie au réveil, commenta Logan.

Elle garda le silence. Elle avait rencontré le neveu et la nièce de son coéquipier à deux ou trois reprises et les avait trouvés enjoués et volubiles – chose étonnante quand on savait quelles épreuves ils avaient traversées. Maddie était comme ça un an auparavant. Plus souriante, plus affectueuse. Riley en voulait pour preuve le bracelet effrangé à son poignet, que l'adolescente avait passé des heures à tresser avec des fils de ses couleurs préférées – bleu paon et vert aqueux. *C'est son âge qui veut ça*, avait dit tante Rose. Mais Riley n'était pas si certaine que l'âge fût l'unique problème. Son regard se posa sur la dépanneuse encore visible dans son rétroviseur lorsqu'elle bifurqua à l'angle de la rue. Puis elle écrasa l'accélérateur.

Quelques minutes plus tard, ils traversèrent la rivière Cedar. Aussi luisante qu'une feuille d'acier, elle serpentait sur des kilomètres et des kilomètres à travers les terres agricoles et la Prairie pour se jeter dans le fleuve Iowa, puis dans le Mississippi. Les fumées des usines sur ses rives barbouillaient le ciel. La rivière s'effaça bientôt derrière elles, mais tous les cours d'eau qui se frayaient un chemin entre les bois denses du parc régional de Black Hawk témoignaient de sa proximité. Ensemble, ils formaient un véritable réseau capillaire.

Logan inclina l'écran du terminal mobile de façon à pouvoir lire les informations listées à côté de la carte GPS. Le petit drapeau indiquant leur destination était planté au milieu de nulle part.

— C'est un fermier qui a contacté le Central ?

— Il y a un peu moins d'une heure, oui.

— Qui est sur place ?

— Schmidt et Nolan. Cole a pris l'appel.

Riley s'était efforcée de conserver un ton neutre en disant cela, mais elle vit le regard en coin que lui jetait Logan et comprit qu'il avait perçu la pointe de sarcasme en elle.

Elle quitta la voie rapide avant d'atteindre Cedar Falls – son point de départ ce matin-là – et suivit enfin les indications du GPS en roulant vers le nord sur des petites routes de campagne désertes. Des champs de maïs s'étendaient à perte de vue autour d'eux. Sur le bas-côté, des panneaux mentionnaient les variétés cultivées et leur provenance. La plupart portaient le nom Agri-Co, l'un des plus gros groupes industriels américains, auquel le pays devait l'essentiel de ses semences et de ses intrants de synthèse. Les fermes de la Corn Belt n'étaient pas nombreuses à refuser d'utiliser ces produits, qu'ils soient plantés dans le sol ou pulvérisés dessus.

Logan se donna une tape dans le cou.

— Saleté d'insectes.

Il scruta sa paume, puis sortit un flacon de gel hydroalcoolique d'une pochette de sa ceinture afin de se désinfecter les mains. Un parfum chimique emplit la voiture.

— Des insectes, de la merde et du maïs, marmonna-t-il en pointant la route qui s'étirait à l'infini en ligne droite devant le pare-brise poussiéreux. Putain, quel enfer.

Cela faisait presque un an qu'il avait quitté Flint, dans le Michigan, pour rejoindre la police du comté de Black Hawk. Son père, sa nièce et son neveu avaient été gravement affectés par la crise sanitaire survenue là-bas – par souci d'économie, les autorités locales avaient changé la source d'approvisionnement en eau potable de la ville et tenté ensuite de masquer les conséquences dévastatrices de ce choix lorsque du plomb s'était infiltré dans le réseau. La mère de Logan avait décidé que repartir de zéro dans les grandes plaines de l'Iowa leur serait bénéfique à tous, mais il semblait avoir du mal à s'adapter à son nouvel environnement – la principale raison en étant qu'il avait été inspecteur à Flint, alors qu'il se retrouvait désormais rétrogradé au rang de simple agent au sein de l'Iowa State Patrol[1], et un agent débutant en plus de ça.

— Tu ferais mieux de te considérer ici chez toi, dit Riley en contemplant les champs de soja et de maïs qui ondulaient doucement sous leurs yeux.

Quelques granges rouges ponctuaient cet océan de verdure, tels de gracieux navires dominés par les pompes à vent qui se dressaient comme des mâts au-dessus d'elles. Au loin, dans l'air cotonneux – conséquence de la poussière en suspension –, des silos et des éoliennes marquaient l'emplacement de quelques-unes des plus grosses exploitations du comté, tandis que plus près d'eux, la citerne pansue d'un

1. Iowa State Patrol : police de l'État de l'Iowa, chargée notamment de la sécurité routière. *(Toutes les notes sont de la traductrice.)*

château d'eau vacillait sur ses maigres jambes d'acier. Le bleu éclatant du ciel n'était troublé que par quelques fins nuages blancs. Des nuages queues de lapin, aurait dit sa mère.

— La région est si plate, murmura Logan. À croire que Dieu l'a entièrement piétinée.

— Tu regrettes la majesté des montagnes du Michigan ?

— On avait des collines, là-bas. Des collines comme tu n'en as jamais vu, madame Plat-Pays.

— Sergente Plat-Pays, mon garçon.

À peine eut-elle prononcé ces mots que Riley souhaita pouvoir les ravaler. Logan et elle n'avaient cessé d'échanger ce genre de petites piques durant les six mois où ils avaient travaillé en binôme. À l'époque, elle était encore un simple agent de la State Patrol. Il se moquait de tout ce qui touchait à l'Iowa – avec une préférence pour les performances des Hawkeyes, l'équipe de football américain de l'université de l'État –, et elle ironisait souvent sur son obsession pour la gym, son régime à base de vitamines et son besoin de propreté.

Mais les choses étaient différentes à présent.

Il souriait pourtant, et ses dents blanches tranchaient avec son teint artificiellement bronzé. *Un teint d'irradié*, avait-elle lancé un jour – ce qu'elle avait tout de suite regretté. Il n'avait pas ri cette fois-là, et pour cause, puisque sa famille n'était pas encore tout à fait remise de son empoisonnement au plomb – son père avait failli mourir de la légionellose et sa nièce et son neveu présentaient des troubles de l'apprentissage et du comportement.

Une affiche clouée sur un poteau électrique au bord de la route attira l'attention de Riley. Elle entrevit des lettres peintes en rouge, blanc et bleu :

VOTEZ POUR QUELQU'UN DE CHEZ VOUS ! VOTEZ COOK !

Ce matin-là, les chaînes d'information avaient relayé les critiques de la sénatrice Jess Cook contre le gouverneur Bill Hamilton, qui visait sa réélection à ce poste. Fille d'un fermier et défenseuse acharnée de l'environnement et d'une agriculture durable, Cook semblait surfer avec succès sur une vague de protestations encore modeste, mais vigoureuse – assez en tout cas pour ternir la campagne de Hamilton. Pas plus tard que la veille, des manifestants à Des Moines avaient jeté des œufs sur la voiture du gouverneur en dénonçant ses liens avec les géants de l'agrobusiness, dont le soutien l'avait peut-être aidé à enchaîner trois mandats, mais dont les pratiques avaient acculé des familles à la faillite et endommagé des écosystèmes entiers.

Riley, qui était tombée sur ce reportage en se préparant à aller travailler, avait marqué une pause pour regarder Hamilton monter à grands pas les marches du capitole de l'Iowa et saluer rapidement les caméras. Il avait vieilli ces derniers temps – ses cheveux se teintaient de gris sur les tempes –, mais il gardait une démarche assurée et un sourire confiant. Cela faisait des années qu'elle ne l'avait pas vu en personne. Depuis l'enterrement de ses parents, en fait.

Un panneau se profila bientôt devant eux. Trois épis de maïs jaunes s'y détachaient sur un soleil levant rouge. En s'approchant, ils distinguèrent mieux le slogan en dessous :

FERMES ZEPHYR.
SAVOIR ÉCOUTER LA NATURE

Le GPS leur indiquait de tourner à droite juste après.

— C'est donc dans ces champs que le corps a été découvert ? dit Logan, perplexe.

— Tu connais cet endroit ?

— Avec Carol, on a emmené les gamins à une fête organisée là pour Halloween l'année dernière. Il y avait une ferme hantée, des promenades flippantes dans des charrettes de foin, des citrouilles à ramasser soi-même. Zephyr est une coopérative.

— Je vois.

Les coopératives étaient le moyen qu'avaient trouvé les petites exploitations de l'Iowa pour contrer l'expansion incessante des gros groupes agro-industriels. En dominant le marché des semences hybrides, des engrais et des pesticides – la sainte trinité de l'agriculture –, en écrasant la concurrence et en menant un lobbying stratégique auprès des plus hautes instances gouvernementales, des géants comme Agri-Co étaient parvenus à contrôler la majeure partie de la production agricole du pays. Un mal nécessaire, disaient certains. Un progrès, selon d'autres. Mais pour ceux dont les ancêtres avaient quitté New York, Philadelphie ou la Virginie afin de venir cultiver cette terre après la guerre de Black Hawk et le départ forcé de la tribu des Iowas vers l'ouest –, ces groupes n'étaient que des vautours, des pollueurs et des voleurs.

— Ça m'étonne que tu n'aies pas entendu parler d'eux. Ils ont reçu les louanges de Mme le maire l'année dernière. C'était dans le *Courier*, dit Logan, avant de lui adresser un grand sourire. Mais bon, Zephyr fait dans les produits bio. Des produits qui vont directement du champ à la table des consommateurs. Tu vois, quoi. De la vraie nourriture. Pas ces cochonneries que, toi, tu préfères manger.

Riley repéra au dernier moment le chemin de terre masqué par la lisière d'un champ de maïs. Elle tourna si brusquement que les pneus de la voiture patinèrent. Sa ceinture de sécurité se bloqua contre sa cage thoracique, et Logan s'accrocha à la poignée de sa portière pendant qu'ils avançaient en cahotant entre les rangées de maïs. Riley sentait chaque secousse jusque dans ses mains agrippées au volant. Les plants ployaient sur leur passage et des épis heurtaient le toit. Un oiseau traversa le sentier à tire-d'aile juste devant le pare-brise.

— Tu as rencontré le propriétaire de Zephyr quand tu es venu ? demanda-t-elle tout en cherchant son nom sur le terminal mobile. John Brown, c'est ça ?

Les grésillements de la radio empêchèrent Logan de répondre. Quelqu'un était en communication avec le Central.

— J'ai lancé un appel il y a une demi-heure. Qu'est-ce qu'ils foutent ?

Cette voix qui exsudait la force et l'arrogance était reconnaissable entre toutes. Jackson Cole.

Le chemin était bloqué un peu plus loin par un tracteur vert qui dominait de toute sa hauteur une voiture de patrouille et une autre Dodge Charger noire plus vieille et plus cabossée que la sienne – celle de Cam Schmidt. Riley s'arrêta et sortit alors que la poussière retombait autour d'eux. La chaleur l'enserra comme un poing.

3

Les hommes présents derrière les véhicules paraissaient ridiculement petits à côté des plants de maïs. Il y avait là l'inspecteur Cameron Schmidt, tout dégingandé et trop vieux désormais pour porter beau sa grande taille – si vieux, en fait, que personne ne savait s'il devait sa silhouette voûtée (et son surnom de Bossu) à ses épaules tombantes ou à ses vingt et quelques années dans le métier.

Cam Schmidt parlait à un type qui tenait un fusil de chasse cassé sur le pli du coude. La soixantaine bien sonnée, il avait des membres maigrelets et un visage bronzé aussi ridé qu'un raisin sec. Le fermier, supposa Riley. À côté d'eux se trouvait Jackson Cole, dont les bras croisés tendaient la chemise dans le dos.

Il fut le premier à se tourner vers elle.

— Je croyais que tu t'étais perdue, sergente.

Son sourire suffisant dévoila une dent de travers qu'elle avait jugée charmante des années plus tôt, à l'époque de leurs débuts dans la police. Une toute petite imperfection chez ce gars de l'Iowa aux épaules de rugbyman, aux cheveux blonds comme les blés et aux yeux bleus. Depuis, cependant, elle avait découvert que cette dent n'était pas son seul défaut.

Cela faisait six mois qu'elle avait été promue, mais Cole lui rappelait sans cesse combien il était en rage à ce sujet. Il se passait rarement une journée sans qu'elle ait droit à un commentaire ou à un regard mauvais – rien qui puisse justifier une sanction, juste de quoi lui faire comprendre qu'il ne la respecterait jamais.

Il se rembrunit en voyant Logan émerger de derrière le tracteur. Sans doute se demandait-il ce qu'il faisait avec elle. Tant mieux. Il pouvait bien s'interroger autant qu'il voulait.

— Sergente, voici John Brown, dit Schmidt en montrant l'homme à ses côtés. C'est lui qui a contacté la police.

— Sergente Riley Fisher, se présenta Riley. Je dirige le Bureau des enquêtes au sein de la Division des brigades de terrain.

Elle remarqua le spasme nerveux qui agita la bouche de Cole à ces mots et en éprouva une petite pointe de satisfaction.

— Très honoré de vous rencontrer, madame.

Cette voix traînante... Brown était un pur produit de l'Iowa. Son ton sincère la surprit en revanche, tout comme sa poignée de main, si forte qu'elle sentit les cals rêches de sa paume. Il portait un vieux T-shirt des Hawkeyes tout délavé, et elle distingua des mots gravés sur la crosse de son fusil. DIEU BÉNISSE L'AMÉRIQUE.

— J'ai connu votre grand-père, madame, continua-t-il. Le shérif Joe Fisher était un de nos amis, et il l'est resté même après qu'il a eu quitté son poste. Avec le maire et le conseil municipal, il a veillé à ce qu'on puisse garder nos terres malgré tous les efforts de ces fils de pute pour nous les prendre. Mais ça fait des années que je n'ai pas de nouvelles de lui. Comment va-t-il ?

Riley revit son grand-père sur le fauteuil usé de sa maison de retraite, un filet de bave coulant de sa bouche grimaçante. La visite qu'elle lui avait rendue la semaine précédente l'avait profondément secouée.

— Il va bien, merci. Quand vous dites « ces fils de pute », vous voulez parler d'Agri-Co ?

Elle avait déjà entendu des gens se plaindre ainsi du semencier. Brown acquiesça. L'espace d'un instant, elle crut qu'il allait cracher par terre.

— Combien d'hectares possédez-vous, monsieur ?

— Eh bien, si on prend en compte tous les agriculteurs regroupés au sein des fermes Zephyr, on en a environ sept cent cinquante, répondit Brown avec une fierté évidente. Des rives de la Cedar jusqu'à la frontière du comté.

— Cela représente une surface non négligeable, n'est-ce pas ?

— Les Brown ont formé une coopérative avec les Garrett, les Davis et les Wilson, sergente, l'informa Schmidt.

— Oui. On cultive des légumes et du soja, mais surtout du maïs denté.

— Du maïs denté ? demanda Logan.

Brown sourit.

— Vous n'êtes pas d'ici, vous, hein ? Une grande partie du maïs que vous voyez dans l'Iowa est denté. On l'appelle comme ça parce que les grains ont tous une forme un peu creusée au moment de la récolte, ce qui les fait ressembler à des dents.

— On l'utilise essentiellement pour nourrir le bétail, ajouta Riley. Et produire de l'éthanol.

— En effet, madame. Mais le nôtre ne sert qu'à faire de la farine de maïs. Avec une mouture sèche, c'est sacrément bon.

— Ma sœur en a acheté quand on est venus ici à Halloween, dit Logan. Depuis, ma mère jure qu'elle n'a jamais fait un meilleur pain de maïs.

Le sourire de Brown parut contrarier Jackson Cole.

— C'est une nouvelle variété. On bosse dessus depuis plus de trois ans et elle a été sélectionnée pour le Grand Prix alimentaire de l'Iowa.

Brown les dévisagea tour à tour, guettant une réaction de leur part.

— C'est énorme ! reprit-il. Le gagnant sera désigné en août prochain lors de la grande foire annuelle de l'État. Il y a près de quatre-vingt-dix mille fermes dans l'Iowa, et presque toutes seront présentes. Remporter le prix permettrait à Zephyr de se faire connaître du grand public. Avec un peu de chance, notre avenir serait assuré après ça. Les gars d'Agri-Co pourraient bien essayer de s'attaquer à nous autant qu'ils voudraient. Mais si la nouvelle se répand que...

Son enthousiasme retomba et ses yeux se posèrent sur le maïs.

— C'est vous qui avez trouvé le corps ? demanda Riley.

— Yep. J'avais sorti l'aigle ce matin.

— L'aigle ?

— C'est le surnom qu'on donne à notre drone. Il nous aide à vérifier que tout pousse comme il faut. J'avais remarqué que quelques plants au nord de cette parcelle étaient endommagés, alors je l'ai envoyé filmer ça de près...

Il n'acheva pas sa phrase, et son regard se tourna de nouveau vers le champ autour d'eux.

Riley changea de position afin d'attirer son attention et l'empêcher de se déconcentrer. Dans le même temps, elle scruta son visage en cherchant à déterminer s'il lui mentait.

— Nous aurons besoin de visionner les images.

— Tout est déjà arrangé, sergente, l'interrompit Schmidt. M. Brown nous a dit aussi qu'en rentrant chez lui il y a trois jours, il avait repéré un autre drone au-dessus de ses champs.

— J'étais allé voir nos silos avec Ed Wilson, expliqua Brown. C'était le soir et on a aperçu les lumières de l'appareil depuis la route. Je savais que le nôtre n'était pas dans les airs puisque je l'avais avec moi dans mon pick-up. On a pensé qu'il s'agissait peut-être d'un de ces traîtres.

D'un signe de tête, il indiqua un point vers l'est, puis vers l'ouest.

— Ces traîtres ?

— Il y en a beaucoup par ici maintenant. Je veux parler des fermiers qui ont pactisé avec Agri-Co, précisa Brown d'une voix plus tendue. Avant, chacun savait ce qu'il faisait pousser. On s'échangeait nos semences depuis le temps des premiers colons. Comme disait mon père : quand tu vas dans le champ de ton voisin, assure-toi d'avoir beaucoup de poches. Mais ensuite, Agri-Co s'est mis à tout breveter et nous a retiré le droit que Dieu nous avait donné de conserver nos semences et de partager nos connaissances entre nous. La plupart des gens n'ont plus la moindre idée de ce qu'ils plantent dans leur sol. Ils se font juste livrer des graines produites par les labos d'Agri-Co, ils signent leurs clauses de non-divulgation et acceptent ce qu'on leur verse à la fin de la moisson. Ces fermes-là ne sont rien de plus que des *ventres*. Les gars d'Agri-Co effectuent des tests sur leurs récoltes et amassent des informations qu'ils gardent secrètes. Des infos inestimables. Cela dit, je peux le comprendre. Je ne serais pas là aujourd'hui si on n'avait pas créé Zephyr. De nos jours, soit on coule, soit on se développe, soit on vend son âme au diable. Mais nos voisins ont *aidé* Agri-Co à détenir son monopole. À devenir trop puissant pour être contesté. Trop gros pour faire faillite. La culture du maïs, le génie génétique... cette boîte est partout. Une poignée de sociétés contrôlent désormais l'approvisionnement alimentaire de l'Amérique. Elles fixent les prix pour les consommateurs et les salaires dans l'industrie.

Riley nota que Logan hochait la tête. Elle avait entendu la sénatrice Cook à la radio s'emporter contre ces mêmes problèmes qui poussaient des exploitations familiales à la faillite.

— Agri-Co et consorts sont protégés par des assurances et des subventions gouvernementales dont on ne peut que rêver, nous autres les petits fermiers, enchaîna Brown. Et ils font le tour de tous ces pauvres gars qui ont du mal à s'en sortir et qui ne sont plus assez fiers pour refuser de planter les semences de ces vautours sur leurs propres terres si ça peut leur permettre de tenir bon jusqu'à l'année suivante.

— Et vous pensez que ce drone pouvait appartenir à l'un d'entre eux ? le coupa Riley.

— Je suis presque sûr que c'est un des lèche-bottes d'Agri-Co qui a saboté la récolte de Frank Garrett il y a quatre ans, juste avant qu'il se joigne à nous. Deux hectares et demi de soja prêts à être moissonnés se sont retrouvés aspergés avec le mauvais herbicide. Un accident, qu'ils ont dit. Ça a flingué toute la parcelle. Le drone que j'ai vu survolait mes champs à basse altitude. Et il a disparu quand Ed et moi on a essayé de le suivre avec mon pick-up. Je l'aurais bien abattu si j'avais pu, ajouta Brown en tapotant son fusil.

Riley ignora pour l'instant le désir avoué de l'agriculteur d'enfreindre une loi fédérale.

— Vous n'êtes pas venu ici en découvrant les images ? Vous n'avez pas eu envie d'examiner ça de plus près ?

— C'était pas la peine, répliqua Brown en fronçant le nez. Je savais ce que j'avais sous les yeux. J'ai tout de suite appelé la police et je suis juste allé accueillir vos hommes.

Riley croisa le regard de Schmidt. Avec un peu de chance, la scène serait propre. Du moins aussi propre que possible par une chaleur pareille.

— Et M. Wilson peut attester que vous étiez avec lui le soir où vous avez aperçu le drone ?

John Brown acquiesça avant de comprendre ce que sous-entendait la question.

— Oh, bien sûr, madame, dit-il vivement. Et mes fils m'ont rejoint à la ferme plus tard ce soir-là. Et leurs femmes et leurs enfants aussi. On travaille jusqu'à pas d'heure en ce moment. On se prépare pour la foire annuelle.

— Il nous faudra la liste de vos collègues et de vos employés au sein de la coopérative. En clair, de toutes les personnes ayant accès à vos terres.

L'air peiné, Brown passa une main dans ses cheveux clairsemés, mais ne protesta pas.

— Tout ce que vous voulez. Mais, euh... serait-il possible de ne pas trop ébruiter cette histoire, madame ? Est-ce que vous rendrez public le fait qu'on a retrouvé un corps dans nos champs ? Je suis vraiment navré pour cette femme, hein, mais il y a ce prix pour lequel notre maïs a été sélectionné et...

Il coinça ses pouces dans les poches de son jean délavé.

— Pour ce que j'en sais, elle n'avait rien à faire là, conclut-il. Strictement rien.

— Nous essaierons, dit Riley sans lui dévoiler le fond de sa pensée.

Le *Courier* serait au courant dans les heures à venir, mais la nouvelle se répandrait encore plus vite parmi les habitants. Elle passerait de ferme en boutique et de garage en bistrot en semant dans son sillage des commentaires énoncés d'une voix grave et des signes de tête désolés accompagnés d'une autre Bud commandée *par respect.* Des gamins se pointeraient pour faire des selfies devant les cordons tendus par la police et les posteraient sur Instagram.

Riley se tourna vers Schmidt.

— Nolan est près du corps ? OK, allons-y. Tu as appelé le médecin légiste ?

— J'allais le faire.

— Bouclez la zone et filtrez les entrées, ordonna-t-elle à Cole et Logan. Je n'ai pas envie que quelqu'un mette les pieds ici tant qu'on n'aura pas inspecté les lieux.

Après avoir enfilé des surchaussures, elle se fraya un chemin dans le champ en suivant les indications de Schmidt. Les paroles du Bossu résonnaient dans sa tête.

Elle n'est pas belle à voir, sergente.

Les plants denses du maïs se cabraient autour d'elle et leurs soies pendaient mollement des épis comme des cheveux roux. La voix de son grand-père jaillit du passé. *Au-dessus du mollet pour le 4-Juillet.* Les vieux dictons avaient cessé de dire vrai. Ce maïs était beaucoup plus grand qu'elle, et on était seulement à la fin du mois de juin.

Au moins la protégeait-il un peu de la brûlure du soleil. Pour autant, la chaleur restait moite et suffocante sous le couvert de cette végétation. Le début de l'été, jusque-là plutôt humide, faisait suite à un printemps lui-même très pluvieux, durant lequel des tornades meurtrières avaient frappé tout l'État – huit au total depuis avril.

Elle ne tarda pas à sentir la puanteur douceâtre de la mort. Quelques mètres plus loin, le déclic d'un appareil photo lui parvint et des mouches se mirent à bourdonner autour de son visage. Elle reconnut devant elle la silhouette accroupie de Bob Nolan, un technicien de la police scientifique. Son polo vert barré de l'inscription *CSI* en lettres jaunes s'était relevé sur son dos tandis que son pantalon de treillis avait glissé vers le bas, dévoilant une portion malencontreuse de peau pâle, de poils et de raie des fesses. Les gants bleus au bout de ses bras constellés de taches de rousseur lui donnaient l'air d'un clown.

Il se redressa à son arrivée, repoussa quelques plants qui le gênaient et, tout en serrant son appareil photo dans une main, tira de l'autre sur son pantalon. La mallette contenant son matériel gisait ouverte par terre. Il portait des surchaussures lui aussi, ainsi qu'un masque dont s'échappaient les touffes de poils roux de sa barbe.

— Il y a un masque en rab là-dedans, dit-il en montrant la mallette. Le corps est bien mûr.

Riley avait vu de nombreux cadavres au cours de ses douze années de carrière dans la police du comté de Black Hawk. Des victimes d'accidents de la route extraites de carcasses métalliques toutes tordues. Des morts par overdose ou par suicide. Des personnes repêchées dans des lacs en été et arrachées à la terre gelée des champs en hiver. Des fermiers noyés dans leurs propres silos à grains. Malgré cela, elle éprouva un choc lorsqu'elle découvrit le corps niché entre les racines du maïs.

La femme était étendue sur le côté, le visage voilé par ses cheveux blonds maculés de sang séché. Elle avait ramené ses jambes vers elle et ses bras reposaient près de sa tête, comme si elle s'était recroquevillée pour dormir. L'une de ses baskets avait disparu, ce qui devait expliquer pourquoi sa socquette blanche était noire de terre, et son pantalon en coton et son T-shirt, tous deux déchirés par endroits, laissaient apparaître une peau mouchetée de taches gris-vert. Son corps gonflé par la putréfaction et grouillant d'asticots était couvert de blessures brunies autour desquelles le sang s'était figé.

Riley grimaça et prit un masque en s'efforçant de retenir sa respiration. Un parfum âcre et toxique, mélange de méthane et d'ammoniac, tentait de s'infiltrer jusqu'à ses narines, et tout son être se sentait assailli par cette puanteur.

— Elle est là depuis quelques jours au moins, dit Nolan. Et avec des températures pareilles...

— Tu as une idée approximative de la date du décès ?

— À ce stade, je supposerais qu'il remonte à trois ou quatre jours. Les asticots ne sont qu'au tout début de leur travail et une grande partie des tissus sont encore intacts.

— Elle serait donc morte à peu près au moment où le fermier dit avoir aperçu un drone ?

— Possible. J'espère que Webb pourra nous donner une estimation plus précise quand elle aura fini l'autopsie. Le Bossu l'a prévenue ?

— Il est en train de le faire. Quelles sont tes premières impressions à toi ? demanda Riley en se penchant sur le corps.

Ces plaies... Quelqu'un semblait s'être acharné sur cette pauvre femme.

Une mouche se posa sur le masque du technicien et tressauta dessus.

— Il est trop tôt pour le dire, déclara Nolan en se déplaçant avec précaution - malgré sa grande taille, il faisait toujours preuve d'une délicatesse remarquable sur les scènes de crime. Ces éraflures sur les bras me font penser à des blessures défensives. Deux de ses doigts ont l'air fracturés, et elle a aussi des ongles arrachés et une assez grosse trace de contusion sur l'arrière du crâne. Mais je crois que la cause du décès est plutôt là, ajouta-t-il en attirant son attention sur le cou de la femme, où une entaille irrégulière et en partie cachée par ses cheveux accueillait une colonie d'asticots. Elle a dû perdre beaucoup de sang.

— L'arme ?

Nolan plissa le front.

— Je ne sais pas. C'est une blessure étrange, ça c'est sûr. Je dirais que la peau est trop déchirée pour qu'il s'agisse d'un couteau - ou alors une lame crantée, peut-être. Dans tous les cas, l'attaque a été brutale. Le muscle a été transpercé de part en part.

Le ventre noué, Riley se tourna vers les mains jointes de la femme. Elle distinguait l'éclat rose du vernis sur l'un de ses ongles abîmés, la terre coincée dessous, et elle imagina ces doigts s'enfoncer dans le sol, le creuser pour fuir la douleur. Fuir aussi quelque chose sur son dos. Quelque chose qui la lacérait.

Reste tranquille ou tu vas dérouiller.

— Sergente ?

Elle s'aperçut que Nolan lui avait parlé.

— Pardon, tu disais ?

— J'ai presque fini mes plans serrés. Je vais dégager son visage maintenant pour voir si on peut commencer le travail d'identification.

Elle acquiesça et le regarda écarter les cheveux de la femme avec autant de prévenance que si elle avait été son amante. Elle contempla ensuite le teint gris de la victime. Un front haut, un nez retroussé, une petite bouche, une mâchoire arrondie. Ces traits se réagencèrent dans son esprit pour former l'image d'une personne vivante. Vivante et bien plus jeune. Elle accusa le coup.

— Mon Dieu...

— Qu'est-ce qu'il y a ? Sergente ?

— Chloé...

Un rire de gamine, une tête penchée vers la sienne, des cheveux blonds qui lui chatouillaient le bras. Un murmure à son oreille. Un souffle chaud à l'odeur écœurante de barbe à papa.

Il te regarde, Riley !

Elle serra le poing et ses doigts s'enfoncèrent dans sa paume au niveau d'une petite cicatrice blanche. Cette femme devait avoir la même, toute maculée de sang et de terre.

— Chloé Clark, dit-elle sans pouvoir détacher les yeux du cadavre. On était... on était amies autrefois.

4

Tout au long de la journée, des voitures se succédèrent sur le chemin de terre en soulevant des nuages de poussière – le shérif Reed, deux agents de la brigade cynophile, sans compter des officiers de la State Patrol appelés en renfort pour ratisser les champs, et d'autres qui passaient par simple curiosité et discutaient avec leurs collègues en s'essuyant le front dans la chaleur étouffante de l'après-midi. Des rubans jaunes avaient été tendus tout autour de la parcelle. À l'ouest, le ciel se couvrait.

Avec le crépuscule arrivèrent les insectes, suivis par des reporters du *Courier* et des membres d'une équipe de télévision locale qui traînèrent près du cordon en flattant les officiers de police de leur connaissance dans l'espoir de leur soutirer des informations. Un tel événement était inédit dans le comté de Black Hawk, où les commerces fermaient encore le dimanche et où les étrangers étaient sûrs d'attirer l'attention.

La basket manquante fut découverte à quelque distance du corps. Peu après, quelqu'un repéra des empreintes partielles de pneus sur une piste étroite à la limite nord du champ. Celle-ci se prolongeait jusqu'à la route, à l'image de ces sentiers et de ces voies sans nom qui zébraient l'État tout entier en reliant une foule de fermes isolées au monde extérieur.

L'appareil photo de Bob Nolan continua à cliqueter dans le jour déclinant, chacun de ses flashes éclairant un aspect particulier du cadavre. Ses moindres plaies livides. Le moindre centimètre carré de chair en décomposition. Des échantillons du sol furent prélevés, ainsi que des asticots. Leur service terminé, Logan Wood et Jackson Cole partirent en même temps que d'autres agents, et Riley donna ses consignes à la nouvelle équipe avant de l'autoriser à franchir le cordon.

Il était tard lorsqu'elle parcourut enfin les quelques kilomètres qui la séparaient de Cedar Falls. Les lumières de la ville l'attiraient à elles, loin de l'obscurité profonde des champs de maïs. Elle traversa la voie ferrée et s'engagea dans la rue menant à sa maison, dont la lampe extérieure brillait telle une étoile morne entre les sycomores. « Notre belle Victorienne », comme l'avait surnommée son grand-père, en référence à la véranda coiffée d'une petite tour bleu pâle qui s'enroulait tout autour à la manière d'un jupon blanc.

Riley s'arrêta dans la cour près du pick-up de Joe Fisher – une vieille Dodge pétaradante à moitié rongée par la rouille. Juste à côté, à l'endroit où la pelouse toujours en attente d'être tondue descendait en pente douce vers une rivière, se dressait une remise. Cette bâtisse décrépite était remplie d'un bric-à-brac entassé par des générations de Fisher. Des affaires entreposées, jetées ou oubliées, comme des meubles cassés, des colliers de chiens morts, des fanions de 4-Juillet emmêlés avec des guirlandes de Noël, des tentes moisies et du matériel de chasse.

En coupant le moteur, Riley entendit de la musique s'échapper par les fenêtres ouvertes de la maison. Ethan était rentré.

Elle resta assise un moment sur son siège. La journée avait été éprouvante et l'odeur du cadavre – non, *de Chloé* – l'assaillait encore. Elle mettrait longtemps à la chasser de son esprit, elle le savait. Elle se força à sortir de la voiture. La nuit vibrait du chant énergique des cigales et Scrounger aboyait derrière la porte-moustiquaire. Entourée d'un nuage de papillons dont les ombres voletaient sur les coussins décolorés de la balancelle, la lampe du perron lui dévoila des canettes de bière écrasées par terre à côté d'un cendrier plein à ras bord.

Elle repoussa Scrounger à l'intérieur de la cuisine en entrant. C'était un ancien de la brigade cynophile du comté de Bremer, condamné à être euthanasié à l'heure de la retraite. Après avoir lu son histoire dans le journal, elle s'était surprise à rouler jusqu'au refuge où il avait atterri au terme d'une longue carrière plus qu'honorable. Là, des yeux tristes l'avaient fixée derrière les barreaux d'une cage et un museau plein d'espoir s'était collé contre sa main.

— Qu'est-ce qui t'arrive ? demanda-t-elle lorsque le chien la suivit en haletant jusque dans le couloir central.

Ce dernier – le cœur de la maison – desservait la salle à manger familiale, rarement utilisée, ainsi que le salon et une chambre dont la porte laissait filtrer de la lumière. C'était de cette pièce qu'émanait la musique. Un air de country mélancolique joué à la guitare. Elle s'accroupit près du coffre sous l'escalier, rangea son Glock 19 à l'intérieur, puis défit ses bottes sales avant de retourner dans la cuisine, toujours suivie par Scrounger.

En allumant une lampe, elle constata que les gamelles d'eau et de nourriture du chien étaient vides, et tout portait à croire qu'elles l'étaient depuis le matin. Une vague brûlante de colère monta en elle, mais elle la réprima. Elle n'avait pas la force de se disputer. Pas ce soir.

Après avoir donné à manger à Scrounger, elle contempla un instant le maigre contenu du frigo. Pour finir, elle sortit quelques tranches de cheddar sous cellophane et une bière. Elle vida la canette d'un trait en savourant le picotement des bulles dans sa gorge desséchée et grignota le fromage au goût de plastique, debout près du plan de travail, en le déchirant en petits morceaux.

Elle se dirigeait vers les escaliers avec une nouvelle bière quand Ethan émergea de sa chambre. Ils se firent face à plusieurs mètres de distance sur le plancher rongé par les vers et recouvert d'un tapis élimé. Elle aurait pu avancer en se contentant d'un bonjour désinvolte, sans faire aucune allusion à Maddie ou à Scrounger, mais le nuage de fumée douceâtre qui flottait autour de son frère la fit exploser.

— Bon sang, Ethan ! cracha-t-elle avec une force qui les surprit tous les deux. Combien de fois faudra-t-il que je te le répète ?

— Lâche-moi, Ri. Cette maison m'appartient autant qu'à toi.

Elle détestait qu'il l'appelle ainsi. Ce surnom que ses amis lui donnaient des années plus tôt était devenu bien trop familier pour qu'elle laisse quiconque – et surtout son frère – continuer à l'utiliser.

— Oui, et c'est mon travail qui nous permet de la garder. Un travail que je perdrais si on découvrait de la drogue ici.

Ethan secoua la tête et passa devant elle pour aller dans la cuisine. Les yeux rougis, il n'était pas rasé et portait un T-shirt taché. Il avait quarante ans – cinq de plus qu'elle –, et malgré ça, elle avait l'impression de vivre avec un adolescent.

— Putain, en Californie, on peut faire pousser sa propre beuh.

Elle n'allait pas se laisser entraîner dans un nouveau débat stérile sur les différentes législations en matière de drogue selon les États et l'écouter se plaindre encore des règles draconiennes en vigueur dans l'Iowa, très en retard d'après lui sur le reste du pays.

— Ce n'est pas qu'une question de droit, dit-elle en lui emboîtant le pas. Et Maddie ?

— Quoi, tu crois qu'elle n'a jamais vu de cannabis ? Sa mère et ce gros connard en fument devant elle ! *Salope*, ajouta-t-il à voix basse en ouvrant le frigo.

Riley se demanda si l'insulte visait l'ex-femme de son frère, Sadie, ou elle-même.

— J'ai dû la ramener chez elle ce matin. Une fois de plus. Et je suis arrivée en retard sur une scène de crime.

Ethan prit une bière et referma la porte du frigo d'un coup de pied.

— J'ai travaillé tard. Comme toi à une époque.

Elle le regarda, ébahie, et se retint de rire. Dans quel monde vivait-il pour penser qu'assurer une patrouille de nuit et servir des verres dans un bar miteux aux bons à rien qui lui tenaient lieu de copains étaient deux choses comparables ? Elle l'avait suivi dans la cuisine pour lui parler du chien, mais sa volonté la déserta soudain. L'affrontement était terminé. Ne restaient plus que la futilité d'une dispute maintes fois répétée et l'odeur d'une femme morte sur ses vêtements.

— Je t'emmerde, Ethan.

À l'étage, elle prit une douche brûlante et ferma les yeux en laissant l'eau noire de poussière s'écouler en tourbillonnant dans la bonde. Des images flashaient dans son esprit. Le corps au milieu du maïs. Le choc provoqué par ce visage familier. Les plis qui avaient barré le front du shérif Reed lorsqu'elle l'avait averti qu'elle connaissait la défunte. Ses questions. Quand avait-elle vu Chloé Clark pour la dernière fois ? Qui était sa famille ? Où habitait-elle ?

Riley n'avait pu lui apporter que très peu d'informations. Son amitié avec Chloé, Mia et le reste de leur bande remontait à vingt ans. Après son départ du lycée de Cedar Falls, ce fameux été, il ne s'était guère écoulé de jour sans qu'elle pense à elles ou se demande si les filles en faisaient autant de leur côté. Par chance, ses souvenirs s'étaient en partie effacés avec le temps et ne ressurgissaient que lorsqu'elle croisait une de ses anciennes camarades. Si la ville avait été plus petite, elle ne serait peut-être pas revenue s'installer là, mais avec trente-sept mille habitants à Cedar Falls et presque le double à Waterloo, la sixième agglomération de l'Iowa, de telles rencontres étaient rares.

Bon sang, pourquoi a-t-il fallu que ça tombe sur elle ?

Une fois douchée, elle enfila un T-shirt datant de ses années d'université. Assise sur son lit, les cheveux ébouriffés par le ventilateur du plafond, elle sentit les coutures du couvre-lit en patchwork réalisé par sa grand-mère gratter ses jambes nues. Avec ses murs jaunes baignés le matin par les rayons du soleil, cette chambre avait été témoin de la vie de quatre générations de Fisher. C'était ici qu'était né son grand-père et que son arrière-grand-père, George Fisher, avait embrassé sa femme et son fils avant de rejoindre la 34e division d'infanterie pour partir combattre en Italie sur la ligne Gustave. Ici aussi que sa famille avait pleuré en apprenant sa disparition – comme bien d'autres, il n'avait pas fait le voyage retour depuis l'Europe, et l'étoile bleue sur le drapeau de la maison avait fait place à l'étoile dorée rendant hommage aux soldats morts au front. Et c'était dans cette pièce que le nouveau-né appelé à devenir son père avait vécu quand ses parents l'avaient ramené de la maternité, trois ans avant qu'Eisenhower déploie les premières troupes américaines au Vietnam.

Des années plus tard, contraint de quitter Des Moines afin de prendre soin de sa mère mourante, Michael Fisher avait choisi de se réinstaller dans cette même chambre. Il continuait à travailler en ville la semaine et faisait les deux heures de route qui le séparaient de Cedar Falls tous les week-ends. Âgée de sept ans à l'époque, Riley avait dormi avec sa mère les premiers mois. L'une et l'autre étaient déstabilisées par l'obscurité si totale des nuits, le bruit des insectes, la puissance brute des ouragans et tous ces animaux inconnus qui se mouvaient dans la rivière en troublant la surface de l'eau.

Appuyée contre la tête de lit, elle passa en revue les messages sur son téléphone et tenta de se concentrer sur le rapport de Schmidt. Il fallait qu'elle mette de l'ordre dans ses pensées en prévision du briefing auquel Reed l'avait convoquée le lendemain matin. Mais très vite, ses yeux dérivèrent vers les photos posées sur sa coiffeuse. Joe Fisher dans son uniforme de shérif. Sa mère et son père le jour de leur mariage – Michael Fisher, le grand avocat, le dos droit et l'air fier, et Jenny Fisher, la secrétaire juridique, qui le regardait amoureusement. Puis Ethan et elle, perchés sur un tracteur et grimaçant face à l'objectif. Tante Rose et sa compagne Lori à l'hôpital avec leur bébé, Benjamin. Maddie, deux étés plus tôt, avec ses nattes et son large sourire ponctué de fossettes.

Elle ne gardait près d'elle que ces photos-là. Toutes les autres remplissaient les pages de plusieurs albums dans le bureau. De toute façon, cette maison était un grand album à elle seule. Chacun recoin regorgeait de souvenirs. La véranda sur laquelle, à douze ans, elle s'était assise avec Chloé et Mia, le cœur gonflé de fierté devant le sourire que lui avait jeté sa mère en apportant des cookies pour ses nouvelles amies. Le lit dans son ancienne chambre au bout du couloir – celle de Maddie désormais – où elles s'étaient blotties dans des sacs de couchage en partageant des bonbons et en riant tout bas pendant que la neige tapotait doucement les carreaux. La végétation obscure, un soir à la fin de l'été, au bord de la rivière, et le chant des sauterelles dans les herbes au moment où la lame du rasoir avait entaillé sa peau. Le sang qui avait barbouillé chacune de leurs paumes.

Il ne faudra le dire à personne.

Elle se releva et s'avança vers son placard. Après avoir écarté une raquette de tennis et des patins à glace sur l'étagère supérieure, elle sortit une boîte en carton avachie dont le poids la surprit. Elle la posa par terre et, assise en tailleur, farfouilla parmi les babioles et les reliques entassées dedans. Des billets pour un match des Iowa Cubs. Des cartes d'anniversaire qui semèrent des paillettes sur ses doigts. Des cartouches du temps où elle allait chasser avec son grand-père. Un trophée de chasse. Un T-shirt à l'effigie d'un parc d'attractions local. *J'ai survécu aux montagnes russes !* Une copie du livret de la messe d'enterrement de ses parents.

Les albums de ses années de collège et de lycée se trouvaient tout au fond. Laissant de côté ceux de seconde et de première, elle se pencha sur les photos de sa classe de troisième. Les souvenirs affluèrent en elle devant ces images de gradins en plein air, de coupes de cheveux ratées, de visages marqués par l'acné, de fêtes des anciens élèves et de spectacles scolaires. Puis elle découvrit brusquement ce qu'elle cherchait. Chloé, Mia et elle-même, toutes les trois sur la même page. Quatorze ans, bientôt quinze. Les meilleures amies du monde depuis leur entrée au collège. Elle éprouva une émotion indéfinissable. Des regrets ? De la nostalgie ? Elle aurait dû reprendre contact avec elles.

Trop tard maintenant.

En soulevant l'album pour mieux voir, elle sentit quelque chose tomber sur ses genoux – une photo restée coincée entre les pages durant toutes ces années, comme une araignée morte depuis longtemps, mais toujours effrayante.

C'était bien elle à la grande foire de l'Iowa, entourée de Mia et Chloé qui avaient chacune passé un bras autour de ses épaules. Avec leurs lèvres brillantes de gloss, leurs crop-tops et leurs shorts si courts que les poches dépassaient par en dessous sur leurs jambes minces et bronzées, elles avaient l'air de filles qui jouaient à être des femmes. Elle eut la gorge nouée à la vue du collier en or qu'elle portait alors, avec un pendentif en forme d'étoile. Un cadeau de son grand-père à l'occasion de son quatorzième anniversaire.

Pour ma petite adjointe.

Sa mère lui avait expliqué à voix basse qu'il avait dépensé une bonne partie de sa retraite mensuelle pour ce bijou et qu'elle devait en prendre soin. Derrière elle, sur la photo, le ciel bleu s'assombrissait et les attractions de la fête foraine apparaissaient parsemées de points lumineux. Le cliché était incomplet, cependant. L'un des côtés avait été déchiré sur toute la hauteur.

Comme un fantôme, cette partie manquante de l'image surgit soudain du passé dans son esprit. Une odeur de corn-dog[1] et de barbe à papa. Le fracas des manèges. La musique assourdissante et les lumières aveuglantes. Puis des doigts qui s'entrelaçaient aux siens. Et qui resserraient leur prise.

1. Corn-dog : saucisse panée servie plantée sur un bâtonnet.

5

En allant à son travail le lendemain matin, Riley s'arrêta dans une boulangerie de Main Street pour acheter des pâtisseries et du café. Près de la caisse, un exemplaire du *Courier* annonçait la nouvelle du meurtre en grosses lettres et l'accompagnait d'une photo de champs de maïs sous un ciel menaçant. La « jeune femme retrouvée morte » n'était pas nommée. Des agents de police s'étaient rendus la veille chez les parents de Chloé et chez son mari pour les prévenir de son décès et, à en croire le dernier texto de Schmidt, ils étaient encore avec eux.

Son trajet prenait dix minutes par la voie rapide mais, parce qu'elle s'était déjà bien avancée sur Main Street, Riley décida de traverser les quartiers périphériques et de longer la série de stations-service, de motels et de fast-foods qui formaient comme un cordon ombilical entre Cedar Falls et Waterloo.

Passer des avenues ombragées, des boutiques au charme suranné et des bars de la première aux entrepôts abandonnés et aux lotissements décrépits de la seconde était toujours un choc. L'université de l'Iowa du Nord – où elle avait suivi un cursus de criminologie – garantissait à Cedar Falls un afflux d'étudiants et les rentrées d'argent qui allaient avec. Sans elle, la ville aurait probablement connu le même sort que sa voisine. Certes, il y avait eu quelques courageuses tentatives pour redonner vie à Waterloo ces dernières années – des microbrasseries ouvertes sur des terrains en friche, des kayaks en location sur la rivière et une Gay Pride annuelle qui suscitait la fureur des Églises locales –, mais elles peinaient à freiner un déclin bien engagé.

Waterloo avait pourtant été un bastion industriel autrefois. Fondé en 1845, relié à Chicago et Omaha par la ligne de chemin de fer de l'Illinois Railroad et au Mississippi par la rivière Cedar, il reposait alors sur trois piliers : le maïs, la viande et le patriotisme. Mais la crise agricole des années 1980 avait entraîné une récession qui avait modifié le paysage. Seules les structures les plus importantes avaient réussi à s'en sortir et à prospérer – aidées en cela par les gouvernements successifs. Si beaucoup de gens en Amérique cumulaient deux emplois, il n'était pas rare à Waterloo d'en avoir trois. Une partie des agents de police eux-mêmes travaillaient aussi comme sapeurs-pompiers ou en tant que rangers au sein du parc régional pour joindre les deux bouts.

Riley songea aux plaintes de John Brown contre Agri-Co. *Trop puissant pour être contesté. Trop gros pour faire faillite.* De fait, plus ces sociétés grandissaient, plus elles parvenaient à attirer de nouvelles terres dans leur giron, sans compter des aides à la recherche, des subventions et des soutiens politiques. Mais ce n'étaient pas les seules choses qu'elles aspiraient dans leur sillage. Dans tout le pays, des villes entières se transformaient en cités fantômes à mesure que leurs entreprises mettaient la clé sous la porte faute de pouvoir rivaliser. Des géants comme Agri-Co suçaient le sang de l'Amérique rurale, laissant derrière eux des carcasses de bourgades où la pauvreté et le crime s'empressaient de remplir les vides. Il suffisait pour s'en convaincre de voir les usines aux entrées murées qui se dressaient telles des tombes brisées autour de Waterloo. Hantées par des vagabonds et des prostituées, elles étaient sillonnées toutes les nuits par des patrouilles de police.

Jess Cook avait affirmé sa volonté de rendre un pouvoir de décision aux petites entreprises et d'investir dans les communautés locales plutôt que dans les grands groupes industriels. Riley se demanda si elle ne ferait pas mieux de voter pour la sénatrice à l'avenir. C'était par habitude, au fond, qu'elle avait jusqu'alors donné sa voix à Bill Hamilton, mais elle ne devait rien au gouverneur. Le temps où son père travaillait pour lui à Des Moines remontait à loin.

Elle longea East Sixth Street jusqu'au BHCSO – un imposant bâtiment en briques percé de toutes petites fenêtres qui jouxtait la prison du comté et autour duquel s'étaient implantés des agences de cautionnement[1] et des cabinets d'avocats. Le bureau du shérif et la prison employaient à eux deux une centaine d'officiers assermentés et quarante agents en civil. Riley se gara sur le parking à côté d'une rangée de voitures de patrouille et de Harley Road Kings. Quelques moteurs tournaient au ralenti afin de maintenir un froid polaire dans les habitacles. Les nuages noirs de la veille avaient juste été menaçants, rien de plus, et l'humidité dans l'air restait insupportable.

Elle salua le préposé à l'accueil et passa le portique de sécurité en s'inclinant mentalement devant son grand-père, dont le portrait s'affichait à la place d'honneur

1. Agence de cautionnement : aux États-Unis, agence qui, contre rémunération, prête à des prévenus le montant de leur caution judiciaire et s'engage auprès du tribunal à ce que ces derniers comparaissent bien à toutes les audiences.

sur le mur des héros. Les bras chargés de pâtisseries, elle s'avança dans les couloirs baignés de lumière fluorescente de la Division des brigades de terrain. L'endroit sentait le désinfectant et le café.

Une frénésie plus marquée que d'habitude agitait l'open space. Des téléphones sonnaient un peu partout. Des agents s'interpellaient. Sur un bureau, un exemplaire de *USA Today* était ouvert à une page détaillant une cyberattaque contre une compagnie pétrochimique du comté de Polk. Riley avait eu vent de cette histoire à la radio et savait que des écoterroristes étaient pointés du doigt. C'était la deuxième fois que le groupe – baptisé Mission Earth et a priori basé dans l'Iowa – faisait parler de lui dans la presse nationale. La photo sous le titre montrait son slogan peint à la bombe sur un mur : DE MÊME QUE LES OCÉANS, NOUS NOUS SOULÈVERONS. Le FBI menait l'enquête.

Assis à son bureau, les cheveux encore humides – sans doute sortait-il tout juste des douches de la salle de gym –, Logan avait les yeux rivés à son écran d'ordinateur. Près de lui, la cible d'un jeu de fléchettes toujours recouverte d'une photo déchirée d'Hillary Clinton côtoyait l'avis de recherche d'une adolescente de seize ans, Gracie Foster, disparue dix jours plus tôt sans laisser aucune trace. Cette affaire avait été la priorité du département. Jusqu'à la veille.

Un type massif proche de la soixantaine et doté d'une moustache broussailleuse passée de mode depuis les années 1980 discutait avec Jackson Cole sur le pas de la porte – le sergent Hal Edwards, chef de la State Patrol. Tous deux tournèrent la tête vers elle à son arrivée. Edwards lui adressa un petit signe, mais n'interrompit pas sa conversation. Cole, lui, croisa son regard avant de reporter son attention sur son supérieur. Ils devaient tous savoir qu'elle avait connu la femme retrouvée morte, supposa Riley, encore éprouvée par les souvenirs que le corps de Chloé avait réveillés en elle – et qui l'avaient empêchée de dormir jusque tard dans la nuit.

Concentre-toi sur ce que tu as à faire. C'est un crime comme un autre.

La pièce suivante, bien plus petite, abritait le Bureau des enquêtes. À travers la paroi vitrée, Riley aperçut Cam Schmidt au téléphone. Sa veste de costume était toute froissée sur le dossier de sa chaise et son poste de travail disparaissait presque sous les tasses en polystyrène, les chemises cartonnées et une boîte couverte de taches de graisse provenant d'un traiteur asiatique. S'y ajoutaient des photos encadrées de ses enfants et de ses petits-enfants, ainsi qu'une autre où sa femme Sue et lui posaient à côté de leurs vélos, les joues roses et tout sourire. Riley avait vu les cartes sur lesquelles il avait surligné en rouge le tracé de leur prochain périple – une sorte de toile d'araignée qui s'étirait jusqu'au Canada. Des prairies sauvages, des montagnes, des lacs et des pins. *Il n'y a rien de mieux, Riley. Ça te donne l'impression d'être vraiment présent au monde. D'en faire partie.*

Le service comportait quatre autres bureaux, dont le sien et celui de Bob Nolan. Mais le technicien de la police scientifique passait le plus clair de son temps entre les scènes de crime, le laboratoire et la salle des pièces à conviction, si bien qu'à part Schmidt, il n'y avait personne. Le département avait perdu deux inspecteurs depuis qu'elle était montée en grade six mois plus tôt – Carl Kramer avait quitté ses fonctions après qu'on lui eut diagnostiqué un cancer des intestins et Eric Hansen avait pris une retraite anticipée. Il avait prétendu vouloir profiter davantage de ses petits-enfants, mais elle n'était pas dupe. Ce n'étaient pas ses devoirs familiaux qui avaient motivé sa décision. Schmidt et lui avaient convoité ce poste, de même qu'une demi-dizaine d'agents de la State Patrol, parmi lesquels Jackson Cole. Schmidt avait encaissé sa nomination sans broncher et avait même été l'un des premiers à lui payer une bière pour la féliciter. D'autres en revanche n'avaient pas été aussi disposés à se laisser commander par une femme, en particulier une femme plus jeune qu'eux qui n'avait peut-être été promue qu'en raison de la réputation de son grand-père.

Ils allaient devoir remplacer au moins l'un de ses deux collègues, mais le budget du service allait bientôt être renouvelé et, parce qu'il craignait qu'on lui impose de nouvelles coupes, le shérif Reed préférait attendre. Pour l'heure, il lui avait assigné une débutante, Amy Fox, afin de l'aider à gérer la paperasse au quotidien, répondre au téléphone et faire du classement. Schmidt et Nolan semblaient très contents de la présence de cette fille intelligente de vingt et un ans, dynamique, souriante et toujours prompte à leur apporter un café.

— Salut, articula Riley en silence à l'intention de Schmidt.

Dans le même temps, elle lui tendit sa boîte de pâtisseries. Il choisit une viennoiserie et la remercia d'un signe de tête.

— C'est super, docteur Webb, dit-il à son interlocuteur au téléphone.

Il s'entretenait déjà avec le médecin légiste. Tant mieux. Avec un peu de chance, Kristen Webb lui dirait quand ils pouvaient espérer le rapport d'autopsie.

Elle jeta sa veste sur sa chaise, prit le reste des gâteaux et laissa le Bossu à sa conversation.

Au bout du couloir, juste après l'aumônerie, se trouvait le bureau du shérif. Une voix bourrue l'invita à entrer lorsqu'elle frappa à la porte.

Le shérif Robert Reed avait devant lui une pile de dossiers et un exemplaire ouvert du *Courier*. Sur le mur, des décorations remises par des organisations et des associations caritatives locales côtoyaient une broderie au point de croix réalisée par sa femme. On y lisait la devise du département, L'EXCELLENCE DANS LE MAINTIEN DE L'ORDRE, le tout entouré de quelques fleurs pour faire bonne mesure. L'après-midi qu'il avait passé dans les champs de maïs avait donné à Reed la couleur d'un steak saignant, et ses cheveux blancs étaient si fins que Riley distinguait son crâne rouge vif à travers.

— Vous essayez de m'amadouer, sergente ? dit-il en haussant les sourcils devant la boîte rose qu'elle déposa sur son bureau.

Elle sourit, mais ne répondit pas. Elle ne voulait pas abattre ses cartes tout de suite.

— Vous avez vu ça ? enchaîna-t-il en tapotant le journal.

— Oui, monsieur.

— J'ai déjà eu le procureur au téléphone. À moins de deux mois de la grande foire de l'Iowa et avec les élections qui approchent... Vous savez combien le prochain budget sera vital pour notre département. J'aimerais que l'enquête ne traîne pas.

Il enroula ses doigts autour de sa tasse de café. LE MEILLEUR SHÉRIF DU MONDE, était-il écrit dessus Il prétendait que c'étaient des gamins d'une école primaire locale qui la lui avaient offerte, mais toute son équipe le soupçonnait de l'avoir achetée lui-même.

— Je comprends, monsieur.

— Je n'ai pas voulu en discuter hier devant votre équipe, mais je tiens à m'en assurer : vos liens avec la victime n'interféreront pas avec cette affaire ?

— Non, monsieur, je la connaissais à peine.

Ce mensonge lui était venu facilement. Elle était déterminée à éviter toute autre question personnelle. Reed n'avait pas à en savoir plus sur son passé.

Le shérif observa un silence, puis lissa la cravate verte qu'il portait sur une chemise beige aux manches ornées de quatre chevrons dorés.

— Très bien. Étant donné la gravité des faits, je suis disposé à ce qu'un de nos agents de patrouille soit détaché au Bureau des enquêtes.

C'était exactement ce qu'elle avait espéré. Et la raison pour laquelle elle avait apporté des pâtisseries.

— Je veux Logan Wood, monsieur.

— Je m'y attendais, répliqua-t-il. Seulement, est-ce bien judicieux ? Il est encore nouveau dans la région.

— Il était inspecteur à Flint, monsieur. Il sera un atout.

— Peut-être, mais il y en a dans l'équipe qui vendraient leur mère pour être affectés à une telle mission, même si c'est temporaire.

Il faisait allusion à Jackson Cole, bien sûr, et aux commentaires désagréables que Logan risquait d'essuyer. Mais elle ne laisserait pas la fierté blessée de Cole se mettre en travers de cette enquête. *Son* enquête.

— Wood est capable de se défendre, monsieur.

— Très bien. Je préviendrai le sergent Edwards. Mais je suivrai cette affaire de près.

— Merci, monsieur.

— Fisher ? la retint-il alors qu'elle s'apprêtait à sortir. Toute la ville va nous avoir à l'œil. Vous en avez conscience ?

— Oui, monsieur.

Elle soutint son regard jusqu'à ce qu'il hoche la tête, puis referma la porte derrière elle. Le shérif avait gardé pour lui une question facile à deviner. Elle percevait le même doute chez les autres depuis qu'elle était la première femme promue sergente du comté de Black Hawk.

6

— Tu veux la bonne ou la mauvaise nouvelle d'abord ? l'interrogea Schmidt à son retour, avant d'enchaîner sans la laisser répondre : Kristen Webb espère réussir à nous envoyer un rapport d'autopsie préliminaire dès ce matin.

Il leva une main devant la réaction étonnée de Riley.

— Et la mauvaise nouvelle maintenant : le labo a pris tellement de retard qu'il faudra des mois d'après Webb pour qu'on fasse parler les traces d'ADN.

Riley lâcha un juron. Au temps pour Reed et sa volonté de voir l'enquête aboutir vite. Ils n'avaient aucun suspect. Aucun témoin non plus. Les dernières paroles du shérif résonnaient encore dans sa tête. Cette question muette sur sa capacité à relever le défi. Depuis sa promotion – et depuis que la grogne de Jackson Cole et des autres pourrissait l'atmosphère du service –, elle craignait vaguement que Reed ne fasse qu'attendre un échec de sa part afin de pouvoir revenir sur son choix et dire qu'il avait bien tenté de respecter des quotas quelconques, mais que cela n'avait pas marché.

— Bonjour, sergente.

Amy Fox entra avec un plateau chargé de boissons dans une main et un ordinateur portable et un dossier coincés sous son bras.

— Bonjour, Schmidt.

— Tu es un ange, ma chère, dit-il avec un sourire rayonnant lorsque la jeune femme posa un café sur son bureau.

Riley en prit un elle aussi. Les trois qu'elle avait déjà avalés ce matin n'avaient pas suffi à effacer son manque de sommeil. Chloé avait occupé toutes ses pensées jusque tard dans la nuit. Elle l'avait revue rire et l'attraper par le bras lorsqu'elles se retrouvaient à l'angle de leur rue pour aller à l'école. Puis étendue par terre dans un champ de maïs, le corps lacéré et sans vie. Non. Reed se trompait. Elle était la personne la plus apte à mener cette enquête.

— Est-ce que Nolan nous a envoyé les photos ?

— Oui, sergente.

Fox installa son ordinateur sur l'ancien bureau de Hansen.

— Et on a aussi récupéré la bande vidéo du drone de John Brown. Vous voulez la visionner ?

— D'abord les photos, décida Riley avant de leur annoncer que Logan rejoindrait leur équipe.

— En termes de diversité, on va cocher un sacré nombre de cases, commenta Schmidt avec malice. Deux femmes, un vieux schnoque et un foutu végan !

Riley sirota son café pendant qu'Amy Fox se mettait au travail et déplaçait délicatement l'avis de recherche concernant Gracie Foster sur le tableau de liège accroché au mur. L'adolescente souriait sur la photo, mais son regard était triste. Le jour où elle était allée interroger sa mère dans leur maison décrépite, Riley avait découvert une femme qui serrait un verre dans une main et, de l'autre, ne cessait de porter nerveusement une cigarette à ses lèvres gercées. La pauvreté, l'alcoolisme, la drogue et une série de bons à rien pour compagnons. Elle avait promis de tout faire pour retrouver sa fille, mais cela ne l'avait pas empêchée de penser que Gracie – dont les bulletins scolaires signalaient la tendance à sécher les cours – pouvait déjà avoir traversé la moitié du pays. *Fugue envisageable*, avait-elle noté sur son dossier alors même que des affiches étaient placardées dans toute la ville.

Elle imaginait très bien un camion s'arrêter dans un nuage de poussière sur le bas-côté d'une route déserte. Le sourire du chauffeur. *Monte, ma jolie*. Le sentiment de vertige de l'adolescente lorsqu'elle avait refermé la portière et que le véhicule était reparti dans le vrombissement de son moteur. Le reflet d'un visage au teint pâle et aux traits pincés dans le rétroviseur latéral. Pas celui de Gracie Foster, mais le sien à elle.

Elle se ressaisit et s'obligea à se concentrer sur le rapport de Nolan en attendant que Fox ait fini d'accrocher les tirages photo au tableau.

Le technicien n'avait envoyé que quelques clichés sur les centaines qu'il avait pris, mais une fois réunis, ils suffisaient amplement pour recréer une image du corps en décomposition enroulé sur lui-même au milieu des plants de maïs. D'autres montraient l'empreinte partielle de pneu repérée sur le chemin de terre au nord du champ ainsi que la basket perdue de Chloé.

Fox avait presque terminé son puzzle macabre lorsque Logan Wood apparut sur le pas de la porte.

— Sergente ?

— Edwards t'a briefé ?

— Oui.

Il parut vouloir ajouter quelque chose, mais son sourire parlait pour lui.

— Bienvenue parmi nous. Tu peux prendre la place de Kramer. Je veillerai à ce que tu aies une nouvelle carte professionnelle.

Logan s'approcha du bureau et l'examina d'un air méfiant, comme s'il avait pu être contagieux. Puis il s'assit et sortit un calepin et un stylo de sa poche de poitrine.

— OK, dit Riley. Schmidt, liste-nous tout ce qu'on sait sur la victime.

Schmidt humecta un de ses doigts pour tourner les pages d'un dossier.

— La défunte s'appelle Chloé Miller. Trente-cinq ans. Nom de jeune fille : Chloé Clark. Épouse de James Miller, trente-huit ans.

Il leva les yeux après avoir lu leur adresse à voix haute.

— C'est l'un des quartiers les plus riches de Cedar Falls. Miller est employé chez GFT - Green Field Technology –, près d'Elk Run Heights. D'après son site internet, l'entreprise est spécialisée dans les semences de maïs. Chloé, elle, travaillait deux fois par semaine dans un magasin caritatif, mais elle a arrêté il y a deux ans et il semblerait qu'elle n'ait pas eu d'autre activité depuis. Vu le poste de monsieur et l'endroit où ils habitent, je suppose qu'elle n'en avait pas besoin.

— Depuis combien de temps étaient-ils mariés ? demanda Logan.

— Pas loin de dix ans, répondit Schmidt en consultant la page sous ses yeux. Ils auraient fêté leur anniversaire en septembre.

Le silence retomba dans la pièce. Au bout d'un moment, l'inspecteur reprit sa lecture :

— Aucun n'a d'antécédents judiciaires. Pas d'arrestation. Aucun mandat à leur encontre. Pas même une contravention. Ils sont tous les deux originaires de la région et ont encore de la famille par ici. La sœur aînée de James Miller, Margaret, est infirmière à l'hôpital de Waterloo. Avec ses autres sœurs, ils ont tous été scolarisés dans cette ville. De son côté, Chloé a fréquenté le collège Holmes et le lycée de Cedar Falls.

Ses yeux se posèrent sur Riley, qui se raidit. Que savait-il sur elle au juste, en dehors du fait que Chloé et elle avaient été amies à l'école ? Il était déjà là du temps de son grand-père, après tout. Mais Joe Fisher ne se serait tout de même pas confié à lui… si ? Et Jackson Cole ? Pouvait-on en dire autant à son sujet ? Que murmurait-on sur elle dans les vestiaires ? Si Reed découvrait son passé et les événements survenus en Californie, elle ne doutait pas un instant qu'il lui arracherait son badge. Or c'était ce dernier qui l'avait ramenée à la vie. Ce badge *était* sa vie.

Elle s'agita et cacha sa gêne en avalant une gorgée de café.

— Apparemment, ce James Miller est un fort en thème, continua Schmidt. Il a décroché une bourse pour aller étudier à la CALS de Cornell.

— La quoi ? dit Logan.

— L'École d'agriculture et des sciences de la vie de l'université de Cornell.

Riley médita cette information. Qu'est-ce qui avait pu pousser James Miller à revenir dans une ville sur le déclin après avoir réussi à entrer dans l'une des meilleures universités new-yorkaises ? Sa famille ? Ce poste chez GTF ? Chloé ? Elle ne se rappelait pas avoir déjà entendu son nom autrefois, mais avec dix-sept écoles primaires, six collèges et trois lycées à Cedar Falls et Waterloo, cela n'avait rien d'étonnant.

— C'est tout ce qu'on a, sergente.

Elle s'approcha des photos et fixa le visage de Chloé, tout maculé de poussière et de sang séché. Elle n'avait jamais oublié sa voix douce et son sourire, toujours à moitié caché derrière sa main. Puis elle se ressaisit.

— Nous avons donc une jeune femme retrouvée morte à des kilomètres en dehors de la ville. Aucun indice à ce stade sur ce qu'elle fabriquait là ou sur la personne qui la suivait peut-être. On devrait avoir tout à l'heure le rapport d'autopsie de Kristen Webb, mais d'après les premières constatations de Nolan, il s'agit presque à coup sûr d'un meurtre. Chloé Miller présentait de multiples lésions, dont certaines défensives. Sans compter celles-ci, ajouta-t-elle en montrant les plaies infestées d'asticots visibles à travers les déchirures des vêtements et la chair en bouillie de son cou. Nolan n'est pas sûr de ce qui les a provoquées. Avec un peu de chance, Webb pourra nous en dire plus et nous indiquer aussi la cause et l'heure du décès. Au vu de l'état de décomposition du corps, Nolan estime qu'il remonte à quatre jours environ, ce qui pourrait coller avec le moment où John Brown a aperçu un drone non identifié au-dessus des champs de Zephyr. L'appareil était-il piloté par un individu présent à côté de Chloé Miller ? Ou par quelqu'un qui la cherchait ? Ou qui la traquait ?

Riley tapota la photo de la basket isolée.

— Il est évident en tout cas qu'elle tentait de fuir quelque chose.

— Et les empreintes de pneus ? s'enquit Logan en s'intéressant au cliché sur lequel une trace dans le sol s'écartait vers la lisière du champ.

— Nolan est en train de les faire analyser. D'après John Brown, la piste rejoint la route rapide un kilomètre et demi plus loin, mais elle est rarement utilisée par les membres de Zephyr. Il est possible que Chloé se soit échappée en courant d'un véhicule. Ou que quelqu'un l'ait pourchassée au volant de celui-ci.

— Je penche pour la première hypothèse, déclara Schmidt. Comment sinon serait-elle arrivée là ? Elle était loin de chez elle. Il n'y a rien que des fermes, des champs et la voie rapide dans le coin. Et la nuit, on n'y voit rien. Ce n'est pas le genre d'endroit où on va se promener. Pas une femme comme elle.

— Ne jugeons pas trop vite de sa personnalité, le coupa Riley. Passons à la bande vidéo du drone.

Amy Fox ouvrit son ordinateur portable en le positionnant face à eux. Des touffes d'herbe apparurent à l'écran dans une fenêtre. Puis le drone décolla et s'éleva au-dessus des champs de maïs en dévoilant des images stables et de belle qualité – à l'évidence, John Brown avait l'habitude de s'en servir. Riley comprit aussi pourquoi il le surnommait son aigle. L'engin offrait une vision panoramique remarquable du paysage.

— Sue et moi, on envisage d'en acheter un, murmura Schmidt. Pour notre prochain voyage.

Au bout de quelques instants, le drone vira sur le côté et descendit un peu plus bas vers ce qui avait attiré l'attention de John Brown : des plants de maïs cassés près de la limite nord du champ. Quelques mètres plus loin, ils étaient plus nombreux encore et formaient une ligne en zigzag. L'appareil se rapprocha. Brusquement, le corps de Chloé surgit à l'écran. L'image tressauta – la main de John Brown venait de trahir son choc. Riley en prit note. Elle n'écartait aucune piste, mais ce geste tendait à démontrer l'innocence du fermier. Le drone tourna en rond au-dessus du cadavre, puis remonta dans les airs et repartit vers son maître – une toute petite silhouette au loin, à côté d'un pick-up. La vidéo s'arrêta avant qu'il l'ait rejoint.

— Brown a été secoué, c'est évident, dit Logan, faisant écho aux pensées de Riley. Mais il peut aussi avoir été au courant de la présence de Chloé Miller dans son champ et avoir envoyé son drone pour assurer ses arrières. Vous croyez qu'il a mimé la surprise ?

— Pourquoi aurait-il laissé le corps à cet endroit ? répliqua Schmidt. S'il était impliqué dans sa mort, pourquoi ne pas s'en débarrasser ? Et pourquoi nous aurait-il appelés ?

Logan haussa les épaules d'un air affable.

— Je préfère mettre toutes les hypothèses sur la table.

— Venons-en à la répartition des tâches, les interrompit Riley. Schmidt, je veux que Fox et toi, vous vous occupiez de Zephyr. Interrogez toutes les personnes en lien avec cette coopérative. Les quatre familles, leurs employés, leurs sous-traitants, leurs salariés agricoles. Tout le monde. Vérifiez que le récit d'Ed Wilson est conforme à celui de John Brown. Voyez aussi s'il a d'autres détails à nous fournir au sujet du drone qu'ils ont aperçu. Dans quelle direction il est reparti. Et demandez si quelqu'un a remarqué un véhicule dans les parages cette nuit-là. Pendant ce temps, Wood et moi, on ira rendre visite à James Miller et aux parents de Chloé.

Elle les scruta tour à tour en ayant toujours à l'esprit l'insistance avec laquelle le shérif lui avait ordonné de vite boucler cette enquête.

— Il est inutile que je vous rappelle le pourcentage de meurtres non élucidés dans ce pays. Essayons d'inverser la tendance avec celui-là, d'accord ?

— D'accord, sergente.

— Merci de me donner cette chance, dit Logan en la suivant dans le couloir. Tu ne le regretteras pas.

Avant d'avoir pu lui répondre, Riley fut stoppée net par Jackson Cole, qui surgit sans prévenir devant eux.

— Je peux te dire un mot ?

— Pas maintenant.

— Des félicitations sont à l'ordre du jour, à ce qu'il paraît ? jeta-t-il à Logan, d'un ton léger mais la mine glaciale. Je suppose que c'est toi, la coqueluche du mois ?

Riley s'avança vers lui et le força à s'écarter.

— Tu ferais mieux de regagner ton bureau. Maintenant que j'ai pris l'un des meilleurs éléments de la patrouille, tu devrais avoir plus d'occasions de briller.

Elle ne se retourna pas pour voir sa réaction, mais son cœur cognait sourdement dans sa poitrine lorsqu'elle franchit les portes du bâtiment pour émerger dans la lumière aveuglante du soleil matinal.

— Il y a un problème entre vous deux ? l'interrogea Logan en la rattrapant alors qu'elle traversait le parking en direction de sa Dodge. Je sais que je t'ai déjà posé la question, mais, euh… je ne voudrais pas me retrouver au milieu de…

— Il n'y a aucun problème, dit-elle sèchement en croisant son regard par-dessus la voiture.

— OK. Pas de souci.

Riley s'installa au volant et tira violemment sur sa ceinture de sécurité. L'espace d'un instant, un souvenir l'assaillit, si fort qu'elle en sentit le goût au fond de sa gorge – la brûlure acide d'un shot de whisky, la fumée d'une cigarette et l'eau de Cologne bon marché de Cole. De rage, elle mit la clim à fond.

7

James et Chloé Miller habitaient une maison située en retrait d'une rue arborée. Un chemin bordé d'arums orange et de pâquerettes bleues traversait une pelouse impeccable jusqu'aux marches de la véranda. La bâtisse datait de la même période et présentait le même style architectural que celle des Fisher, mais Riley nota des différences évidentes – les peintures aux couleurs vives, le bois traité contre les intempéries, les gouttières nettoyées, les fenêtres propres et le salon de jardin aux coussins assortis. D'après les archives du comté, James Miller l'avait achetée six ans plus tôt. Green Fields Technology payait manifestement bien ses employés.

En dehors de quelques enfants qui faisaient du vélo un peu plus loin, la rue était tranquille. Riley se gara derrière une voiture de patrouille stationnée sur le trottoir. Un rideau bougea à une fenêtre de la maison voisine lorsqu'elle sortit de sa Dodge, et un homme au visage rond et au nez chaussé de lunettes regarda dehors.

Elle prit sa veste sur le siège arrière – une veste noire, cintrée et austère, comme la jupe qui allait avec. Elle ne l'avait pas portée depuis l'examen oral qu'elle avait dû passer pour décrocher sa promotion et, avant cela, depuis l'enterrement de ses parents. C'était un vêtement trop chaud pour la saison, mais sa couleur sombre convenait aux circonstances. Et puis il cachait son Glock. Elle ne voulait pas déstabiliser Miller. Pas tout de suite.

Elle n'avait pas encore atteint les marches que la porte s'ouvrit sur Chad Becker. L'homme était fait du même bois que Jackson Cole. Le genre qui entrait dans la police comme d'autres partent à la guerre. Qui se promenait avec des bottes à bouts renforcés, des lunettes de soleil et la boule à zéro. Qui ne prêtait guère attention aux sessions de désamorçage de crises pendant sa formation et qui préférait le stand de tir et les cours sur la gestion des émeutes.

Sa chemise était froissée et son teint pâle trahissait son manque de sommeil. Le devoir des policiers auprès des familles endeuillées l'avait contraint à travailler bien après la fin de son service, mais Riley ne doutait pas qu'il serait content de toucher des heures supplémentaires.

Il s'avança à leur rencontre.

— Bonjour, sergente, dit-il en fronçant les sourcils à la vue de Logan.

— Comment va Miller ? le questionna Riley.

Son ton sec obligea Becker à se ressaisir.

— Il est en état de choc. Je l'ai laissé seul, mais sa mère et ses sœurs ne devraient pas tarder.

— Il n'a plus son père ?

Becker haussa les épaules. Il n'en savait rien.

Riley embrassa la maison du regard. Cela l'arrangeait que Miller soit seul. Seul et vulnérable. L'expérience lui avait appris que la plupart des femmes assassinées l'étaient par leur mari ou leur petit ami. Dans le cas présent, la scène et la nature du crime ne lui rappelaient aucune de ses précédentes enquêtes, mais cela n'innocentait pas James Miller – et ce d'autant moins que Chloé était morte depuis trois jours quand son corps avait été retrouvé et qu'à aucun moment Miller n'avait signalé sa disparition.

Son téléphone portable sonna dans sa poche. En voyant le nom de Kristen Webb s'afficher à l'écran, elle s'écarta de Becker et Logan.

— Docteur Webb, bonjour.

— Sergente Fisher, j'ai un rapport préliminaire pour vous, annonça Webb de ce ton terre à terre que Riley appréciait tant.

— Un rapport en douze heures – c'est un record, non ?

— Ne me remerciez pas tout de suite. Schmidt vous a parlé du retard pris par le labo ?

— Oui.

— Eh bien ce n'est pas tout.

— Comment ça ?

— Commençons par l'essentiel.

— Je vous écoute.

— OK. Je rejoins Bob Nolan dans ses estimations en situant le décès entre 19 heures et minuit le 21 juin. Je ne peux pas être plus précise, malheureusement, parce que l'humidité accélère le processus de décomposition. En revanche, la rigidité cadavérique me permet d'affirmer que la victime est décédée à l'endroit où elle a été découverte. Bien sûr, cela ne veut pas dire que l'agression a été commise là.

— Non, en effet. Je pense qu'elle courait au moment de sa mort, ou qu'elle tentait de se cacher.

— Il s'agit d'un homicide – je n'ai aucun doute à ce sujet. Son corps présente de multiples blessures. Des fractures de l'auriculaire, de l'annulaire et du majeur à la main gauche. Un coup violent à la base du crâne. De profondes entailles sur la cuisse droite, le bras droit et le cou. La carotide et l'artère fémorale sont intactes, mais les tissus mous sont très endommagés.

Riley l'écouta dresser un macabre inventaire que, pour l'essentiel, elle avait déjà réalisé elle-même. Bien qu'elle n'en fût pas à son premier rapport d'autopsie, elle n'arrivait pas cette fois à mettre de la distance entre elle et l'horreur du crime commis. L'énoncé de chaque plaie la faisait ciller, tant elle imaginait la terreur et la souffrance que Chloé avait dû ressentir.

— Certaines de ces blessures pourraient s'expliquer par une chute, poursuivit Webb. Il y avait notamment quatre éclats de verre dans sa paume gauche que je ferai examiner. D'autres indiquent une volonté de se défendre. À un moment donné, elle a levé les bras pour se protéger et sa peau a été tellement éraflée qu'elle a saigné. J'ai effectué quelques prélèvements au niveau des lacérations et de ses ongles, mais comme je vous l'ai dit, il faudra patienter avant de savoir si on dispose d'une trace d'ADN. En revanche, je devrais avoir le résultat des analyses toxicologiques et microbiologiques d'ici la fin de la semaine.

— Quelle est la cause du décès ?

— Un choc hémorragique. Une perte de sang due en grande partie – mais pas seulement – à sa blessure au cou. La mort n'a pas dû être rapide. La victime a pu survivre jusqu'à une heure dans l'état où elle était, mais peut-être moins si on tient compte de la chaleur, de ses efforts physiques et des médicaments qu'elle prenait ou pas – certains sont de nature à accélérer une hémorragie. J'ai demandé qu'on m'envoie son dossier médical.

Riley jeta un coup d'œil derrière elle. Becker et Logan discutaient face à la maison de Miller. Elle s'arma de courage pour poser sa question suivante.

— Des traces d'agression sexuelle ?

— Un examen avec une lampe à rayons ultraviolets n'a rien révélé d'autre que du sang. Pas de sperme ni de lésions génitales. Logique, si on songe que cette femme a été retrouvée tout habillée. Cependant, ses vêtements étaient déchirés, et il est probable selon moi qu'ils l'aient été par son assaillant.

— On ne peut donc pas écarter une tentative de viol ?

— Je peux juste vous dire ce que son cadavre m'indique, sergente. Chloé Miller est morte d'une hémorragie provoquée par les entailles dans son cou, sa cuisse droite et son bras droit. Ces constatations mises à part, il y a des choses qui m'échappent, comme l'origine de ces blessures. À certains endroits, la chair a été arrachée. Mais par quoi, ça, je ne peux pas l'affirmer avec certitude. Pour tout vous avouer, je n'ai jamais rien vu de tel.

Riley perçut l'hésitation dans sa voix.

— Une supposition, tout de même ?

Webb soupira.

— Je vous le répète, les tissus sont très endommagés et l'action des asticots rend toute hypothèse encore plus...

— Docteur.

— Bon, très bien. Puisqu'il le faut, je dirais que cela ressemble à des morsures.

— Des morsures ?

Riley avait entendu parler de cougars et d'ours venus du Dakota du Sud et du Minnesota, et les loups n'étaient pas si rares lors des hivers les plus rudes. Un jour qu'elle chassait avec son grand-père, elle en avait aperçu un dans les bois – où il avait disparu, trop vite hélas pour qu'ils puissent le pister. Seulement, ces animaux évoluaient d'habitude dans des zones reculées au nord et à l'ouest de l'Iowa.

— Un chien, peut-être ? suggéra Webb. Difficile d'en jurer. J'ai un vieil ami, Bruce Bain, qui est odontologiste médico-légal. L'un des meilleurs de sa profession. Il témoigne lors d'un procès en Floride en ce moment – un cas d'abus sexuel sur un gamin, une sale histoire –, mais je sais qu'il nous aidera s'il le peut.

Une douceur rare dans la voix du médecin légiste amena Riley à se demander si Bruce Bain n'était pas plus qu'un ami pour elle. Certains de ses collègues masculins supposaient que Kristen Webb était lesbienne – tout ça parce qu'elle vivait seule et sans enfants à plus de cinquante ans. À coup sûr, certains d'entre eux penseraient la même chose d'elle d'ici quinze ans. S'ils ne le faisaient pas déjà.

— Ces morsures – ces morsures *potentielles*..., se corrigea-t-elle avant que Webb la reprenne. Pourraient-elles avoir été infligées après le décès de Chloé Miller ? Par un animal dans les champs, par exemple. Un chien, comme vous disiez. Ou un coyote peut-être ?

— J'ai peur que non. Quelle qu'en soit la cause, elles ont été infligées du vivant de la victime. Je suis d'accord avec Bob Nolan. Cette femme a subi une agression violente.

Une autre voix se fit entendre à cet instant derrière le médecin légiste.

— J'arrive, lança Webb. Désolée, sergente, je vais devoir y aller. Un sans-abri a été retrouvé dans l'église en ruines près de la rivière Dry Run. C'est le deuxième ce mois-ci. Ils meurent de froid en hiver et de déshydratation en été. Dire qu'on se considère comme un pays développé...

Riley raccrocha et retourna auprès de ses collègues. Après avoir renvoyé Becker chez lui, elle s'avança vers la maison avec Logan tout en lui résumant le rapport préliminaire de Webb.

— Des morsures ? s'étonna-t-il. Mais de quoi ?

— De chien, peut-être. Webb va consulter un spécialiste. Avec un peu de chance, il pourra nous en dire plus.

Elle sonna à la porte, que des carreaux de verre colorés bordaient de haut en bas sur un côté.

— Des moustiques ?

Riley le regarda, interloquée.

— Des morsures pareilles ne peuvent pas être dues à des moustiques, voyons.

— Je voulais parler de toi, répliqua Logan, amusé. Ils ne t'ont pas loupée, hein ? Ces saletés sont un supplice permanent pour mon neveu.

Riley prit soudain conscience qu'elle avait porté la main à son cou pendant leur discussion. Elle la laissa vivement retomber.

— Oui, dit-elle en se détournant pour masquer la cicatrice rose qui dessinait un ovale parfait sur sa peau.

À l'intérieur de la maison, des pas se firent entendre. Puis une silhouette apparut derrière les carreaux.

8

Le teint gris, les traits creusés par la douleur et la peau sèche sous la barbe naissante qui recouvrait ses joues, James Miller avait visiblement très peu dormi.

— Monsieur Miller, dit Riley en lui montrant son badge. Je suis la sergente Riley Fisher. Je travaille pour le Bureau des enquêtes sous l'autorité du shérif du comté de Black Hawk.

Elle attendit un instant, mais de toute évidence, son nom n'évoquait rien à Miller. Chloé n'avait pas dû lui parler d'elle. Au fond, cela valait mieux, même si elle se sentait blessée.

— Chad Becker vous a averti de ma visite ?

— Oui, répondit-il d'une voix monocorde. Entrez.

— Je vous présente mes condoléances, monsieur Miller. Je sais que vous devez être épuisé, mais nous avons besoin de vous poser quelques questions pour avancer dans notre enquête. Vous le comprenez ?

Il acquiesça en silence et leur fit signe de le suivre le long d'un couloir.

Riley fut intriguée par les œuvres d'art sur les murs – des taches de couleurs acidulées sur fond de tourbillons peints à grands coups de pinceau, un peu comme des scènes de crime retranscrites sur toile. Rien à voir avec les prières brodées au point de croix qu'il y avait chez elle. Elle n'avait pourtant pas souvenir que Chloé se fût jamais intéressée à l'art.

Miller sembla lire dans ses pensées.

— C'est notre décoratrice d'intérieur qui a choisi ces tableaux.

Leur décoratrice d'intérieur ? La chance avait décidément souri à Chloé. Riley se rappela leurs jeux et les nuits qu'elles avaient passées ensemble chez les Clark. Elle revit les matelas en mousse bosselés posés à même le sol pour elle et Mia. La mère de Chloé, les joues roses dans ses robes d'été délavées. La balançoire rouillée à l'arrière de la maison. Le père de son amie, un facteur qui, au moment de partir faire sa tournée au petit matin, jetait en sifflotant une Lucky Strike fumée jusqu'au filtre.

Au bout du couloir, elle aperçut une cuisine ensoleillée dont les portes s'ouvraient sur une terrasse et un jardin ombragé. James Miller les orienta vers le salon voisin, que des rideaux partiellement tirés plongeaient dans une douce pénombre. La pièce comportait un insert, un sofa qui s'étendait sur toute la largeur du mur du fond, deux fauteuils assortis de chaque côté et une table basse sur laquelle des magazines avaient été empilés avec soin.

Tout cela était très ordonné, très joli, mais aussi dépourvu d'âme qu'une maison témoin. On aurait dit un lieu où personne ne vivait vraiment. Ici, il n'y avait pas de famille réunie sur un canapé inconfortable les soirs de grands matches à la télé, pas de plateaux-repas pris devant un film, pas de miettes de pop-corn par terre, pas d'animaux, pas de cris d'enfants. Riley se demanda d'ailleurs pourquoi James et Chloé n'en avaient pas eu. L'un des deux souffrait-il d'infertilité ? Y avait-il eu un autre problème ? Mais au moins n'avait-elle pas à composer avec un gamin qui s'accrochait à son jouet préféré pour se réconforter pendant qu'on lui expliquait que son monde venait de s'écrouler. Elle-même avait vingt-trois ans le jour où on lui avait annoncé cette nouvelle par téléphone, et cela l'avait anéantie.

— Installez-vous, je vous en prie, dit James.

Elle remarqua deux tasses sur la table basse - l'une, encore pleine, avec de la mousse de lait qui flottait à la surface, l'autre vide et posée à côté de sa soucoupe, si bien qu'elle avait laissé un rond sur le plateau en verre. Becker, présuma-t-elle.

— Je peux vous servir quelque chose ? offrit Miller.

— Si on laissait plutôt mon adjoint s'en charger ? dit-elle en souriant.

Sur le point de s'asseoir, Logan se figea, puis se redressa.

— Pas de souci.

James parut décontenancé.

— Je...

— Je vais me débrouiller, monsieur Miller. Vous prendrez un café ? demanda Logan.

Il avait saisi ce qu'elle attendait de lui : qu'il profite de l'occasion pour jeter un coup d'œil à la maison pendant qu'elle mettait Miller à l'aise.

James prit place au bord de l'un des fauteuils, le dos voûté et les mains croisées.

— Chad Becker nous a dit que votre mère et vos sœurs étaient en route, c'est bien ça ? attaqua Riley en sortant son calepin.

— Ma mère était hystérique au téléphone et ne pouvait même pas parler. Elle a dû me passer Margaret.

— Margaret ? Votre sœur ?

— Oui.

— Elle est infirmière, n'est-ce pas ? À l'hôpital de Waterloo ?

Il acquiesça et se laissa aller contre le dossier de son fauteuil. Un rayon de soleil éclaira le côté de son visage.

Si l'on faisait abstraction de sa pâleur, songea Riley, c'était un homme séduisant avec ses pommettes saillantes, sa mâchoire carrée et ses cheveux bruns qui commençaient tout juste à grisonner au niveau des tempes.

— Monsieur Miller, savez-vous ce que votre femme faisait dans les champs de Zephyr ?

Il secoua la tête. Au même instant, un bruit de vaisselle s'éleva dans la cuisine et ses yeux se tournèrent vers la porte.

— Est-ce que vous ou votre femme connaissez quelqu'un là-bas ? Un employé, peut-être ?

— Non.

Elle changea de tactique.

— Vous vous êtes inquiété de ne pas la voir rentrer, j'imagine ?

Les épaules de James s'affaissèrent, et il enfouit son visage dans ses mains.

— Monsieur Miller, je veux vraiment arrêter le coupable, dit-elle doucement – des paroles qu'elle pensait toujours lorsqu'elle les prononçait, mais cette fois-ci plus encore que d'habitude. S'il vous plaît, aidez-moi à comprendre ce qui est arrivé à Chloé.

Il se redressa et la fixa bien en face.

— J'étais persuadé qu'elle avait un amant, cracha-t-il d'un ton dur. Et... et qu'elle m'avait quitté.

Riley soutint son regard. Elle était prête à parier qu'il n'avait rien dit de tout ça à Becker. Quel homme avouerait à un autre que sa femme l'avait trompé et qu'il ne parvenait pas à la combler ?

— Avez-vous une idée de la personne avec qui elle pouvait être ? Un nom ?

— Je ne suis sûr de rien. Je n'ai que des soupçons.

— De quand datent-ils ?

— D'il y a quelques mois peut-être. Je ne sais pas.

Il sursauta lorsque Logan revint, comme s'il avait oublié sa présence.

L'inspecteur posa une tasse devant James et en tendit une seconde à Riley.

— Je peux avoir un peu plus de lait ? demanda-t-elle.

Il décoda tout de suite le message.

— Bien sûr, dit-il en repartant dans la cuisine.

— Monsieur Miller ? Avez-vous questionné votre femme ?

— Non. Je crois que j'avais peur. Peur d'avoir confirmation de ce que je pensais.

— Pourquoi ?

— Je travaillais trop et cela la contrariait.

— Vous voulez parler de votre emploi chez Green Fields Technology ?

Il fit signe que oui.

— Que faites-vous là-bas ?

— J'essaie d'améliorer la productivité du maïs et de faire en sorte qu'il s'adapte à des environnements difficiles. En clair, je développe des variétés capables de résister à la sécheresse et aux maladies.

— Je vois. Quand êtes-vous entré dans cette entreprise ?

— Après l'obtention de mon diplôme.

— C'est donc ce poste qui vous a poussé à revenir dans l'Iowa ?

Il soupira.

— Qu'est-ce qu'on en a à faire, que je travaille ici ou ailleurs ? Bon sang, je dis juste que je bossais trop et que ça énervait ma femme !

— Vous vous êtes disputés à ce sujet ? demanda prudemment Riley en scrutant son visage et son langage corporel.

James Miller était mince, grand, et doté d'un physique sec. Chloé, elle, était petite et toute menue. Il aurait pu la dominer sans aucun problème. La clouer à terre. La blesser. Elle repensa aux plaies de son amie. Aux morsures qu'elle semblait avoir subies. *Elle était encore en vie. Une agression violente.*

— Non, pas de grosses scènes de ménage. Seulement des prises de bec, OK ?

— Bien sûr.

— Mais si elle voyait quelqu'un, c'était ma faute. Parce que je passais mes soirées au bureau. Parce que je l'ignorais. C'est ma faute si elle est morte.

Sa voix s'étrangla, et il serra les poings.

— Oh, bon Dieu. *Chloé.*

Riley perçut le désespoir qui lui nouait la gorge. C'était là quelque chose de difficile à feindre.

— Monsieur Miller, vous n'êtes pas responsable de ce qui est arrivé à votre femme. Je vous promets qu'on fera tout ce qui est en notre pouvoir pour traduire le coupable en justice.

Elle marqua une pause le temps qu'il se ressaisisse.

— Vous disiez avoir pensé qu'elle vous avait quitté. Pour quelle raison ? Avait-elle emporté des affaires ?

— Juste sa voiture. Et son sac à main, je crois.

Sa voiture ? Pourquoi Becker n'avait-il pas réussi à lui soutirer au moins cette information ? S'agissait-il du véhicule dont ils avaient retrouvé les empreintes sur le chemin de terre ? Quelqu'un l'avait-il volé après avoir attaqué Chloé ? *Merde*, ils auraient pu avoir déjà lancé une alerte à toutes les patrouilles de l'État s'ils l'avaient su plus tôt.

— Vous n'avez pas cherché à la joindre ? dit-elle en ravalant sa frustration. Vous n'avez pas signalé sa disparition ?

— Je l'ai appelée des dizaines de fois ! Mais je n'arrêtais pas de tomber sur sa messagerie.

— Avez-vous essayé de la géolocaliser ? Elle avait peut-être une application pour ça sur son portable, non ?

— Rien ne marchait.

Si Chloé s'était fait dérober son téléphone, la personne avait dû en retirer tout de suite la carte SIM, mais les Services techniques étaient parfois capables d'accomplir des miracles.

— Si vous voulez bien nous donner le numéro de votre femme et le nom de son opérateur...

— J'ai appelé sa famille, ses amis, la coupa James. Tous les gens qui me venaient à l'esprit. J'ai pris ma voiture cette nuit-là et j'ai sillonné la ville entière. Sans rien trouver. J'espérais... j'espérais qu'elle finirait par se sortir cette histoire de la tête. Qu'elle rentrerait quand elle serait prête. Je n'ai pas pensé un seul instant qu'elle était... *là-bas*, conclut-il d'une voix de nouveau rauque.

Au même instant, ils entendirent quelqu'un se garer devant la maison. James jeta un coup d'œil entre les rideaux.

— Ma mère et mes sœurs.

— Monsieur Miller, il nous faut des précisions sur la voiture de votre femme, dit Riley en se levant à son tour. Et aussi une description de son sac à main et de ce qu'il contient. Vous voulez bien vous occuper de ça tout de suite ? Logan et moi, on se charge d'accueillir votre famille. Nous aurons également besoin des agendas, calendriers et carnets d'adresses de Chloé, ainsi que de ses différents appareils – ordinateurs et autres. Tout ce qui nous pourra nous aider à découvrir qui elle a pu rejoindre ce soir-là.

James vacilla, l'air anéanti. À l'extérieur, des portières claquèrent.

— Commençons par les papiers du véhicule et le téléphone, monsieur Miller. Et, si possible, les coordonnées des proches de votre femme. J'enverrai un agent récupérer le reste plus tard.

Il quitta la pièce. Peu après, les marches de l'escalier grincèrent.

Logan réapparut sur le seuil de la pièce.

— Sa mère et ses sœurs sont arrivées, l'informa Riley en posant sur la table le café qu'il lui avait apporté. Retiens-les un peu dehors.

Une fois seule, elle inspecta le salon. À une extrémité se trouvait une commode surmontée d'une lampe et de photophores aux bougies intactes. Plusieurs photos les entouraient, dont un portrait de James et Chloé le jour de leur mariage. Ils formaient un joli couple, lui grand et ténébreux, elle blonde et toute fine. À côté, Riley reconnut les parents de son amie, plus grisonnants et plus ridés que dans son souvenir. Chloé avait été leur fille unique, et elle eut le cœur serré en imaginant leur réaction à sa mort. Tous deux lui avaient laissé l'image de gens bons et chaleureux. Ils ne méritaient pas ça. Elle effleura le visage de Chloé. Ce large sourire faisait résonner en elle le rire d'une jeune fille. Un rire qui se transformait en hurlement dans sa tête.

La troisième photo était granuleuse et ses couleurs commençaient à s'estomper. Un homme et une femme y posaient sur les marches d'une ferme délabrée avec trois enfants maigrelets en rang devant eux – un grand garçon brun au jean délavé et deux filles vêtues de robes mal ajustées. À l'arrière-plan, on devinait une grange rouge au toit abîmé. Une vieille pompe à vent aux lames rouillées la surplombait.

Des voix féminines retentirent dans le vestibule.

— Tenez.

Riley sursauta – elle n'avait pas entendu James revenir. Debout derrière elle, il lui tendait un portefeuille en plastique contenant des documents, ainsi qu'un petit carnet à spirale décoré de fleurs. Elle lui montra le garçon sur la photo granuleuse.

— C'est vous ?

Il hocha la tête sans la quitter des yeux.

— Le numéro de Chloé figure sur la première page, dit-il sans lâcher le portefeuille et le carnet lorsqu'elle les saisit. Vous comptez contacter nos amis et leur répéter tout ce que je vous ai dit sur sa liaison ?

L'homme éploré avait disparu. James Miller revenait à présent aux choses sérieuses.

— Où est-il ? lança l'une des voix féminines. Je veux voir mon fils !

— Si votre femme avait rendez-vous avec quelqu'un ce soir-là, monsieur Miller, on devra déterminer de qui il s'agissait.

Le regard de James dévia vers la porte tandis que la voix dans le vestibule grimpait dans les aigus.

— Chloé ne se serait jamais confiée à ses proches.

— Au sujet de son amant ?

— Elle était très réservée, sergente.

C'était vrai. Ou du moins cela l'avait été quand elles étaient plus jeunes. Chloé avait toujours été la timide de la bande. L'indécise, la prudente, celle qui voulait plaire aux autres et craignait de les vexer. Ces qualités l'avaient rendue sympathique à Riley en contrebalançant le tempérament plus insolent de Mia. Mais plus tard – après cette fameuse soirée –, elles lui étaient devenues insupportables. Elle revoyait Chloé l'observer nerveusement et devinait encore les mots prêts à franchir ses lèvres, mais jamais prononcés.

— Elle ne se serait jamais confiée à eux, répéta James.

Cette fois, il lâcha les documents et sortit à grands pas de la pièce.

Riley le rejoignit dans le vestibule, où il tentait de réconforter une vieille dame qui pleurait sans pouvoir s'arrêter. Deux autres femmes les entouraient, elles aussi en larmes. Riley les reconnut grâce au portrait de famille sur la commode, même si les fillettes photographiées devant la ferme avaient bien changé et arboraient désormais des tenues élégantes, de belles chaussures et des coiffures élaborées. Tout ce petit monde avait acculé Logan contre le mur.

La mère de James leva les yeux. Malgré la qualité de ses vêtements, Riley perçut en elle les vestiges de la pauvreté visible sur la photo du salon. Une pauvreté inscrite dans sa peau et ses os, qui trahissaient des années de malnutrition et de difficultés financières.

— Trouvez le monstre qui a fait ça !

— Maman, chhhh, souffla l'aînée de ses filles.

Riley se tourna vers James Miller.

— Je reprendrai contact avec vous, monsieur Miller.

Une fois dans sa Dodge, elle appela le Central pour lancer une alerte à toutes les patrouilles concernant la voiture disparue de Chloé. Elle transmit ensuite à Bob Nolan les informations relatives au véhicule - il pourrait ainsi les confronter aux résultats de l'analyse des traces de pneus relevées dans le champ de maïs - et, pour finir, pria Hal Edwards d'envoyer quelqu'un chercher le reste des affaires qu'elle avait réclamées à James Miller et de garder un œil sur ce dernier. Elle ne tenait pas à ce qu'il quitte la ville. Pendant ce temps, Logan communiqua le numéro de téléphone de Chloé aux Services techniques dans l'espoir qu'ils parviendraient à le localiser.

En attendant qu'il ait terminé, Riley contempla la maison des Miller. Comment interpréter le changement d'attitude de James ?

Elle ne se serait jamais confiée à ses proches.

Ce n'était pas une menace. Une promesse, peut-être ? Un moyen de la dissuader de poser des questions trop personnelles aux amis et à la famille de Chloé ? Était-ce la fierté qui l'avait motivé ? La honte ? Ou quelque chose d'autre ?

— Tu as remarqué des trucs intéressants dans la cuisine ? demanda-t-elle à Logan lorsqu'il eut raccroché.

— À mon avis, il n'avait pas fait le ménage depuis plusieurs jours. Il y avait des assiettes sales dans l'évier. Les poubelles débordaient. Mais à part ça, l'endroit était nickel, conclut Logan d'un ton impressionné.

— Tu as entendu ce qu'il m'a dit ?

— Sur la liaison de sa femme ? Oui. Mais il n'a que des soupçons, si j'ai bien compris. Pas de preuves.

— Dans tous les cas, ça lui donne un mobile. Que Chloé l'ait trompé ou pas n'a pas d'importance, au fond. Si lui en était persuadé...

Riley se tourna vers la maison. Qu'avait-elle entrevu derrière la façade éplorée de James Miller ? Une forme de tension ? de colère ? de désespoir ?

— Bon, supposons pour l'instant qu'il y ait un amant dans cette histoire. Quelqu'un qui voulait peut-être qu'elle quitte son mari et qui se serait énervé parce qu'elle refusait...

Elle se représenta Chloé dans sa voiture avec un autre homme – une ombre à côté d'elle. Ils s'étaient garés dans le noir, comme des adolescents. Des moucherons tourbillonnaient dans le faisceau lumineux des phares braqués sur les plants de maïs. Ils se caressaient. S'embrassaient avidement. Puis une dispute éclatait. Une lutte ? Chloé sortait tant bien que mal de la voiture, blessée peut-être. Elle abandonnait son sac à main et son téléphone derrière elle. Courait dans le champ. Terrorisée, elle ne s'arrêtait pas, même après avoir perdu sa basket.

Mais... et le drone dans tout ça ?

Devant la mine interrogative de Logan, Riley lui fit part de ses réflexions.

— Moi, je me disais que ce drone n'avait pas forcément de rapport avec la mort de Chloé Miller, déclara-t-il.

— Oh ?

— C'était peut-être juste un fermier qui inspectait ses récoltes.

— En pleine nuit ?

— Ou quelqu'un qui voulait saboter celles de Zephyr. John Brown pense que c'est déjà arrivé, non ? Il suffit que l'appareil vaporise un produit quelconque.

— Ça ressemble à de la paranoïa.

— Ne prends pas ses peurs à la légère. Je sais de quoi certaines entreprises sont capables quand il y a des profits en jeu.

Riley croisa son regard.

— Très bien.

— Et puis, Brown estime que son maïs est bien placé pour remporter un prix à la foire de l'Iowa. Le Grand Prix alimentaire, tu te souviens ? J'ai fait des recherches sur Internet après qu'on lui a parlé. C'est un truc énorme. Les gagnants des années passées sont devenus des acteurs puissants du secteur agricole. Il y aurait de quoi faire de Zephyr un concurrent assez mal vu. Brown a bien dit qu'Agri-Co voulait acheter ses terres avant qu'il crée la coopérative avec quatre autres familles, non ?

La remarque de Logan rappela à Riley pourquoi elle avait apprécié de travailler avec lui quand ils étaient coéquipiers au sein de la State Patrol. Elle aimait sa façon de réfléchir, méthodique et précise. Une chance qu'elle ait réussi à imposer son choix à Reed.

— Il y a aussi les éclats de verre que Webb a retrouvés dans la paume de Chloé. Et ces blessures, dit-elle. Et ses vêtements...

— Quoi, qu'est-ce qu'ils ont ?

— Ce n'est pas franchement une tenue pour un rendez-vous galant. De vieilles baskets, un T-shirt. Pas de maquillage...

Logan parut pensif.

— Sauf si leur liaison durait depuis un bon moment. Je n'y connais rien, moi, ajouta-t-il en souriant. Quand est-ce que les femmes arrêtent de faire des efforts ?

Riley ne répondit pas.

Une robe noire remontée jusqu'aux cuisses. Des talons hauts. Du gloss sur les lèvres. Une cascade de cheveux mordorés tout juste séchés et ramenés sur une épaule. Un pas en arrière pour se regarder dans le miroir. Pas avec ses propres yeux, mais ceux de tous ces hommes qu'elle avait cherché à appâter. Elle savait ce qu'ils voulaient voir.

— Qui sont les premières personnes inscrites dans son carnet d'adresses ?

Logan tourna les pages.

— Hmm, là, je dirais que c'est son médecin. Ensuite... Clark. Ses parents, je suppose. Est-ce que ça, ça pourrait être une amie ?

Il montra à Riley un nom rédigé d'une écriture soignée.

Mia Collins.

9

Mia vivait sur Iowa Street, à l'angle d'une rue encadrée par un McDo drive et une station de lavage. Un embranchement de l'ancienne voie ferrée serpentait dans le quartier en longeant les pelouses des maisons. Gamine, Riley avait joué là à cap ou pas cap avec ses amis en regardant qui resterait le plus longtemps sur les rails dès qu'un signal sonore retentissait et qu'un train arrivait avec fracas.

Elle sortit seule de la Dodge. Elle avait déposé Logan chez les parents de Chloé au motif qu'ils avaient beaucoup de monde à interroger et que cela les obligeait à être efficaces. C'était vrai, mais une autre raison l'avait en réalité poussée à rendre visite à Mia sans lui. Chloé avait emporté ses secrets dans la tombe. Mia, elle, représentait une fenêtre ouverte sur un passé qu'elle ne voulait dévoiler à aucune des personnes de son entourage actuel.

La maison était une modeste bâtisse avec un garage au rez-de-chaussée et un jardin jonché de jouets. L'homme que Mia Adams avait épousé et qui avait fait d'elle Mme Collins ne boxait pas dans la même catégorie que James Miller. Un de leurs voisins arrosait son gazon, au milieu duquel il avait planté un panneau recouvert d'une affiche de campagne du gouverneur Bill Hamilton : VOTEZ POUR VOTRE AVENIR !

Le cœur battant, Riley alla sonner.

La porte s'ouvrit sur Mia. Pieds nus et en nage, elle tenait d'un bras un nourrisson au teint marbré qui suçait une tétine.

— Riley ? Oh, mon Dieu...

Elle regarda le badge que celle-ci lui présenta sans manifester la moindre surprise.

— C'était elle ? La femme qui a été retrouvée, c'était Chloé ?

Riley se figea. La presse n'avait encore mentionné aucun nom.

— James a téléphoné, expliqua Mia. Il y a quatre jours, en pleine nuit. Ça a réveillé les enfants, d'ailleurs. Dan était furax.

Dan. Son mari ?

— Il était paniqué et disait que Chloé avait disparu.

Voilà qui confirmait le récit de Miller. Mais une question la tenaillait toujours : pourquoi prétendait-il que Chloé n'aurait jamais révélé à personne l'existence d'un éventuel amant ? Il ne pouvait pas souhaiter laisser passer la moindre chance de démasquer l'assassin de sa femme, tout de même ? Sauf si, bien sûr, c'était lui qui l'avait tuée.

— Chloé et moi, on était censées aller boire un verre hier au Soprano's, ajouta Mia.

Riley connaissait ce restaurant italien de Main Street, dont les serveurs portaient des nœuds papillons et chantaient des airs d'opéra. Après leur emménagement à Cedar Falls, son père avait pris l'habitude d'y emmener sa mère pour fêter leur anniversaire de mariage.

— J'ai tenté de l'appeler, j'ai laissé des messages. Elle ne m'a jamais répondu. Je suis quand même allée à notre rendez-vous en espérant qu'elle y serait. Je me disais qu'elle s'était peut-être disputée avec James et qu'elle aurait envie d'en parler, mais elle n'est pas venue. Bon sang…

En entendant se rapprocher le sifflement du tuyau d'arrosage de son voisin, Riley rangea son badge.

— Je peux entrer ?

Mia la précéda dans un couloir sombre encombré de jouets qu'elle écarta du pied. Riley aperçut au passage un salon en désordre dans lequel beuglait un téléviseur. Vautrés sur un canapé, deux garçons fixaient l'écran. Aucun des deux ne leur prêta attention.

Parvenue dans la cuisine, Mia posa son nourrisson dans le parc à bébé installé dans un coin, près d'une machine à laver en marche. À peine l'eut-elle lâché qu'il recracha sa tétine et se mit à geindre.

— Hé, A.J. ! dit-elle en ouvrant le frigo. Regarde !

Elle sortit une glace à l'eau, la déballa et la glissa dans la main tendue de l'enfant. Sa jupe en jean effrangée remonta sur ses jambes lorsqu'elle se pencha, dévoilant des cuisses pleines de cellulite et un bout de string racoleur.

Riley détourna les yeux.

— Assieds-toi. Tu veux un café ? Un truc plus costaud ? Merde, je tremble, moi.

— Ça ira, merci.

Riley se percha sur un tabouret devant un plan de travail poisseux et couvert de morceaux de céréales mâchonnés. Elle veillait à s'exprimer calmement, de façon professionnelle, comme elle l'aurait fait avec n'importe qui dans le cadre d'un interrogatoire, mais elle était en proie à un véritable tumulte intérieur.

Mia avait changé. Ses cheveux, autrefois d'un blond doré, étaient devenus cendrés à force d'être décolorés. Elle avait le teint rouge et des auréoles de transpiration s'étaient formées sous les manches de son T-shirt. Qu'elle était loin, sa silhouette d'adolescente – ses seins et son ventre étaient désormais distendus par les grossesses. Et pourtant, Riley reconnaissait cette mine obstinée, ce menton pointé en avant et ces yeux enfoncés dont le vert rappelait celui des rivières en été.

Des yeux si embrumés par l'alcool, un soir fatidique, que Mia l'avait à peine vue, blottie qu'elle était dans un coin de la caravane de ses parents, toute couverte de sang et de terre. Mais pendant que Mia sortait vomir, Chloé l'avait bien dévisagée, elle, et le choc l'avait fait dégriser.

Mia remplit deux tasses d'eau et les mit au micro-ondes.

— Alors ? C'était bien elle, Riley ?

— Il faut qu'elle soit formellement identifiée par sa famille, mais oui, c'est Chloé.

Mia s'accouda sur le plan de travail en poussant un soupir. Elle resta là, la tête baissée, les cheveux dans les yeux, jusqu'à ce que retentisse la sonnerie du micro-ondes. Elle se redressa et alla verser du café soluble et du lait en poudre dans les tasses. Elle avait les joues humides.

— Oh, mince, murmura-t-elle. J'ai oublié que tu n'en voulais pas.

— Je vais le boire. Merci.

Mia appuya ses paumes sur ses paupières.

— Que lui est-il arrivé ? Le *Courier* disait qu'une femme avait été assassinée. Mais comment ? Et par qui ?

— Pour le moment, on essaie de reconstituer tous ses faits et gestes le soir de sa mort. De savoir qui elle a pu retrouver. Les endroits où elle est allée.

Riley souleva sa tasse. Le lait ne s'était pas totalement dissous et de petits grumeaux blancs flottaient à la surface.

— Quand lui as-tu parlé pour la dernière fois ?

— Il y a deux semaines. Juste un texto. Pour se donner rendez-vous.

— Vous vous voyiez régulièrement ?

— Depuis le lycée, oui.

Cela la blessa. Ses plus proches amis à elle étaient ses collègues de la police. Cela s'expliquait par sa profession, bien sûr – les liens forgés durant les longues heures de patrouille nocturne et cimentés par le danger étaient naturellement très forts. Mais ce n'était pas pour ça qu'elle était si peu entourée en dehors de son travail.

Et si les choses s'étaient passées différemment ? Et si Mia n'avait pas volé l'alcool que ses parents gardaient dans leur caravane ? Et si elle-même s'était abstenue de boire quand on lui avait tendu la bouteille ? Et si elle s'était réveillée le lendemain matin sur un des lits-couchettes avec ses deux meilleures amies près d'elle, sans rien avoir perdu de sa gaieté et de son insouciance ? Quelle serait sa vie à l'heure actuelle ? Semblable à celle de Mia, peut-être, partagée entre les jouets et les couches-culottes ? Ou plus proche de celle de Chloé, avec un séduisant époux et une maison immaculée ? Elle imagina un bal de promo, des mariages, des enfants et des repas de famille, des verres pris avec des amis le week-end, des disputes au sujet du travail. Rien de tout ça n'était parfait. Mais si normal. À côté de Mia et Chloé, elle se faisait l'effet d'une extraterrestre.

— C'était difficile, parfois, entre les gamins et le reste, mais on essayait de se donner des nouvelles quand on le pouvait, dit Mia en baissant la tête, soudain gênée.

Était-ce la culpabilité qui la faisait rougir ?

— Tu connais bien James Miller ?

— On a partagé quelques sorties avec Chloé et lui au début de leur mariage, mais Dan est souvent sur la route – il bosse dans le transport de marchandises, précisa-t-elle. Et James n'a jamais été très sociable.

Chloé avait toujours du mal à l'arracher à son boulot. Je veux dire, Dieu sait que c'est dur pour moi avec Dan qui est tout le temps absent, mais au moins quand il est là, il est *vraiment* là, tu comprends ?

— James travaillait beaucoup ?

Mia laissa échapper un rire sans joie.

— Oh, ça oui. Il *travaillait* beaucoup.

— Comment ça ?

— Eh bien... je ne voudrais pas parler à tort et à travers. Ils formaient un couple très secret.

— S'il s'agit de quelque chose qui peut nous aider, j'ai besoin d'en être informée.

— D'accord, d'accord. Chloé se demandait si James ne la trompait pas.

Riley se raidit. Chacun pensait l'autre infidèle ?

— Qu'est-ce qui lui faisait croire ça ?

— Ça lui arrivait de plus en plus souvent de rentrer tard à la maison. Elle disait aussi qu'il recevait des coups de fil à des heures pas possibles et qu'il s'éloignait toujours d'elle pour y répondre.

— Est-ce qu'elle l'a interrogé à ce sujet ?

— Il prétendait faire du bénévolat.

— Du bénévolat ?

— Pour un genre de soupe populaire sur West Fourth Street.

— Il mentait, selon toi ?

Mia pinça les lèvres – une manie qu'elle avait déjà au lycée.

— Je ne sais pas. Peut-être pas. Pour être honnête, il est à fond dans ces trucs-là. Les soupes populaires, les banques alimentaires, les courses en soutien à des associations caritatives. Il avait en tête d'être le prochain Henry A. Wallace. De nourrir le monde entier.

Ce nom n'était que vaguement familier à Riley.

— Wallace ?

— Le semencier spécialisé dans les maïs hybrides. Rappelle-toi, on avait dû rédiger un exposé sur lui en cours de sciences. « Le fils prodigue de l'Iowa », comme disait Face-de-Cochon Petersen. Wallace a été le vice-président de Roosevelt.

Les souvenirs affluèrent. De la poussière de craie sur des tableaux noirs. Des images de plants de maïs et de leurs différentes parties. *Les racines-échasses. Les limbes. La barbe.* La voix bourdonnante de leur professeur. Une photo de Henry A. Wallace, concepteur de la première semence hybride au monde, né à Orient, Iowa. Un travail a priori très proche de celui de Miller chez GFT.

— Tu connais le nom de cette soupe populaire pour laquelle il fait du bénévolat ?

— C'est dans une église sur la West Fourth. Celle à côté de la piscine de Campbell Street, il me semble.

Riley leva les yeux de son calepin pour guetter la réaction de Mia à sa question suivante :

— Tu crois que Chloé aurait pu voir quelqu'un d'autre, elle aussi ?

— Certainement pas !

— Tu as l'air bien sûre de toi.

— Elle me l'aurait dit. Et je m'en serais rendu compte.

Même après avoir été mise au courant des soupçons de Miller, Mia resta convaincue de ce qu'elle avançait.

— Non, elle était folle de James malgré ses défauts. Elle ne l'aurait jamais trompé. Je n'en reviens pas qu'il puisse penser ça.

Riley l'interrogea sur les amis de Chloé, sur sa famille. Avait-elle remarqué des signes trahissant d'éventuels problèmes ? Ou l'existence de nouveaux venus dans son entourage ? Savait-elle où Chloé avait pu aller le soir de sa mort ? Mais en dehors de son affirmation catégorique selon laquelle si quelqu'un dans le couple avait une liaison, c'était James et personne d'autre, Mia ne put lui apporter aucune information utile.

Sa glace terminée, le petit garçon se mit à pleurer. Mia le souleva dans ses bras.

— Arrête, dit-elle en lui fourrant sa tétine dans la bouche. A.J. !

— Il est mignon.

— Mignon comme une tarentule, oui !

— À ton avis, pourquoi est-ce que James et Chloé n'ont pas eu d'enfants ?

— Ils ont essayé au début. Il y a deux ou trois ans de ça, Chloé parlait même de faire une FIV, mais James n'en avait pas envie.

Lassée de se débattre avec son fils, Mia le reposa par terre et le regarda ramper vers un petit tracteur qu'il entreprit de taper contre le linoléum.

— Encore une fois, il n'arrêtait pas de blablater sur son désir de nourrir la planète entière et de sauver le monde. Ce genre de conneries. Tu sais ce qu'il a sorti à Chloé, un jour ? Qu'avoir des enfants était l'une des pires choses qu'on puisse faire pour l'environnement. Elle a eu du mal à le digérer.

Riley songea aux sermons de Logan sur le plastique. Elle l'avait déjà vu inspecter une poubelle près des cellules de détention provisoire pour en trier le contenu, sous l'œil amusé et méprisant de Jackson Cole et des autres. Mais plus personne n'avait ri la semaine suivante, quand le shérif avait annoncé la mise en place d'un nouveau programme de recyclage des déchets inspiré par Logan, avec à la clé une amende pour tous les agents fautifs.

— Bon sang, cette histoire me dépasse. Comment est-ce possible ? dit Mia en secouant la tête. Hé, au fait, je suis désolée pour tes parents.

— Hein ?

— J'ai lu dans le journal qu'ils avaient eu un accident de voiture. J'ai envisagé d'aller à l'enterrement, mais...

Elle hésita et ramena une mèche de cheveux derrière son oreille.

— Je n'étais pas sûre d'être la bienvenue. Ça faisait si longtemps qu'on ne s'était pas vues.

Le téléphone de Riley émit un bip dans sa poche.

— Excuse-moi, dit-elle en consultant le texto qu'elle avait reçu, soulagée de cette diversion.

C'était Logan :

LE NOM A FUITÉ. GROS CIRQUE MÉDIATIQUE. DIS-MOI QUAND TU AURAS FINI.

— Merde.

— Qu'est-ce qu'il y a ?

— Il faut que je file, répondit Riley en sortant une carte de visite de son portefeuille. Tiens. Si tu penses à d'autres détails, quels qu'ils soient, voici mon numéro.

Mia l'accompagna jusqu'à la porte.

— Tu habites toujours dans ta vieille maison ?

— Oui.

— On a parlé de toi au fil des ans, Chloé et moi, tu sais.

Le sifflet d'un train qui approchait lui coupa la parole. Elle enroula ses bras autour d'elle et frissonna malgré la chaleur.

— On a parlé... de cette nuit-là. Peut-être qu'on pourrait aller boire un verre un de ces quatre, toi et moi ? J'ai des choses à te dire.

L'espace d'un instant, Riley resta figée sur les marches.

La nuit en question était un souvenir qui leur appartenait à toutes les trois. Au début, elle avait eu l'impression que la douleur était presque partagée : elles s'étaient passé le rasoir en silence et leurs mains s'étaient refermées sur leur secret. Mais au bout du compte, c'était ce lien qui les avait éloignées. Chloé la scrutait avec l'air d'être toujours prête à aborder le sujet, tandis que Mia se comportait joyeusement, comme si de rien n'était. *Tu as vu Mike en cours de math ? Il est raide dingue de toi, Riley !* Lorsqu'elle s'était rendu compte que, même si elles étaient au courant, ses amies ne pourraient jamais vraiment *comprendre* ce qu'elle avait vécu, elle avait éprouvé le plus terrible des sentiments de solitude. Il avait été facile après ça de les fuir.

— C'est de l'histoire ancienne, Mia. N'oublie pas, tu as mon numéro si nécessaire.

Le train surgit alors qu'elle regagnait sa voiture. Il franchit lentement le passage à niveau en faisant jaillir des étincelles sur les rails, et sa masse sombre longea les maisons avec fracas entre les clôtures blanches des jardins dans lesquels jouaient des enfants.

10

Face au crépitement des flashs, le gouverneur Bill Hamilton ne se départit pas un instant de son sourire et laissa la presse immortaliser sa poignée de main avec le chef de la délégation arrivée de Chine ce matin-là. Les dômes dorés du capitole de l'Iowa rougeoyaient dans le soleil couchant, et par-delà la rivière Des Moines, les projecteurs du Principal Park illuminaient le terrain sur lequel se disputerait le match du vendredi soir. Les Cubs de l'Iowa contre les Storm Chasers d'Omaha.

Son sourire vacilla cependant lorsqu'il entendit les cris des manifestants qui agitaient des pancartes derrière le cordon policier établi plus loin dans la rue.

L'IOWA DOIT DÉFENDRE LES FERMES, PAS LES FIRMES !

NOTRE MAÏS NOUS APPARTIENT, NE L'ENVOYEZ PAS À PÉKIN !

Encore des dénonciateurs enragés du réchauffement climatique avec leurs masques mortuaires et leurs slogans. Ces connards le suivaient dans tous ses déplacements. Gage Walker, le chef de sa sécurité, avait ordonné à ses hommes de les prendre en photo, convaincu qu'il pouvait exister un lien entre certains de ces militants et Mission Earth, le groupe écoterroriste qui avait lancé des attaques contre plusieurs sociétés chimiques de l'État – des sociétés que Hamilton avait soutenues.

— Gouverneur ! l'interpella quelqu'un dans la foule des journalistes plantés devant lui. Que pensez-vous des récentes déclarations de la sénatrice Cook ? Celles selon lesquelles vous cherchez à vous attirer les bonnes grâces de la Chine pour faire oublier vos échecs ici ?

Avant que Hamilton puisse répondre, son assistant Blake Preston s'interposa.

— OK, les gars, ce sera tout pour aujourd'hui !

Hamilton plaqua de nouveau un sourire sur ses lèvres et salua la presse de la main le temps d'une dernière série de photos. Puis il monta les marches du Capitole, laissant Blake communiquer aux reporters le détail des visites programmées dans tout l'État pour leurs invités, des villes industrielles de Muscatine et Davenport, sur le Mississippi, jusqu'à Cedar Rapids et Sioux City, sur le Missouri. Ses trois autres assistants se chargèrent des membres de la délégation – tous très dignes et dûment cravatés – et les entraînèrent vers le bâtiment, loin des cris des manifestants. Les Chinois étaient au nombre de dix-sept : de hauts fonctionnaires des provinces de Shandong et du Hebei, des directeurs d'entreprises agricoles, des investisseurs potentiels, des adjoints et des traducteurs.

Une fois à l'intérieur, Hamilton les guida vers le grand escalier en granite menant au premier étage où, en prévision du dîner de gala prévu le soir même, des tables avaient déjà été dressées sous le dôme principal. D'une hauteur vertigineuse, le plafond de ce dernier était décoré en son centre de la bannière de la grande armée de la République, un symbole datant de la guerre de Sécession. Au niveau supérieur, des statues dorées visibles tout autour de la rotonde luisaient dans la lumière douce des lustres anciens, et des extraits du discours de Lincoln à Gettysburg recouvraient les murs circulaires, sous une fresque illustrant les travaux des champs des premiers colons dans le Midwest.

Les membres de la délégation émirent des « ah » et des « oh » impressionnés devant ce cadre grandiose tout en notant avec approbation la présence du drapeau rouge de la République populaire de Chine à côté de ceux de l'Amérique et de l'Iowa. Des serveurs allaient et venaient parmi les convives en smoking et robe de soirée qui sirotaient déjà du champagne. La musique d'un orchestre à cordes s'élevait par-dessus le brouhaha des voix et des rires.

Hamilton se mêla à la foule, présenta les délégués à ses partisans, échangea des plaisanteries avec des donateurs. Il avait le poignet et les mâchoires endoloris à force de sourire et de serrer des mains. D'ici novembre, il serait épuisé et carburerait au café et aux sondages.

La plupart des personnes présentes étaient des hommes et des femmes d'affaires locaux. S'y ajoutaient quelques agriculteurs – ceux qui partageaient avec lui l'idée que le progrès ne devait pas être redouté, mais accueilli à bras ouverts. Leur soutien lui était vital depuis que la Chine avait imposé de nouveaux frais de douane au soja américain en réponse à la posture intraitable du Président sur les importations étrangères. Le marché avait chuté de près de vingt pour cent, et les petits fermiers aux marges déjà réduites voulaient quelqu'un à qui faire payer leurs difficultés financières.

Avec l'aide de Dieu, la venue de cette délégation chinoise les persuaderait qu'il était leur meilleure chance d'éviter toute nouvelle taxe et qu'il protégerait la relation symbiotique entre l'Iowa et la République populaire de Chine. Parce qu'ils pâtissaient d'une recherche moins avancée et de terres arables insuffisantes pour nourrir leur bétail et produire la viande consommée par une classe moyenne en pleine expansion, les Chinois manifestaient un appétit féroce pour le maïs américain. Et l'Iowa ne pouvait se passer quant à lui des millions de dollars que les entreprises chinoises déversaient dans son économie. Que cela plaise ou non, chacun avait besoin de l'autre.

Hamilton marqua une pause afin de faire un selfie avec les membres d'une association d'aide à l'enfance.

— Gouverneur...

L'un de ses assistants souhaitait lui présenter le propriétaire d'un nouvel hôtel en cours de construction au bord de la rivière.

Hamilton hocha la tête en écoutant les salutations exubérantes de l'entrepreneur, mais ses pensées avaient dérivé vers la dernière question des journalistes. Il n'était pas surpris que Jess Cook tente de retourner la visite de la délégation chinoise contre lui et il s'attendait même à ce que sa rivale fasse référence à des affaires récentes impliquant des ressortissants chinois accusés d'avoir volé des semences sur le sol de l'Iowa dans l'espoir de décrypter leurs codes génétiques - des codes d'une importance inestimable qui leur permettraient d'obtenir de meilleures récoltes chez eux et de mettre un terme à leur dépendance coûteuse à l'égard du maïs américain. Le FBI avait d'ailleurs commencé à distribuer des brochures aux fermiers de tout l'État afin de leur demander de surveiller leurs champs. Il n'y avait pas de quoi évoquer un nouveau péril jaune, mais tout de même, cela faisait désordre.

Chercher à s'attirer les bonnes grâces de la Chine ?

— Nom de Dieu, gouverneur, grimaça l'hôtelier dont il serrait la main. Vous avez une sacrée poigne !

Hamilton parvint à émettre un rire contrit. Il s'apprêtait à entraîner son interlocuteur vers l'un des investisseurs chinois quand Blake Preston s'interposa.

— Un appel pour vous, monsieur. C'est urgent. Il est en attente dans votre bureau.

Le gouverneur s'excusa et se fraya un chemin parmi la foule. Le bruit de la musique et des conversations s'estompa derrière lui, remplacé par le claquement de ses talons sur le sol en marbre. Sur le côté, une vitrine regroupait des dizaines de poupées en porcelaine figurant les épouses de tous les gouverneurs de l'Iowa, dont la sienne, représentée avec de grands yeux, un air impavide et une copie de la robe qu'elle avait portée le jour de son entrée en fonction.

Des peintures à l'huile ornaient les murs lambrissés de noyer et de chêne et des lustres pendaient au plafond des somptueuses pièces en enfilade qu'il traversa jusqu'au bureau de son assistant. Un bouton rouge clignotait sur le téléphone.

— Ici le gouverneur.

Il reconnut tout de suite la voix au bout du fil, bien qu'il ne l'eût encore jamais entendue exprimer une telle agitation.

— J'avais dit que je vous appellerais...

Il se tut soudain, et sa mine changea peu à peu.

— Quand est-ce arrivé ? Attendez, stop. Racontez-moi tout depuis le début.

11

Le temps ce soir-là était maussade. Il faisait une chaleur étouffante et le ciel laissait présager de la pluie. Plantée près de l'entrée du Hickory Hut, Riley entendait grésiller les ailes des insectes qui grouillaient autour de la lampe extérieure chaque fois que l'un d'eux s'en approchait trop. NOUS CROYONS EN DIEU. À TOUS LES AUTRES : ON NE FERA CONFIANCE QU'À VOS BILLETS, clamait un panneau dans la devanture. Au bout de la rue, des sans-abri se dirigeaient vers un food-truck qui leur distribuait de la soupe et du pain de maïs. Ces cantines caritatives étaient de plus en plus nombreuses. Elles avaient commencé par aider des anciens combattants et des toxicomanes, mais il n'était pas rare à présent que des familles entières se tournent vers elles.

— Sergente Fisher ?

Riley sursauta, puis masqua sa déception à la vue de Sean Taylor, l'un des reporters du *Courier*.

Une fois dévoilée l'identité de la victime, la presse avait fait le siège du BHCSO durant tout l'après-midi. Le journal télévisé avait même diffusé une photo de Chloé datant de son mariage. Des fleurs dans les cheveux, elle souriait timidement à l'objectif. Le shérif Reed avait été furieux d'apprendre que cette fuite était l'œuvre d'un bleu du département de la police de Waterloo qui avait voulu se faire mousser devant l'employée d'un restaurant local où dînait aussi un journaliste.

— Je ne suis pas en service, Sean.

— On peut se parler en off, alors ? plaisanta-t-il.

Sa peau cireuse avait pris une teinte verte dans la lumière de l'enseigne au-dessus d'eux.

— Je n'ai rien à vous dire.

— Mais peut-être que moi, j'ai quelque chose pour vous. Si ça vous intéresse.

— Oh ?

— Allez, sergente. Vous savez bien comment ça marche.

Voyant qu'elle ne mordait pas à l'hameçon, Taylor fit un pas vers elle.

— Je sais que le Bossu a interrogé des gens de chez Zephyr cet après-midi.

— Et ?

— Vous devriez peut-être lui suggérer de se pencher sur la famille Garrett.

— Pourquoi ?

Il haussa les épaules.

— C'est juste une piste. Vous avez beaucoup de monde à questionner dans cette affaire.

— Et c'est tout ce que vous avez ?

— Tant que vous n'aurez rien lâché de votre côté, oui.

Une serveuse les interrompit en sortant du Hickory Hut.

— Voilà votre commande, ma belle.

Riley prit le sac en plastique qu'elle lui tendait et se dirigea vers sa voiture, suivie par Taylor.

— Rien qu'un petit tuyau, Fisher, allez !

— Vous voulez un tuyau, Sean ? rétorqua-t-elle. Ne vous approchez pas d'un flic sans crier gare.

Elle partit au volant de sa Dodge et alluma la radio en s'engageant sur la voie rapide. Aux infos sportives succédèrent des publicités en rafale pour des antalgiques et des antidépresseurs, puis l'annonce de l'arrivée d'une délégation chinoise à un dîner donné par le gouverneur Bill Hamilton à Des Moines, et enfin un message tonitruant sur la grande foire de l'Iowa, qui allait bientôt ouvrir ses portes.

« Venez tester le toboggan géant et faire un tour en bateau autour du Ye Old Mill ! »

Elle imagina le montage des différentes attractions, les fûts de Bud roulés jusque dans les bars, les tests sonores sur les scènes de musique, les bottes de foin empilées dans les halls d'exposition où le bétail serait présenté et vendu. Encore quelques semaines et des rangées entières de caravanes encombreraient l'autoroute pour franchir les portes d'un terrain de 225 hectares – des agriculteurs charriant des animaux et des produits de leur ferme, des marchands de tracteurs et de matériel agricole, des orchestres prêts à jouer devant leur public.

« Venez voir la vache sculptée dans du beurre ! Venez manger un corn-dog ou tenter de gagner une de nos médailles ! »

Début août, le site commencerait à se remplir. En l'espace de dix jours, près de quatre-vingt-cinq pour cent des habitants de l'État se rendraient à cette foire organisée depuis 1854. Les emplacements de camping permanents étaient si recherchés qu'ils se transmettaient dans les familles de génération en génération.

« Venez ! Venez faire le plein de souvenirs ! »

Riley serra plus fort son volant. Qui pouvait avoir besoin d'emmagasiner des souvenirs ? Un seul suffisait pour toute une vie.

Elle éteignit la radio alors qu'un camion la doublait dans un bruit assourdissant. L'odeur des côtes de porc qu'elle avait achetées au Hickory Hut s'était répandue dans toute la voiture. Son ventre gargouilla. Elle n'avait pas eu le temps de déjeuner – après avoir quitté Mia, elle était allée directement chercher Logan chez les parents de Chloé en évitant les véhicules de la presse et les micros tendus vers elle. Dévastés par la douleur, M. et Mme Clark n'avaient pas pu apprendre grand-chose à son coéquipier. De même, les vieilles dames qui tenaient la boutique solidaire où Chloé avait travaillé comme bénévole étaient trop choquées et en larmes pour leur être utiles. Ils avaient donc regagné leur bureau, où l'un des hommes de Hal Edwards avait apporté l'ordinateur de Chloé et les documents que James Miller leur avait fournis. Riley en avait profité pour faire le point avec Cam Schmidt et Amy Fox – non sans avoir d'abord été convoquée par Reed, furieux que l'identité de la victime ait fuité dans les journaux.

Ils avaient réussi à interroger presque toute la famille Brown, à l'exception des deux fils aînés de John Brown, partis à Des Moines entamer les préparatifs de la foire. Schmidt devait les voir à leur retour. Bien que tout le monde se fût montré franc, et coopératif, et sonné par la découverte du cadavre, il avait senti des inquiétudes, certes poliment tues, à l'idée que ce drame nuise à la réputation de Zephyr et à ses chances de décrocher une récompense pour sa nouvelle variété de maïs.

En évoquant avec son équipe l'hypothèse des morsures envisagée par Kristen Webb, Riley avait demandé s'il y avait des chiens à la ferme des Brown, mais Fox n'avait aperçu que deux labradors dociles couchés dans la cuisine – pas les suspects idéaux pour une attaque sauvage. Restait à présent à interroger les familles Wilson, Garrett et Davis.

Les paroles de Sean Taylor sur les Garrett lui revinrent en mémoire alors qu'elle prenait la sortie menant à Cedar Falls. Était-il vraiment utile de creuser cette piste ? À coup sûr, ce n'était rien d'important, juste un appât que le journaliste lui avait lancé pour lui arracher une information. Elle préviendrait quand même Schmidt, au cas où. Et si rien de flagrant ne leur sautait aux yeux, elle pourrait toujours obliger Taylor à cracher le morceau. Les lois de l'Iowa ne lui garantissaient pas le secret de ses sources. Elle avait rarement été jusqu'à en profiter, mais la gravité de cette affaire et l'impatience du shérif exigeaient qu'il coopère.

Tout en longeant des rues tranquilles, elle repensa aux renseignements glanés cet après-midi-là. Elle avait averti son équipe que, de l'avis de Mia Collins, c'était James, et non pas Chloé, qui avait eu une liaison. De quoi leur compliquer encore la tâche. Il faudrait qu'ils aillent s'entretenir avec les amis et les collègues de Miller, ainsi qu'avec les bénévoles de la soupe populaire où il prétendait avoir donné de son temps, pour essayer de mieux cerner le profil de cet homme.

On a parlé de toi au fil des ans, Chloé et moi, tu sais. On a parlé de cette nuit-là.

Elle s'engagea dans l'allée de sa maison au moment où les premières gouttes de pluie martelaient son pare-brise. La cour devant la vieille grange était en partie bloquée par une dépanneuse rouge. Avant même de l'avoir atteinte, elle entendit des éclats de voix.

Deux silhouettes blanches comme des fantômes se faisaient face dans la lumière des phares. La première était Ethan, et l'autre, Sadie, son ex-femme. Son frère avait le teint pâle et les traits déformés par la colère. Sadie, elle, écumait de rage.

Riley bondit hors de sa voiture. Assis sur le siège conducteur de la dépanneuse, Mason Lee l'aperçut et écrasa aussitôt le mégot qu'il tenait entre ses doigts – signe qu'il ne devait pas fumer du tabac. La pluie tombait à verse à présent. Dressé sur ses pattes de derrière, Scrounger aboyait frénétiquement à la fenêtre du salon.

— Tu n'es qu'un tocard ! brailla Sadie.

Elle avait six ans de moins qu'Ethan et était presque deux fois plus petite et menue que lui, mais cela ne l'empêchait pas de lui hurler dessus. Des gouttes coulaient de ses boucles brunes dans ses yeux d'un bleu électrique – pour l'heure réduits à deux fentes qui lui donnaient l'air d'un chat.

— Pourquoi est-ce que tu crois que je t'ai quitté ?

— Poufiasse, c'est moi qui suis parti !

Ils ne remarquèrent la présence de Riley que lorsqu'elle s'interposa entre eux.

— Qu'est-ce qui se passe ?

— Madame exige que je prenne Madison à la maison. *Une fois de plus*, répondit Ethan. J'ai du travail, moi ! Comment veux-tu que je paie ta foutue pension alimentaire sinon ?

— Du travail ? En ayant le cul sur une chaise à longueur de journée ?

— Comme ce loser ? ironisa-t-il en pointant la dépanneuse.

— Mason a un emploi ! Il subvient à nos besoins !

— Tes besoins en shit, ouais !

— J'irai dormir chez Tanisha ! cria soudain Madison en déboulant de la véranda, d'où elle les avait observés à leur insu.

Elle ne cilla même pas en sentant la pluie cingler son visage.

— Je n'ai pas envie de rester ici de toute façon.

— Bon sang, Ethan, fais-la rentrer ! dit Riley.

Son regard noir dissuada son frère de protester. Les mâchoires crispées, il entraîna sa fille vers les marches, à l'abri de l'averse. Pendant ce temps, Sadie était repartie vers la dépanneuse.

— Sadie ! lança Riley en courant après elle. Viens à la maison, on peut arranger ça.

Son ex-belle-sœur fit volte-face. Son T-shirt était trempé et elle ne portait pas de soutien-gorge.

— Je ne demande pas grand-chose ! Juste un foutu week-end ! C'est tout !

Riley lutta contre son envie de lui faire ravaler ses paroles haineuses. Ethan traînait déjà bien des casseroles au moment de sa rencontre avec Sadie, mais c'était à présent une épave. Elle avait pourtant tenté de l'éloigner de cette femme lunatique quand il était devenu évident qu'ils formaient un couple désastreux. Comme une allumette et un bidon d'essence, avait dit tante Rose. Mais Sadie était tombée enceinte, et il avait été trop tard pour revenir en arrière. S'en était suivi un mariage éclair, puis un emménagement dans un petit appartement au-dessus d'un vidéoclub porno dans le centre de Waterloo. Cette union avait été difficile à vivre pour tout leur entourage, mais plus encore pour la fillette qui avait grandi entre eux.

— Embrasse au moins Maddie avant de partir.

— Tu n'es pas en service, que je sache, cracha Sadie en ouvrant violemment la portière de la dépanneuse. Arrête de vouloir résoudre les problèmes de tout le monde.

Les phares du véhicule s'allumèrent, aveuglant Riley. Puis Mason Lee recula le long de l'allée, fit demi-tour et s'éloigna en trombe. Elle fut à moitié tentée de relever sa plaque d'immatriculation pour envoyer la State Patrol à ses trousses, mais sa nièce l'inquiétait davantage.

Elle traversait la cour en direction de la maison quand la pluie cessa aussi soudainement qu'elle avait commencé. Elle entendit alors quelque chose près du ruisseau, comme un doux bruissement d'herbes. Elle scruta l'obscurité, sans rien distinguer. Une marmotte, peut-être ? Ou une mouffette ? Si c'était le cas, il faudrait qu'elle installe un piège. La dernière mouffette à être passée chez eux avait arrosé Scrounger de son liquide fétide, et le peroxyde qu'elle avait dû utiliser pour le débarrasser de cette odeur lui avait laissé une bande de poils décolorés sur la tête.

Appuyé contre le plan de travail de la cuisine, les cheveux mouillés, Ethan serrait une bière dans son poing. Scrounger s'approcha de Riley et donna un petit coup de museau dans sa main.

— Où est Maddie ? dit-elle en caressant l'oreille du chien.

Comme en réponse à sa question, une porte claqua à l'étage. Celle de son ancienne chambre.

Elle alla ranger son arme et rejoignit Maddie, en prenant deux serviettes de toilette au passage.

Sa nièce était allongée sur le petit lit qui avait été le sien – celui dont la tête en bois arrondie lui évoquait autrefois une pierre tombale. Après la mort de sa grand-mère, il lui était arrivé certaines nuits de rester immobile dessus, les yeux fermés, en se demandant ce que cela faisait d'être dans un cercueil.

— Je t'ai apporté une serviette.

Maddie se recroquevilla sur elle-même face au mur. Elle n'avait pas enlevé ses bottes.

— Va-t'en, marmonna-t-elle dans son oreiller.

Riley se rappela combien elle s'était sentie envahie chaque fois qu'un adulte était venu s'asseoir près d'elle pour lui parler. Elle posa donc une serviette au pied du lit, enroula la deuxième autour de ses épaules, puis s'installa par terre.

— Tu as conscience qu'ils se balancent ces horreurs à la figure juste pour se faire du mal, hein ? C'est parce qu'ils sont en colère l'un contre l'autre. Pas contre toi. Je me doute que ça ne rend pas la situation plus facile à vivre, mais je veux que tu saches que tu es toujours la bienvenue ici, Maddie.

— Peut-être que je vais m'enfuir.

— Non ! réagit Riley plus durement qu'elle n'en avait eu l'intention.

— Et pourquoi pas ? répliqua Maddie en la fusillant du regard à travers les mèches de cheveux collées à ses joues. Tu l'as bien fait, toi !

Riley accusa le coup.

— Quoi ?

— Mon père me l'a raconté. Il m'a dit que tu étais partie en Californie. Que tu t'étais enfuie d'une maison au bord d'un lac où vous logiez tous à Okoboji. Comme ça, sans prévenir. D'après lui, tu as disparu pendant *des mois.*

Les souvenirs affluèrent en masse. Le lac, ce fameux matin d'été, avec sa surface argentée aussi lisse qu'un miroir. Le parc d'attractions sur l'autre rive, tranquille et silencieux, et le reflet des montagnes russes sur l'eau. Tout était si calme. Tout, sauf son esprit.

Les stores étaient tirés dans la maison derrière elle – la résidence secondaire de l'un des riches clients de son père, qui la leur avait prêtée après que Michael Fisher lui avait évité une peine de prison. La terrasse en bois était jonchée de snacks écrasés et de feux de bengale consumés, vestiges de la fête organisée la veille au soir par ses parents.

Elle avait eu le choix. S'enfoncer dans le lac et laisser ses eaux s'enrouler froidement autour d'elle. Ou partir, marcher sans s'arrêter, passer devant les maisons imposantes et les bateaux dans leurs remorques, abandonner derrière elle toutes ces familles heureuses et avancer jusqu'à l'autoroute qui filait vers l'ouest. Jusqu'à la folie, la chute libre, l'inconscience et l'oubli. Jusqu'à un grand océan à des milliers de kilomètres de là. Voir le soleil se lever sur une autre ville. Une autre vie. Elle n'avait pas eu l'intention de revenir.

La nausée monta en elle, mais elle n'était pas tant provoquée par ce rappel du passé que par l'idée qu'Ethan avait peut-être révélé d'autres choses à Maddie. La raison de sa fugue, par exemple. Ce secret avait détruit sa famille, et elle avait appris des années auparavant à ne plus le laisser fuiter et infecter quiconque autour d'elle.

Maddie dut comprendre qu'elle avait touché un point sensible parce qu'elle descendit de son lit pour s'asseoir à côté d'elle, les yeux écarquillés et inquiets.

— C'est vrai ?

La gorge sèche, Riley acquiesça. Si Maddie posait cette question, cela voulait probablement dire qu'Ethan n'avait pas été trop bavard.

— Oui, mais ça n'a pas été une bonne expérience. Je suis rentrée à la maison.

Elle songea à Gracie Foster. L'adolescente finirait-elle par réapparaître dans les statistiques policières d'un autre État, échouée sur les rivages sans pitié de la drogue, du désespoir et de la violence masculine ? Elle avait bien connu ça en Californie.

— Promets-moi que tu ne te sauveras pas, Maddie.

Sa nièce observa un silence, puis hocha la tête.

— Pourquoi tu es revenue ?

— Papy Joe m'a retrouvée.

Riley ferma les yeux et s'appuya contre la porte du placard derrière elle. La journée avait été longue. James Miller. Le rapport d'autopsie. Mia. Elle n'avait plus la force de penser à son grand-père et à cette période de sa vie.

— Il va se casser.

— Hein ?

Maddie tendit la main pour effleurer le bracelet tressé à son poignet.

— Je t’en ferai un autre si tu veux.
— Volontiers, répondit Riley, submergée par l’émotion. Oh, merde.
— Qu’est-ce qu’il y a ?
Un rire las lui échappa.
— J’ai oublié les côtes de porc dans la voiture.
— Des côtes de porc ?
— Ça te dit de les manger avec moi ? On pourrait ouvrir une bouteille de soda aussi.
— Rien que nous deux ?
— Ah ça, oui. Je ne partage pas des côtes de porc de chez Hickory Hut avec n’importe qui !

12

Seul dans sa cuisine, il tremblait. La pièce baignait dans la pénombre, les volets fermés ne laissant filtrer que quelques rais de lumière. Des mouches volaient en rond, s'agitaient frénétiquement sur la vaisselle pleine de moisissures empilée dans l'évier, allaient et venaient sur les casseroles couvertes de restes desséchés. Il y avait des déchets partout – des bocaux et des boîtes de conserve, des vêtements sales, des exemplaires jamais lus du *Courier*, dont un numéro sorti quelques jours plus tôt avec une photo de l'adolescente portée disparue, Gracie Foster.

Son regard ricocha sur la fille, dont les grands yeux semblaient le scruter. Les souvenirs affluèrent, enflammant son esprit. Un cri conquérant sur le terrain de football américain. Des pom-pom girls dont il entrevoyait les jambes minces à travers le tourbillon de leurs accessoires. Il se remémora l'odeur de sueur et d'herbe coupée mêlée à quelque chose d'autre – quelque chose de succulent, avec de la viande dedans.

Touchdown ! Un coup de sifflet. Les rugissements dans les gradins. La mi-temps. Il avait suivi ce fumet délicieux qui lui ouvrait de plus en plus l'appétit. Des femmes aux cheveux enveloppés d'un filet émergeaient de la cafétéria de l'école en portant des hot-dogs – des casseroles entières de saucisses toutes luisantes et roses. Il y avait des pizzas aussi, mais il avait toujours préféré les hot-dogs, même s'il savait quelles cochonneries entraient dans leur composition. Bon Dieu, *cette odeur*. Elle lui évoquait les soirs de match et les fêtes foraines, les célébrations du 4-Juillet et les barbecues dans les jardins. Tant de réminiscences savoureuses. Il en sentait presque le goût dans sa bouche à cet instant précis. La viande tendre et salée, la texture pâteuse du petit pain collé contre ses gencives, le piquant de la moutarde.

Il tenta de s'accrocher à ce souvenir, mais celui-ci tournait déjà au vinaigre dans son esprit. Le hot-dog devint acide dans sa gorge. Les acclamations s'estompèrent jusqu'à ce qu'il n'entende plus rien que le bourdonnement nerveux des mouches dans l'air rance de sa cuisine. Place à une autre image. L'obscurité. Des cris. Des mains qui lui griffaient désespérément le visage.

Il sursauta lorsque son portable se mit à vibrer sur le plan de travail et il fixa d'abord sans le comprendre le message qui s'affichait :

J'arrive.

Puis son ventre se tordit. La peur le disputait en lui à l'excitation. Il tapota maladroitement sur les touches jusqu'à ce qu'un autre message apparaisse :

Je sais où elle est.

L'écran l'informa qu'il avait écrit ces mots quelques heures plus tôt seulement. Son nom figurait au-dessus, mais il ne se rappelait pas du tout les avoir rédigés. L'avait-il fait sous le coup de la culpabilité ? Dans l'intention de se confesser ? Ou cherchait-il autre chose ? Une nouvelle crampe d'estomac le plia en deux et il laissa tomber son téléphone.

Des semaines durant, la faim l'avait tenaillé, au point de l'empêcher de dormir. Il avait passé ses journées à faire les cent pas – des journées qui se fondaient dans une pénombre sans fin depuis que, incapable de supporter la brûlure du soleil, il avait fermé ses volets sur le monde. Il avait essayé de manger – la preuve en était les paquets et les emballages de traiteur éparpillés dans la pièce –, mais les aliments qu'il aimait autrefois se transformaient en poussière dans sa bouche. Rien ne semblait pouvoir nourrir son corps. Rien n'avait plus la même saveur. Rien ne le satisfaisait. Rien, à part...

Non.

Dehors, son chien aboyait. Il sursauta en entendant une voiture cahoter sur les nids-de-poule de la route. Il tituba vers la fenêtre pour l'observer à travers une fente dans les volets. À la lumière ténue du jour, il nota ses bras couverts d'égratignures et sa peau pareille aux écailles d'une étrange créature. Le sang pulsait à ses tempes. Il avait l'impression que sa tête était un fruit pourri prêt à exploser et que toutes ses pensées malsaines allaient bientôt sortir de lui comme des asticots.

Son chien aboyait de plus en plus fort. La voiture se rapprochait. Peu après, des pneus crissèrent sur le gravier. Son ventre gargouilla. Il distinguait les battements de son cœur, aussi rapides que les roulements de tambour sur le terrain de football de l'école, et perçut une fois de plus l'odeur de la viande. Une odeur douce et tentante.

Elle arrivait.

13

La sonnerie du téléphone arracha Riley aux brumes du sommeil. Une aube rouge sang se devinait derrière les rideaux. Elle regarda qui appelait.

05 : 18
Cameron Schmidt

— Cam ? dit-elle d'une voix groggy en se redressant péniblement.

— On en a un deuxième, sergente.

— Quoi ?

— Un deuxième cadavre.

Une demi-heure plus tard, elle sortait de chez elle en s'attachant les cheveux. Elle avait opté pour des chaussures de sécurité, un pantalon de treillis et un T-shirt – la journée s'annonçait trop chaude pour porter autre chose et, au vu des détails fournis par Schmidt, trop salissante aussi. À son arrivée sur la voie rapide, le soleil levant avait abandonné ses promesses dorées derrière une couche de nuages et le ciel s'était paré d'un éclat vert menaçant. Un temps à tornade.

Waterloo offrait le visage d'une ville inerte dans l'air stagnant. De la fumée s'échappait des cheminées d'usine et les eaux marron de la rivière Cedar s'écoulaient mollement. Malgré les nombreux pick-up et camions qui congestionnaient les grands axes, il y avait peu de monde dans les rues – seuls quelques sans-abri traînaient les pieds le long de trottoirs défoncés, en plus des femmes de ménage et des employés d'hôpital fatigués sur le chemin du travail ou de leur maison.

Guidée par le GPS, elle prit la direction d'Hudson, au bord de la rivière Black Hawk. Elle ne tarda pas à apercevoir les anciens abattoirs qui se dressaient à la périphérie de la ville, juste en dehors de la zone de juridiction de la police de Waterloo. Leurs deux cheminées jumelles aux briques couleur rouille se détachaient comme des doigts sombres sur le ciel livide. Les fenêtres inférieures étaient murées, et les autres presque toutes brisées. Une clôture grillagée coiffée de barbelés entourait le site, avec çà et là des panneaux de la société Cobalt Security qui indiquaient la présence de caméras de surveillance. Le portail était ouvert, et trois véhicules stationnaient au milieu des mauvaises herbes qui avaient envahi le parking : la Dodge cabossée de Cam Schmidt, une voiture de la brigade cynophile et une autre frappée du même logo que les panneaux sur la clôture.

Riley se garait lorsque l'agent Peter Hoffman émergea du bâtiment avec son chien, un berger allemand prénommé Bear. Elle fourra une paire de surchaussures et des gants dans l'une des poches de sa ceinture, à côté de son Glock, et alla à sa rencontre en évitant les éclats de verre et autres débris tombés de la façade en ruine au fil des ans.

— Bonjour, sergente, dit-il en portant un doigt à son front pour la saluer.

Hoffman faisait partie de la vieille garde de la police et avait officié sous les ordres de son grand-père. Comme elle – et comme quiconque avait travaillé plus de quelques années au BHCSO –, il avait occupé différents postes, dont celui de geôlier, et même de motard durant un moment, mais aucun service ne lui convenait aussi bien que la brigade cynophile. Il aimait ses chiens autant que sa famille.

Les oreilles dressées, Bear s'approcha d'elle pour la renifler. Elle paniqua un bref instant à l'idée qu'il sente le cannabis de son frère sur ses vêtements, mais Hoffman tira un simple coup sur sa laisse et le berger allemand s'assit docilement à ses pieds.

— Bear et moi, on rentrait à la maison quand on a entendu l'appel du Central. On s'est dit qu'on pourrait vous aider.

— Qui a trouvé le corps ?

— Le gardien. Le pauvre gamin a été embauché il y a quelques mois seulement. Je doute qu'il revienne...

Hoffman pointa du menton la porte d'entrée du bâtiment.

— J'en ai vu, des trucs, dans ma carrière, mais rien de comparable à ça. Maintenant, on va s'arrêter là pour aujourd'hui... enfin, si vous n'avez plus besoin de nous, dit-il en grattant la tête de son chien.

— Non, c'est bon, vous pouvez y aller.

Riley avait appelé Logan et Nolan en cours de route. La moitié du BHCSO serait sur place dans moins d'une heure.

— Le corps est à l'extrémité nord, sergente. Derrière les cuves, au fond de l'abattoir.

Elle enfila ses surchaussures et ses gants et, quittant la lumière morne du jour, plongea dans la pénombre humide de l'usine. Après avoir suivi un petit couloir et enjambé des tas de détritus, elle arriva dans un hall immense. Des marches menaient à un enchevêtrement de portiques, de piliers, de tuyaux sinueux, de convoyeurs aériens et de roues. On aurait dit un des manèges de la grande foire de l'État, mais un manège métallique plein de rouille, de morceaux de verre et de crochets. Elle imagina les bœufs et les porcs tremblants, les geysers de sang, la vapeur s'élevant des entrailles. Certaines parties des portiques s'étaient effondrées et le sol s'ouvrait par endroits sur des trous noirs et béants. Dans l'air flottait une odeur de moisi et d'acier oxydé.

Elle avança prudemment, guidée par le grésillement d'une radio. Des battements d'ailes résonnèrent dans les hauteurs de l'édifice et elle entendit de l'eau goutter quelque part. Parmi les décombres se devinaient des signes d'une occupation plus récente des lieux : des graffitis sur le carrelage mural ébréché, des pots de peinture vides abandonnés par terre au milieu de mégots et de bouteilles de bière cassées, des bidons d'essence noircis par le feu, un vieux sac de couchage et un préservatif accroché à un clou comme un cocon graisseux. Des douilles gisaient au sol devant des portions de mur criblées d'impacts de balle. Collecter des indices ici allait être un cauchemar. Il faudrait qu'elle appelle Hal Edwards et qu'elle fasse venir quelques agents en renfort.

Le faisceau lumineux d'une lampe torche fendit l'obscurité devant elle. Une odeur distinctive dominait à présent les relents de moisi de l'abattoir. Une odeur putride. Répugnante. *Tu parles d'un endroit pour mourir.*

Après être passée devant une rangée de fûts cylindriques, elle vit un jeune homme recroquevillé sur la première marche d'un escalier métallique. Non loin de lui se trouvait une flaque de vomi toute fraîche. Il leva brusquement la tête à son approche, les yeux brillants dans le noir, et se redressa en s'accrochant à la rampe lorsqu'elle lui montra son badge. Elle lui donna à peine vingt ans. Joufflu, rondouillard, il vivait probablement encore chez ses parents. Une matraque pendait à sa ceinture et il portait un uniforme bleu marine avec la mention COBALT SECURITY sur la poitrine.

— Comment vous appelez-vous, monsieur ?

— Caden Harris, madame, dit-il d'une voix rauque.

— C'est vous qui avez découvert le corps ?

Il acquiesça et se tourna vers la flaque de vomi, l'air penaud.

— Il y a combien de temps, monsieur Harris ?

— Une heure peut-être ? J'ai prévenu tout de suite la police. Et ensuite mon chef. Il est en route, ajouta-t-il en jetant un regard anxieux derrière lui.

Plus loin, le faisceau lumineux que Riley avait aperçu un instant auparavant se braqua dans sa direction. Elle salua Schmidt, qui se tenait près d'une série de passages plongés dans le noir.

— Vous êtes présent ici tous les jours, monsieur Harris ?

— Non, madame. On fait une ronde une fois par mois. Je suis passé il y a quatre semaines et il n'y avait rien. Personne en vue. J'ai inspecté tout le site.

— Vous relevez beaucoup d'intrusions ?

— Essentiellement des gamins. Et quelques sans-abri aussi, mais rien de comparable à ce qu'on trouve sur certaines des propriétés qu'on est chargés de surveiller. Celle-là est un peu excentrée.

Riley hocha la tête. Les sans-abri avaient tendance à rester groupés à proximité des soupes populaires. C'était plus sûr pour eux.

— On dirait quand même que des gens ont campé ici un moment, ajouta Harris.

— Comment sont-ils entrés ? L'endroit me semble plutôt bien sécurisé.

— Il y a des trous dans le grillage à l'arrière. On les répare, mais ça n'arrête pas les ferrailleurs.

— Les ferrailleurs ?

— Ils cherchent des métaux, madame. De l'acier, ce genre de choses.

— OK. Si vous voulez bien patienter un peu, monsieur Harris, nous allons prendre votre déposition. Et nous aurons besoin des images de la vidéosurveillance.

— Je suis désolé, madame, il n'y en a pas.

— C'est pourtant mentionné sur les panneaux à l'extérieur, non ?

Caden Harris parut gêné.

— Mon patron dit que c'est très efficace. Autant qu'une vraie caméra, ou presque. Les restrictions budgétaires, vous savez ce que c'est...

Elle savait, oui.

L'odeur nauséabonde s'accentua lorsqu'elle se dirigea vers Schmidt. Une puanteur infecte, comme un mélange de fruits gâtés, de viande putréfiée et d'œufs pourris. Le parfum toxique de la mort. L'air bruissait du bourdonnement des mouches.

Schmidt pointa sa lampe torche vers le bas pour lui éclairer le chemin. Elle remarqua plusieurs empreintes de pas dans la poussière, certaines entières, d'autres partielles. Il faudrait qu'ils pensent à les comparer à celles du gardien, songea-t-elle en les contournant.

— Qu'est-ce qu'on a ?

— Un foutu bazar, répondit Schmidt d'un ton lugubre.

En s'approchant, Riley constata que les ouvertures dans le mur à côté de lui donnaient sur de grands box carrelés. Des tuyaux équipés d'arroseurs dessinaient des toiles au plafond, tandis que le sol était traversé de rigoles menant à des siphons. C'était la zone où étaient lavées les carcasses. Ce spectacle lui rappela certaines images des chambres à gaz à Auschwitz. Des années et des années de crasse s'étaient accumulées là.

À l'entrée de l'un des box, un sac à dos replié sur lui-même comme un insecte mort côtoyait quelques vêtements sales et un sac de couchage dont le duvet s'échappait par des trous. Plus loin, quelqu'un avait suspendu une bâche à deux crochets pour former une sorte de paravent. Des traînées noires souillaient le carrelage – du sang, pensa-t-elle. L'une des plus importantes disparaissait derrière la tenture. Les mouches pullulaient encore plus par ici, au point qu'on n'entendait qu'elles. Des guêpes et des cafards allaient et venaient comme ils pouvaient au milieu de cette nuée frénétique, signe que le cadavre était déjà bien décomposé. Une main plaquée sur sa bouche et son nez, Riley alla regarder par-dessus la bâche.

Schmidt l'avait avertie qu'il ne s'agissait pas d'un simple suicide ni d'une overdose, mais tout de même, elle n'était pas préparée à ce qui l'attendait. Dans la lumière de la lampe torche, le corps lui apparut en partie dissimulé sous une couverture imbibée de sang séché devenu marron. Les plis masquaient presque entièrement ses membres inférieurs, mais à en juger par ses cheveux gras d'un blond décoloré, son soutien-gorge autrefois rose et la créole en or visible à son oreille, la victime était une femme. En dehors de ça, son état ne permettait pas à Riley d'en savoir beaucoup plus.

La peau de la défunte était marbrée de noir et de rouge et boursouflée aux endroits où les tissus commençaient à se détacher. Elle avait le visage enflé, les yeux distendus, et sa langue pointait entre ses lèvres comme un gros ver. Quelque chose comprimait son cou – une ceinture, s'aperçut Riley. Elle était si serrée que la chair tout autour avait gonflé. Quant au ventre, les gaz qui le remplissaient menaçaient de le faire exploser. Bob Nolan allait avoir du pain sur la planche. Tout le cadavre avait l'apparence grotesque d'un corps en mouvement, en raison de la masse grouillante des asticots. À en juger par leur nombre, il devait y avoir déjà plusieurs générations.

— Je dirais qu'elle est là depuis une semaine environ, déclara Schmidt en balayant la scène avec sa lampe torche.

Son faisceau éclaira plusieurs objets éparpillés par terre : des canettes de bière, un flacon de médicaments, un crop top brillant taché de sang, une sandale dont une des lanières était cassée. Et un sac à main doré à l'air bon marché dont le contenu - des mouchoirs et un rouge à lèvres - s'était renversé.

— Au moins, oui, approuva Riley.

— À première vue, je penche pour une mort par strangulation. Une partie de ces lacérations pourraient correspondre à des blessures, mais c'est difficile de l'affirmer, avec une peau dans un tel état. Cela dit, tout ce sang sur les murs et le sol doit bien venir de quelque part.

La sonnerie stridente d'un téléphone les fit tous les deux sursauter.

— Désolée, murmura Riley en sortant son portable.

Sur l'écran s'affichait une photo de sa tante Rose, de sa compagne Lori et de leur petit Benjamin. Elle l'ignora. Rose avait déjà cherché à la joindre la veille et lui avait laissé un message dans lequel perçaient sa fatigue et aussi les pleurs de Benjamin en arrière-fond. Riley avait eu l'intention de la rappeler, avant d'être débordée par son enquête et ses efforts pour reconstituer les allées et venues de James Miller le soir où Chloé était morte.

Pour le moment, ils avaient pu vérifier ses déclarations sur les personnes qu'il avait contactées et les lieux où il s'était rendu en voyant que sa femme ne rentrait pas – le Duke's Bar, à la périphérie de la ville, le centre médical de Cedar Falls et la station-service Casey's. C'était un début, même s'ils ne pouvaient pas retracer tous ses faits et gestes durant la plage de cinq heures dans laquelle Kristen Webb situait le décès de Chloé.

De son côté, Schmidt avait continué à interroger les membres de Zephyr. Après que Riley lui eut rapporté les propos de Sean Taylor, il s'était concentré sur Frank Garrett et ses proches. Frank avait une femme, Maryanne, et quatre enfants adultes – Ryan, Jacob et Lizbeth, installés près de chez leurs parents et tous à la tête de leur propre famille, ainsi que Hoyt, qui vivait encore à la ferme. Les fichiers des services de police locaux et la base de données NCIC sur les crimes commis à l'échelle nationale n'avaient hélas rien livré de plus marquant sur eux que quelques infractions au code de la route.

James Miller restait donc leur principal suspect. Seulement, sans traces d'ADN, rien ne le reliait au meurtre de Chloé. Tout ce qu'ils avaient, c'était son alibi partiel et son comportement bizarre durant leur entretien – un comportement que n'importe quel avocat attribuerait à sa douleur. Pas de quoi justifier une arrestation. Riley avait eu l'intention ce jour-là de rendre visite à ses employeurs et aux responsables de la soupe populaire où il travaillait comme bénévole dans l'espoir de trouver une explication aux divergences entre son témoignage et celui de Mia.

Et puis Schmidt l'avait appelée.

Elle se retourna vers le corps brutalisé derrière la bâche. D'abord Chloé. Maintenant cette femme. Les circonstances de leurs décès étaient inhabituelles, c'était le moins qu'on puisse dire. Y avait-il un lien entre les deux ? Ses yeux se posèrent sur la ceinture, si serrée autour du cou de la malheureuse qu'elle avait entaillé sa chair.

Elle visualisa la scène sous forme de flashs. Un staccato cauchemardesque. Le crop top arraché. La sandale dont la lanière cédait. La ceinture qui étranglait de plus en plus la victime. Son souffle coupé, ses doigts qui griffaient son assaillant. Le sang qui jaillissait. Était-elle tombée ? Avait-elle tenté de ramper, poussée par une envie désespérée de vivre ? La large traînée sombre qui s'étirait jusque sous la bâche le suggérait, en tout cas.

— À quoi tu penses ? demanda Schmidt.

— Je pense que la journée va être longue.

14

Il était plus de midi lorsqu'elle émergea de l'abattoir. Appuyée contre sa Dodge, elle inspira des bouffées d'air frais bienvenues malgré l'humidité ambiante. D'autres véhicules s'étaient garés dans le parking et un agent posté près du portail principal consignait toutes les entrées et sorties dans un registre.

— Putain, jura Logan.

Ôtant ses gants en latex d'un geste sec, il contempla son pantalon.

La veille, Riley avait été étonnée de le voir arriver en costume élégant pour sa première journée en civil. Elle s'était attendue à une tenue bien plus décontractée. Certes, cela lui avait conféré une réelle autorité auprès des personnes qu'ils avaient interrogées, mais ce n'était pas le choix le plus adapté à leur travail ce matin-là.

— Le Bureau ne rembourse pas les notes de pressing, j'imagine, soupira-t-il en se dirigeant vers sa voiture, l'ancienne Ford Crown Victoria de Carl Kramer.

Après qu'il eut reçu son nouveau badge, Riley l'avait surpris en train de frotter le volant et les commandes avec des lingettes jetables.

— Tu sais que le cancer n'est pas une maladie contagieuse, n'est-ce pas ? avait-elle ironisé.

— Sauf ton respect, je ne connais pas un flic qui n'ait pas l'habitude de se curer le nez et de se gratter les couilles.

Riley avala une gorgée de la bouteille d'eau que lui avait donnée Amy Fox. La jeune recrue leur avait posé des en-cas sur le capot de la voiture, puis était allée porter des rafraîchissements à toute l'équipe à l'intérieur de l'abattoir. Son attitude à cette occasion avait été impressionnante. Elle avait déjà vu quelques cadavres, mais celui-là était d'un tout autre calibre. Même Bob Nolan avait secoué la tête, estomaqué, en laissant échapper un *nom de Dieu*. Fox avait pourtant su garder son sang-froid – et son petit déjeuner –, et seules ses mains avaient tremblé lorsqu'elle avait aidé Nolan à sortir son matériel.

Des heures s'étaient écoulées depuis, et l'activité près de la victime n'avait cessé de croître, jusqu'à devenir aussi intense que celle des insectes qui l'infestaient. Une fois son éclairage en place, Nolan avait fixé un appareil photo sur un trépied et décrit un cercle autour de la scène pour en capturer tous les détails : la moindre éclaboussure de sang, le moindre indice à étiqueter et emballer. Deux techniciens vêtus de combinaisons, de masques, d'une double paire de gants et de surchaussures avaient ensuite entamé une étude plus poussée du corps putréfié, avant de chercher des empreintes digitales sur les objets présents par terre et de prélever des cheveux englués dans le sang séché.

Dans l'intervalle, d'autres agents avaient passé le reste des lieux au peigne fin, en quête d'indices parmi les canettes de bière, les habits et les asticots qui fuyaient la lumière.

— On va avoir besoin de nouveaux sachets pour les pièces à conviction, avait déclaré Nolan en contemplant le chaos. Le labo va être furax.

Le directeur de Cobalt Security était arrivé un peu plus tard, l'air inquiet. Logan avait recueilli son témoignage pendant que Riley s'occupait de son employé traumatisé. Les deux hommes avaient reçu l'autorisation de partir une heure auparavant. En voyant Caden Harris ressortir le teint pâle et les pieds nus, Riley s'était dit qu'Hoffman avait raison. Le jeune gardien ne reprendrait probablement jamais son poste.

Après avoir été photographiés sous tous les angles, le sac à dos et le sac à main avaient été ouverts et inspectés. Le premier contenait des vêtements masculins élimés et puants, ainsi qu'un flacon de médicaments semblable à celui retrouvé par terre près du corps. L'étiquette ne mentionnait pas le nom du patient et ne donnait aucun renseignement sur les cachets blancs à l'intérieur, mais Riley prit note de la pharmacie d'où il provenait – une officine dans les quartiers est de Waterloo, pas très loin de la maison de retraite de son grand-père.

Il y avait aussi une photo craquelée à force d'avoir été manipulée – celle d'un couple et de deux garçons sur une plage de galets. Potelée, la peau écarlate, la femme portait un chapeau de soleil à large bord. L'homme avait les cheveux châtain foncé et une moustache broussailleuse. Assis sur une couverture à côté d'elle, il souriait en serrant l'épaule de l'un des enfants.

Le sac à main se révéla plus intéressant. Outre des préservatifs et un jeu de clés, il renfermait un téléphone déchargé à l'écran fissuré et un permis de conduire. Il était impossible de rapprocher précisément le visage sur la photo et celui, gonflé et boursouflé, du cadavre, mais ses cheveux blonds décolorés suggéraient qu'il s'agissait bien de la même personne. Le document appartenait à une certaine Nicole Ann King. Toutes deux avaient leur deuxième prénom en commun, avait songé Riley, troublée, en examinant le permis sous la lumière aveuglante des projecteurs installés par Nolan. La femme avait trente-deux ans et vivait à Waterloo. Un appel au Central et une recherche sur elle avaient fait émerger une série de condamnations pour consommation d'alcool dans l'espace public, détention de stupéfiants et prostitution.

De retour de sa voiture, Logan grimaça.

— Le corps va se disloquer quand ils la bougeront. Tous ces asticots...

Riley refusa le sachet neuf de lingettes biodégradables qu'il lui tendait. Il aurait été trop facile de se laisser aller à devenir aussi maniaque que lui, surtout sur une scène pareille.

— Tu n'en es pas à ton premier macchabée, si ?

Occupé à nettoyer son pantalon, Logan leva les yeux vers elle.

— Évidemment que non. Mais à Flint, la plupart se faisaient descendre dans la rue. La moitié étaient encore chauds quand on arrivait.

Riley avala encore un peu d'eau. Elle sentait les produits chimiques associés à la mort – l'ammoniac, le sulfure d'hydrogène, l'indole – jusque dans le fond de sa gorge. Presque tous les meurtres qu'elle avait eu à traiter jusque-là avaient pour origine des fusillades ou des attaques au couteau. Des crimes effroyables, bien sûr, mais quelque part humains. Même les cadavres qu'elle avait pu voir mutilés dans des accidents de voiture ou déchiquetés par des machines agricoles n'avaient pas été aussi horribles que celui-là. Quelqu'un s'en était pris à cette femme avec une sauvagerie bestiale.

Elle essuya une goutte de transpiration sur son visage. Le soleil n'avait pas réussi à percer, si bien que la chaleur de ce milieu de journée était piégée sous les nuages bas.

— Alors, qu'est-ce que tu en penses ? dit-elle.

— Quoi, de cette femme ? À supposer qu'il s'agisse bien de Nicole Ann King, son casier judiciaire et le contenu de son sac à main me font supposer qu'elle était venue tapiner ici.

— L'abattoir est assez excentré, tout de même. Si un client l'avait rencontrée dans la rue en pleine ville ou dans un bar, tu ne crois pas qu'ils auraient pu choisir un endroit plus accessible ?

— Sauf si l'un des deux habitait dans les parages. Après tout, on a trouvé des vêtements d'homme et ce qui ressemble au campement d'un clochard.

Logan ouvrit le plat préparé que Fox lui avait donné et détacha la fourchette scotchée à l'intérieur de la boîte en veillant à ne pas toucher les dents.

— Mais ce type, quel qu'il soit, n'a pu s'installer là qu'au cours du mois passé, continua-t-il en examinant sa salade recouverte de pâles morceaux de tofu. Le gardien et son patron étaient formels : il n'y avait rien lors de leur dernière inspection. Bon sang, je doute que ce truc soit bio...

Riley lorgna son sandwich - à la viande, comme elle l'avait demandé à Fox. Une sauce rouge coulait sur les bords du papier d'aluminium. En temps normal, une scène de crime ne lui coupait pas l'appétit, mais cette fois, elle eut envie de vomir rien qu'à la vue de l'étiquette indiquant POITRINE DE BŒUF FUMÉE. Le problème n'était pas tant le corps de la victime, ni son état de décomposition, ni même la crasse de ce lieu macabre et en ruines. Non, c'était quelque chose d'autre. Quelque chose qui la rongeait de l'intérieur.

— Dans tous les cas, dit Logan en attaquant sans enthousiasme sa salade, le propriétaire de ce sac à dos et de ces vêtements est un suspect potentiel.

— Ou un témoin. On commencera par interroger le personnel de la pharmacie d'où proviennent ces cachets. Quelqu'un reconnaîtra peut-être les gens sur la photo. Et ensuite, on se renseignera sur Nicole King.

— Au moins, ses empreintes figurent dans nos fichiers. On n'aura pas à la faire identifier par un de ses proches. Même Webb ne réussira jamais à la rendre vaguement présentable. Ah, désolé...

Logan reposa sa salade sur le capot de sa voiture et sortit son téléphone. Le nom de son neveu s'affichait à l'écran.

— Tu permets ? Jake avait un match de baseball ce matin.

— Vas-y.

Riley sourit. Quand il était arrivé avec sa famille, Jake était un enfant maladif et difficile - un parmi les quelque trente mille affectés par le scandale de l'eau à Flint. Son intoxication au plomb avait eu des effets dévastateurs sur sa santé et son comportement, mais il semblait avoir fait de gros progrès ces derniers mois.

— Jake, salut mon garçon ! dit Logan en se détournant. Comment ça s'est passé ?

Profitant de cette distraction, Riley sortit à son tour son téléphone. Rose lui avait laissé un message.

Riley, j'ai appris la nouvelle aux infos. C'était une ancienne amie à toi ? Je suis vraiment désolée. Écoute, je sais que tu dois être débordée, mais j'ai reçu un coup de fil de la maison de retraite. Joe a demandé à te voir. Peut-être que tu pourrais t'arranger pour faire un saut là-bas ? Je suis coincée chez moi aujourd'hui. Lori ne dort pas, même avec les nouveaux médicaments qu'on lui a prescrits. Un cri étouffé résonna en arrière-fond. *Oh, non, et voilà Ben qui se remet à pleurer. Rappelle-moi, OK ? Je t'embrasse.*

Riley sentit quelque chose se dénouer en elle. Cela faisait des mois que son grand-père ne l'avait pas reconnue, a fortiori réclamée. Elle passerait à la maison de retraite dès qu'elle en aurait fini avec cette scène de crime.

Elle vida sa bouteille d'eau et leva les yeux vers le bâtiment dont la lugubre masse noire se détachait contre le ciel. Quelle voie Nicole King avait-elle suivie dans la vie pour atterrir là ? Où se situait l'embranchement fatal sur son parcours ? Le carrefour qui l'avait menée dans cet abattoir ? Tomber dans la prostitution était un sort assez répandu, même dans le comté de Black Hawk. Les filles ne traînaient pas sous la lumière tremblotante d'un néon, comme dans les sombres recoins de New York, et ne figuraient pas non plus sur les cartes postales qu'on vous fourrait dans la main le long du Strip à Las Vegas, mais si vous saviez où regarder, vous pouviez les repérer. Des silhouettes solitaires sur le trottoir, dans les relais routiers, à l'ombre des cheminées d'usine et des silos, parfois sous la pluie au bord des chemins. Des apparitions fugitives dans le faisceau de vos phares. Au bout du compte, c'était toujours la même histoire, quels qu'en soient les rebondissements. Et ses causes ne variaient jamais : des maltraitances, des négligences, du désespoir ou une addiction. Quel avait été l'élément déclencheur pour Nicole King ?

Riley comprit soudain ce qui la rongeait intérieurement. Ce n'était ni de la révulsion, ni de la pitié. C'était le fait de se reconnaître dans cette femme. La certitude, tout au fond d'elle, que si elle n'avait pas eu une famille déterminée à la retrouver, elle aurait pu finir à sa place. S'imposa alors à elle l'image de Gracie Foster, cette pauvre fille perdue quelque part dans un monde violent. Et celle de Chloé aussi, dans l'obscurité suffocante des champs de maïs.

15

Cela faisait un mois qu'elle était en vacances et déjà, Madison Fisher s'ennuyait. C'était pareil chaque année. Les premières semaines offraient un éventail grisant de possibilités – retrouver Tanisha et Amelia au centre commercial pour voler des rouges à lèvres au drugstore, manger du cheddar frais avec elles au Big Daddy's, ricaner en regardant des profils de garçons sur Instagram. Mais ce plaisir s'estompait peu à peu, cédant la place à la monotonie. Enfin non, ce n'était pas pareil chaque année. Cette fois c'était pire. Mason Lee s'était installé chez elle.

Ce type avait déboulé dans sa vie comme un bulldozer. Depuis, il occupait le peu d'espace disponible à la maison avec ses outils pleins de graisse et son bazar, il lui donnait des ordres avec l'air de se prendre pour son père et il roulait des joints à sa mère quand elle était trop bourrée – le tout en riant et en bougeant la flamme de son briquet, ce qui obligeait Sadie à tanguer pour l'atteindre. Ses copains étaient du même tonneau. Des losers qui fumaient de la marijuana et mettaient la main au cul des filles.

— Putain de merde, je me crame le dos ! pesta Amelia, qui consultait son téléphone sur le capot d'une Chevy rouillée en entrechoquant mollement ses genoux.

Assise par terre à côté de Maddie, Tanisha poussa un soupir exaspéré. Leur amie jurait à la moindre occasion dès qu'elle sortait de chez elle – en réaction peut-être à la décision récente de sa mère de renouer avec la foi chrétienne.

Amelia se leva et s'étira. Son T-shirt découpé remonta haut au-dessus de la chemise à carreaux qu'elle avait attachée autour de sa taille et dont l'ourlet touchait ses bottes de cow-boy éraflées. Ses cheveux blonds formaient un halo frisottant dans l'air humide – malgré ses suppliques, Tanisha avait refusé de les lui tresser.

Seule Noire dans une classe composée essentiellement de Blancs, Tanisha avait toujours vécu sa couleur de peau comme une malédiction. Un an plus tôt environ, pourtant, elle avait commencé à devenir un objet de curiosité, voire d'envie. Les ombres à paupières et les rouges à lèvres aux teintes acidulées rendus populaires par les YouTubers faisaient une tête de clown à la plupart des filles de leur entourage, mais pas à elle. Même ses cheveux, qui lui valaient autrefois tant de plaisanteries, étaient désormais une source de fierté pour elle depuis que l'une de ses tantes lui avait fait des tresses africaines soulignées par des perles argentées. Il n'était pas question que tout le monde la copie.

Derrière elles, des voitures et des camions s'empilaient à perte de vue. Certains véhicules, presque neufs, avaient été remorqués là après un accident qui leur avait laissé des ailes bosselées, des vitres brisées et des portières enfoncées. D'autres n'étaient guère plus que des squelettes rouillés aux pneus dégonflés dont les plaques traînaient dans l'herbe. Maddie trouvait que l'endroit aurait pu servir de cadre aux films de zombies que son père aimait bien. Il lui arrivait d'y venir toute seule – elle filait dans les ruelles sur son vieux vélo, puis longeait la rivière dans l'ombre bourdonnante de moustiques pendant que des buses à queue rousse volaient au-dessus des arbres. Munie du carnet et des crayons que Riley lui avait achetés, elle dessinait les voitures en ajoutant des monstres tapis dans les recoins, des visages ricanant derrière les éclats de verre et des yeux dans les rétroviseurs. Si les cinéastes avaient connu l'existence de cette casse, ils y auraient installé des plateaux de tournage, elle en était sûre – même si personne n'avait jamais vraiment entendu parler du comté de Black Hawk jusqu'à cette histoire de cadavre.

Elle avait regardé le journal télévisé chez Tanisha la veille au soir avec ses deux amies. Ensemble, elles avaient écouté le présentateur évoquer avec animation les derniers détails relatifs au meurtre et interroger un reporter qui s'exprimait en direct devant le HBCSO.

La mère de Tanisha avait suivi les infos elle aussi, le front plissé.

— Je ne veux plus que vous sortiez seules. Cela vaut pour vous trois. Tanisha, c'est compris ?

— Oui, maman.

— Je suis sérieuse.

Elle s'était assurée que toutes avaient bien enregistré ses conseils avant de presser l'épaule de Maddie et de poser devant elle une assiette de côtes de porc aux bords bien grillés.

Maddie adorait passer du temps chez Tanisha. Il y avait toujours de quoi manger sur la table, là-bas. De la vraie nourriture. Pas comme chez elle, où les repas s'accompagnaient invariablement de la sonnerie du micro-ondes et du nuage de vapeur qui s'échappait d'un film cellophane percé en vous brûlant les doigts. Et pour peu que Sadie et Mason aient fumé et qu'une odeur entêtante flotte dans leur petit logement, elle se contentait de chips de maïs ou de pop-corn.

Tanisha avait attendu que sa mère disparaisse dans la cuisine.

— Ta tante est sur le coup, non ?

— Mais qu'est-ce qui lui est arrivé, au juste ? avait chuchoté Amelia en rapprochant sa chaise. À la femme morte, je veux dire. Est-ce qu'elle a été... ?

— Quoi ?

— *Violée ?* Mon frère croit savoir qu'elle a été étranglée avec sa propre culotte.

— Ton frère est un gros pervers, avait répliqué Tanisha - un commentaire qu'Amelia n'avait pu qu'approuver.

Maddie n'avait pas plus d'infos que ses amies - Riley ne discutait jamais de ses enquêtes avec elle -, mais elle ne voulait pas être en reste.

— Je ne suis au courant de rien. Tout ce que je peux dire, c'est que le coupable n'a pas été arrêté. Il court toujours dans la nature.

Elles s'étaient dévisagées sans un mot, en frissonnant, jusqu'à ce que la mère de Tanisha réapparaisse et leur reproche de ne pas manger tant que leur plat était chaud.

Amelia tapa du pied sur le capot de la Chevy.

— Putain, je m'emmerde. Allons au centre commercial.

— Je n'ai pas un rond, répliqua Maddie.

— Moi non plus, dit Tanisha sans détacher les yeux de son téléphone.

Amelia bascula ses jambes par-dessus le radiateur rouillé et sauta à terre. En souriant, elle glissa une main d'un air suggestif dans la poche avant de son short.

— Je ne pensais pas *acheter* quoi que ce soit, dit-elle. On va se servir discrétos.

Le crissement de pneus sur le gravier l'interrompit. Un pick-up rouge cerise aux roues surélevées avançait vers elles en cahotant sur les nids-de-poule dont il faisait gicler l'eau boueuse autour de lui. Maddie et Tanisha se redressèrent et époussetèrent leurs shorts.

Une tête blonde et bronzée émergea du siège passager avec un grand sourire.

— Salut, les filles !

Tanisha grogna de dépit. C'était le frère d'Amelia, Jason, alias Le Trouduc – le surnom qu'elles lui donnaient depuis le jour où Maddie était venue dormir chez ses parents et où il l'avait suivie aux toilettes pour l'obliger à se soulager devant lui. Elle avait réussi à le mettre dehors avant de pousser à fond le verrou, mais elle avait encore le cœur battant en retournant dans la chambre d'Amelia.

Jason était accompagné de trois garçons. Le conducteur était un de ses copains, Connor, un type grassouillet dont le père possédait un bar en ville et qui leur procurait de l'alcool de temps en temps. Maddie ne reconnut pas les deux autres en revanche. Le premier avait un physique trapu, des mâchoires carrées, une coupe militaire et des bras bardés de muscles. Le second était mince et bronzé, avec des cheveux châtains ondulés et des yeux bleus. Un paquet de cigarettes bosselait la poche de poitrine de sa chemise à carreaux.

— Comment vous avez su qu'on était là ? demanda Tanisha tout en fixant Amelia.

Déjà, leur amie sautait par-dessus les flaques d'eau pour rejoindre son frère.

— Je leur ai dit que je m'emmerdais, expliqua-t-elle en agitant son téléphone. Hé, frangin, tu n'es pas venu les mains vides, j'espère ?

En guise de réponse, il se baissa vers le plancher du pick-up et souleva une bouteille de Fireball. Amelia se jeta dessus, mais il l'éloigna aussitôt d'elle.

— Doucement ! Celle-là est à partager. Si vous montiez avec nous, tes copines et toi ?

Ses yeux se posèrent sur Maddie. Malgré l'envie qu'elle en avait, elle se retint de reculer, enhardie par le contact du bras de Tanisha autour du sien.

— On ne mord pas, ajouta Jason en souriant toujours.

Le garçon aux cigarettes se pencha pour lui donner un coup sur la tête.

— Arrête de faire ton connard, lança-t-il, avant de s'adresser aux filles. On va au camp religieux.

Il avait l'accent traînant des gens du Sud. *Il n'est pas d'ici,*

— Au camp religieux ? protesta Tanisha. Non, ma mère péterait un câble.

— Tu n'as qu'à pas lui dire, rétorqua Amelia.

Elle prit appui sur la chape du pneu arrière pour se hisser sur la plate-forme du pick-up et leva les yeux au ciel en voyant que Maddie et Tanisha ne bougeaient pas.

— Qu'est-ce que vous voulez qu'on fasse d'autre ?

Maddie jeta un coup d'œil à la casse, à toute cette ferraille rouillée qui chatoyait dans la chaleur. Elle avait entendu parler de l'ancien camp religieux situé à des kilomètres de la ville, avec ses cabanes abandonnées sur lesquelles la nature avait repris ses droits. Les élèves les plus âgés de son lycée l'évoquaient parfois, mais elle-même n'y était jamais allée. Peut-être y trouverait-elle un nouveau lieu à dessiner ? Il ferait sûrement plus frais dans les bois, en tout cas. Et il restait bien des heures à occuper avant la fin de la journée. Des heures qu'elle n'avait pas envie de passer chez elle. Même le Trouduc était de meilleure compagnie que Mason Lee. Elle désigna le pick-up du menton à Tanisha.

Son amie résista d'abord, puis céda en sentant Maddie la tirer doucement par le bras.

— Merde, d'accord.

Amelia cria de joie et les aida à monter sur la plate-forme.

— Super !

Jason dévissa le capuchon de la bouteille de whisky et en avala une gorgée pendant que Connor allumait la radio. Une musique aux basses assourdissantes emplit l'habitacle.

Le pick-up se dirigea en bringuebalant vers la voie rapide et les piles de métal tordu disparurent derrière eux dans les ombres vertes. Agrippée au flanc du véhicule, face à la lunette arrière poussiéreuse de la cabine, Maddie vit le garçon aux cigarettes se tourner vers elle et lui sourire.

16

Le lendemain matin, Riley réunit son équipe au bureau. Tous étaient fatigués après avoir passé l'abattoir au peigne fin la veille jusqu'à une heure tardive. Le temps qu'ils aient terminé, les visites n'étaient plus autorisées à la maison de retraite et elle n'avait pas pu aller voir son grand-père, mais elle se jurait de le faire ce soir-là.

Elle n'avait dormi que quelques heures tant ses enquêtes l'obsédaient. Dans sa tête, le corps mutilé de Chloé se mêlait à celui de Nicole King. À supposer que ces deux affaires soient liées, à quel genre de tueur pouvaient-ils avoir affaire ? *À un monstre*, pensa-t-elle en regardant Amy Fox scotcher au mur les photos que Nolan leur avait fait parvenir.

La nouvelle qu'une autre femme avait été retrouvée morte s'était répandue dans tous les services et elle se doutait que la presse ne tarderait pas à en être informée. Déjà que le meurtre de Chloé avait suscité l'émoi au point de faire la une des journaux et de reléguer au second plan le duel de plus en plus serré entre le gouverneur Hamilton et la sénatrice Cook... Reed lui avait ordonné de ne pas ébruiter celui de Nicole King, mais cela s'annonçait difficile.

— OK, faisons le point. Schmidt ?

— On a fini d'interroger la famille Brown – à l'exception des fils aînés, qui doivent rentrer de Des Moines... demain, déclara l'inspecteur en consultant son calepin. On va continuer à creuser la piste des Garrett, mais elle n'a mené à rien jusqu'ici, malgré les allusions de ce connard de Sean Taylor. Quant à Ed Wilson, il a confirmé la version des événements donnée par John Brown. Le problème, c'est que personne d'autre n'a signalé la présence d'un drone le soir où Chloé Miller est morte.

Riley en prit note.

— De mon côté, dit-elle, j'ai parlé aux Services spéciaux ce matin. Ils n'ont rien pu tirer du téléphone portable de Chloé. De ce côté-là, c'est une impasse. Ils travaillent maintenant sur son ordinateur, mais ils n'ont pas encore trouvé de document ou de mail indiquant qu'elle avait une liaison. Ni même qu'elle soupçonnait son mari d'en avoir une. J'ai aussi interrogé les équipes de la State Patrol hier soir. Sa voiture n'a été signalée nulle part. Pour finir, on a pu reconstituer une partie des déplacements de James Miller au moment du meurtre. Son véhicule a été filmé par des caméras de surveillance et on a vérifié ses déclarations auprès des gens qu'il disait avoir appelés. Il y a des trous dans son emploi du temps, mais il sera difficile de retracer tout ce qu'il a fait en cinq heures s'il est parti seul chercher sa femme. Cela étant, ses soupçons à son égard lui fournissent un mobile, c'est évident, et j'ai l'impression qu'il nous cache quelque chose. Je veux qu'on s'intéresse un peu plus à lui.

— Tu peux être plus précise ? demanda Logan.

— Miller pense que sa femme le trompait, mais jure qu'aucun des amis ou des membres de la famille de Chloé ne pourra le confirmer. Étrange, non ? Et Mia Collins a retourné ses accusations d'infidélité contre lui en suggérant qu'il avait pu inventer cette histoire de bénévolat auprès d'une soupe populaire pour dissimuler sa liaison à Chloé.

Riley se rappela James lors de leur entrevue et ce changement qu'elle avait perçu en lui quand il l'avait surprise en train d'examiner ses photos. *Elle ne se serait jamais confiée à ses proches.*

— Je ne sais pas, ajouta-t-elle, c'est juste...

— Une intuition ? dit Schmidt en souriant.

— Exactement.

Le téléphone de Riley vibra dans sa poche, mais elle l'ignora.

— Schmidt, finis d'interroger les membres de la coopérative et ensuite, concentre-toi sur Miller. Va chez GTF. Questionne son patron et les autres employés. Essaie de voir quel genre d'homme il est. Quelle opinion ses collègues ont de lui. Logan et moi, on se penchera pendant ce temps sur Nicole King.

— Tu crois qu'il y a un lien entre les deux ? Entre Miller et King ?

— On ne doit rien exclure. Logan, je veux qu'on aille montrer la photo trouvée dans l'abattoir à la pharmacie d'où proviennent les cachets.

Elle fut interrompue par la sonnerie du téléphone sur son bureau.

Fox se pencha pour répondre.

— Allô ?

— Essayons d'identifier le propriétaire de ce sac à dos, continua Riley, et...

— Sergente, la coupa Fox en lui tendant le combiné. C'est le Dr Webb.

Riley fut surprise. Le médecin légiste n'avait reçu le cadavre de Nicole King que quelques heures plus tôt.

— Fisher à l'appareil.

— Sergente, j'ai quelque chose d'intéressant pour vous au sujet de Nicole King.

Kristen Webb avait l'air ébranlée, ce qui ne lui ressemblait guère.

— Vous avez déjà terminé l'autopsie ?

— Non, j'ai à peine commencé l'examen externe et j'ai peur que ce cadavre m'occupe presque toute la matinée. Je voulais juste vous communiquer mes premières constatations. La victime a été étranglée, cela saute aux yeux, même si je ne pourrai pas me prononcer sur la cause du décès avant d'avoir étudié ses autres blessures – et il y en a beaucoup.

Webb s'arrêta un court instant avant de reprendre :

— Certaines semblent dues à une lame affilée. Une sorte de couteau, à mon avis. Je pourrai vous donner davantage de précisions plus tard. Mais cette femme n'a pas seulement été poignardée, sergente. Elle a été *charcutée*, en particulier au niveau des jambes. Il lui manque de gros lambeaux de chair et je ne crois pas que cela soit dû aux asticots.

Cela rappela à Riley les lacérations sur le corps de Chloé.

— Une partie des dégâts me paraissent postérieurs au décès. Mais là encore, je ne pourrai rien affirmer avant d'avoir bouclé l'autopsie. J'ai tout de même trouvé quelque chose enfoncé dans ses cuisses. Au début, j'ai pensé à un petit fragment d'os, mais c'est un bout de dent. De dent *humaine*. Et vu la manière dont il était logé dans les tissus, je dirais qu'il s'est très probablement détaché au moment où la chair a été arrachée.

— Il s'agirait d'une morsure ? souffla Riley, qui sentit la cicatrice dans son cou la démanger, comme si tout son sang affluait à cet endroit. Vous voulez dire qu'il y aurait un lien entre les deux meurtres ? Que ce serait une personne, et pas un animal, qui aurait laissé ces traces sur le corps de Chloé ? Et que cette même personne aurait pu tuer Nicole King ?

— Je ne sais pas. Et même quand j'aurai terminé, je doute d'en être certaine. Pas sans traces d'ADN. Les deux cadavres sont dans un état de décomposition trop avancé pour qu'on soit en mesure de bien comparer leurs blessures. Seul un spécialiste y arriverait peut-être. Je vais relancer Bruce et lui dire que c'est urgent. La bonne nouvelle, c'est qu'une dent constitue un merveilleux réservoir d'ADN. La mauvaise...

— C'est que le laboratoire mettra des mois à l'analyser, conclut Riley. OK. Merci. Vous me rappellerez dès que vous aurez fini ?

— Bien sûr.

Après avoir raccroché, Riley rapporta les propos du médecin légiste à son équipe. Tous l'écoutèrent en silence.

— La vache, murmura ensuite Logan.

Le front plissé, Amy Fox contempla les photos prises sur les lieux du crime. Schmidt, lui, se massa les tempes.

— Bon, admettons que Chloé Miller et Nicole King aient été tuées par le même cinglé.

— Tuées et mordues, ajouta Logan, dont la voix trahissait l'effroi.

— D'accord, leurs plaies sont en partie identiques et on les a retrouvées dans des coins isolés, mais elles appartiennent à des mondes complètement différents. Une prostituée toxicomane d'un côté, l'épouse d'un riche ingénieur de l'autre.

— Nicole King a sûrement été une proie facile, répondit Riley. Le genre de femme qu'un tueur pouvait attirer à l'intérieur d'un abattoir en échange d'un peu d'argent ou de drogue. Quant à Chloé Miller... Et si c'était un pur hasard ? Une simple occasion qui se serait présentée ? À moins que son mari ait eu raison.

Peut-être qu'elle avait vraiment un amant et qu'elle comptait le rejoindre ce soir-là. Quelque part dans les champs ou sur le bord de la route. Un endroit secret, à l'abri des regards. Notre homme a pu la surprendre alors qu'elle attendait sur place, seule, vulnérable.

Des mains qui la plaquent au sol. De la terre dans sa bouche. Riley se força à chasser ces images de son esprit.

— Imaginons la scène, reprit-elle. Le tueur passe à l'attaque. Chloé s'enfuit dans le champ de maïs. Il se sert d'un drone pour la traquer, avant de détaler lorsqu'il repère le véhicule de John Brown. Puis il se débarrasse de la voiture et du téléphone portable de sa victime – il y a assez de cours d'eau et de lacs par ici pour qu'il ait l'embarras du choix.

— Et l'amant ? demanda Schmidt.

— C'est quelqu'un d'autre. Quelqu'un dont le rencard ne s'est jamais pointé, voilà tout.

— À l'heure qu'il est, il a dû apprendre aux infos ce qui s'est passé, fit remarquer Logan.

— Tu te présenterais à la police, toi ? Tu irais raconter que tu avais une liaison avec une femme mariée ? Une femme avec qui tu avais rendez-vous le soir où elle a été assassinée ?

Logan grimaça.

— En effet. On ne le retrouvera probablement jamais.

— Ça n'a peut-être pas d'importance s'il n'est pas mêlé à ce crime et s'il n'a rien vu.

— Mais... et le drone ? J'ai du mal à croire qu'un tordu capable d'attirer une prostituée dans une usine abandonnée pour l'étrangler et la mutiler, puis de s'attaquer à une femme riche au milieu de nulle part et de la bouffer à moitié puisse être aussi du genre à posséder un joli jouet technologique. Les affaires qu'on a découvertes appartiennent à un clochard, et les clochards n'ont pas de drones.

— La personne qui dormait à l'abattoir n'est pas nécessairement le coupable. Beaucoup de gens sont passés par cet endroit. Quoi qu'il en soit, je tiens à interroger notre vagabond - au moins à titre de témoin.

Logan soupira.

— Si je te suis bien, le tueur pourrait avoir prémédité son coup dans le cas de King et agi par opportunisme dans celui de Miller ? Il pourrait être fou, mais pas au point de ne pas masquer ses empreintes, faire disparaître une voiture et peut-être même utiliser une technologie sophistiquée ? Et ce serait quelqu'un qui connaît très bien la région ? Attends... Je peux comprendre qu'il n'ait pas caché le corps de Chloé Miller si elle lui a échappé, mais King ? Pourquoi l'aurait-il abandonnée là où quelqu'un risquait de la trouver ? Pourquoi ne s'est-il pas débarrassé du cadavre ?

— Pour laisser un message.

— À qui ?

— Au monde entier ? À nous ? Tous les assassins ne se débarrassent pas du corps de leurs victimes. Certains veulent qu'on tombe dessus.

— Tu penses à ce que je pense, sergente ? dit Logan en la regardant droit dans les yeux.

Elle devina le sous-entendu.

— On n'en est pas encore à trois.

— Trois quoi ? demanda Fox.

Riley ignora sa question.

— Allons à la pharmacie. Il faut qu'on découvre à qui appartiennent les cachets et les vêtements découverts à côté de King. Schmidt, tu passeras devant chez James Miller en allant à la coopérative ?

— Oui.

— Rends-lui une petite visite, tu veux bien ?

— Pour voir s'il a un alibi ? Mais on ne sait pas à quel moment est morte King.

— Assure-toi simplement que Miller a toutes ses dents.

Le vieil inspecteur parut estomaqué.

— Nom de Dieu.

Tout en prenant ses clés de voiture, Riley posa les yeux sur l'avis de recherche de Gracie Foster. L'adolescente semblait lui sourire tristement sur l'affiche. Pour la première fois, elle espéra qu'elle ne s'était pas trompée et que cette fille se trouvait à l'autre bout du pays.

— Trois quoi, sergente ? insista Fox.

— Selon les manuels de police, il faut au moins trois victimes avant qu'on puisse parler d'un tueur en série.

17

— Mesdames et messieurs, veuillez préparer vos sacs pour l'inspection, s'il vous plaît.

Le groupe avança, sous la houlette du guide en charge de la visite.

— Inutile de retirer vos chaussures et vos ceintures.

Quelque peu amusés, les gens se bousculèrent pour déposer leurs sacs à main et leurs bananes sur une table devant un officier de sécurité.

Thorne suivit le mouvement et attendit son tour. Elle sourit gracieusement lorsqu'un gros type avec un appareil photo accroché autour du cou la heurta, mais son attention resta rivée sur l'officier. Bien qu'affable, il fouillait chaque accessoire avec soin.

Le centre d'accueil des visiteurs – une ancienne remise à calèches reconvertie – avait quelque chose d'oppressant, avec ses lourdes tentures et ses épais tapis, et la petite foule autour d'elle la faisait transpirer. Elle lorgna la porte que le guide avait refermée. Elle aurait facilement pu partir. Malgré tout, ses pieds l'entraînèrent en avant. Si elle n'agissait pas maintenant, alors quand ?

Elle posa son sac à dos sur la table. L'agent de sécurité lui sourit, avant de hausser les sourcils devant ses cheveux coupés court et teints en rose bubble-gum. Elle se maudit intérieurement. Alex l'avait pourtant bien prévenue - *Évite de te faire remarquer* -, mais elle avait ignoré son conseil.

L'homme se mit à rire.

— Ah, vous les jeunes. Ma petite-fille est passée par toutes les couleurs de l'arc-en-ciel.

Il sortit son sweat à capuche de son sac, puis un bloc-notes et une trousse.

— Cela dit, contrairement à vous, je n'aurais jamais pu la convaincre de faire une visite comme celle-ci. Même en la payant !

Elle s'était doutée que son âge aussi risquerait de la faire repérer et elle avait une réponse toute prête :

— J'étudie l'histoire à l'université de l'Iowa.

— C'est bien, ça, mademoiselle. Hé, Walter, fais gaffe ! On a une étudiante en histoire ici. Cette jeune dame pourrait bien vouloir te piquer ton boulot.

Le guide interrompit sa conversation avec quelques-uns des visiteurs pour lui sourire.

— Et vous essayez en plus de sauver la planète, hein ? continua l'agent en sortant sa tasse à café réutilisable.

Muette, elle le regarda s'apprêter à soulever le couvercle. Merde, merde, merde. Quelle serait la suite ? une fouille corporelle ? Elle ne s'était pas attendue à un tel degré de vigilance. Elle était à deux doigts de lui arracher sa tasse et de s'enfuir en courant quand un type tout maigre portant une casquette de base-ball à l'effigie du club de New York se débattit avec son sac, envoyant voler des stylos et des clés sur la table.

— Désolé !

— Pas de souci, monsieur. Laissez-moi vous aider, dit l'agent en remettant la tasse de Thorne dans son sac à dos et en faisant glisser celui-ci vers elle.

Elle se dépêcha de fourrer son bloc-notes et son sweat à l'intérieur, puis s'éloigna. Derrière elle, le visiteur maladroit n'en finissait pas de s'excuser.

Quelques instants plus tard, le guide se dirigea vers une porte et émergea avec le groupe dans la lumière éblouissante du matin. Thorne inspira le parfum d'herbe coupée qui flottait dans l'air et laissa la brise sécher la transpiration sur son front. Des pelouses parfaitement entretenues et bordées d'arbres menaient à une demeure de deux étages flanquée d'une tour haute de trente mètres. Construite en briques brunes et décorée d'avant-toits blancs, elle ressemblait à une maison en pain d'épice élaborée. Après avoir franchi l'entrée principale, ils découvrirent un vestibule somptueux qui sentait la cire d'abeille.

— Mesdames et Messieurs, bienvenue dans la résidence des gouverneurs de l'Iowa.

Thorne repéra rapidement les caméras de surveillance à mesure qu'ils allaient d'une pièce d'apparat à une autre - un salon où trônait un piano à queue Steinway, un deuxième où une femme de ménage passait l'aspirateur, une salle de réception destinée aux dîners officiels. Tandis que le guide expliquait l'histoire des lieux, les flashs crépitaient devant des cabinets remplis de vaisselle en verre et en porcelaine.

— Comme vous pouvez le constater, c'est un très bel exemple d'architecture du Second Empire.

Il les ramena ensuite vers le vestibule et son grand escalier qui s'élevait en spirale vers l'étage supérieur.

— Bien qu'il ait été construit en 1866, ce manoir était extrêmement confortable pour l'époque. Il disposait de l'éclairage au gaz, de l'eau chaude courante et d'un ascenseur. Ce dernier fonctionne toujours aujourd'hui et permet au gouverneur et à sa famille d'accéder à leurs appartements depuis leur entrée privée au sous-sol. C'est là que sont situés les cuisines et le bureau de la police d'État chargée de les protéger.

— Pourrons-nous voir ces appartements ? demanda le type à la casquette de base-ball.

— Seuls le rez-de-chaussée et le premier étage sont ouverts au public, mais je vous montrerai son bureau et celui d'une partie de son personnel.

Après être passés devant un grand vitrail, ils parvinrent à un palier d'où partaient deux couloirs. Chacun d'eux desservait plusieurs pièces, et un jeune homme sortit précipitamment de l'une d'elles en serrant des dossiers contre lui.

— Évidemment, il y a beaucoup d'activité en ce moment, en raison d'une certaine élection à venir. N'oubliez pas d'aller voter ! ajouta le guide avec un clin d'œil à l'intention de son auditoire.

Il les entraîna ensuite un peu plus loin vers une porte ouverte. Chacun tendit le cou pour tenter d'apercevoir la demi-douzaine d'employés au service du gouverneur, tous occupés à parler au téléphone ou à taper sur leur clavier.

Thorne resta en retrait, puis, constatant que le couloir était vide, se rapprocha du guide.

— Y a-t-il des toilettes par ici ?

— Eh bien... Ne pouvez-vous pas patienter ? Vous en trouverez au centre d'accueil des visiteurs, mademoiselle.

Elle pinça les lèvres et secoua la tête.

— C'est un problème de fille.

— Oh, bafouilla-t-il en rougissant. Très bien. Vous pouvez utiliser les toilettes du personnel. Quatrième porte à gauche. Nous vous attendrons.

Elle sentit son regard dans son dos lorsqu'elle s'éloigna, jusqu'à ce que le type à la casquette de base-ball se manifeste de nouveau.

— Est-ce que le gouverneur travaille ici ?

Profitant de la distraction, Thorne pressa le pas.

— Non, répondit le guide, le gouverneur Hamilton travaille essentiellement dans son bureau du Capitole, même s'il en a un autre ici, dans ses appartements privés.

Elle atteignit la pièce d'où avait émergé le jeune homme aux bras chargés de dossiers et jeta un coup d'œil à l'intérieur. Parfait. L'endroit était probablement réservé aux employés ou aux secrétaires, à en juger par les trois bureaux, tous équipés d'ordinateurs et de téléphones. Dans le couloir, le visiteur maladroit s'entretenait toujours avec le guide, qui lui tournait le dos. Elle entra.

Elle renonça tout de suite aux trois PC – trop risqué – et se dirigea vers des petits placards muraux situés derrière deux des bureaux. Laissant glisser son sac à terre, elle s'agenouilla pour inspecter le contenu du premier. Rien d'intéressant. La porte du meuble grinça lorsqu'elle la referma. Elle marqua une pause. La sueur coulait sous ses aisselles, mais elle ne distingua que la voix du guide, qui ne cessait de pérorer, et la sonnerie distante de plusieurs téléphones.

Les câbles d'un ordinateur et d'une imprimante s'enfonçaient dans le placard voisin. Elle l'ouvrit à son tour. Cette fois, la vue des diodes vertes d'un routeur qui clignotaient comme les feux d'une piste d'atterrissage lui arracha un sourire.

Sans tarder, elle attrapa la tasse à café dans son sac et en sortit délicatement un petit appareil qu'elle brancha sur un port USB du routeur. *Les doigts dans le nez*, aurait dit sa grand-mère.

Elle avait ramassé ses affaires et presque atteint le couloir quand le jeune homme revint avec de nouveaux dossiers. Il la dévisagea avec surprise.

— Je suis désolée, dit-elle. Je cherchais les toilettes.

— Deux portes plus loin. Sur votre gauche.

« Foutus touristes », l'entendit-elle marmonner au moment où elle quitta la pièce.

Une heure plus tard, le groupe de visiteurs regagna le centre d'accueil. Thorne s'éclipsa.

Elle avait longé la moitié de la rue quand des pas retentirent derrière elle et se calèrent sur les siens.

— Tu y es arrivée ?

— Bien sûr.

— Chapeau, ma vieille. Alex serait fier de toi.

Elle sourit.

— Bravo pour le coup du sac, Leo.

Il sourit à son tour en ôtant sa casquette de baseball, puis sa chemise à carreaux. Les mots tatoués sur son avant-bras étaient aussi bleus que ses veines, et si petits qu'on peinait à les lire. Mais elle savait ce qu'ils disaient, elle. Les mêmes figuraient le long de sa colonne vertébrale. Alex, son mentor, lui avait tenu la main pendant qu'on les lui inscrivait sur la peau.

De même que les océans, nous nous soulèverons

18

Le reste de la journée fut un fiasco. La pharmacie où Logan et Riley se présentèrent avec les cachets et la photo retrouvés dans les anciens abattoirs était fermée pour l'après-midi. Faute de mieux, ils entamèrent des recherches sur Nicole King.

Il s'avéra que son père s'était volatilisé peu après sa naissance et que sa mère était morte quatre ans auparavant sans rien laisser derrière elle, la maison familiale ayant dû être vendue afin de payer ses soins médicaux. Nicole n'avait plus qu'une sœur aînée travaillant dans la finance, à Bangkok, et pour l'heure injoignable.

Elle avait occupé une chambre dans une bâtisse décrépite qu'elle partageait avec d'autres personnes près du fleuve, face à l'île de Sans-Souci. Un drapeau confédéré pendait à l'extérieur. Assis à une table de cuisine recouverte de mégots de cigarette et de cartons à pizza vides – et avec pour fond sonore les aboiements des chiens attachés dans la cour –, Riley et Logan interrogèrent une bande disparate de locataires qui ne cessaient d'aller et venir, tous plus ou moins ivres et habillés.

Aucun d'eux n'avait vu Nicole depuis douze jours, mais il n'était apparemment pas inhabituel qu'elle disparaisse pendant plusieurs semaines quand elle se mettait en couple avec un de ses copains – lesquels, après consultation des bases de données de la police, se révélèrent être les auteurs d'un bel assortiment de crimes et de délits. Tous méritaient d'être questionnés à leur tour.

Ils allèrent inspecter sa chambre à l'arrière de la maison – une petite pièce où la lumière peinait à entrer par l'unique fenêtre aux carreaux envahis par le lierre à l'extérieur et au rebord jonché de mouches mortes. Ils y trouvèrent des preuves supplémentaires d'une vie en miettes : des bouteilles d'alcool vides, des barres chocolatées entamées et des vêtements vulgaires. Le seul vestige d'un moment heureux au milieu de tout ça était une photo au cadre en forme de cœur sur laquelle une Nicole bien plus jeune posait à côté d'une autre fille. La ressemblance entre elles était telle qu'il ne pouvait s'agir que de sa sœur. Joue contre joue, toutes deux souriaient.

Riley fut soulagée lorsque Kristen Webb l'appela pour lui communiquer les résultats de l'autopsie. Laissant Logan poursuivre la fouille de la chambre, elle sortit dans la bruine qui tombait cet après-midi-là. Son répit fut de courte durée cependant, tant le récit des dernières heures de Nicole King fut macabre à écouter. La jeune femme était morte environ dix jours plus tôt, à l'endroit même où elle avait été découverte, et son corps présentait les traces de multiples coups à l'arme blanche.

— Une grande lame affilée, confirma Webb. Je dirais un de ces couteaux de cuisine standard que l'on peut acheter dans n'importe quelle quincaillerie. La répartition et la profondeur aléatoire des plaies indiquent une attaque frénétique – assez pour qu'elle ne puisse plus se défendre. Elle a ensuite été étranglée avec la ceinture.

— Quelle est la cause du décès ?

— L'état du cadavre me complique la tâche, mais les preuves physiques fournies par la ceinture, l'hémorragie des tissus mous du cou et les fractures du squelette laryngé me font pencher pour une asphyxie consécutive à une strangulation manuelle.

— Et les blessures sur ses cuisses ? Celles dans lesquelles était fiché le bout de dent ?

— Ah, oui. Au départ, je me disais qu'elles avaient été infligées post mortem, mais en fait, sergente, elles l'ont été après la disparition de la rigidité cadavérique. En clair, la personne qui a tué Nicole King est ensuite restée avec elle au moins deux ou trois jours. Le corps est trop décomposé pour que je sache s'il y a eu agression sexuelle ou pas. J'enverrai bien évidemment tout ce que je peux au labo. Bruce n'est pas en mesure de se libérer, mais il jettera un coup d'œil aux photos et au rapport d'autopsie.

Cette conversation terminée, Riley ramena Logan au BHCSO et lui demanda de préparer leur itinéraire du lendemain – de la pharmacie aux différents refuges locaux pour sans-abri en passant par la soupe populaire où James Miller prétendait avoir fait du bénévolat. De son côté, elle repartit au volant de sa voiture et grilla deux feux rouges en contactant ses homologues des départements de police de Waterloo et Cedar Falls, avec lesquels elle tentait de retrouver Gracie Foster. Depuis la mort de Chloé et Nicole, elle ne cessait de penser à l'adolescente disparue. Mais Gracie n'avait été aperçue nulle part et la hotline dont le numéro s'affichait sur les avis de recherche n'avait reçu aucun appel.

Les nuages commençaient à se dissiper et l'eau des flaques ressemblait à du mercure sous les rayons du soleil lorsqu'elle arriva dans le parking désert de la maison de retraite. LES RIDES SONT LE REFLET DE NOS SOURIRES, proclamait le panneau usé par les intempéries.

À l'accueil, un téléviseur repassait les actualités du matin : Hamilton, casque de chantier sur le crâne et gilet fluorescent sur le dos, faisant visiter une usine à la délégation chinoise au milieu d'une horde de journalistes et d'agents de sécurité. Hamilton prononçant un discours sur l'importance des relations qu'entretenaient de longue date l'Iowa et la Chine. Hamilton saluant une nouvelle ère de coopération économique.

Tandis que les caméras faisaient un zoom avant sur lui, Riley songea à la dernière fois qu'elle avait vu cet homme en personne. Cela remontait à douze ans et à l'enterrement de ses parents. Il avait décroché son premier mandat de gouverneur quelques semaines plus tôt seulement et se tenait derrière elle dans l'église, la tête inclinée. Sans son père, sans son super avocat, comme il disait, jamais il n'aurait pu être élu, lui avait-il confié un peu plus tard devant la tombe, une main posée sur son épaule.

Les caméras de télévision se tournèrent vers un groupe de manifestants écologistes qui brandissaient des pancartes devant les portes de l'usine.

AGRI-CO ? AGRI-NON !

MÉGA-PRODUCTEURS = MÉGA-PROBLÈMES !

Tous levèrent leurs mains peintes en rouge sang au passage du cortège officiel.

— Vous n'avez plus beaucoup de temps, fit remarquer la réceptionniste en tapotant sa montre.

Parce que deux aides-soignants attendaient devant l'ascenseur avec une femme en fauteuil roulant, Riley prit l'escalier jusqu'au quatrième étage. Là, les couloirs sentaient le désinfectant et la viande bouillie. Le son des téléviseurs dans plusieurs chambres était monté si haut que les rires enregistrés des jeux résonnaient comme des clameurs dans un stade. Elle s'apprêtait à entrer dans celle de son grand-père quand son téléphone vibra. C'était un message vocal du shérif.

« Fisher, je veux vous voir dans mon bureau à la première heure demain matin. »

Il n'avait pas l'air ravi.

La petite chambre rougeoyait dans la lumière déclinante du jour. Un lit d'hôpital trônait en son centre. Sur le rebord de la fenêtre, un rosier des prairies poussait dans un pot en argile biscornu réalisé par Maddie à l'école primaire. Il y avait aussi des affiches sur les murs, des paysages de l'Iowa que Riley avait rapportés de chez eux en même temps que l'un des patchworks de sa grand-mère. Des photos de famille complétaient la décoration, auparavant, mais elle les avait retirées quand elles avaient commencé à embrouiller l'esprit de son grand-père.

Vêtu d'un pyjama à rayures et d'une robe de chambre, Joe Fisher était assis dans son fauteuil usé. Il n'avait qu'un seul de ses chaussons – l'autre gisait par terre devant lui – et les orteils de son pied nu et pâle s'étaient recroquevillés sur eux-mêmes. Difficile de croire que cet homme rabougri au regard vide avait été un jour le fier représentant de l'ordre du comté de Black Hawk, à l'époque où un shérif connaissait non seulement le nom de la plupart des habitants de sa juridiction, mais aussi le passé de leur famille jusqu'au temps des colons, et les jeunes fauteurs de troubles à surveiller, et les fermes qui vendaient du cannabis. On ne le trouvait en général pas derrière un bureau, mais plutôt dans la rue principale, occupé à saluer les dames ou à rire avec les serveuses du Maid-Rite devant un sandwich à la viande – et ça, c'était quand il ne discutait pas avec des paysans au fin fond de la campagne. Il en savait presque aussi long qu'eux sur la terre, la météo et l'agriculture – du moins celle pratiquée avant qu'Agri-Co ne domine le secteur. Dire qu'après avoir eu une telle raison d'être et joui d'un tel respect, il n'était plus rien. Et qu'une fois dégonflés les ballons de la fête organisée chez lui pour son départ en retraite, il s'était retrouvé dans une vieille maison vétuste et remplie de souvenirs, dont celui de sa femme décédée l'année précédente.

Au début, il s'était bien fait à ce changement. Il sortait chasser et pêcher, accompagnait sa famille en vacances au lac Okoboji, prenait des nouvelles de ses anciens collègues en dînant avec eux au restaurant. Et les Fisher avaient eu suffisamment de problèmes à gérer durant toutes ces années pour qu'il ait de quoi s'occuper, pour qu'on ait besoin de lui. Mais ensuite, son fils et sa bru étaient morts dans un accident de voiture survenu sur une route verglacée par une sombre journée de novembre – la faute à un camion qui roulait trop vite et n'avait pas ralenti. Il n'avait plus été le même après ça. Il s'était mis à perdre ses clés, à oublier des noms ou des mots. Puis à disparaître.

Il arrivait à Riley, alors simple agent, de rentrer d'une patrouille de nuit et de le surprendre en pyjama dans son pick-up rouillé sans qu'il ait la moindre idée de l'endroit où il était allé. Il y avait eu des chutes, des visites aux urgences, un début d'incendie dans la cuisine où il avait laissé la gazinière allumée. Un jour, il était entré dans la chambre de Maddie, nu et complètement déboussolé. Faute de pouvoir faire confiance à Ethan, dont le mariage avait entamé son long et éprouvant déclin, elle avait compté sur Rose pour prendre soin de lui... jusqu'à ce que Lori fasse une nouvelle fausse couche. Cela avait été l'une des décisions les plus difficiles de sa vie, mais elle n'avait pas eu d'autre choix à ce moment-là que d'envoyer son grand-père dans cette maison de retraite, dans cette chambre dépourvue de souvenirs où ce qui restait des siens s'estompait peu à peu, comme emporté par une marée à jamais descendante. Il y avait sept ans de ça.

— Bonjour papy, dit-elle en lui remettant doucement son chausson. Tu n'iras pas bien loin avec un pied nu, tu ne crois pas ?

Elle lissa ses cheveux, déposa un baiser sur sa joue, puis s'assit en prenant sa main noueuse entre les siennes. Sa peau était toute parcheminée sur ses os.

— Rose m'a dit que tu voulais me voir...

Elle scruta son visage, mais comprit qu'il était ailleurs, dans son brouillard. Sa gorge se noua. Était-ce la dernière fois qu'il la réclamait auprès de lui ?

— Elle t'embrasse, et Lori aussi. Sans oublier Maddie, évidemment...

Incapable de poursuivre cette mascarade, elle se tut. Elle n'avait pas envie de déblatérer sur des choses sans importance. Elle aurait aimé lui parler de son enquête, et aussi de ces flash-back qui la replongeaient dans les pans obscurs de son passé depuis qu'elle avait vu le corps de Chloé. Tout ce qu'elle avait appris sur Nicole King n'avait fait que renforcer son impression déstabilisante de se reconnaître en elle. La chambre miteuse où cette femme avait atterri avec ses maigres biens ne lui était que trop familière. C'était dans le même type de logement décrépit, à près de cinq mille kilomètres de là, que son grand-père avait fini par la retrouver dix-neuf ans plus tôt. L'homme sur son fauteuil avait oublié jusqu'à son propre nom, mais pour elle, ce souvenir demeurait vivace.

Elle se rappelait l'odeur des dessus-de-lit, mélange de patchouli et de cannabis. Les vêtements sur la moquette sale. Le drap tie-dye utilisé en guise de rideau. L'air chaud et salé entrant par la fenêtre. Le bruit du ressac sur la plage. Elle revoyait la porte s'ouvrir et l'une de ses voisines lui marmonner des excuses en même temps qu'une silhouette émergeait derrière elle.

Elle se rappelait son incrédulité en découvrant son grand-père. La bouffée d'amour qui l'avait envahie, puis sa honte brûlante quand il avait embrassé du regard ses vieilles frusques, ses piercings et ses cheveux teints – toutes ces choses qu'elle avait faites pour devenir une nouvelle personne. Mais Joe Fisher avait deviné derrière cette façade l'enfant qu'elle avait été avant cette fameuse nuit à la foire de l'État. La nuit où, pendant qu'elle se débattait par terre, on lui avait arraché le collier au pendentif en forme d'étoile qu'il lui avait acheté avec son argent durement gagné. La nuit où elle avait perdu ce cadeau, et bien plus encore.

Elle avait pleuré dans ses bras en écoutant les vagues de l'océan se briser sur le rivage et les mouettes hurler au-dessus des bodybuilders et des cartomanciennes de Venice Beach.

Mais cet homme – celui qui l'avait sauvée, qui l'avait ramenée à la maison, remise d'aplomb et persuadée de passer un diplôme de criminologie pour intégrer une école de police –, cet homme-là avait disparu. Il ne pouvait plus rien pour elle, et réciproquement.

La porte s'ouvrit sur un aide-soignant. Les visites étaient terminées. Elle se leva, embrassa son grand-père sur le front et repartit, suivie tout le long du couloir par les rires tonitruants des jeux télévisés.

19

— Qu'est-ce qui a pris au Bossu d'examiner les dents de Miller ?

Riley jura intérieurement. Schmidt lui avait envoyé un texto la veille pour la prévenir qu'il avait fait ce qu'elle voulait. Mais qui en avait informé Reed ? D'instinct, elle songea à Jackson Cole. Seulement, elle avait beau savoir ce salopard capable de lui savonner la planche à la première occasion, elle doutait qu'un des membres de son équipe ait pu être trop bavard devant lui.

— Je suis désolée, monsieur. Schmidt a suivi mes ordres.

Un tic nerveux agita un des yeux du shérif, trahissant son mécontentement.

— Expliquez-vous.

— Vous avez bien reçu le dernier rapport d'autopsie de Kristen Webb, n'est-ce pas ? À cause des morsures et de la dent cassée retrouvée dans le corps de Nicole King, elle pense qu'il pourrait y avoir un lien entre nos deux victimes.

— Et ?

— Comme j'avais déjà des raisons de soupçonner James Miller du meurtre de sa femme, il fallait que je voie s'il pouvait avoir également tué Nicole King. En l'absence de traces d'ADN, regarder ses dents était le moyen le plus rapide de m'en assurer.

— Si vous voulez un lien, je vais vous en donner un, moi : James Miller est un proche de la maire Angela Roberts. Elle m'a téléphoné hier soir en exigeant de savoir pourquoi le mari éploré de cette pauvre femme assassinée était harcelé par mes agents à un moment aussi difficile pour lui.

Merde.

— Je reconnais que ce n'était pas la méthode la plus subtile qui soit, mais l'alibi de Miller laisse à désirer et son récit ne tient pas la route. Vous n'auriez pas signalé la disparition de votre épouse au bout de trois jours, vous ? Même si vous pensiez qu'elle vous trompait ?

Reed rougit jusqu'aux oreilles.

— Ce n'est pas suffisant pour monter un dossier solide contre lui, et vous le savez. Les soupçons, c'est bien joli, sergente, mais je veux des faits. Et celui sur lequel vous allez vous appuyer à compter d'aujourd'hui, c'est que James Miller est un homme riche et respecté de notre communauté. Attention où vous mettez les pieds. Être minutieuse, ça ne veut pas dire être une emmerdeuse.

— Oui, monsieur.

Reed ouvrit une chemise cartonnée posée devant lui.

— Est-ce qu'il les avait toutes ?

— Pardon ?

— Ses dents. Est-ce qu'il les avait toutes ?

D'après Schmidt, Miller présentait des rangées de facettes dentaires absolument parfaites.

— Oui.

— Je vous le répète, s'il m'apparaît que vos liens avec Chloé Miller vous empêchent de bien faire votre travail, je prendrai les mesures qui s'imposent, déclara Reed en laissant sa menace planer entre eux.

— Ce ne sera pas nécessaire, monsieur.

Riley quitta le bureau du shérif en espérant lui avoir parlé avec plus d'assurance qu'elle n'en éprouvait intérieurement. Elle n'avait toujours pas réussi à se sortir Chloé de l'esprit, et voilà que Nicole l'avait rejointe dans ses cauchemars. L'horreur des derniers instants vécus par les deux femmes la hantait jour et nuit. Elle se sentait inexplicablement proche d'elles. Reed avait-il raison de penser qu'elle aurait eu davantage de recul si la première victime n'avait pas été une de ses anciennes amies ? Chloé était ancrée dans son passé, et tous les événements qu'elle avait tenté d'enfouir sous le poids des ans ne cessaient de resurgir à chaque étape de son enquête. Reed n'avait pas forcément tort de douter de ses compétences dans cette affaire.

Non, se corrigea-t-elle. Elle avait bien fait de s'intéresser à James Miller, ne serait-ce que pour l'écarter de la liste des suspects. Être riche et avoir le bras long ne le rendait pas incapable de commettre des actes barbares. Si son expérience lui avait appris une chose, c'était que les monstres de la vraie vie ne ressemblaient pas à ceux des contes de fées. Ils ne se reconnaissaient pas à leurs difformités, à leurs verrues ou à leurs masques inquiétants. Parfois, ils avaient du pouvoir et du succès. Parfois aussi, un physique séduisant et de bonnes manières. Le profil du gentil garçon que l'on amène à la maison pour le présenter à ses parents.

Logan était seul au Bureau des enquêtes. Schmidt était parti interroger les collègues de Miller chez GTF et Amy Fox devait s'entretenir avec les fils de John Brown à la coopérative. Bob Nolan leur avait communiqué de nouvelles informations ce matin-là. L'empreinte de pneu sur le chemin de terre près du champ de maïs avait été analysée : il s'agissait d'un Goodyear, conçu pour rouler sur des routes verglacées et des terrains accidentés. Une marque que l'on retrouvait sur beaucoup de camionnettes et de pick-up – soit la moitié du parc automobile du Midwest. Celui-là était relativement neuf, ce qui ne les aidait pas car il n'avait pas eu le temps de développer des traces d'usure distinctives qui auraient pu réduire le périmètre de leurs recherches.

Elle tapota la cloison vitrée du service. Logan se leva d'un bond et attrapa sa veste.

— Comment ça s'est passé avec Reed ? l'interrogea-t-il en la suivant jusqu'à sa Dodge.

— Il était aussi enjoué que d'habitude.

— Hé, au fait, je voulais te demander... Tu fais quelque chose pour le 4-Juillet ?

Sa question prit Riley au dépourvu. Elle n'avait pas du tout pensé à ce jour férié, qui tombait pourtant dans moins d'une semaine.

— On organise un barbecue à la maison, continua-t-il. Si tu n'as rien de prévu et que ça te dit de venir...

Elle se sentit rougir. Depuis quand sa famille ne s'était-elle pas réunie pour célébrer une fête nationale ? Elle était quasi certaine que Logan l'avait deviné. Bon sang, faisait-elle à ce point pitié ?

— Euh... oui, volontiers.

— Emmène Maddie et qui tu veux d'autre. Ma mère et Carol feront assez à manger pour nourrir tout l'État.

Dix minutes plus tard, ils entraient dans la pharmacie de Waterloo.

Le responsable examina la photo froissée du couple et des deux garçons sur la plage à travers le plastique de la pochette scellée.

— Non, madame. Je ne les connais pas.

Riley lui tendit un second sachet avec les deux flacons de médicaments retrouvés près du cadavre de King. L'un d'eux contenait encore quelques comprimés blancs.

— Et ça ? Cela provient bien de chez vous, n'est-ce pas ?

— C'est ce que dit l'étiquette, en tout cas.
— Pouvez-vous me préciser de quel médicament il s'agit ?
L'homme approcha le flacon de la lumière afin de lire la lettre et les chiffres en relief sur les cachets.
— Du Fenozen. Un phénobarbital.
— Dans quel cas le prescrit-on ?
La sonnette de la porte tinta à l'arrivée d'un client.
— C'est un barbiturique, dit le pharmacien en jetant un coup d'œil à la queue qui s'allongeait. On l'utilise parfois comme anticonvulsif, mais le plus souvent comme hypnotique, en général pour traiter l'angoisse ou les troubles du sommeil. Il peut également être donné aux toxicomanes pendant leur sevrage. Ça les aide à gérer la période la plus difficile.
Il se retourna, s'approcha d'une étagère et saisit une boîte blanche qu'il posa devant elle.
— C'est une molécule encore nouvelle sur le marché et un peu moins addictive que d'autres, semble-t-il.
Derrière Riley, une femme âgée soupira bruyamment.
— Y a-t-il un endroit plus tranquille où nous pourrions parler ?
Les néons du plafond se reflétèrent sur les lunettes du pharmacien lorsqu'il secoua la tête.
— Je n'ai que Jeanie avec moi aujourd'hui, dit-il en montrant une jeune femme occupée à remplir les rayonnages. Et elle n'est pas habilitée à délivrer des médicaments.
— Très bien. Alors peut-être pourriez-vous me dire s'il est normal que l'étiquette d'un flacon reste vierge, sans aucune mention du produit contenu à l'intérieur ni aucune information sur le patient concerné.
— Non, madame.
— Dans ces conditions, comment ces flacons ont-ils pu se retrouver dans la nature ?

Des gouttes de transpiration étaient apparues sur le front du pharmacien, qui fixa nerveusement la file d'attente.

— Monsieur ? insista Logan en tapotant le comptoir.

L'homme se pencha si près d'eux que Riley sentit son haleine mentholée.

— Écoutez, j'ai eu des problèmes avec mon personnel il y a quelque temps, déclara-t-il à voix basse. J'ai constaté qu'il manquait des choses dans mon stock. Du Fentanyl, du Viagra, du Prozac. Mais surtout du Fenozen.

— Le genre de médicaments que l'on peut vendre à la sauvette dans la rue ?

— Tout à fait. On n'a jamais découvert le coupable. J'avais trois employées à ce moment-là, mais aucune ne s'est dénoncée. J'ai dû toutes les licencier.

Sa voix monta d'un cran, comme s'il s'adressait aux clients qui patientaient derrière Riley.

— Depuis, je suis débordé.

— Avez-vous signalé ces vols, monsieur ?

Devant son silence gêné, Riley devina la réponse.

— OK. Il nous faut le nom et les coordonnées de ces trois employées.

— Je vais devoir chercher ça dans mes dossiers.

— Nous ne sommes pas pressés.

Il disparut derrière une porte latérale qu'il maintint ouverte avec un pied pendant qu'il farfouillait dans un cabinet. Les gens dans la file d'attente commençaient à toussoter et à s'agiter.

Riley en profita pour lire les indications figurant sur la boîte de Fenozen. La liste des effets secondaires possibles était longue – nausées, essoufflement, éruptions cutanées, sautes d'humeur, pensées suicidaires – et lui paraissait aussi grave que les problèmes contre lesquels ces cachets étaient censés lutter. Elle reposa la boîte et examina les autres sur les rayons. Il y avait là de quoi vous aider à rester éveillé ou à dormir. De quoi vous faire bander et vous rendre heureux. De quoi vous faire oublier aussi. Cela lui rappela le sourire hébété et médicamenteux de sa mère à la fin de sa vie.

Jenny Fisher était sous antidépresseurs quand Riley était rentrée de Californie avec son grand-père. Malgré son soulagement au retour de sa fille, malgré sa joie de la voir finir sa dernière année au lycée, malgré sa fierté devant son admission à l'université du nord de l'Iowa, puis l'obtention de son diplôme avec mention et son entrée à l'école de police de l'État, elle n'avait jamais pu arrêter d'en prendre. Riley avait lu un article dans un magazine qui affirmait que, au cours des douze mois écoulés, l'Amérique avait perdu plus d'habitants à cause du Fentanyl, de l'héroïne et des opioïdes que durant toute la guerre du Vietnam.

Le pharmacien réapparut avec un morceau de papier plié qu'il fit glisser vers eux sur le comptoir.

— Bonjour, madame Smith, lança-t-il d'un ton joyeux alors qu'ils se dirigeaient vers la sortie. Votre ordonnance est prête.

À l'extérieur, Riley mit ses lunettes de soleil. Les nuages s'étaient dissipés au cours de la nuit, laissant un ciel parfaitement bleu. La chaleur montait. D'ici le milieu de la journée, le goudron sur les routes ramollirait et leur collerait aux pieds.

— Le prochain arrêt, c'est la banque alimentaire de Dubuque Street, hein ? Et après ça, la soupe populaire.

— Sergente...

Logan s'était figé net et contemplait le morceau de papier sous ses yeux.

— Comment s'appelle la mère de Gracie Foster, déjà ?

— Sarah Foster. Pourquoi ?

Logan lui montra le deuxième nom griffonné par le pharmacien d'une main tremblante.

— Hé, Fox ! On t'a laissée toute seule ?

Amy Fox leva les yeux. Chad Becker et un autre agent s'avançaient vers elle dans le parking du BHCSO.

— Tu ne fais pas équipe avec Schmidt aujourd'hui ? Je parie qu'il est vidé.

— Ouais, renchérit son collègue. Le Bossu a sa bosse dans le pantalon maintenant.

Les deux hommes éclatèrent de rire tandis qu'elle leur faisait un doigt d'honneur. Becker entonna le refrain que tous répétaient depuis qu'elle était arrivée parmi eux.

— Foxy Lady...

Il chantonnait encore en entrant dans le bâtiment.

— Connards, murmura Fox.

Une ombre s'approcha d'elle par-derrière.

— Ils ne font pas dans l'originalité, n'est-ce pas ?

Elle se retourna vivement et reconnut Sean Taylor, le reporter du *Courier.*

— Vous allez à la coopérative ? dit-il en levant une main en l'air pour protéger ses yeux du soleil. Hé, attendez, ne partez pas. J'ai un tuyau pour la sergente Fisher.

— La famille Garrett, je sais. Ils n'ont aucun casier judiciaire, monsieur Taylor, alors, à moins que vous...

— Il n'y a pas de casier pour ce genre de choses. Écoutez, j'admets que j'allais à la pêche aux infos quand j'ai parlé à votre chef, mais j'ai bien un renseignement intéressant sur les Garrett. Ça me paraissait juste un peu tiré par les cheveux sur le coup – après tout, ce n'est pas parce qu'un cadavre a été retrouvé sur les terres de leur coopérative qu'ils sont coupables pour autant, hein ? Mais j'ai un contact à l'institut médico-légal qui m'a dit ce matin qu'un autre corps avait été découvert. Une prostituée, c'est bien ça ? Étranglée avec une ceinture dans l'ancien abattoir ?

Fox jura en silence et songea qu'il lui faudrait prévenir Riley dès qu'elle serait sur la route.

— OK, dit-elle prudemment.

— Je ne me suis peut-être pas planté, au bout du compte.

— Continuez.

— C'est donnant-donnant, lui rappela-t-il, avant d'insister devant son refus : Vous avez un chef à impressionner, et moi aussi. On peut s'aider mutuellement. Cette femme morte à l'abattoir... il y a un truc dans cette histoire qui rend tout le monde très nerveux à l'institut médico-légal. Je me suis laissé dire qu'il y aurait un lien entre les deux cadavres. Un détail bizarre. Vous voyez bien que je sais presque tout. J'obtiendrai le reste d'ici ce soir, mais vous pouvez me fournir ce dont j'ai besoin dès maintenant, et vous aurez en retour une info qui pourrait bien vous permettre de résoudre votre enquête.

Fox observa un silence. Dans sa tête, elle entendait encore le rire moqueur de Becker.

— Des traces de morsures, déclara-t-elle. Il y avait des traces de morsures et des lambeaux de chair manquants sur les deux corps. On a retrouvé une dent, aussi. Une dent d'homme.

— Putain, murmura Taylor, dont les yeux brillaient comme des bijoux bon marché.

— À vous.

— Vous connaissez Hoyt Garrett ? Le benjamin de la famille ? Il avait un surnom à l'école.

— Un surnom ? répéta Fox avec agacement.

— Ouais. On l'appelait Hoyt l'Étrangleur.

20

Dans l'église de West Fourth Street, des bruits de vaisselle le disputaient à l'odeur sulfureuse des œufs durs et des vêtements sales. Riley se fraya un chemin jusqu'à Logan à travers la longue file d'attente.

— Tu as pu joindre Sarah Foster ? lui demanda-t-il.

— Non, je suis tombée sur sa boîte vocale. J'ai laissé un message.

Puis elle le fixa d'un air interrogateur. Il avait pris place parmi les hommes et les femmes munis d'un plateau qui avançaient lentement vers les membres d'une association caritative occupés à distribuer de la nourriture sur une rangée de tables devant l'autel. Un Christ accroché à une croix clinquante dominait la scène.

— Tu espères qu'on te servira un petit déjeuner ?

— Apparemment, on doit faire la queue, comme tout le monde, répondit Logan. Hé, tu as vu le tablier des bénévoles ?

Tous présentaient le même dessin, constata Riley en tendant le cou par-dessus l'épaule des gens devant elle. Trois épis de maïs sur fond de soleil levant. Le symbole des fermes Zephyr. Elle fronça les sourcils.

— Miller a dit qu'il ne connaissait personne à la coopérative.

— Il n'a pas forcément menti. Ce n'est qu'un logo.

— Vous avancez, mademoiselle ? zézaya un homme édenté derrière eux.

Les cheveux et la barbe hirsutes, les joues couperosées, il portait un vieux pull de Noël trop grand et couvert de peluches.

— Tu crois qu'il s'agit d'une coïncidence ? poursuivit Logan. Je veux parler de Sarah Foster. Elle se fait licencier pour avoir peut-être volé des médicaments. Après ça, sa fille s'évapore dans la nature. Puis des cachets provenant de sa pharmacie réapparaissent à côté du cadavre de Nicole King.

— Foster est une alcoolique doublée d'une toxicomane. Si elle a volé ces médicaments, elle a pu les revendre pour financer sa propre consommation de drogue. Et si c'était notre mystérieux clochard qui les lui avait achetés ? Ce pourrait être le lien entre eux, à supposer qu'il y en ait bien un. En attendant, je m'inquiète de plus en plus pour Gracie.

Logan hocha la tête.

— Vous n'êtes pas là pour manger, vous, hein ? remarqua la vieille dame à la tête de la rangée de bénévoles lorsqu'ils arrivèrent enfin devant elle.

Leurs vêtements, il est vrai, les distinguaient nettement du reste de cette assemblée dépenaillée.

— Gagné, répondit Riley en lui montrant son badge.

La femme soupira et appuya sa louche contre le côté de sa casserole. Riley identifia la mixture jaune à l'intérieur comme étant de la semoule de maïs. Sa grand-mère en préparait autrefois les matins d'hiver : elle faisait bouillir de la farine de maïs avec de l'eau, puis la servait nappée de sirop d'érable.

— On s'attendait à ce que vous veniez, dit la bénévole avec un signe de tête en direction de ses collègues, dont certains leur jetaient des regards en coin. On a tous suivi les infos.

Sa main se porta sur la croix en argent à son cou.

— Dieu bénisse cette pauvre fille. Je n'ose pas imaginer ce que doit vivre James.

Riley sortit son bloc-notes.

— Vous connaissez bien James Miller, madame... ?

— Mme Allen. Doris Allen. James nous aide de temps en temps. C'est un si gentil garçon.

— Y a-t-il un endroit où nous pourrions discuter ?

Doris reprit sa louche.

— Il faut que je serve cette semoule tant qu'elle est chaude, ma chère.

— Je n'ai que quelques questions à vous poser, ce ne sera pas long. Quand James a-t-il rejoint votre association ?

— Il y a quelques mois.

— Il vient régulièrement ?

— Juste une fois par semaine, en général. Il a un poste important et ne peut pas se rendre disponible plus souvent. D'autant qu'il soutient d'autres organismes, je crois. C'est vraiment une âme charitable.

— Savez-vous quels organismes ?

— Hélas non.

— Quelqu'un ici pourrait-il nous renseigner ? Est-il proche d'une personne en particulier ?

Riley se tourna vers la rangée de bénévoles. Tous avaient plus de soixante ans, et aucune des femmes parmi eux n'avait le profil d'une candidate à l'adultère.

— Nous n'avons pas le loisir de sociabiliser quand nous accomplissons l'œuvre de Dieu, répliqua Doris en remuant d'un geste sec la semoule de maïs.

— Je comprends.

— James est quelqu'un de réservé. Ça nous arrive d'accueillir des gens comme lui, qui s'en sont bien sortis dans la vie. Certains veulent sincèrement donner quelque chose en retour. D'autres se sentent coupables. Et il y a aussi ceux qui pensent que cela leur permettra de marquer des points quand sonnera l'heure de leur mort. Mais James prend toujours le temps d'échanger quelques mots avec ces pauvres gens, ajouta-t-elle avec un signe du menton en direction de la file d'attente.

L'homme à la barbe hirsute et au pull de Noël souffla fort derrière eux.

— Nous n'en avons plus que pour une minute, monsieur, lui dit Logan.

— Faites-vous partie des fermes Zephyr, madame Allen ?

Doris baissa les yeux sur son tablier, et son visage s'illumina.

— Oh, non, ce sont nos mécènes. Cela fait deux ans qu'ils nous offrent le surplus de leur récolte. Dieu les bénisse.

Puis son expression changea.

— C'est vrai, ce qu'on raconte ? C'est dans un de leurs champs que le corps a été retrouvé ?

Riley acquiesça.

— Savez-vous si James ou sa femme avaient des liens avec cette coopérative ? Il en parle parfois ?

— Non. Je vous l'ai dit, ma chère, aucun de nous n'est très proche de lui.

— Une dernière question. Reconnaissez-vous quelqu'un sur cette photo ?

Riley fit signe à Logan de montrer à Doris le cliché toujours enfermé dans son sachet en plastique.

— Il est possible que cet homme soit un sans-abri, précisa-t-il. Nous pensons qu'il a pu squatter les anciens abattoirs.

Doris fronça le nez.

— Cet endroit sordide ? Non, désolée, son visage ne me dit rien.

Le type barbu derrière eux marmonna quelque chose.

— C'est bon, monsieur, nous allons partir.

— Nan, répliqua-t-il en pointant du doigt la photo au moment où Doris la rendait à Logan. C'est George.

— George ? s'étonna Doris. George Anderson ?

Elle reprit la photo et la scruta de plus près.

— Mon Dieu, oui. Je crois que Roger a raison. Il a beaucoup changé et il a perdu du poids, mais on dirait bien que c'est lui.

— Savez-vous où on a une chance de le trouver ?

— Avec les anciens combattants, répondit le dénommé Roger. Près de la cimenterie.

— Les anciens combattants ?

— Ceux qui ont servi dans le golfe Persique et en Afghanistan. Ils traînent ensemble la plupart du temps. George a fait la guerre en Irak contre cet enfoiré de Saddam.

— Roger, murmura Doris en levant les yeux d'un air contrit vers le Christ sur sa croix.

— Anderson a été envoyé trois fois là-bas, continua l'homme en fixant Riley bien en face. Il a été démobilisé après avoir eu deux doigts arrachés par une explosion.

Riley récupéra la photo. Posée sur l'épaule de l'un de ses garçons, la main gauche du père de famille était bien visible, mais la droite disparaissait sous les plis de la couverture.

— Comment se fait-il qu'il ait fini à la rue ?

Roger gratta le père Noël sur son pull. Il avait la peau toute desquamée et pleine de croûtes.

— On rentre en s'attendant à être accueilli comme un héros, avec une grande parade, des ballons et des trompettes tout le long de Main Street. Mais en fait, on ne récolte rien que des cauchemars et de la colère. Votre femme ne sait plus qui vous êtes. Vos gamins ont peur de vous. Vous tombez dans l'alcool, la drogue, et un jour vous découvrez que vous avez tout perdu. Quel pays de merde, jura-t-il en ignorant la grimace de Doris. Vous donnez votre sang, mais ça ne suffit pas, il faut qu'on vous suce la moelle jusqu'à l'os.

21

Des mouches bourdonnaient sous la lampe, où elles entamaient de temps à autre une rapide danse en spirale vers le bas, et l'unique ampoule de la cuisine déversait une faible lueur jaunâtre sur les casseroles sales, le plan de travail taché et l'amas de boîtes et de flacons de médicaments.

Il ne savait plus du tout quelle heure il était. Ni ça, ni grand-chose d'autre, d'ailleurs. L'odeur qui s'élevait de la poêle à frire avait chassé toute pensée en lui. L'envie le dévorait, rongeait tout son être, l'enivrait. Il en avait l'eau à la bouche. La graisse libérée par le morceau de viande sombre grésillait et crachait des projections qui lui picotaient la peau. Il se gratta le bras, arrachant avec ses ongles de nouvelles croûtes sous lesquelles le sang se mit à perler. Dehors, son chien aboyait.

Une crampe d'estomac fulgurante le plia soudain en deux. Il chercha à tâtons l'un des flacons blancs perdus dans le désordre immonde de la pièce et arracha le bouchon de ses mains tremblantes. Les cachets s'éparpillèrent autour de lui.

— Merde.

Il avait juré d'une voix traînante, tant sa langue était enflée.

Laissant la viande cuire dans la poêle, il fourra l'un des comprimés dans sa bouche et, au prix d'un gros effort, s'approcha de l'évier noir et crasseux. Malgré l'odeur infecte qui s'échappait de la bonde, il ouvrit le robinet et colla sa tête en dessous. Une eau au goût de cuivre coula dans sa gorge. Il déglutit, s'étrangla, mais réussit à avaler le cachet. Puis sa vision se brouilla, et il s'agrippa au rebord du meuble en sentant monter une nouvelle vague de douleur.

À mesure qu'elle s'estompait, il distingua devant lui des traînées rouges et des empreintes qui avaient la forme de ses doigts. Il retourna ses mains dans la faible lumière. Elles étaient maculées de sang. Il avait l'habitude. Il avait passé la moitié de sa vie au boulot à patauger dans le sang.

Ces grosses mains rêches avaient un jour plaqué des carcasses sur des plans de travail, détaché leur chair, sectionné leurs articulations, fourragé dans des sacs remplis de reins encore chauds au sortir de l'abattoir. Mais c'était avant que les animaux soient élevés dans des cages si étroites qu'ils devenaient infirmes en grandissant. Avant qu'on ne les gave de médicaments pour les rendre plus gros et plus gras. Avant que leur viande malade ne soit lavée au chlore, emballée et mise en rayon dans les magasins. Avant que les abattoirs locaux et les boucheries familiales ne disparaissent peu à peu – et son emploi avec.

Ses yeux se posèrent à côté de l'évier. Des ombres dansaient à la périphérie de son champ de vision. Là, sur une grosse planche à découper en bois, se trouvait le morceau de chair qu'il avait prélevé un peu plus tôt. Le sang suintait encore sur les bords. Il se reprocha de l'avoir oublié dans une telle chaleur. Il ne pouvait pas le laisser se gâter. Pas un mets comme celui-là. L'odeur qui émanait de la poêle l'attira vers la cuisinière. La douleur dans son ventre avait disparu, ne restait plus que cette faim intense à apaiser en lui.

22

— Ouais, c'est George Anderson.

L'homme se recula en s'essuyant le nez du revers de la main. Les lésions sur ses jointures tachetaient un tatouage qui disparaissait sous la manche effrangée de sa chemise en flanelle. Les deux clochards assis par terre à côté de lui hochèrent la tête en regardant la photo. Celui de droite serrait une bouteille dans un sachet en papier. Celui de gauche, amputé d'une jambe, avait attaché avec un élastique la patte vide de son pantalon. Deux vieilles béquilles gisaient près de lui.

Le mur derrière eux était couvert de graffitis – un acte de vandalisme futile, l'œuvre de gamins avides de laisser leur empreinte quelque part. Sauf que les gens ne devaient pas être nombreux à les contempler dans cette voie sans issue menant à la cimenterie. Le grondement des camions sur un pont routier à proximité résonnait comme le tonnerre. Dans l'ombre, des détritus dérivaient çà et là, et des bâches suspendues à des fils ondulaient sous l'effet d'un vent chaud qui soufflait de la poussière au visage de Riley.

Elle reprit la photo.

— Quand l'avez-vous vu pour la dernière fois, monsieur... ?

— Tom, répondit l'homme en levant vers elle ses yeux jaunis et aveuglés par le soleil, avant de gratter une croûte dans son cou d'un air songeur. George n'a pas mis les pieds ici depuis...

Il consulta ses deux acolytes.

— Quelques semaines, déclara celui à la bouteille. Hé, vous auriez pas une clope, m'dame ?

— Désolée, non. Nous pensons que George a peut-être passé quelques nuits dans les anciens abattoirs près de la rivière Black Hawk.

— Personne n'est assez taré pour dormir dans un endroit pareil.

— J'ai entendu dire qu'il créchait là-bas, pourtant, intervint l'unijambiste, avant de hocher la tête quand ses camarades se tournèrent vers lui. Si, c'est Dennis qui me l'a raconté. D'après lui, George se comportait bizarrement.

— Dennis Packer ? dit Tom en riant. Il peut parler, celui-là. Ce type est un cinglé de première.

— En quoi le comportement de George était-il bizarre ? demanda Riley.

— Je sais pas. Faut interroger Dennis.

— Et où peut-on le trouver ?

— À six pieds sous terre. Il est mort la semaine dernière.

— Merde, jura Tom. J'étais pas au courant.

Il prit la bouteille de son copain et avala une gorgée.

— Dieu bénisse cet enfoiré !

Logan leur tendit une photo du sac à dos découvert dans l'usine avec les vêtements masculins étalés autour.

— Vous les reconnaissez ?

— Yep, répondit Tom. Ce sont les affaires de George. Qu'est-ce que vous lui voulez, d'ailleurs ?

— Nous avons besoin de lui poser quelques questions au sujet d'une prostituée du nom de Nicole King

Tom éclata d'un rire tonitruant.

— George ? Avec une prostituée ? Ça m'étonnerait, ça.

— Pourquoi ?

— George arrêtait pas de nous bassiner avec sa femme. Cette photo, là, il la gardait sur lui en permanence. Il l'embrassait et récitait une prière avant d'aller se pieuter. C'est Abby et ses deux garçons que vous voyez à côté de lui. Ils sont partis dans sa famille à elle, à Kansas City, quand leur maison a été saisie. George espérait qu'elle accepterait de se remettre avec lui une fois qu'il aurait décroché de toutes les saloperies qu'il ingurgitait. Jamais il aurait couché avec une pute.

— Il se droguait ?

Tom haussa les épaules.

— Avec du Fenozen, peut-être ? dit Riley.

— Ouais, il était accro aux *purple hearts*. Il en avait jamais assez.

— Les *purple hearts* ?

— C'est leur surnom, expliqua l'unijambiste. Comme les médailles données aux soldats. Mais y a pas de médaille pour nous, juste des médocs qui nous aident à dormir. À supporter les cauchemars. Ces cachetons-là font l'affaire. Ça, ou alors les benzos, ou les reds.

— George prenait ce qu'il pouvait pour se sentir mieux, dit Tom. Sa dernière mission en Irak l'a bousillé. Il n'a pas juste perdu ses doigts, mais carrément toute sa tête.

Il échangea un regard avec ses compagnons. Celui qui tenait la bouteille grogna d'un air entendu.

— Savez-vous s'il lui est arrivé de se procurer ces médicaments auprès d'une certaine Sarah Foster ?

— Foster ? répéta l'unijambiste. Eh, ce serait pas le nom de la fille que tout le monde cherche ?

— Non. Elle, c'est Gracie Foster. Sarah est sa mère. Vous les connaissez ?

— Non, j'ai seulement vu les affiches un peu partout.

— J'ai dans l'idée qu'il y a beaucoup de choses que vous pourriez faire aujourd'hui au lieu de discuter le bout de gras avec nous, commenta Tom. Vous avez deux disparus sur les bras. Cette fille, et maintenant George.

— Pourquoi dites-vous que George a disparu ?

— Il se serait jamais séparé de cette photo. Ni de ses affaires. Quand un mec à la rue oublie ce genre de trucs derrière lui, c'est pas bon signe. À votre place, j'irais draguer le fond de la rivière.

— Et si c'était un coup des ravisseurs ? médita l'homme à la bouteille.

— Les ravisseurs ?

— C'est classé secret, ça. De toute façon, ajouta-t-il en se tournant vers Tom, qu'est-ce qu'ils en ont à cirer, que certains d'entre nous manquent à l'appel ? Ils ne se bougeront pas le cul pour nous.

Puis il refit face à Riley.

— Pourquoi vous allez pas faire votre boulot, hein ? Foutez-nous la paix.

Riley sortit son portefeuille et, soutenant son regard, brandit deux billets de 20 dollars devant lui.

— Je n'en ai pas rien à cirer, moi. Bien au contraire.

L'homme se lécha les lèvres, mais laissa Tom prendre l'argent.

— On n'a jamais rien vu, dit ce dernier en fourrant les dollars dans la poche de son jean. Ce sont des gars dans les refuges pour les sans-abri qui nous ont raconté ça. D'après eux, une fourgonnette blanche kidnappe des gens dans la rue.

— Je n'ai pas souvenir du moindre signalement à ce sujet.

— Normal. On parle de types qui n'ont rien ni personne. Qui pourrait s'inquiéter de ce qui leur arrive ?

— Je parie qu'il y a des trafiquants derrière tout ça, s'interposa l'unijambiste. À ce qu'on dit, les Chinois font disparaître leurs prisonniers pour voler leurs organes et les vendre à des riches.

— Nan. Que veux-tu qu'ils fabriquent avec les organes de ce pauvre George ? Je pense plutôt à une boîte qui fait des expériences sur des cobayes.

— Ou l'armée américaine, lança l'homme à la bouteille. Ils ont besoin de recrues.

— Heureusement pour moi, je ne suis plus bon pour le service, plaisanta l'unijambiste.

Riley croisa le regard de Logan. Elle regrettait d'avoir donné son argent si facilement.

— OK, écoutez, si...

— On dit la vérité, ma petite dame, la coupa Tom. On ne sait pas de qui il s'agit, mais on sait qu'ils sont là, dehors, dans la nature, et qu'ils enlèvent des gens.

— Une fourgonnette blanche, c'est maigre comme indice, objecta Logan. Vous avez la marque ? Le modèle ? La plaque d'immatriculation ?

— Vous me proposez du boulot ? répliqua Tom avec un rire sans joie, avant de secouer la tête. Dégagez et allez plutôt faire le vôtre.

Riley et Logan retournèrent là où ils s'étaient garés en laissant les trois hommes à leur mur en plein soleil.

— Des ravisseurs ? ironisa Riley. On ne me l'avait encore jamais faite, celle-là.

— Des kidnappeurs ? Des trafiquants d'organes ? Ils se sont bien foutus de nous.

— Tout de même, je vérifierai s'il y a eu des signalements qui confirment cette histoire. Il faut qu'on retrouve Anderson. Enfin, s'il est toujours vivant. Et je repense à ce Dennis Packer... Webb nous a dit qu'elle avait reçu quelques cadavres de sans-abri ces derniers temps. Je l'interrogerai pour savoir s'ils ont été identifiés.

— En attendant, tu as faim ? s'enquit Logan en montrant la banquette arrière de la Dodge, où il avait déposé une glacière un peu plus tôt. J'ai prévu de quoi manger pour deux. Ce sera meilleur que ces cochonneries sous plastique que tu avales d'habitude. Pour commencer, il n'y aura pas de sauce ranch.

— Hé, protesta-t-elle en sortant son téléphone. Je te rappelle que les ranches sont un des piliers de l'Iowa.

— Tu sais qu'on utilise une partie des ingrédients de cette sauce pour faire de la peinture ?

— Il faut toujours que tu voies le mauvais côté des choses... Mais bon, d'accord, je vais partager ta nourriture pour herbivores.

Son téléphone collé à l'oreille, elle écouta la sonnerie au bout du fil en même temps qu'elle s'asseyait au volant de sa Dodge et mettait la clim en route. Elle était tombée sur la boîte vocale de Kristen Webb et s'apprêtait à lui laisser un message quand elle entendit un cri. L'instant d'après, un fracas retentit.

— Qu'est-ce qui... ?

Sans réfléchir, elle s'élança hors de la voiture.

— Logan ?

Son coéquipier contemplait le contenu de sa glacière, qui s'était renversée sur le trottoir. Au milieu des emballages en aluminium et des Tupperware remplis de salades et de fruits se trouvait un morceau de viande crue. Riley reconnut la langue d'un animal – un cochon, à en juger par sa taille. Sa surface brun-roux était craquelée, et des veines noires et des tendons ressortaient de l'extrémité sectionnée. Elle jeta un coup d'œil à Logan. L'air choqué, il passa une main dans ses cheveux. Elle devinait aisément qui avait mis cette langue à cet endroit. Et en voyant les traits de Logan se durcir, elle comprit que lui aussi.

— Cole, murmura-t-elle.

23

Thorne leva les yeux de son ordinateur portable en entendant approcher une voiture. C'était un SUV. Une femme au volant, et personne d'autre avec elle. Par chance, la conductrice ne parut même pas remarquer la présence de la vieille Mustang garée sur le côté de la route. Les rues autour de la demeure du gouverneur faisaient partie des plus riches de Des Moines, et Thorne avait craint que son véhicule rouillé n'attire l'attention, mais le quartier était tranquille. À travers les arbres, elle distinguait le manoir qui s'élevait derrière le centre d'accueil. L'endroit était désert. Pas de visites guidées aujourd'hui.

— Je parie qu'elle a un gamin, pas plus, dit Leo en suivant du regard le SUV dans le rétroviseur.

— Hein ? dit Thorne, qui s'était remise à pianoter sur son clavier.

— Il y a quoi ? Sept sièges dans cette bagnole ? Mais elle n'a probablement qu'un seul gosse.

— Ma Mustang aussi est gourmande en carburant.

Elle ajusta le trépied de son antenne wifi directionnelle à la portière de la voiture. Cette antenne – la première qu'elle ait bricolée sous la supervision d'Alex – se composait essentiellement d'un tube de Pringles recouvert d'autocollants. Elle consulta une nouvelle fois son écran.

— Ce n'est pas pareil. Tu en as hérité, toi. Tu n'en as pas acheté une neuve.

En effet. Au départ, elle n'avait pas voulu de cette Mustang qui dormait au fond du garage de sa grand-mère depuis la mort de son père. C'était bien la seule chose, en plus de la vie, qu'il lui eût donnée. Elle avait envisagé de la vendre, mais Alex avait jugé préférable de la garder si cela pouvait servir leur cause. Tel avait été son dernier conseil avant qu'il prenne la tangente en direction du comté de Polk avec le FBI à ses trousses.

— On y est !

Thorne afficha un sourire triomphant. Son dispositif venait de capter le périphérique qu'elle avait connecté au routeur à l'intérieur du manoir, là où elle pouvait passer pour un élément du réseau. Cette technique de piratage parfaite lui permettait de se plonger dans le système informatique des équipes du gouverneur sans briser aucun pare-feu. Elle examina la liste des appareils reliés au routeur. Il y avait des PC, des imprimantes, des ordinateurs portables, et même des enceintes audio. Ainsi qu'elle l'espérait, plusieurs étaient très mal protégés.

— Faut pas laisser vos portes ouvertes comme ça, les gars.

Penché par-dessus son épaule, Leo se mit à rire.

— Réunions sur la stratégie de campagne. Dossiers du personnel.

Le sourire de Thorne s'élargit tandis qu'elle faisait défiler les photos des employés, le descriptif de leur poste et leurs références.

— Hé, attends. Reviens en arrière. Là...

Leo tapota le profil d'un homme chauve aux mâchoires carrées et à l'air peu amène.

— Je l'ai vu dans les meetings, lui. On aurait dit un des gardes du corps de Hamilton. Pourtant il n'est pas de la police.

— D'après sa fiche, il s'appelle Gage Walker et il a rejoint l'équipe du gouverneur il y a un an. C'est le directeur de Rampart. Alex nous a parlé de cette boîte, non ?

Leo avait déjà sorti son téléphone pour faire une recherche.

— Exact. Rampart. Une entreprise de sécurité privée composée d'anciens flics, de militaires reconvertis et d'experts en cyber-opérations. Elle se vante de sa discrétion et de son efficacité. Autant d'euphémismes pour dire « On peut tabasser n'importe qui sans que ça se sache », non ?

Thorne continua à parcourir le dossier de Walker. Ex-agent des Forces spéciales américaines. Des affectations en Irak, en Afghanistan et au Soudan du Sud. Formé aux techniques de parachutage militaire et à l'utilisation de matériel dangereux. Qu'est-ce que le gouverneur, qui était déjà bien protégé par la police de l'État, fabriquait avec de tels gars ?

Leo lut dans ses pensées.

— Ce fils de pute a peut-être enfin compris que notre action ne faisait que commencer et qu'il allait avoir besoin d'une protection plus rapprochée s'il gagnait cette élection.

Thorne acquiesça, mais le recours à une société comme Rampart lui semblait excessif. Abandonnant les fichiers du personnel, elle reprit son examen du réseau en quête d'autres appareils connectés.

— Regarde ça.

Elle montra à Leo deux ordinateurs enregistrés sous les noms de *Gouverneur 1* et *Gouverneur 2*.

— Tous ces ports ouverts !

— Quel con, quand même, s'amusa Leo en agitant les mains en l'air. C'est comme s'il disait, bonjour, les hackers, je suis là !

— OK, mettons-nous...

Thorne s'interrompit, les doigts figés au-dessus du clavier. Puis elle se déconnecta brusquement et ferma son ordinateur.

— Hé ! protesta Leo.

— Tu engagerais une entreprise de sécurité privée spécialisée dans la cyber-protection et tu laisserais ensuite tout ton réseau informatique accessible à n'importe quel pékin équipé d'une antenne de fortune et d'un dispositif qu'on peut acheter sur Amazon, toi ?

Bien que dépité, il n'insista pas.

— C'est un piège. Si je continue, ils pourront me localiser. Merde ! jura Thorne en frappant le tableau de bord.

Leo s'affaissa sur son siège pendant qu'elle démontait leur antenne.

— Cook est en mesure de gagner, non ? Elle est en tête des sondages maintenant.

— L'élection n'aura lieu que dans plusieurs mois. Tout peut arriver d'ici là. Il faut qu'on *s'assure* de sa victoire. En clair, on passe au plan B.

— Merde, murmura Leo en fermant les yeux.

24

Le téléphone de Riley sonnait lorsqu'elle entra dans le Bureau des enquêtes. Elle posa son café et décrocha.

— Sergente Fisher à l'appareil... Ah, docteur Webb, merci de me rappeler.

Au même instant, Schmidt arriva à son tour et jeta sa veste sur le dossier de sa chaise sans la quitter des yeux, l'air impatient de lui parler.

— J'ai eu des nouvelles de Bruce tôt ce matin, dit Webb.

— Bruce ?

— L'odontologiste médico-légal. Il a examiné les photos des deux scènes de crime que je lui ai envoyées en se concentrant sur les blessures de Miller et King et sur le fragment de dent. Il est d'accord avec moi. Ces morsures sont très probablement d'origine humaine.

Riley porta une main à son cou et effleura le cercle blanc de sa cicatrice. Voyant que le Bossu la dévisageait, elle saisit sa tasse de café.

— Continuez.

— Selon Bruce, il sera pour ainsi dire impossible d'établir un rapprochement certain entre les deux victimes en raison de l'état de décomposition avancé du corps de King. Il confirme que les traces d'ADN sont notre meilleure chance d'y parvenir. J'ai adressé une requête au laboratoire pour obtenir des résultats plus rapidement, mais je n'ai guère d'espoir.

— Merci quand même, j'apprécie beaucoup. Mais ce n'est pas pour ça que j'avais cherché à vous joindre hier.

— Ah oui ?

— Désolée, j'aurais dû être plus claire dans mon message. Je voulais me renseigner sur deux sans-abri que vous disiez avoir reçus à l'institut récemment. Ceux qui ont été retrouvés morts dans l'église à proximité de la rivière Dry Run.

— Oh.

— Sait-on qui ils sont ?

— Pas le premier, non, mais le deuxième...

Riley entendit le cliquetis d'un clavier au bout du fil.

— La police de Waterloo avait été informée de sa disparition, reprit le médecin légiste. Un membre de sa famille l'a identifié il y a deux jours. Dennis Packer. Cinquante-deux ans, ancien combattant.

Une partie au moins de ce que leur avaient raconté Tom et ses copains tenait donc la route. Pour le reste, il était apparu après vérification que personne n'avait signalé de fourgonnette blanche qui aurait enlevé des gens dans la rue. Aucun des bénévoles interrogés la veille dans des refuges n'avait vu George Anderson au cours des semaines précédentes, même si l'un d'eux avait fait remarquer qu'il se montrait de plus en plus solitaire dernièrement. Riley avait réussi à se procurer le numéro de son ex-femme, Abby, à Kansas City, mais celle-ci lui avait répondu d'une voix étranglée par la douleur qu'elle n'avait plus aucune nouvelle de lui depuis un an.

— Pourquoi vous intéressez-vous à ces hommes, sergente ? demanda Webb.

— Je cherche un suspect potentiel dans le meurtre de Nicole King. Un sans-abri du nom de George Anderson. Nous pensons qu'il a pu dormir dans l'usine où le corps de King a été découvert. J'ai une photo de lui ramassée sur place. Est-ce qu'il vous serait possible de la comparer à votre cadavre inconnu ?

— Bien sûr.

Riley coinça le combiné du téléphone entre son oreille et son épaule et lui envoya un scan par mail.

— C'est bizarre que vous m'interrogiez sur Packer, dit Webb.

— Pourquoi ?

— Eh bien, son autopsie a dévoilé quelque chose d'assez curieux. Il... Attendez, ça y est, j'ai reçu votre message. Ah. Non, ce n'est pas votre homme qui est chez nous.

— Vous en êtes sûre ? Anderson avait apparemment perdu du poids depuis que cette photo a été prise.

— Peut-être, mais je doute qu'il ait changé de couleur de peau. Mon cadavre anonyme est noir.

— Mince. Tant pis. Mais vous disiez qu'il y avait quelque chose de curieux chez Packer ?

— Oui, les résultats de son autopsie. Il est mort d'une carence en niacine.

— En niacine ?

— En vitamine B3. Il n'est pas inhabituel que des gens comme Packer aient de telles carences. Mais dans son cas, elle était si sévère qu'il avait développé une maladie qu'on appelle la pellagre.

— Je n'en ai jamais entendu parler.

— Ça ne m'étonne pas. Elle est très rare aux États-Unis, de nos jours.

— De nos jours ?

— Au siècle dernier, une épidémie a touché plus de trois millions de personnes et en a tué plus de cent mille. Elle était due essentiellement à la malnutrition et à la pauvreté. Après les années 1940, la farine - qui était la base de l'alimentation - a été enrichie en niacine, et la pellagre a pratiquement disparu en Amérique et en Europe. Mais elle continue à frapper bien des gens dans les pays en voie de développement.

— Vous avez l'air d'en connaître un rayon sur le sujet.

— Pour être honnête, j'ai dû faire des recherches, avoua Webb, un peu gênée. Tout est encore frais dans ma mémoire. Cette maladie est vraiment horrible. Elle provoque des dermatites, des diarrhées et des crises de démence. Voire la mort si elle n'est pas traitée.

— Des crises de démence ?

Une image s'imposa à Riley - celle de son grand-père, en pyjama près du ruisseau au beau milieu de la nuit, le regard perdu par-delà les eaux sombres.

— L'entourage d'une personne atteinte peut-il s'en rendre compte ? Les gens deviennent-ils différents ?

— Aux stades les plus avancés, je dirais que oui. Les rapports évoquent une agressivité accrue, des troubles émotionnels et une confusion mentale.

Riley se remémora sa conversation avec Tom et les autres clochards.

George se comportait bizarrement.

Dennis Packer ? Ce type est un cinglé de première.

Elle repensa aussi aux cachets trouvés parmi les affaires d'Anderson - ceux que Sarah Foster avait peut-être volés à la pharmacie et revendus à la sauvette. Le Fenozen.

Les purple hearts. *Y a pas de médaille pour nous, juste des médocs qui nous aident à dormir. À supporter les cauchemars.*

George Anderson était un ancien combattant. Tout comme Dennis Packer.

— Vous disiez que la pellagre était due à une mauvaise alimentation... Certains médicaments peuvent-ils la provoquer, eux aussi, en induisant une carence en vitamine B3 ?

— C'est possible. Il faudrait que je me renseigne, mais je comptais le faire de toute façon, ne serait-ce que par curiosité.

Au bruit d'une conversation, Riley tourna la tête. Logan et Fox venaient d'entrer dans le bureau. Ils se turent en la voyant au téléphone.

— Avez-vous effectué une analyse toxicologique sur Packer ?

— Oui.

— Pourrez-vous me communiquer les résultats quand vous les aurez ?

— C'est-à-dire que... d'un point de vue technique, cette affaire relève de la police de Waterloo...

— J'aimerais juste savoir s'il prenait un médicament spécifique. Un barbiturique commercialisé sous le nom de Fenozen.

— Pour ça, pas de souci. Oh, je voulais vous dire aussi que j'attends d'un jour à l'autre les conclusions de l'étude sur les bouts de verre retrouvés dans la main de Chloé Miller.

— Merci, docteur.

Perdue dans ses réflexions, Riley raccrocha.

Logan devança Schmidt en étant le premier à parler. Il s'était montré éteint la veille après l'incident avec la langue de cochon, mais il semblait être redevenu lui-même et impatient de se mettre au travail.

— Sergente, j'ai reçu un appel de la sœur de Nicole King hier soir. D'après elle, toutes deux s'étaient éloignées l'une de l'autre et n'avaient plus aucun contact depuis des années.

— Comment a-t-elle pris la nouvelle ?

— Comme une fin inévitable étant donné le style de vie de sa sœur. Elle viendra de Bangkok le week-end prochain pour s'occuper de l'enterrement. On pourra mieux discuter avec elle à ce moment-là.

— Et les compagnons de King ? On a pu en tirer quelque chose ?

— Il y en a un qui était en vacances avec sa femme et un autre en détention pour ivresse sur la voie publique. Il en reste plusieurs à interroger.

— Tu as pu joindre Sarah Foster aussi ?

— Je lui ai laissé un message hier soir et je l'ai rappelée ce matin. Toujours pas de nouvelles.

Cela ne faisait que vingt-quatre heures qu'ils tentaient de lui parler, mais Riley était surprise qu'une femme dont la fille était portée disparue ne soit pas rivée à son téléphone.

— Essaie encore. Il faut qu'on découvre si c'est elle qui a volé des médicaments à la pharmacie. Dis-lui bien qu'elle n'a rien à craindre - on veut juste savoir si elle en a vendu un jour à George Anderson. Schmidt...

Mais Fox leva la main avant que Schmidt puisse dire un mot.

— Qu'avez-vous appris à la soupe populaire, sergente ?

— James Miller travaille bien là-bas comme bénévole, et à plusieurs autres endroits aussi, apparemment. Cela colle avec la description de Mia Collins - celle d'un homme qui ambitionne de nourrir la terre entière et de sauver la planète. L'association reçoit de la farine de maïs donnée par les fermes Zephyr, mais elle n'est pas la seule. La coopérative distribue le surplus de sa production à une série d'organismes caritatifs locaux.

Riley alluma son ordinateur portable. La dernière page qu'elle avait consultée la veille s'afficha à l'écran.

— Il y a eu un papier dans le *Courier* à ce sujet, continua-t-elle. La maire a récompensé Zephyr pour son action.

Son équipe se pencha vers l'article et la photo qui l'accompagnait, sur laquelle la maire Angela Roberts tendait une plaque à John Brown, tout sourire, au premier plan avec ses fils. Frank Garrett était là lui aussi, de même que deux autres membres de la coopérative, Ted Davis et Ed Wilson.

— Le lien est ténu, reconnut Riley en refermant son ordinateur, mais je retournerai voir Miller. Il est possible que par son bénévolat il soit entré en contact avec George Anderson. La femme qu'on a interrogée à la soupe populaire disait qu'il discutait volontiers avec les sans-abri. Il y a peut-être une piste à creuser de ce côté-là. Anderson a-t-il croisé Chloé au sein d'une association ? A-t-il pu s'en prendre à elle ? Je vais vérifier.

Riley adressa ensuite un signe à Schmidt.

— OK, OK, je vois que tu meurs d'envie de parler.

— J'ai passé une bonne partie de la journée d'hier chez Green Fields Technology à questionner les collègues de Miller, commença Schmidt. Tous n'ont que du bien à dire de lui. Il adore ce qu'il fait et se donne sans compter pour son entreprise. Personne n'a signalé de comportement inconvenant ni d'activités qui pourraient laisser suspecter une liaison, mais je ne lâche pas le morceau.

Riley hocha la tête. Quelque chose avait beau l'avoir dérangée chez Miller lors de leur première rencontre, le tableau dressé de lui par ses proches n'était pas loin de celui d'un saint.

Il voulait nourrir le monde entier. Une âme charitable. Un travailleur acharné et passionné.

— J'ai encore quelques personnes à interroger, ajouta Schmidt. Mais le patron de Miller lui a fourni un alibi solide pour le meurtre de Nicole King. Le jour de sa mort, Miller a travaillé seize heures d'affilée au laboratoire de GTF.

Riley jura intérieurement. Si Chloé et Nicole avaient bien été tuées par la même personne, il paraissait de plus en plus difficile de soupçonner James Miller. Et leur seul autre suspect était George Anderson, autant dire un fantôme. Elle entendait déjà Reed pianoter avec impatience sur son bureau.

— Ce n'est pas tout, chef. Green Fields Technology est une filiale d'un groupe bien plus important. Devine lequel.

— Agri-Co ?

— Gagné.

Elle reprit son café, qui avait refroidi.

— Ce n'est pas si étonnant. Agri-Co est l'une des plus grosses sociétés américaines. Beaucoup d'entreprises agricoles et de fermes du Midwest ont des liens avec elle, ne serait-ce que parce qu'elles utilisent ses semences et ses pesticides.

— Mais tu te rappelles à quel point John Brown était en colère contre Agri-Co ? Sa haine était presque palpable. Il les a accusés de coups bas. De possibles sabotages. Et si Chloé Miller avait été assassinée, non pas par son mari, mais *à cause* de lui et de son travail chez Agri-Co ? Miller est un ingénieur agronome spécialisé dans la modification génétique des semences au sein de GTF. Et il se trouve que les fermes Zephyr ont développé une nouvelle variété de maïs qui est en passe de remporter un prix majeur décerné lors de la grande foire de l'État. Est-ce qu'il pourrait y avoir un rapport ?

Riley médita sa question.

— Ça me semble tiré par les cheveux, Cam. Si John Brown avait tué Chloé pour se venger suite à un conflit commercial, je doute qu'il ait abandonné son cadavre dans son champ avant de nous le signaler. Il avait l'air réellement très choqué et les images fournies par son drone sont a priori crédibles. Et puis, quand des gens sont pris pour cible dans des histoires de représailles, on a plutôt affaire à des kidnappings, des exécutions ou des crimes maquillés. Tu as vu les blessures de Chloé. Elle a été déchiquetée. Quelqu'un s'est déchaîné sur elle. C'était une affaire personnelle.

— Ce n'est peut-être pas Brown lui-même qui a agi, dans ce cas, mais un autre membre de Zephyr ? L'une des fermes tests d'Agri-Co a répandu un pesticide sur les champs de Frank Garrett, non ?

— Sergente... intervint Fox d'une voix mal assurée. J'ai peut-être quelque chose au sujet des Garrett.

25

Quatre heures plus tard, Riley roulait sur les petites routes qui s'enfonçaient dans les champs de maïs d'un vert éclatant à l'extérieur de la ville. Des silos à grains et des éoliennes étincelaient sous le soleil tandis que des nuages de poussière accompagnaient la lente avancée des tracteurs sur leurs parcelles. Des faucons tournoyaient dans le ciel, portés par les courants chauds ascendants. Elle se rappela combien ils étaient nombreux autrefois à suivre les agriculteurs et à plonger en piqué pour attraper les vers déterrés par le labourage du sol. Un spectacle devenu rare à présent. Les pesticides et les engrais aidaient peut-être le maïs à pousser plus vite et plus haut, mais ils ne laissaient aucun insecte derrière eux.

Elle jeta un regard à Amy Fox, toute silencieuse à côté d'elle.

— À ton avis, à qui doit-on le tuyau concernant Hoyt Garrett ?

Au loin, elle distinguait le château d'eau situé près des champs où Chloé avait été retrouvée.

— Je vous l'ai dit, sergente, j'ai reçu un coup de fil anonyme. J'imagine que beaucoup de gens par ici savent qu'on enquête sur les fermes Zephyr. C'était peut-être un de ses anciens camarades de classe ? Ou quelqu'un qui avait une dent contre lui ?

— Hmm.

Riley songea au récit que venait de leur faire l'un des professeurs de collège de Hoyt Garrett. Les faits remontaient à dix ans, mais ils ne semblaient pas s'être estompés dans l'esprit de cet enseignant, qui leur avait raconté avec un luxe de détails atroces comment Hoyt avait gagné son surnom d'Étrangleur.

— Il faut tourner là, sergente.

Riley bifurqua sur un chemin de terre et roula jusqu'à un ensemble de bâtiments de ferme.

Les Garrett habitaient une vieille maison cubique d'un étage dominée par une énorme grange rouge et des silos à grains. Du matériel agricole côtoyait des pick-up et un van dans la cour où trois enfants se couraient après en sous-vêtements autour d'un arroseur automatique, chacun d'eux criant chaque fois qu'il se faisait asperger.

Un type trapu aux cheveux blonds parsemés de mèches grises repoussa la moustiquaire de la porte d'entrée au moment où Riley et Fox sortaient de la Dodge.

— Qu'est-ce que vous voulez ? dit-il d'une voix forte et emplie de méfiance.

— C'est Frank Garrett, murmura Fox.

Au même moment, un jeune homme aux yeux bleus tout ronds et aux lèvres épaisses émergea précipitamment de la grange.

— Laisse, papa. Je m'en occupe !

Il portait une casquette de base-ball frappée du logo de Zephyr, un jean maculé de taches d'huile de moteur et des bottes de chantier éraflées. Il n'avait que vingt-quatre ans selon leurs informations, mais sa barbe le faisait paraître plus âgé.

Il salua Fox d'un signe de tête, puis retira sa casquette et tendit la main à Riley.

— Bonjour. Je suis Hoyt Garrett, madame.

— Bonjour, monsieur Garrett.

Hoyt avait une poigne ferme. Riley se rappela les paroles du professeur. *J'ai dû l'obliger à la lâcher.* Malgré ça, elle parvint à conserver un ton amical.

— Je suis la sergente Riley Fisher. Nous nous sommes parlé tout à l'heure au téléphone. Nous avons juste quelques questions à vous poser.

— Allons un peu plus loin, dit-il vivement. La maison est sens dessus dessous. On est en plein dans les préparatifs de la foire.

Un cri poussé par l'un des enfants le fit sursauter, et il se tourna vers eux le temps de s'assurer que tout allait bien avant d'entraîner Fox et Riley à l'écart.

— Ce sont vos enfants ? demanda Riley.

— Oh, non, ce sont ceux de ma sœur, Lizbeth.

— Ils vivent ici ?

— Depuis qu'elle s'est séparée de son mari, oui. Mais Lizbeth... elle n'est pas là aujourd'hui.

Il s'arrêta à l'ombre d'une rangée de chênes en bordure de la propriété. Des mouches dansaient sous les arbres.

— Bien. En quoi puis-je vous aider ? s'enquit-il, le front luisant de transpiration.

— Nous sommes venues discuter avec vous de Jessica Wright.

Ses joues bronzées s'empourprèrent à ce nom.

— Jessica Wright ?

— Vous étiez à l'école avec elle, n'est-ce pas ?

— Oui.

— Et il s'est produit un incident ?

Hoyt baissa la tête.

— Je n'aime pas en parler.

— Je n'en doute pas, répliqua Riley, toujours d'une voix calme et pleine de compassion. Ç'a dû être dur pour vous.

— Évidemment ! Je n'ai jamais voulu lui faire de mal. C'était une erreur. Un malentendu.

— Si vous nous racontiez ce qui s'est passé ?

Hoyt serra sa casquette, et elle remarqua sur l'une de ses mains une large balafre qui s'étendait du petit doigt jusqu'au poignet. La plaie, recousue grossièrement, lui avait laissé une cicatrice toute boursouflée.

— Vous vous êtes bien entaillé.

— Un accident, répondit-il en recouvrant sa main de sa casquette. Je me suis coupé avec une scie il y a quelques mois. Est-ce qu'il est arrivé quelque chose à Jessica ?

— Non, monsieur Garrett. Elle va bien. Nous suivons juste plusieurs pistes dans l'enquête sur la mort de Chloé Miller.

— Je vous ai déjà expliqué où j'étais ce soir-là, dit-il en toisant Fox.

— Avec vos frères aînés, c'est ça ? l'interrompit Riley afin qu'il se concentre de nouveau sur elle. Ryan et Jacob ?

— Oui. On est restés ici avec mes parents jusqu'à 21 heures environ. Après, on est allés au Thunder Ridge Roadhouse. On a bu quelques bières. On a évoqué nos projets pour la foire.

Fox avait cherché à confirmer ses dires. Aucun des employés du restaurant ne se rappelait avoir vu les trois frères, mais la télé diffusait un match des Hawkeyes ce soir-là et l'établissement était bondé.

— On a découvert une autre femme assassinée, monsieur Garrett. Dans les anciens abattoirs près de la rivière Black Hawk. Elle a été étranglée avec une ceinture.

Des gouttes de transpiration coulèrent sur la joue du jeune homme.

— Ah oui ?

— Si vous nous disiez ce qui s'est passé autrefois au collège ?

— Jessica m'a surpris dans les toilettes, c'est tout.

— Les toilettes des filles, dit Fox.

D'un coup d'œil, Riley lui intima le silence.

— Continuez, monsieur Garrett.

— J'étais curieux, se défendit Hoyt, à présent écarlate. Tous les garçons le sont, non ? Mais je ne voulais rien faire que regarder. Je suis entré dans la cabine voisine de la sienne. Elle m'a vu et elle est sortie en criant. J'ai flippé parce qu'elle n'arrêtait pas de hurler. J'ai cru qu'elle allait me frapper !

— Et ensuite ?

— Il y avait un pull sur l'un des lavabos. Le sien, peut-être ? Je n'en sais rien. Je l'ai pris. Je pensais juste la faire taire pour pouvoir lui parler. Alors je... j'ai plaqué le pull sur son visage. Tout s'est passé très vite.

Hoyt tordit sa casquette entre ses mains. À son cou, une veine pulsait avec force.

— L'un de vos professeurs a affirmé que vous aviez tenté de l'étrangler.

Il cilla.

— Je n'ai pas un souvenir très clair de la scène.

Riley ne répondit pas. L'enseignant leur avait expliqué que lorsqu'il avait enfin réussi à lui faire lâcher l'adolescente, Garrett avait une érection et Jessica Wright ne pouvait plus respirer.

— Je sais que j'ai mal agi ce jour-là, reprit Hoyt en la fixant bien en face. Mais les parents de Jessica m'ont pardonné. Ils ont fait en sorte que je ne sois pas renvoyé du collège et j'ai promis de prier pour elle tous les soirs et d'implorer Dieu pour qu'il me pardonne lui aussi. J'ai tenu parole.

— Où étiez-vous le 18 juin ?

— Je... je ne me rappelle pas. Pourquoi ?

— Nous pensons que c'est la date à laquelle la seconde femme retrouvée morte a été tuée.

Il consulta son agenda sur son téléphone portable.

— J'étais au silo avec d'autres gars de Zephyr.

— Toute la journée ?

— Jusqu'à 17 heures. Je ne suis pas sûr de ce que j'ai fait après. Peut-être que je suis parti boire une bière. Oui, c'est ça, je suis allé au Duke's Bar avec John Junior.

— Le fils de John Brown ?

— Oui, madame.

— Très bien. Merci, Hoyt.

— C'est tout ?

— Pour le moment.

Alors que Riley et Fox s'éloignaient, Hoyt les interpella :

— Dites à Jessica que je prie toujours pour elle !

Une fois dans sa Dodge, Riley roula les épaules pour tenter de chasser la tension qui s'y était logée.

— Vous croyez qu'il a dit la vérité ? l'interrogea Fox.

— Il devrait être assez facile de vérifier son alibi, même si on ne connaît pas la date précise du décès de King. Mais tout de même, il y a un truc chez ce type qui ne me plaît pas. On avait à peine prononcé le nom de Jessica Wright qu'il avait déjà l'air terrifié.

— Les flics ont parfois cet effet-là sur les gens.

— Dont ceux qui ont quelque chose à cacher. Tu as vu la cicatrice sur sa main ?

— Oui, mais elle semblait récente, comme il l'a dit. Les agriculteurs se blessent souvent dans leur travail.

Riley songea à la manière dont Hoyt avait déplacé sa casquette pour masquer la balafre. Puis elle soupira. Peut-être était-il seulement gêné.

— Bon, étant donné ses antécédents et le fait que Chloé a été retrouvée dans les champs de Zephyr, je veux qu'on garde un œil sur lui.

Les parents de Jessica m'ont pardonné. Ils ont fait en sorte que je ne sois pas renvoyé du collège.

Ses parents ? Et Jessica dans tout ça ? Lui avait-elle pardonné, ou avait-elle été réduite au silence par les adultes de son entourage ? Lui avait-on dit de ne pas en faire toute une histoire ?

Riley serra si fort le volant que ses jointures blanchirent. Dans sa tête, l'obscurité et la terre avaient tout envahi. Elle revit une main sur sa bouche. Son collier cassé pendant qu'elle se débattait. Le grand chêne au-dessus d'elle qui déployait ses branches dans le ciel. Le château d'eau au loin, près des champs de maïs. Ceux-là mêmes où Chloé était morte. Chloé étendue dans l'herbe chaude à côté de Mia, le teint rougi par l'alcool. Toutes deux avaient entonné un refrain stupide lorsqu'il lui avait pris la main pour l'entraîner plus loin.

D'abord vient l'amour ! Ensuite le mariage !

Dans le noir, son corps lourd sur le sien. Des mots salaces à son oreille. Des lèvres brûlantes dans son cou, des dents qui s'enfonçaient dans sa chair. Le cliquetis d'une boucle de ceinture. L'espace d'un instant – un court instant –, elle eut envie d'arracher son volant et d'écraser l'accélérateur en fonçant tout droit sur ce fameux chêne. *Stop !*

— Sergente ?

Riley s'aperçut que Fox la fixait avec inquiétude. Avait-elle parlé à voix haute ?

Son téléphone sonna via le kit mains-libres de la voiture. C'était le shérif Reed. Elle prit l'appel en soupirant.

— Oui, monsieur ?

— Vous avez vu le *Courier* ? Ce foutu torchon a tout balancé en première page ! Et on le doit à ce fils de pute de Sean Taylor !

Il y eut un bruissement au bout du fil.

— « Un tueur cannibale terrorise la ville » ! tonna Reed en lisant la une du journal. Au train où vont les choses, toutes les chaînes d'info nationales vont bientôt rappliquer. Et même *internationales* !

— Je sors à l'instant de la ferme des Garrett, monsieur. J'arrive tout de suite.

— Je ne laisserai pas notre comté devenir un aimant pour tous les gratte-papier et les tordus de ce pays. Ted Bundy ? Jeffrey Dahmer ? Ces noms-là ne font qu'attirer des psychopathes du même acabit. Je veux qu'on prenne les devants. Qu'on aille s'expliquer à la télé et qu'on montre notre détermination à arrêter cet assassin.

— C'est une très bonne idée, monsieur. Nous pourrions en profiter pour lancer un appel à témoins. Il faut avant tout qu'on retrouve George Anderson.

— Certes, dit Reed d'un ton un peu moins virulent. En attendant, je vais vous accorder des renforts. J'ai parlé à Hal Edwards et je me suis arrangé avec lui.

— Merci, monsieur, mais...

— C'est juste temporaire, ne considérez pas ça comme une promotion. Le travail de ses hommes sera comptabilisé en heures supplémentaires. Je vous donne Jackson Cole et Chad Becker.

— Monsieur, je...

— À tout à l'heure, Fisher.

Reed raccrocha.

Merde !

Riley tapa du poing sur le volant.

— Comment Taylor peut-il être au courant ?

Tête baissée, Amy Fox ne souffla mot. Riley se tourna vers elle.

La jeune femme était écarlate.

26

— Qu'est-ce que tu as dit à Fox ? demanda Rose.

— Je lui ai passé un savon. Mais pour être honnête, je pense que Taylor aurait probablement fini par avoir l'info. Il semblerait qu'il ait un contact à l'institut médico-légal. Bon sang, excuse-moi. Je ne devrais pas te parler de ça. C'est juste que je...

— Et si j'allais nous chercher quelque chose d'un peu plus fort à boire ?

Rose Fisher était un solide petit bout de femme aux cheveux poivre et sel coupés court. Mesurant à peine plus d'un mètre cinquante, elle dut se dresser sur la pointe des pieds pour atteindre du bout des doigts une bouteille de bourbon sur l'étagère supérieure de l'un de ses placards.

Un gros sachet de farine de maïs parmi les paquets de riz et de sucre attira l'attention de Riley, qui reconnut les trois épis sur l'étiquette rouge.

— Zephyr.

— Tu disais, ma chérie ?

— Les fermes Zephyr. Tu achètes leurs produits ?

— Pas moi. Lori. Elle n'arrête pas de cuisiner, expliqua Rose en prenant deux verres dans l'égouttoir. Ça l'aide à se détendre quand elle n'arrive pas à dormir. Regarde.

Elle ouvrit un autre placard et en sortit des Tupperware.

— Des pains de maïs. Des cupcakes. C'est une vraie pâtisserie, ici ! S'il te plaît, rapportes-en un peu chez toi, tu veux bien ? Je ne peux plus rien avaler, moi, ajouta-t-elle en tapotant son ventre.

Riley l'observa remplir chacun des verres d'une bonne rasade de bourbon, puis en glisser un vers elle sur la table où se trouvaient déjà leurs cafés froids et une brique de lait maternisé.

— Au moins, ton shérif t'a accordé des hommes en plus. Je sais que tu ne comptes pas tes heures en ce moment.

Riley garda le silence en repensant au sourire triomphant de Jackson Cole lorsque Chad Becker et lui étaient entrés dans le Bureau des enquêtes pour prendre part au briefing de ce matin-là. Logan et lui avaient échangé un long regard, mais elle supposait que plus aucune langue de porc ne ferait son apparition dans leurs affaires à présent que Cole avait décroché le poste de ses rêves. Elle veillerait juste à ce que cette affectation soit bien provisoire.

Le problème ne résidait pas que dans son aversion personnelle à son égard. Cole comptait parmi ces officiers qui profitaient de leur statut pour servir leurs intérêts. Il n'hésitait pas à montrer son badge afin d'obtenir des cafés gratuits au restaurant ou à faire sauter les contraventions de ses copains. De petits détails, trop dérisoires pour mériter vraiment d'être signalés. Sauf qu'elle se rappelait les paroles de son grand-père sur ceux qui ne s'estimaient pas simplement garants du respect des lois, mais au-dessus d'elles. *Quand le ver est dans le fruit, il finit par tout corrompre autour de lui, et le temps que tu t'en aperçoives, il est trop tard.*

Rose se pencha sur la table et posa une main sur la sienne.

— Je m'inquiète pour toi. Enquêter sur la mort d'une vieille amie… Comment ça va ? Réponds-moi franchement.

Riley songea à la manière dont elle avait agrippé son volant, à son désir soudain de foncer dans un arbre pour tout oublier. Cela faisait longtemps qu'elle n'avait pas éprouvé ça, et elle en avait été secouée. Une partie d'elle souhaitait se confier à sa tante, mais déterrer le passé lui avait-il jamais été d'une quelconque utilité ? Elle avait une image de son père assis en face d'elle, les mains nouées et le teint livide. *Riley, que t'est-il arrivé ? Il faut que tu me dises. Que t'a-t-il fait ?*

— Ça va.

Rose soupira.

— Je n'arrête pas de penser à cette affaire. La pauvre fille.

Un bruit de pas leur parvint alors, et Riley fut soulagée de voir entrer Lori.

Lori Bell portait une épaisse robe de chambre en flanelle sur sa chemise de nuit malgré la chaleur. Proche de la cinquantaine, elle avait près de dix ans de moins que Rose, mais elle paraissait plus âgée depuis la naissance de leur fils. Elle avait les yeux cernés et ses cheveux bruns retombaient mollement sur ses épaules maigres.

— Oh, salut Riley. Je viens juste de coucher Ben, annonça-t-elle en effleurant le front de Rose de ses lèvres sèches.

— Assieds-toi avec nous, ma chérie, dit Rose, prête à se lever.

— Non, ne bouge pas. Je vais aller faire une sieste.

Lori remplit un verre d'eau au robinet, prit un muffin dans l'un des Tupperware que Rose avait laissés sur la table, puis repartit vers l'escalier en leur adressant un sourire hébété en guise d'au revoir.

Rose attendit qu'une porte se soit refermée doucement à l'étage.

— Elle va mieux, tu ne trouves pas ?

Riley acquiesça, mais de son point de vue, Lori lui semblait aller de plus en plus mal.

— Comment réagit-elle à ses nouveaux médicaments ?

— Pour le moment, on prend les choses comme elles viennent, au jour le jour. On finira par s'en sortir.

Sa tante avait l'air confiante, mais elle perçut la douleur dans son regard. Le chemin vers la maternité avait été long pour Lori et elle. Elles avaient tenté pendant des années d'avoir un enfant et dépensé toutes leurs économies dans des traitements hormonaux et des dons de sperme. Malgré quatre fausses couches et le désir de Rose de tout abandonner, Lori s'était accrochée à son envie désespérée d'être mère. La seule grossesse qu'elle eût jamais eu des chances de mener à terme avait été celle interrompue autrefois par les coups de son ex-mari. Elle l'avait fui longtemps auparavant, changeant de nom et de vie au passage. Mais jusqu'à sa rencontre avec Rose, elle n'avait jamais osé rêver de mettre au monde un autre enfant.

La cinquième tentative avait été la bonne. Parvenue au troisième trimestre cependant, elle avait été frappée par une première crise soudaine d'épilepsie qui s'était soldée par un accouchement prématuré. Une profonde dépression post-partum avait suivi la naissance de Benjamin, si bien qu'elle avait perdu son poste d'institutrice dans une école élémentaire locale – un travail qu'elle adorait. De l'avis de Rose, il était dur de savoir ce qui aggravait le plus son état – sa dépression ou ses médicaments.

Riley entendit grincer le plancher au-dessus d'elle.

— Elle dort toujours dans la chambre de Benjamin ?

— Oui. Elle ne veut pas le quitter. Je peux le comprendre, mais bon... pour ce qui est de notre vie amoureuse, ce n'est pas l'idéal. Je me demande parfois ce qui nous a pris de faire un enfant à notre âge, soupira Rose.

Puis elle sourit.

— Dans ces moments-là, il me suffit de regarder Benjamin.

Riley lui pressa la main.

— Comment va Maddie ? enchaîna Rose en faisant tournoyer l'alcool dans son verre.

— Bien. Elle passe presque toutes ses journées avec ses amis.

— Je m'inquiète pour elle. À cause du compagnon de sa mère. Il n'a pas l'air très fréquentable, si ?

— Je me suis renseignée sur Mason Lee quand Sadie et lui se sont installés ensemble. Il n'a pas de casier judiciaire. C'est un crétin, oui, mais attiser les braises de ce côté-là n'aidera pas Maddie.

— Tu ne veux pas en toucher un mot à Ethan, quand même ? Pour voir s'il ne pourrait pas assumer un peu plus ses responsabilités vis-à-vis d'elle ?

— Ça ne sert à rien de lui parler.

— Tu sais ce que je regrette le plus dans la vie ? Que ton père et moi, on n'ait pas été en meilleurs termes quand il est mort. Je ne vous souhaite pas ça, à Ethan et toi.

Riley vida son verre.

— Je ferais mieux d'y aller. Je dois me lever tôt demain matin.

— Ethan était jeune, Riley. Il s'est laissé autant que nous berner par ce garçon. Il est peut-être temps de pardonner. D'oublier.

— Salue Lori pour moi.

Riley sortit dans la nuit. Une brise agitait les banderoles tendues autour des maisons en prévision du 4-Juillet. Elle marqua une pause près de sa Dodge, submergée par une bouffée d'émotions morbides, et s'appuya sur le capot de la voiture en attendant que cela passe. Dans les arbres, le vent bruissait comme les vagues sur un rivage.

27

Des sirènes hurlaient au loin. Il y avait eu une fusillade à Waterloo. Les cinglés sortaient du bois chaque année au 4-Juillet, mais cette fête n'en restait pas moins la préférée de Jackson Cole. Ce jour-là, il ne manquait jamais d'aller chez ses parents pour s'y gaver de louanges et de bons petits plats, puis chez son vieux copain Billy. Il adorait tout ça : les fanions, les cierges magiques, son pote et les hot-dogs – sans oublier le spectacle des feux d'artifice et de la femme sexy de Billy qui paradait dans un short moulant aux couleurs de la bannière étoilée. Mais il n'y aurait pas droit cette année. Fisher y avait veillé.

Il consulta sa montre. Sa mère devait être en train de servir une tarte aux pommes chaude à cette heure-ci.

— Le revoilà, dit Chad Becker.

Hoyt Garrett venait d'émerger d'une épicerie avec un pack de six bières et un sachet de chips. Ils le regardèrent traverser la rue en direction de son pick-up, jeter ses achats sur l'un des sièges et repartir à pied.

Cole le laissa prendre un peu d'avance avant de démarrer et de le suivre jusqu'au premier feu rouge en roulant au pas. Hoyt bifurqua alors dans un passage où une foule de fêtards enveloppés dans des drapeaux américains et coiffés de chapeaux patriotiques se pressaient devant un bar. Ou plutôt un bouge. Le genre d'endroit qui ne diffusait que des morceaux de rock des années 1980 et où les premiers clients de la journée étaient souvent aussi les derniers.

Cole attendit que Garrett ait tourné à l'angle du bâtiment pour s'engager dans la ruelle parsemée de nids-de-poule. Un pétard explosa au-dessus des toits en dessinant un sillon lumineux prématuré dans le ciel de cette fin d'après-midi. Sur la façade arrière en brique du bar, une immense publicité pour Coca-Cola dominait un parking rempli de bennes à ordures et de caisses de bières vides empilées les unes sur les autres. Voyant que Hoyt s'entretenait avec une personne cachée derrière le battant entrebâillé de l'issue de secours, Cole se gara dans la cour d'une station-service située en face et coupa le moteur. La porte du bar se referma, mais Hoyt s'attarda sur place, les mains fourrées dans ses poches, en tapant le sol du pied.

— Elle s'imagine quoi, Fisher ? marmonna Becker. Qu'il va étrangler une fille au beau milieu de la rue, juste sous nos yeux ?

— Va savoir.

C'était le deuxième soir d'affilée que, sur les ordres de Riley, ils prenaient Hoyt Garrett en filature des silos à grains des fermes Zephyr jusque chez lui en passant par le Duke's Bar. Cole soupçonnait Fisher de lui avoir confié cette tâche pour le tenir à l'écart. Cela faisait des années qu'il guettait une occasion d'être affecté au Bureau des enquêtes – la paie y était meilleure, et les chances d'être auréolé de gloire plus nombreuses. À chaque nouvelle opportunité, il avait senti renaître ses espoirs : il souriait intérieurement lorsqu'il avait tapoté Carl Kramer sur l'épaule en lui disant qu'il ne fallait pas s'inquiéter et qu'il serait vite de retour après sa chimiothérapie. La promotion de Riley avait été un coup bas pour lui. Elle n'avait eu ce poste que parce qu'elle était une femme, c'était évident – le politiquement correct atteignait des sommets d'absurdité –, mais cela n'avait pas rendu la pilule plus facile à avaler. Pour ne rien arranger, elle avait choisi Logan Wood comme coéquipier. Logan Wood ? Un type qui n'était même pas de chez eux ? Et un putain de végan par-dessus le marché ?

Mais enfin, Reed avait repris ses esprits. Si Riley pensait pouvoir se débarrasser de lui à présent...

— Allez, crache le morceau, dit Baker en le fixant avec un petit sourire. C'est vrai, ce qu'on raconte ?

— Quoi ?

— Fisher et toi. Est-ce que vous avez... ?

Le sourire de Becker s'élargit tandis qu'il insérait son majeur dans le cercle étroit formé par le pouce et l'index de son autre main.

Cole sourit à son tour, mais ne répondit pas.

— Wouah, murmura Baker, impressionné. Elle était comment ? Parce qu'elle a l'air du genre frigide. Mais parfois, ce sont ces filles-là qui se lâchent le plus, hein ?

Il n'obtint pas de réponse. La porte du bar venait de se rouvrir sur un grand type brun portant un jean et un T-shirt délavé à l'effigie de Nirvana. Cole se pencha et tendit le cou, mais sans réussir à distinguer ses traits. Hoyt Garrett et l'inconnu échangèrent quelques mots. Durant tout ce temps, le premier ne cessa de jeter des regards furtifs autour de lui. Quelque chose passa des mains de l'un à celles de l'autre. Puis ils se séparèrent, et Hoyt repartit vers sa voiture.

L'homme qui était venu lui parler se retourna. L'espace d'un instant, son visage mal rasé fut éclairé par la lumière rouge émanant des profondeurs de l'établissement.

— Tiens, tiens, dit Jackson Cole.

Il n'avait peut-être pas raté la tarte aux pommes de sa mère pour rien finalement.

La porte du bar se referma, et Ethan Fisher disparut à l'intérieur.

28

Les feux d'artifice illuminaient le ciel de ce début de soirée comme les fusées des lance-roquettes dans les pays en guerre.

Nerveux, Scrounger ne cessait de se coucher, puis de se redresser en sursaut et d'aboyer à chaque nouvelle série d'explosions. Assise à côté de lui à la table de la salle à manger, Riley avait du mal à se concentrer. L'obscurité grandissait, seulement entrecoupée par les éclairs qui éclaboussaient les murs de la pièce.

Elle avait passé tout son après-midi chez elle pour profiter du calme relatif de la maison, loin du BHCSO, toujours grouillant d'activité les jours fériés. Cela lui avait permis de se pencher sur les rapports de son équipe, les résultats de l'autopsie et les photos prises sur les lieux du crime. Tous ces documents s'étalaient devant elle en un puzzle macabre agité doucement par le ventilateur au plafond. Un puzzle sanglant de chairs ravagées.

Elle ne s'était accordé qu'une pause, le temps de préparer un semblant de repas à Maddie, et avait dû faire griller des bagels, faute d'avoir assez de beurre de cacao et de confiture dans les placards pour masquer leur goût rance. Sa nièce était partie des heures plus tôt, montant en silence à l'arrière de la dépanneuse de Mason Lee. Assise à l'avant sur le siège passager, Sadie avait fait tomber la cendre de sa cigarette dans l'herbe sèche en fixant Riley droit dans les yeux. Maddie devait dormir chez son amie Tanisha ce soir-là. Au moins y aurait-elle droit à un repas décent. Quant à Ethan, il travaillait dans son bar et ne rentrerait pas avant l'aube.

Riley prit sa bière désormais tiède et frotta avec son pouce le rond humide laissé par la canette sur la table. Dans sa tête, elle entendit sa mère émettre un *tss tss* réprobateur. À l'époque où les Fisher formaient encore une famille, les dîners les réunissaient tous chaque jour autour de son grand-père, assis à la place d'honneur – avec son père en face le week-end. Dieu seul savait quand ils avaient fait ça pour la dernière fois. Les rideaux en dentelle étaient jaunis par le soleil et les vitres du vaisselier couvertes de poussière.

Tout en buvant sa bière, elle posa les yeux sur le dernier *Courier*. Ignorant les festivités du 4-Juillet, elle se concentra sur une photo du shérif Reed, le dos bien droit et l'air sévère devant le BHCSO. Son badge étoilé reflétait la lumière crue des projecteurs braqués sur lui par les équipes de télévision. À côté figurait un portrait granuleux de George Anderson – le plus récent que sa femme ait eu en sa possession – ainsi qu'un numéro à appeler destiné à quiconque avait des renseignements sur lui.

Reed avait obstinément minimisé les révélations macabres de Sean Taylor en expliquant aux reporters qu'ils souhaitaient simplement vérifier que la piste Anderson ne menait à rien. Mais l'homme était en réalité leur principal suspect. C'étaient ses affaires qui avaient été abandonnées près du corps de Nicole King, et ce dans un abattoir situé à huit kilomètres environ des champs de maïs où Chloé avait été retrouvée morte.

Sans compter que sa disparition ne faisait que rendre sa culpabilité plus probable.

Le regard de Riley s'attarda sur sa photo. Elle le montrait assis sur un transat, les mains posées en évidence sur ses cuisses. Des moignons remplaçaient deux de ses doigts sur celle de droite. Mais même avec ce handicap, son passé militaire faisait qu'il avait pu avoir la force et l'entraînement nécessaires pour maîtriser les deux femmes.

Elle s'était entretenue la veille au téléphone avec son ancien supérieur, un commandant à la retraite qui lui avait décrit un soldat exemplaire. Avec son unité, Anderson avait pris part à quelques-uns des affrontements les plus sanglants de Falloujah, où près d'une centaine d'Américains avaient péri. Au quatrième mois de sa troisième mission, au cours d'une journée de combats intensifs contre des insurgés de Ramadi, il avait été touché par plusieurs balles. Son gilet lui avait sauvé la vie, mais les chirurgiens n'avaient rien pu faire pour ses doigts. Il avait été renvoyé chez lui et, plus tard, démobilisé pour raisons médicales.

À l'évidence, cette attaque ne lui avait pas laissé que des séquelles physiques, comme en témoignait sa descente aux enfers : tombé dans l'alcool, puis dans la drogue, il avait perdu son emploi de courtier d'assurances, sa femme et sa maison. Mais si le chemin qui l'avait mené à la rue était apparent, très peu de choses dans son parcours ou dans les déclarations de son supérieur et de son ex-épouse suggéraient qu'il soit capable d'infliger le genre de sévices subis par Chloé Miller et Nicole King.

Riley s'interrogea de nouveau sur les médicaments qu'ils avaient découverts et les récits des sans-abri et des bénévoles selon lesquels Anderson n'était plus lui-même depuis quelque temps. Le Fenozen avait-il induit une sorte de déséquilibre en lui ? L'avait-il poussé à commettre ces crimes ? L'espace d'un instant, elle espéra que oui. Cela excuserait en partie la sauvagerie de ces meurtres. Mais face aux photos de Nolan, elle comprit ensuite que rien ne pourrait effacer l'horreur à jamais attachée aux corps des deux femmes. Les traces de morsure, la peau lacérée, la chair arrachée.

Elle alla dans la cuisine vider le restant de sa bière tiède dans l'évier et en sortit une fraîche du frigo. Sur le plan de travail se trouvait un exemplaire froissé du *Courier* vieux de quatre jours. « Un tueur cannibale terrorise la ville ! » Alors qu'elle le ramassait pour le jeter à la poubelle, elle heurta son ordinateur, posé juste à côté. L'écran, qui s'était mis en veille, se ralluma et afficha la recherche à laquelle elle avait consacré quelques heures un peu plus tôt – celle sur les tueurs cannibales les plus célèbres du monde.

La liste était exhaustive et macabre, les auteurs du site s'étant amusés à exposer chaque affaire en détail, avec des photos des tueurs et des liens vers des enregistrements audio dans lesquels certains évoquaient négligemment leurs crimes. Riley avait entendu parler de la plupart d'entre eux, mais n'avait encore jamais eu à lire plus que les gros titres des journaux à leur sujet.

Parmi eux figurait Dahmer, bien sûr, l'incarnation même de la perversité, qui attirait ses proies chez lui pour les droguer, les démembrer et parfois les manger. Mais il y avait aussi ce jeune homme originaire de Floride qui avait poignardé un couple d'inconnus devant leur maison et qui avait été surpris en train de mâcher le visage du mari en grognant comme un animal. Et ce type, auteur d'une annonce sur un forum dans laquelle il demandait à rencontrer quelqu'un disposé à se faire consommer. Plus choquant encore, il avait fini par trouver un volontaire, mais jugeant son pénis trop dur, il l'avait donné à son chien avant de débiter le corps en morceaux et de stocker ces derniers dans son congélateur pour s'en repaître des mois durant. S'y ajoutait cette femme coupable d'avoir assassiné son mari violent, fait frire ses mains et griller ses côtes au barbecue. Le Cannibale de Duisbourg, en Allemagne, qui disait manger des gens pour réduire son budget nourriture et pour qui les enfants étaient le seul mets vraiment délectable. L'agent de la CIA surnommé Grey Man. Le Boucher de Rostov. Le Cannibale à l'arbalète.

Dans bien des cas, ces criminels souffraient de schizophrénie, de paranoïa ou de troubles psychotiques sous une forme grave. Certains avaient subi de sévères maltraitances. D'autres étaient de parfaits sociopathes, imperméables à toute empathie et capables de tuer sans éprouver de culpabilité ou de pitié, voire de se livrer aux actes les plus odieux – l'infanticide, la nécrophilie, le cannibalisme – par curiosité et par plaisir. Ils étaient les monstres qui peuplent les cauchemars. Le loup déguisé prêt à dévorer le Petit Chaperon rouge. La sorcière qui engraissait les enfants. Le géant qui broyait les os de ses victimes pour faire son pain.

Seulement, ceux-là étaient bien réels. Et on en trouvait dans le monde entier.

George Anderson avait subi une évaluation mentale et physique avant d'entrer dans l'armée. Son ancien commandant avait reconnu que le processus n'était pas le plus fiable qui soit, mais affirmait que si Anderson avait présenté des troubles particulièrement marqués de la personnalité, il l'aurait vu. *Je connaissais mes hommes mieux que ma propre famille, sergente*, lui avait-il dit sèchement. *Si Anderson avait été un meurtrier en puissance, je m'en serais rendu compte.*

À supposer qu'il ait dit vrai, il fallait en conclure qu'il était arrivé quelque chose à Anderson, soit en Irak soit plus tard, un événement de nature à le métamorphoser et à faire de lui un être assez bestial pour traquer Chloé dans un champ de maïs et lui déchiqueter le cou, les bras et les cuisses. Un être qui avait aussi poignardé Nicole King à de multiples reprises avant de l'étrangler avec sa ceinture, de conserver son cadavre plusieurs jours et, à en croire Webb, de mordre si fort dans ses chairs en décomposition qu'il s'était cassé une dent.

Mais le drone dans tout ça ? Et la voiture de Chloé ?

Riley comprenait pourquoi Reed et certains de ses collègues s'étaient emballés autour du cas Anderson. Il n'y avait pas que les preuves. En tant que sans-abri et toxicomane, il vivait déjà en marge de la société. Il était plus facile, plus confortable d'imaginer un type comme lui dans la peau d'un tueur brutal – un type désespéré et rejeté de tous, qui ne leur ressemblait pas. De toute façon, leurs seuls autres suspects, James Miller et Hoyt Garrett, avaient chacun un alibi pour au moins un des meurtres.

Les deux hommes occupaient toujours un coin de ses pensées, pourtant – le mari en colère, muré dans sa douleur, qui n'avait pas appelé la police quand sa femme avait disparu, et l'ancien pervers devenu pénitent, effrayé par leur arrivée inopinée dans sa ferme. Elle projetait d'aller parler à Miller le lendemain. Elle voulait savoir s'il avait fait la connaissance de George Anderson à la soupe populaire, et elle comptait en profiter pour le scruter de nouveau, et peut-être mieux comprendre la personnalité de Chloé. Le choc occasionné par la mort de son amie avait pu troubler sa vision durant cette première visite. L'avertissement de Reed concernant Miller lui revint en mémoire, mais elle l'ignora.

Fie-toi à ton instinct.

Ce conseil était l'un des premiers que son grand-père lui ait donnés après qu'elle avait obtenu son diplôme.

C'est la meilleure arme dont on dispose dans ce métier. Elle nous permet de sentir la fumée bien avant que les autres aient vu le feu.

Elle avait été de ces autres un jour. Aveugle au danger.

Ses yeux se posèrent sur l'écran de l'ordinateur. En haut de la page se trouvait une photo d'Ed Gein, le Boucher de Plainfield. Avant d'assassiner deux femmes, ce fermier du Wisconsin avait commencé par piller des tombes pour prélever du derme et des os sur les cadavres et les transformer en trophées. La police avait découvert chez lui des corsets et des masques réalisés à partir de lambeaux de peau et de crânes humains, ainsi qu'une ceinture faite avec des mamelons, une boîte à chaussures remplies de vulves et le cœur de sa dernière victime dans une poêle à frire. Gein avait connu une enfance terrible et menait depuis longtemps une vie à la dérive lorsqu'il avait commis ces atrocités. Mais il avait été perçu comme un homme charmant et timide, et même un ami pour ses voisins, qui lui confiaient parfois leur progéniture.

C'était bien le problème avec les monstres. Si on n'y prenait pas garde, ils vous tombaient dessus sans prévenir.

Riley se remémora son propre monstre, debout dans cette cuisine où il avait ri et plaisanté avec sa mère. Elle revit les rayons du soleil jouer avec les glaçons dans son thé lorsqu'il avait porté son verre à ses lèvres. Ses cheveux ramenés en arrière, sa peau bronzée, sa chemise en jean aux manches retroussées, ses joues non rasées qui le faisaient paraître plus âgé que ses vingt et un ans. Ses yeux d'un bleu froid avaient un tel effet sur elle à l'époque. En sa présence, son estomac se tordait comme dans la descente d'un grand huit. Elle gardait toujours dans son cartable un carnet au dos duquel elle avait gravé son nom entouré d'un cœur arrondi.

Hunter.

Elle sentait encore dans sa tête le parfum de son aftershave. *Eternity for Men.* Calvin Klein. Il était rare qu'elle le croise désormais, mais chaque fois que cela lui arrivait, elle se retrouvait projetée des années en arrière. Contrainte de revivre cet instant de son passé. *Eternity*. Cette bonne blague.

Elle alla dehors avec sa bière. Il n'y avait pas un souffle d'air ce jour-là. Elle appuya la canette contre sa joue, sur laquelle des gouttes de condensation coulèrent comme une sueur froide. Dans une maison voisine, des gens faisaient la fête en tirant vers le ciel des fusées scintillantes qui se reflétaient à la surface de la rivière et faisaient ressortir les sycomores.

Il y avait eu des feux d'artifice aussi ce fameux soir. Chloé l'avait prise par le bras et, ensemble, elles avaient quitté le camping pour se rapprocher du bruit et des lumières. Son haleine avait le goût de sucre de sa barbe à papa.

Il te regarde, Riley !

Elle s'était retournée et avait vu Hunter marcher derrière elle avec son frère et un autre de leurs amis de fac. Il avait les yeux rivés sur elle. Puis Mia les avait rejoints en brandissant une bouteille de whisky subtilisée dans la caravane de ses parents.

De quoi bien faire la fête !

Riley vida sa bière et écrasa la canette dans son poing en savourant le contact douloureux du métal froissé contre sa paume. Un éclair illumina le ciel et le toit de la vieille remise. L'une des portes était entrebâillée, remarqua-t-elle. Elle était pourtant sûre qu'elles étaient bien fermées un peu plus tôt quand elle avait dit au revoir à Maddie. Peut-être qu'Ethan était allé chercher quelque chose ? Elle le harcelait pour qu'il fasse attention depuis que la mouffette qui avait aspergé Scrounger avait élu domicile là. Elle traversa la véranda en jurant, mais se figea soudain. Son téléphone portable sonnait dans la maison.

C'était Schmidt. Elle entendit le crépitement d'un feu d'artifice et des rires en arrière-plan.

— Sergente, je suis passé chez Sarah Foster.

— Tu lui as parlé ?

— Non. Cela doit faire un moment qu'elle n'a pas mis les pieds chez elle parce que sa boîte aux lettres débordait. L'un de ses voisins m'a dit qu'il ne l'avait pas vue depuis plus d'une semaine. Il pense qu'elle est peut-être partie.

Il y eut de nouveaux rires et quelqu'un appela Schmidt. La voix de l'inspecteur lui parvint étouffée.

— Je suis au téléphone, ma chérie !

— Comment ça, partie ? dit Riley. Alors que sa fille n'a toujours pas donné signe de vie ?

— C'est vrai que c'est bizarre.

— Hmm. Je vais demander à Fox de contacter les proches de Foster. Ses amis, ses parents, ses ex-compagnons – tous ceux qu'on a interrogés quand elle nous a avertis de la disparition de Gracie. Avec un peu de chance, l'un d'eux aura eu de ses nouvelles.

— J'ai justement fait le point avec Fox tout à l'heure, sergente. Elle a fini son enquête auprès des familles Wilson et Davis – les deux dernières sur la liste des fermes Zephyr. Rien à signaler de ce côté-là non plus. Aucun lien avec Chloé Miller. La petite a abattu du boulot en deux jours, hein ?

— Arrête de chanter ses louanges, je ne compte pas la virer parce qu'elle a parlé à Taylor.

— D'accord, d'accord, dit Schmidt en riant. Ah, encore une chose. Les parents de Chloé ont téléphoné. Ils veulent savoir quand ils pourront disposer du corps de leur fille. Pour l'enterrement.

Riley se massa le front. Elle imaginait très bien la souffrance de ce couple et avait conscience que ces parents ne pourraient commencer à faire leur deuil que lorsqu'ils auraient donné une sépulture à leur unique enfant.

— Il va falloir qu'ils patientent. Au moins jusqu'à ce qu'on ait plus de résultats d'analyses. Est-ce que James Miller s'est joint à leur demande ?

— Pas à ma connaissance.

— Personne ne s'est manifesté après notre appel à témoins concernant Anderson ?

— On a eu droit à quelques cinglés, comme d'habitude. Il semble avoir été réellement vu deux ou trois fois, mais cela remonte à plus d'un mois. On suivra ces pistes après le week-end. En attendant, les gens ont peur. Je ne peux pas te dire combien de personnes m'ont interrogé sur cette affaire. L'article de Taylor les a secouées. On n'est pas à Los Angeles ici.

Une voix de femme retentit en arrière-fond.

— Cam, chéri, ces saucisses ne vont pas cuire toutes seules !

— Désolé, je dois te laisser. Hé, tu n'étais pas censée aller chez Logan ?

Riley jura intérieurement. Elle avait complètement oublié cette invitation.

— Bonne soirée, sergente.

— Toi aussi, Cam.

Elle s'approcha de son ordinateur pour le refermer au moment où une nouvelle explosion résonnait dans le ciel comme un coup de feu. Elle marqua une pause devant la page internet qui s'affichait toujours sur son écran. Et si elle faisait une recherche sur son monstre à elle ? Cela renverrait-il ses souvenirs dans la fange d'où les avait extirpés le cadavre de Chloé ? Retourneraient-ils dans les ténèbres, là où était leur place, pour y rester tapis, pas en sommeil – *jamais* en sommeil –, mais pas totalement éveillés non plus ?

Durant toutes ces années, elle s'était gardée de le faire. Elle n'avait pas eu le courage d'ouvrir cette porte et de voir son visage vieilli la fixer depuis quelque réseau social. Peut-être menait-il une existence banale dans une petite ville. Peut-être avait-il le front dégarni et la taille plus épaisse. Peut-être était-il devenu quelconque. Ennuyeux. Rien de comparable à ce qu'il avait été, ou à l'image qu'elle s'était forgée de lui. Une image plus imposante, plus sombre. L'image d'un être capable de la ronger intérieurement jusqu'à la fin de sa vie. Avait-elle besoin de le découvrir amoindri ? Ou cela serait-il pire encore de le contempler tel qu'il était vraiment ? Petit et sans importance. Un moins-que-rien. Se sentirait-elle plus faible si elle venait à constater qu'il avait toujours une forte emprise sur elle ?

Et s'il était en prison ? S'il était mort ? Pourrait-elle enfin tourner la page ? Bon sang, et s'il avait une femme ?

Des enfants ?

Elle connaissait juste son nom et savait qu'il avait étudié dans la même université qu'Ethan, où il avait décroché une sorte de diplôme médical. Sa mère avait été impressionnée, comme tout le monde.

C'est un si gentil garçon.

Elle aurait pu questionner son frère. Il avait probablement plus d'infos sur Hunter, et peut-être même était-il au courant de l'endroit où il avait déménagé. Mais cela reviendrait à dégoupiller la grenade qui gisait entre eux depuis tout ce temps.

Non. Impossible.

Il y avait trop de gens dans leur entourage qui risquaient de souffrir de la déflagration. Elle n'avait pas d'autre choix que de résoudre cette enquête, puis de mettre Chloé et son passé en terre une bonne fois pour toutes.

Elle referma son ordinateur et prit ses clés de voiture.

29

Assise sur les marches de la vieille cabane, Maddie contemplait le paysage par-delà la rivière. Des chênes des marais et des saules noirs voilaient les berges de leur feuillage en laissant leurs branches basses ondoyer comme des cheveux dans le courant. Le sous-bois dense où sauterelles et guêpes stridulaient et vrombissaient de concert avait atténué la chaleur accablante de l'après-midi en lui apportant un peu de fraîcheur, mais à présent que le soir arrivait, les ombres grandissantes rendaient cet abri plus menaçant.

Un mouvement troubla les eaux boueuses de la rivière. Une loutre surgit, puis replongea vers les profondeurs en faisant naître une nouvelle série de vaguelettes à la surface. Un peu plus tôt, Maddie avait aperçu une couleuvre enroulée autour d'un arbre. Elle ne tenait pas à être encore là quand d'autres bestioles commenceraient à ramper hors des trous dans lesquels elles avaient fui la fournaise du jour. Des araignées-loups et des rats musqués, par exemple. Des couleuvres agiles et des serpents à sonnette.

Elle consulta de nouveau son téléphone. Le dernier message d'Amelia remontait à une demi-heure et elle n'avait plus de réseau. Les filles avaient intérêt à ne pas trop tarder. Elle n'avait aucune envie de rentrer toute seule. En plus de ça, elle mourait de faim. Elle était partie sans rien avaler, après avoir profité d'un moment où Riley ne la regardait pas pour refiler à Scrounger ses bagels rances. Sa mère avait dit qu'elle la déposerait chez Tanisha, mais les amis de Mason Lee avaient ensuite débarqué avec de l'alcool et des pétards, et cette promesse avait été oubliée. Maddie s'était donc éclipsée en envoyant un texto à Tanisha et Amelia pour leur donner rendez-vous à la cabane.

Il lui avait fallu une heure pour arriver là. Elle avait longé la rivière, traversé le parc, puis emprunté des petites routes de campagne sous un soleil de plomb jusqu'au château d'eau qui s'élevait à la lisière de la forêt. Laissant son vélo sur le bas-côté – Amelia lui avait assuré qu'elle pourrait le charger plus tard dans le pick-up de Jason –, elle s'était enfoncée dans les bois et était parvenue à la clôture métallique affaissée qui entourait l'ancien camp religieux. De vieux panneaux interdisaient à quiconque d'entrer, mais elle était passée par le trou que les garçons leur avaient montré en leur faisant découvrir le site une semaine plus tôt. Brandon avait même écarté les barbelés afin qu'ils ne s'accrochent pas à ses vêtements.

Brandon. Elle repensa à ses cheveux ondulés et à son petit sourire qui retroussait la commissure de ses lèvres, là où il coinçait sa cigarette. Il avait dix-huit ans, soit quatre de plus qu'elle, et arrivait de Memphis avec son père, un mécanicien au chômage à qui son frère avait proposé du travail à Waterloo. Maddie était tout excitée à l'idée de le revoir.

Elle laissa son carnet à dessin près de son sac à dos et se dirigea vers les autres cabanes. Ils avaient déjà exploré la plupart d'entre elles durant leur première visite. Pendant que les garçons se partageaient des cigarettes et une bouteille de Fireball, les filles et elle avaient arpenté les broussailles et les refuges en ruines, agrippées les unes aux autres, en criant à la vue des insectes qui s'enfuyaient sur leur passage. Plus tard, ils avaient allumé un feu, et même Tanisha avait bu un peu d'alcool – mais en grimaçant au goût piquant de la liqueur de cannelle mêlée au whisky. Des flammes dansaient dans les yeux de Brandon.

Maddie gravit les marches d'une cabane aux vitres brisées et tapissées de toiles d'araignée. Le mur du fond était couvert de graffitis. Des poèmes et des grossièretés. Elle scruta les mots dans la pénombre.

Rachel suce comme une pro.

Allez tous vous faire foutre.

AJ & Lizzie pour la vie

Rendons à l'Amérique sa gay-té

Nous sommes tous des serpents,
nous nous nourrissons
de nous-mêmes.

Elle inscrivait son nom sur le bois avec un crayon qu'elle avait gardé dans la poche arrière de son short quand elle l'entendit.

Au début, elle crut à un insecte. Elle se retourna en s'attendant à voir une abeille ou un cafard voler dans la pénombre, mais non, le bruit était trop fort. Et on aurait plutôt dit la roulette d'un dentiste. Elle alla sur le pas de la porte. Là, au-dessus de la canopée, un petit point rouge se déplaçait. Un drone.

Cachée par la cabane, Maddie suivit du regard cette lumière qui allait vers le nord en apparaissant et disparaissant tour à tour entre les arbres. Sa présence la mettait mal à l'aise. Qui pouvait bien utiliser ce genre d'appareil dans un coin comme celui-ci ? Il n'y avait rien aux alentours que ces bois, ces cabanes abandonnées et, plus loin, des champs de maïs et des fermes isolées. Peut-être que les panneaux à l'entrée du camp n'étaient pas aussi anciens qu'ils en avaient l'air. Les intrus avaient-ils vraiment intérêt à passer leur chemin ?

Elle attendit que le drone ne soit plus visible et que son vrombissement ait fait place au chant des cigales pour sortir sur le perron. Il faisait sombre cette fois, et elle sursauta en entendant bruisser des feuilles dans les buissons. Elle regagna la cabane où elle avait laissé son sac à dos, mais alors qu'elle se baissait pour ramasser son téléphone et vérifier si elle captait du réseau, une main surgie de nulle part se posa sur elle.

30

— Merci.

Riley accepta en souriant le whisky-Coca bien frais que Carol Wood lui tendait et avala une gorgée qui lui brûla l'œsophage.

La fête battait son plein chez les Wood. Le barbecue fumait, une chanson de Springsteen s'échappait par les fenêtres de la cuisine et des invités disputaient une partie de cornhole[1].

— Santé !

Les cheveux bruns de Carol dansèrent autour de ses épaules lorsqu'elle secoua la tête avec amusement.

— Mon frère a failli m'étrangler quand il a vu que j'avais acheté ça, dit-elle en montrant son gobelet en plastique rouge. « Des gobelets jetables, Carol ? Tu n'y penses pas ! »

Elle se tourna vers Logan, qui discutait avec leur père en agitant une main devant lui pour chasser la fumée de la nouvelle fournée de steaks hachés.

— Dieu le bénisse.

1. Cornhole : jeu consistant à lancer des petits sacs remplis de grains de maïs dans le trou d'une plateforme inclinée.

— J'avoue qu'il a chamboulé certaines de nos habitudes au bureau.

— Je n'en doute pas, répondit Carol, avant de poursuivre d'un ton plus sérieux. Écoutez, je déteste avoir à aborder le sujet, mais... ces meurtres... J'en ai parlé avec d'autres mamans, et pour tout vous dire, on n'est pas du tout rassurées. Y a-t-il des raisons de s'inquiéter ? Je ne tiens pas à garder mes enfants enfermés à la maison, mais j'ai peur de les laisser sortir.

Elle jeta un coup d'œil à son fils, que Logan s'amusait à présent à soulever en lui mettant la tête en bas.

— Je n'ai jamais été très à l'aise avec les armes à feu, mais j'envisage de demander à Logan de m'apprendre à m'en servir.

— Je comprends. Nous faisons tout notre possible pour arrêter l'assassin.

Riley savait que ses paroles sonnaient creux. Elle aurait voulu faire davantage pour assurer la sécurité des habitants de sa ville, permettre aux parents de Chloé d'entamer leur deuil et faire juger le meurtrier de leur fille et de Nicole. Mais son principal suspect avait disparu, et tant qu'ils n'auraient pas les résultats des analyses ADN, les preuves lui manquaient pour monter un dossier d'accusation contre lui.

— On a déménagé pour prendre un nouveau départ. Pour être plus tranquilles, dit Carol en continuant à fixer son frère. Ça a beaucoup affecté Logan, ce qui s'est passé à Flint, et ce d'autant plus que, en tant que policier, il est censé veiller sur nous. Vous avez sûrement vu des reportages aux infos, mais c'était très grave. Il n'y a pas eu que des effets physiques sur notre santé, comme les difficultés d'apprentissage des enfants et le fait que notre père a failli mourir de la légionellose. En soi, ces choses-là étaient horribles, évidemment, mais le pire, ç'a été notre perte de confiance dans les institutions. S'apercevoir que ceux qu'on prenait pour nos protecteurs nous laissaient en réalité crever afin de préserver leurs intérêts. L'argent, soupira-t-elle. Au bout du compte, ces connards ne pensaient qu'à ça. D'autant que la plupart des victimes étaient noires, ou pauvres, ou les deux à la fois. Je suppose qu'on a eu de la chance, nous. On avait les moyens de partir.

— Je suis désolée.

Carol but une gorgée de son verre et retrouva son entrain.

— Avez-vous écouté le débat entre le gouverneur Hamilton et la sénatrice Cook hier ?

— Non, je l'ai raté.

— Si vous aviez vu ça ! Cette femme a de l'énergie à revendre ! Hamilton affichait son sourire hypocrite en essayant de faire oublier que durant son mandat, le niveau de pollution et de pauvreté de l'Iowa avait considérablement augmenté, mais Cook lui est bien rentrée dedans.

— Tant mieux, dit Riley, décontenancée par la franchise de Carol.

La politique était devenue si clivante, si toxique ces derniers temps, et elle n'avait pas l'habitude que ses interlocuteurs lui exposent leurs opinions avec tant de candeur. Mais Carol n'était visiblement pas du genre à mâcher ses mots, et l'alcool semblait l'avoir rendue encore plus bavarde.

— Pour être honnête, je la trouvais un peu excentrique au début. Mais après l'avoir écoutée hier soir… Ce doit être sa manière de s'en prendre à toutes ces grosses boîtes qui me plaît, vous voyez ce que je veux dire ? Agri-Co et compagnie. Elle compte mettre fin à leurs avantages fiscaux et à leurs subventions. Et faire payer des amendes aux pollueurs. J'avais oublié ce que ça fait d'avoir une personnalité politique qui se soucie réellement des citoyens, conclut Carol en faisant tournoyer sa boisson dans son verre.

Logan les rejoignit avec deux hot-dogs dans une main et une bière dans l'autre. Il avait l'air très détendu ce soir-là avec ses claquettes, son short et son T-shirt des Spartans, l'équipe de basket de l'université du Michigan.

— Je crois que papa commence à être fatigué, dit-il en tendant un sandwich à sa sœur et l'autre à Riley. Il serait peut-être temps qu'on tire le feu d'artifice.

Carol lui pressa le bras, sourit à Riley et se dirigea vers ses parents.

— Désolé, dit-il. Après deux ou trois verres, on ne peut plus l'arrêter.

— Oh, non, elle est super !

Elle posa son gobelet par terre entre ses pieds afin de pouvoir mordre dans son hot-dog. Elle ne s'était pas rendu compte jusqu'alors qu'elle était affamée.

— Mmm, c'est bon, dit-elle en léchant le ketchup qui avait coulé sur ses doigts. Est-ce que c'est un de tes aliments bizarroïdes sans viande ? Un truc fait à partir d'ADN de dinosaure ou de je ne sais quoi ?

— Pas du tout. Juste quelques vieux restes ramassés sur le sol de l'abattoir. Des yeux. Des testicules. Des entrailles.

— Miam-miam.

— Maddie n'est pas là ? demanda-t-il en regardant sa nièce Callie faire une roulade pour fêter sa victoire au cornhole.

— Elle est chez une amie.

— Ma foi, je suis content que tu aies pu venir.

— Moi aussi.

Riley était sincère. Le simple fait d'être hors de chez elle, à distance des photos de Chloé Miller et Nicole King, l'aidait à se sentir plus légère.

Logan sourit lorsque Callie marqua un nouveau point.

— Continue, ma belle !

Elle savait qu'il aimait sa nièce et son neveu, mais elle mesura en l'observant ce soir-là combien il les adorait. Cela faisait plaisir à voir, tout en l'amenant à regretter de ne pas avoir de liens aussi forts avec sa propre famille. Ethan, Maddie et elle auraient-ils été plus proches si les choses s'étaient passées autrement ? Cette pensée lui donnait le vertige. Le sort vous confrontait parfois à des situations qui changeaient votre vie à tout jamais. Il suffisait d'une rencontre imprévue, d'un mauvais choix, d'une décision irréfléchie, et du jour au lendemain vous pouviez vous retrouver perdue dans l'obscurité d'un champ de maïs, ou dans un abattoir désaffecté. Seule et impuissante.

Elle vida son gobelet d'un trait.

— Tu envisages d'en avoir, toi ? Des enfants, je veux dire.

— Euh, je ne m'y attendais pas, à celle-là ! plaisanta-t-il. Ouais, bien sûr. Mais avec ce boulot… C'est difficile d'entretenir une relation, a fortiori de la faire évoluer jusqu'à ce stade. Et toi ?

Elle revit une chambre de motel, un verre de vin maculé de rouge à lèvres sur la table de chevet, des draps froissés et la lumière rouge sang du petit matin filtrée par les rideaux. Ses yeux barbouillés de mascara qui fuyaient son reflet dans le miroir de la salle de bains. Son dépit en entendant le lit grincer.

— Probablement pas de sitôt.

Le portable de Logan sonna dans sa poche. Il fronça les sourcils en découvrant qui l'appelait.

— Curieux, dit-il. C'est Schmidt.

Riley chercha son propre téléphone et s'aperçut qu'elle l'avait oublié dans sa voiture.

— Salut, Cam, joyeux…

Logan se tut, l'air de plus en plus sérieux.

— Quoi ? OK, oui, elle est ici.
— Que se passe-t-il ?
— Jackson Cole vient d'arrêter ton frère.

Le cri de Maddie résonna entre les arbres et fit s'envoler une nuée d'oiseaux dans le ciel. Repoussant vivement la main qui l'avait attrapée, elle se retourna.

— Amelia !

Son amie explosa de rire.

— Merde ! Je ne pensais pas que tu hurlerais comme ça !

— C'est quoi, ce raffut ? demanda Jason, qui fendait les broussailles dans leur direction avec un pack de bière et des pétards.

Tanisha le suivait, ses yeux charbonneux semblables à ceux d'un chat dans la pénombre. Derrière elle venait Connor, le teint rouge et luisant de transpiration, les bras chargés de bières lui aussi. Brandon fermait la marche.

Maddie piqua un fard à sa vue. Elle n'avait pas envie qu'il la prenne pour une poule mouillée.

— Rien, répondit-elle en fixant Amelia bien en face.

Son amie saisit le message.

— On déconnait, c'est tout, dit-elle à son frère. Allez, allumons le feu. Il fait presque nuit.

Elle attrapa Tanisha par le bras, lorgna brièvement Brandon, puis jeta un regard entendu à Maddie.

Le cœur de l'adolescente avait retrouvé un rythme presque normal, mais il battit de nouveau plus fort lorsque Brandon s'approcha, et elle eut soudain honte de la tache laissée par sa chaîne de vélo sur sa cuisse et de ses cheveux tout emmêlés.

— Salut, dit-il avec un sourire indolent. Tu n'as pas eu de mal à revenir jusqu'ici ?

— Non.

Elle s'assit sur les marches de la cabane avec une nonchalance feinte et repoussa son carnet pour lui faire de la place. Un délicieux frisson la parcourut au contact de son bras nu contre le sien.

— Au fait, vous n'avez pas aperçu un drone en arrivant ?

— *Merde !*

Surpris, ils regardèrent Amelia s'écarter à la hâte d'un buisson et passer les mains dans ses cheveux en laissant tomber les brindilles qu'elle avait ramassées pour faire du feu.

— Putain, jura Jason en posant ses bières et ses pétards près d'un foyer creusé dans le sol.

— Saloperies d'araignées !

— Trouillarde.

— Je t'emmerde.

Brandon refit face à Maddie.

— Un drone ? dit-il, les traits durs.

— Il allait par là, expliqua-t-elle en lui montrant un point à travers les arbres. Juste avant que vous débarquiez.

Le pli qui barrait son front s'accentua à ces mots.

— Hé, Jason ! Maddie a vu un drone.

— Et alors ?

— Alors il y a peut-être quelqu'un qui nous espionne.

Jason prit une fusée dans l'un des sacs qu'ils avaient apportés et l'agita en l'air.

— Si c'est le cas, je le dégommerai, cet enfoiré !

— On a intérêt à tous se planquer, ironisa Brandon en baissant la voix.

Maddie éclata de rire.

— Hé, c'est quoi ? demanda-t-il en ramassant son carnet. C'est toi qui as fait tous ces dessins ?

— Non, rends-moi ça ! protesta-t-elle.

— Tu es douée.

Elle se sentit devenir cramoisie.

— Tu trouves ?

— Oui, dit-il en plongeant son regard dans le sien.

Quelque chose tomba sur ses genoux. Une photo. Maddie avait oublié qu'elle l'avait glissée là après l'avoir subtilisée sur la table de la salle à manger quand Riley préparait son déjeuner.

— Non !

Trop tard. Brandon l'avait déjà retournée. Il écarquilla les yeux.

— La vache ! Qu'est-ce que c'est ?

Elle tenta de lui arracher le cliché, mais il l'écarta hors de sa portée.

— Rien. J'ai pris ça chez moi. C'est à ma tante.

— Elle est shérif ?

— Non, sergente.

— C'est la femme qui a été retrouvée morte, hein ?

— Tiens, tête de nœud, dit Jason en venant lui donner une bière. Hé, c'est quoi, ce truc ? Un selfie de toi à poil avec ta mère ? Oh, putain de merde !

La réaction de Jason devant la photo attira les autres, qui arrivèrent à leur tour et observèrent avec horreur et fascination le cadavre de Nicole King exposé nu sur la table en acier de la salle d'autopsie.

31

Les gyrophares des voitures de police jetaient des éclairs rouges et bleus à l'intérieur de la grange. En compagnie de Matt Kruse, de la brigade des stups, Riley contemplait les plants de cannabis qui poussaient au fond du grenier à foin. Le parfum des feuilles était entêtant dans l'obscurité étouffante.

— Pas vraiment la saisie du siècle, marmonna Kruse. Cinq plants ? Dire que j'ai quitté un bon barbecue. Qu'est-ce qui a pris à Cole de rameuter toute la cavalerie juste pour ça ?

Riley garda le silence. La réponse à cette question était presque certaine à ses yeux, et elle n'avait pas grand-chose à voir avec Hoyt Garrett, à présent enfermé avec Ethan dans une cellule de la prison du BHCSO. Frank Garrett s'était déjà rendu sur place pour tenter de faire libérer son fils sous caution.

Laissant Kruse photographier leur maigre butin et le mettre sous scellés, elle descendit l'échelle grinçante du grenier et ressortit dans la nuit poisseuse. La mère de Hoyt, Maryanne Garrett, attendait nerveusement sur le perron de la ferme. Trois enfants aux cheveux bouclés dormaient à moitié sur la balancelle de la véranda. Riley les avait remarqués lorsqu'elle était venue interroger Hoyt. C'était ceux de sa sœur Lizbeth.

Des lumières étaient allumées dans la maison et des silhouettes allaient et venaient derrière les fenêtres. Deux agents inspectaient les lieux avec l'aide de Peter Hoffman et de Bear. Riley n'avait pas entendu le chien aboyer depuis qu'il leur avait indiqué la présence des plants dans le grenier à foin, ce qui donnait à penser qu'ils ne trouveraient rien d'autre - enfin, ici tout du moins.

Elle ignorait si Jackson Cole avait profité de l'arrestation de son frère pour ordonner une fouille de sa propre maison. Au vu du faible nombre d'hommes en service ce soir-là, elle espérait que non, mais elle ne serait sûre de rien tant qu'elle n'aurait pas fait un tour au poste.

Maryanne Garrett s'avança vers elle, le teint livide dans la lumière des gyrophares.

— Que se passe-t-il ?

Riley lui expliqua ce qu'ils avaient découvert.

— Et vous croyez qu'ils appartiennent à mon fils ?

Les traits tirés et creusés, la femme avait l'air épuisée, comme si elle souffrait depuis longtemps.

— Eh bien, je vous l'ai dit, madame, deux agents l'ont surpris en train de vendre de la marijuana à Waterloo.

À mon satané frangin.

— Et maintenant ? Est-ce qu'il va aller en prison ?

— La quantité en jeu était très faible. En général, cela rentre dans la catégorie des délits mineurs et, parce que c'est la première fois, il n'écopera probablement que d'une amende. En revanche, cultiver de la drogue dans le but de la commercialiser est un crime qui pourrait lui coûter beaucoup plus cher - jusqu'à 7 000 dollars et cinq ans d'emprisonnement.

— Mon Dieu, souffla Maryanne Garrett en vacillant.

Riley lui saisit le bras.

— Je vais vous chercher un verre d'eau.

— Non, je n'ai pas besoin de ça, répondit la femme, une main appuyée contre sa poitrine. Je ne pourrai pas en supporter beaucoup plus. D'abord Lizbeth, et aujourd'hui mon fils ?

— Lizbeth ?

— Ma fille. Elle ne va pas bien. Elle est... elle est à l'hôpital.

— Il s'agit du premier délit de Hoyt, répéta Riley en serrant les poings au souvenir de Jessica Wright. Le juge en tiendra compte. Oh, excusez-moi un instant...

Deux agents venaient de sortir de la maison avec Hoffman et Bear. Elle s'avança à leur rencontre.

— Vous avez trouvé quelque chose ?

— Rien de rien, sergente, répondit Hoffman.

— Très bien. Je vous laisse avec Kruse. Essayez de tranquilliser Mme Garrett.

En montant dans sa Dodge, elle jeta un coup d'œil dans le rétroviseur et observa les policiers aider Mme Garrett à rentrer chez elle. Hoyt ne lui avait-il pas dit que sa sœur n'était pas en ville en ce moment ?

Tandis que des feux d'artifice crépitaient dans le ciel, elle fonça le long de petites routes en réfléchissant à toute vitesse. Elle aurait dû se montrer intraitable et mettre Ethan à la porte après l'avoir surpris en train de fumer des joints. Elle aurait dû arrêter Mason Lee et Sadie et les envoyer en cure de désintoxication ou en taule. Et elle aurait dû demander la garde de Maddie. Elle avait eu conscience de la menace qu'Ethan faisait peser sur elle et sur son poste, mais elle avait toujours redouté ce qui se passerait si elle sautait le pas. Comment Maddie réagirait-elle si ses parents étaient emprisonnés pour détention et consommation de stupéfiants ?

Et quelles seraient les conséquences sur les liens qui subsistaient entre les derniers membres de sa famille ? Ils s'effilochaient déjà beaucoup, à l'image du bracelet que sa nièce lui avait fait. Au fond, sur quoi reposaient-ils, sinon sur la culpabilité et les reproches, la peur et le besoin ? Il suffisait d'une simple tension exercée sur eux pour qu'ils se rompent.

Qu'allait devenir Ethan ? Avant toute chose, il lui fallait un avocat. Elle avait appelé un vieil ami de leur père en se rendant chez les Garrett et lui avait laissé un message. En tant que primo-délinquant, et parce que la quantité de drogue saisie était modeste, son frère s'en tirerait très probablement avec un sursis et une mise à l'épreuve. Seulement, il risquait fort de perdre son emploi. Certes, ce qu'il gagnait ne faisait pas une grande différence dans leurs vies, mais elle serait une fois de plus obligée de l'entretenir.

Elle sentait la rage brûler en elle – une rage dont Ethan n'était toutefois pas l'unique responsable. Elle imagina la joie de Jackson Cole au moment d'arrêter son frère. Il ne s'était pas du tout soucié de leur enquête. Il se moquait bien de Hoyt Garrett, des femmes assassinées, d'Ethan et de la drogue. Non, il n'avait pensé qu'à se venger de la promotion qu'elle avait obtenue à sa place et de cette nuit d'ébriété qu'elle aurait tant voulu pouvoir effacer.

Elle demeurait gravée en elle sous la forme de flashs dans lesquels l'alcool le disputait aux pulsations d'un air de musique. À l'époque simple agent, comme Cole – elle n'était entrée dans la police que deux ans plus tôt –, elle était allée boire un verre un soir avec leurs collègues. Un homme qu'ils avaient arrêté pour l'agression brutale d'une écolière venait d'être reconnu coupable et incarcéré. Tous s'en étaient félicités et avaient savouré leur victoire, mais elle était restée obnubilée par la peine ridicule prononcée par le juge. Dix ans de prison, avec la possibilité de sortir au bout de cinq. Celle endurée par la fille durerait bien plus longtemps, elle. À quoi pensait la justice en accordant une liberté conditionnelle à des criminels alors que leurs victimes étaient condamnées à vivre à perpétuité avec leur traumatisme ? Pendant que les autres faisaient la fête, elle n'avait eu envie que de tout faire sauter autour d'elle. Tous les shots de Fireball et tous les hourras enchaînés ce soir-là n'avaient pu apaiser sa colère.

Elle avait quitté le bar en titubant à l'heure de la fermeture. Au bord de la route, la neige s'amoncelait tel un drap sale sur lequel se reflétait la lumière orange et rouge des feux clignotants de signalisation. L'air glacial lui avait donné le tournis, au point que Cole avait enroulé un bras autour de ses épaules pour la soutenir, et elle se rappelait vaguement qu'ils avaient marché jusqu'à son appartement, une garçonnière dépouillée près de la rivière. Elle se rappelait aussi la cuisine dans laquelle elle s'était assise. La fureur qui brûlait sa gorge comme de l'acide. Ses mots, ses larmes et la fumée de ses cigarettes, et les bières avalées, que Cole lui avait servies pendant ce temps.

Et puis elle avait commencé à évoquer son passé et à s'ouvrir à lui. Elle avait désespérément besoin de se rapprocher de quelqu'un qui puisse l'aider à donner un sens à tout ça. D'un vrai contact humain à même d'effacer tous ces types sans visage dans des bars sans nom qu'elle avait baisés pour oublier. Un ami. À l'époque, Cole était probablement la personne de son entourage qui répondait le mieux à cette définition. Elle ne se souvenait pas bien de ce qu'elle avait dit. Lui avait-elle parlé de cette soirée à la grande foire de l'État ? De cette déchirure dans sa vie ? De cette fracture au sein de sa famille ? Lui avait-elle parlé de sa fuite en Californie ? De la fille désaxée qu'elle était devenue ? Des drogues qu'elle avait prises et des choses qu'elle avait faites pour survivre ? Malgré les années écoulées, tout cela aurait pu lui coûter son poste.

Ce dont elle se souvenait en revanche, c'était de s'être réveillée nue dans son lit le lendemain matin, une barre derrière les yeux, et d'avoir éprouvé une honte cuisante lorsque, en se retournant, elle l'avait découvert là, tout content de sa conquête. Elle s'était habillée en silence, refusant d'un signe de tête le café et le petit déjeuner qu'il lui proposait, refusant même qu'il l'emmène au travail.

Sur le point de partir, elle avait cherché ses mots pour lui demander de ne rien dire à personne, mais il avait dû confondre son hésitation avec autre chose parce qu'il s'était penché pour l'embrasser. D'instinct, elle s'était écartée, révulsée, et elle avait vu sa fierté se dégonfler comme un pneu crevé. Cet instant sur le pas de sa porte avait creusé un gouffre entre eux, isolant d'un côté son ego blessé à lui, et de l'autre sa mortification muette à elle. Ce gouffre n'avait jamais été comblé depuis, et sa promotion n'avait fait que le creuser davantage.

La ville semblait vibrer sous l'effet de la chaleur, et la fumée des feux de joie embrumait l'air quand elle se gara sur le parking du BHCSO. Afin d'échapper aux journalistes, elle entra par l'arrière. L'endroit était calme – la plupart des agents étaient partis sur le terrain traquer les automobilistes en état d'ivresse et les gamins qui lançaient des pétards. Par la vitre de la porte menant à l'accueil, elle vit que le préposé à la réception était à son poste avec, juste devant lui, une part de gâteau sur une assiette. Un peu plus loin, Frank Garrett faisait les cent pas, les traits fermés et le teint pâle. Elle tapota à la vitre pour attirer l'attention du policier.

Il se leva et vint vers elle en faisant tomber les miettes de son uniforme.

— Oui, sergente ?

L'air gêné, il évita de croiser son regard. Elle supposa que la plupart de ses collègues présents sur place avaient eu vent de l'arrestation d'Ethan. D'ici le lendemain matin, tous les autres seraient au courant, y compris le shérif.

— Est-ce que mon frère a été incarcéré ?

— Cole vient juste d'en finir avec lui. Il sera libéré dès qu'on lui aura notifié sa mise en accusation, à la condition qu'il s'engage à comparaître au tribunal. Il ne devrait pas tarder à descendre.

— Des fouilles ont été menées ?

— Seulement sur lui.

Riley masqua son soulagement et se tourna vers l'accueil. Les coudes en appui sur ses genoux, Frank Garrett s'était assis sur l'une des chaises en plastique adossées au mur.

— M. Garrett a-t-il dit quelque chose ?

— Non, mais il a trouvé un excellent avocat à son fils. Max Olson. Il est arrivé il y a une heure.

— Olson ? Il a fait appel à lui juste pour quelques plants de cannabis ?

Cela étonna Riley. L'homme comptait parmi les associés de l'un des plus grands cabinets d'avocats de la ville.

— Cole faisait moins le malin après ça, je peux vous le dire.

Riley surprit le sourire de l'agent et éprouva une petite bouffée de gratitude à son égard.

Il y avait deux officiers de police dans l'open space du BHCSO, dont Chad Becker, les pieds posés sur son bureau à côté d'un gâteau entamé dégoulinant de confiture et recouvert d'un glaçage aux couleurs du drapeau américain. Il se retourna à son arrivée et ramena ses pieds par terre.

— Où est Cole ?

— Dans la salle d'interrogatoire numéro cinq.

Riley soutint son regard jusqu'à ce qu'il se redresse sur sa chaise et se racle la gorge.

— Sergente.

Juste quand elle atteignait la salle en question, la porte s'ouvrit sur un homme mince en costume à rayures. Elle ne l'avait jamais rencontré personnellement, mais elle le reconnut tout de suite. Son portrait figurait sur un panneau publicitaire à l'extérieur de son cabinet. Max Olson. Il ne lui accorda qu'un simple coup d'œil avant de s'éloigner dans le couloir, les lèvres pincées. Hoyt Garrett sortit derrière lui. Il la fixa nerveusement, puis baissa la tête et pressa le pas pour rattraper son avocat.

Resté seul dans la pièce, Jackson Cole marmonnait dans sa barbe en ramassant des papiers sur une table. Il ne remarqua pas Riley et sursauta lorsqu'elle claqua la porte. Il referma le dossier qu'il était en train de ranger. Malgré la méfiance qui se lisait dans ses yeux bleus, il lui décocha son petit sourire en coin.

— Salut, sergente.

— Qu'est-ce que tu fous ?

Elle avait posé cette question à voix basse, mais en voyant son sourire vaciller, elle comprit qu'il avait perçu sa fureur.

— Mon boulot.

— Ton boulot était de suivre Hoyt Garrett. Un point c'est tout.

— Il a enfreint la loi. Que voulais-tu que je fasse ?

— C'est des conneries et tu le sais très bien. Garrett est un suspect potentiel dans le cadre d'une enquête sur un meurtre. Quelle raison valable avais-tu de faire des fouilles chez lui ?

— Je l'ai surpris en train de vendre de la drogue.

— Olson ne fera qu'une bouchée de ton accusation. Tu nous as compromis. Hoyt Garrett sait qu'on le surveille, maintenant.

— Tu veux qu'on parle de conneries ? C'est ce clochard, George Anderson, qui a tué ces femmes. Tout le monde en est persuadé. Tu cherchais à m'écarter et Garrett t'a fourni un prétexte. Cette filature était une perte de temps.

— En l'absence d'Anderson et de traces d'ADN, on n'a aucune certitude, répliqua-t-elle en s'efforçant de rester calme. Garrett m'a donné des raisons de croire qu'il cachait quelque chose.

— Ouais. Une drogue considérée comme un produit stupéfiant de classe 1. Et qui sait ce qu'il peut bien revendre encore. De la coke ? De la meth ?

— Il n'y avait rien à part cinq malheureux plants de cannabis. Ce n'est pas un jeu, Cole. On n'est pas là pour glisser des langues de porc dans le déjeuner des autres. Deux femmes sont mortes. Je ne te laisserai pas saboter cette enquête juste pour tenter de ruiner ma réputation.

— Ruiner ta réputation ? Je n'oserais même pas y penser, *sergente*. Tu y arrives très bien sans moi.

Elle se redressa en riant avec amertume.

— Bon Dieu, on en revient donc à ça ? À ton petit ego fragile ? Je parie que tu t'es pissé dessus quand tu as vu mon frère avec Garrett.

Cole contourna la table en ramassant son dossier.

— Je te l'ai dit, je n'ai fait que mon travail. Et il serait peut-être temps que tu commences à faire le tien. Montre-nous que tu n'es pas juste là pour permettre au shérif de cocher une case dans ses effectifs. Montre-nous que tu es plus que l'ombre de ton papy.

Elle eut envie de le frapper. De lui faire sauter sa dent tordue et qu'il la recrache.

— Connard, je devrais te sanctionner.

— Mais tu n'en feras rien, hein ?

Il s'approcha tout près d'elle et se pencha en avant. L'espace d'un instant, horrifiée, elle crut qu'il allait l'embrasser.

— Je te connais, Fisher, murmura-t-il. Ne l'oublie pas.

Quelqu'un toqua à la porte et l'ouvrit dans la foulée. C'était l'agent de l'accueil. Cole recula d'un pas.

— Votre frère vous attend, sergente Fisher, dit l'homme en les dévisageant tour à tour. Il vient d'être libéré.

Dix minutes plus tard, Riley traversa le parking à grands pas avec Ethan. Son frère prit place sur le siège passager et posa sur ses genoux le sac en plastique contenant ses affaires – quelques billets froissés, ses clés et un briquet. Il voulut parler au moment où elle démarrait, mais elle lui coupa la parole.

— Tais-toi.

En se dirigeant vers la sortie, elle vit Frank Garrett s'installer au volant d'un pick-up. Son fils était déjà assis à côté de lui, tête baissée. Il tourna les yeux vers elle à son passage. Il avait l'air terrifié.

32

Ils émergèrent de l'ascenseur au deuxième étage du manoir, le visage dissimulé par des bandanas qui ne laissaient voir que leurs yeux brillants dans la pénombre.

— À partir de là, vous êtes seuls, dit le jeune homme en veste de cuisine blanche qui les avait fait entrer. Vous avez une heure. Son bureau est au fond du couloir.

— Et par où sortira-t-on ? demanda Thorne à voix basse en ramenant une mèche de ses cheveux roses sous son bonnet noir.

— Par cette chambre, répondit-il en lui montrant un point dans la direction opposée. Quatrième porte à droite. La fenêtre est ouverte. Dites à Alex qu'on est quittes maintenant. D'accord ?

Thorne hocha la tête. Il pressa le bouton de l'ascenseur et la cabine se referma, plongeant le couloir dans une obscurité plus profonde encore.

Elle s'avança avec Leo et Dex le long d'une série de tableaux et de portraits. Ses baskets ne faisaient aucun bruit sur la moquette. Ayant aperçu des caméras durant sa visite, elle s'attendait à ce qu'il y en ait d'autres ici, mais elle n'en repéra aucune. La première famille de l'État devait préférer l'intimité à la sécurité dans ses quartiers privés. Parvenue au bout du couloir, elle poussa la porte du bureau avec précaution. Une lampe de faible intensité jetait une lumière jaune crépusculaire sur les murs lambrissés et bordés d'étagères, le lustre suspendu au plafond et les tentures en velours qui occultaient les hautes fenêtres.

Leo s'approcha de l'une d'elles pour surveiller l'allée devant le manoir. Cela faisait plusieurs jours qu'il tentait de persuader Thorne de renoncer à son projet et il s'était montré nerveux durant tout le trajet jusqu'à la maison du gouverneur, mais elle n'osait imaginer quels dégâts Hamilton pourrait encore provoquer s'il était réélu.

Elle se dirigea tout droit vers le bureau recouvert d'un grand sous-main en cuir. Des photos, une balle de baseball dédicacée et un exemplaire manifestement maintes fois consulté du *Des Moines Register* y entouraient un écran d'ordinateur et un clavier. « Double meurtre à Cedar Falls : le tueur cannibale est-il un vétéran de l'armée américaine ? » clamait la une du journal.

Elle sortit de son sac à dos un boîtier dont elle relia une extrémité à un petit disque dur externe et l'autre au terminal. Puis ses doigts gantés pianotèrent sur les touches pendant que Dex allait ouvrir un meuble de rangement.

— Ça va ? demanda Leo d'une voix anxieuse.

— Yep, murmura-t-elle en attendant que l'ordinateur s'allume et se connecte au boîtier.

Pour aller plus vite, elle avait programmé son logiciel espion de façon qu'il cherche en priorité des fichiers texte – mails, documents, agendas. Elle regarda ces derniers s'afficher successivement à l'écran à mesure qu'ils étaient copiés sur le disque dur. Pendant ce temps, Dex fourrageait dans les tiroirs en photographiant des papiers avec son téléphone, dont le flash crépitait dans l'obscurité.

— Merde ! cracha Leo.

Le bruit d'un moteur troubla le silence à l'extérieur.

— Il rentre trop tôt ! s'exclama Dex en le rejoignant près de la fenêtre. Putain, oui, c'est bien lui !

Thorne, elle, continuait à surveiller le transfert des fichiers.

Leo l'attrapa par le bras.

— On n'a plus le temps !

— Je ne partirai pas sans rien, répliqua-t-elle en le repoussant.

Au-dehors, des portières claquèrent. Elle distingua un rire d'adolescente mais décida de l'ignorer, les yeux toujours rivés sur l'écran.

Ses compagnons s'étaient déjà enfuis. Un vrombissement assourdi lui parvint - l'ascenseur montait.

— Merde !

Elle arracha le boîtier sans attendre la fin du chargement, éteignit le terminal et fonça dans le couloir tout en fourrant son matériel dans son sac. Leo et Dex avaient atteint la chambre pointée par leur complice. Un tintement retentit. Elle n'allait pas y arriver. Paniquée, elle s'engouffra dans la pièce la plus proche juste au moment où s'ouvrait la cabine de l'ascenseur.

Elle distingua brièvement des robinets dorés et le lavabo en marbre rose d'une salle de bains avant de se retrouver dans le noir, le cœur battant. Il y avait des années qu'elle n'avait pas prié, mais elle le fit à cet instant.

Une voix féminine s'éleva :

— Je file me coucher, mon chéri. Je ne me sens vraiment pas bien.

— Je vais demander à Charles de te préparer une camomille, répondit un homme. Les filles, vous voulez un chocolat ?

— Oui, papa !

Elle entendit des bruits de portes et, peu après, les notes assourdies d'une chanson à la mode. Au bout de quelques minutes, elle se risqua à jeter un coup d'œil dans le couloir, à présent inondé de lumière comme en plein jour. La musique émanait de quelque part en face. Plus loin, dans le bureau entrouvert, quelqu'un parlait. Elle sortit de la salle de bains, mais à peine eut-elle fait quelques pas qu'une fillette toute souriante jaillit hors de sa chambre. La petite se figea brusquement, l'air stupéfaite, puis se mit à crier. Des éclats de voix affolés résonnèrent dans le bureau, poussant Thorne à courir aussi vite qu'elle pouvait cette fois.

Elle s'engouffra dans une pièce dont les rideaux flottaient au vent dans la pénombre. Leo et Dex avaient déguerpi depuis longtemps. Derrière la fenêtre se dressait un gros arbre éclairé deux étages plus bas par les lumières de l'allée menant au manoir. Elle grimpa sur le rebord et, prise de vertige, marqua une pause avant de se pencher vers la branche la plus proche. Mais sa main moite de transpiration glissa dessus. Elle bascula dans le vide, s'écrasa sur une autre branche en arrachant des feuilles au passage, en heurta de la tête une troisième dont l'écorce lui érafla la joue, et deux de plus qui ralentirent sa chute jusqu'à ce qu'elle atterrisse par terre sur le dos, le souffle coupé. Étendue dans l'herbe, elle perçut un cri au-dessus d'elle. Son bandana était retombé autour de son cou, si bien que, penché par la fenêtre, le gouverneur Bill Hamilton la voyait parfaitement.

Elle se releva en prenant appui sur ses mains et ses genoux. L'instant d'après, elle traversait la pelouse au pas de course en direction des arbres qui bordaient le jardin, poursuivie par des clameurs et le faisceau lumineux d'une lampe torche braquée sur elle.

33

L'odeur de soufre des feux d'artifice flotta sur la ville durant deux jours. Le ciel devint nuageux, la température monta. Dès qu'ils sortaient de leurs maisons, de leurs bureaux et de leurs voitures climatisés, les habitants étaient assommés par la chaleur étouffante. Les insectes pullulaient, obligeant les fermiers à traiter leurs champs, et les produits chimiques rendaient l'air encore plus difficilement respirable.

Les chaînes d'information locales et la presse ne parlaient que des femmes assassinées, en soulignant que le shérif n'avait encore arrêté personne. À chaque nouvel article, à chaque nouveau reportage, la peur grandissait. Les gens en discutaient dans les bars et chez le coiffeur en se demandant si leur ville était sûre. Les ventes d'armes augmentèrent. La photo de George Anderson figurait toujours à la une des journaux, mais celles de Chloé et Nicole furent vite reléguées au second plan, comme si les deux femmes avaient fini de jouer leur rôle dans l'histoire et n'avaient plus rien à apporter. Bientôt, rumina Riley, on ne les appellerait plus que « les victimes ».

À son bureau, l'interpellation de son frère faisait d'elle un sujet de ragots. On lui jetait des regards en coin et les conversations s'interrompaient quand elle arrivait. Elle se garda d'aller encore à l'affrontement avec Cole et veilla à s'adresser à lui d'un ton neutre, en ravalant sa colère.

Exaspéré par les arrestations de Hoyt Garrett et d'Ethan, Reed lui avait fait passer un sale quart d'heure. Elle savait qu'il avait besoin d'elle – il aurait nui à l'enquête en la lui retirant à ce stade –, mais il pourrait toujours se rattraper lors de son prochain entretien d'évaluation. Seule petite satisfaction au milieu de tout ça : il n'avait pas du tout été impressionné par le travail de Cole, qui lui valait d'avoir désormais Max Olson sur le dos.

En attendant, il avait suspendu la surveillance de Hoyt Garrett.

— Oh, ça suffit, Fisher, avait-il dit lorsqu'elle avait tenté de défendre sa décision de le prendre en filature. Les garçons se comportent parfois comme des abrutis. À mon avis, la moitié de mes agents ont fait des conneries avant qu'il y ait tout ce bazar autour de Me Too.

Bon sang, s'il avait fallu qu'elle donne un dollar pour chaque homme qui considérait que ce mouvement mettait en cause son droit d'être un gros blaireau...

— Garrett ne s'est pas simplement comporté comme un abruti, monsieur. Il a étranglé une fille. Et il s'en est tiré.

— Je ne vous laisserai pas gaspiller le peu de ressources dont on dispose pour traquer des petits délinquants et des voyeurs. Pas alors qu'on a un double meurtre sur les bras.

Riley avait accepté sa décision, mais elle avait tout de même demandé à Amy Fox de se renseigner sur Lizbeth Garrett. Cela la chiffonnait que Hoyt ait prétendu que sa sœur était absente alors qu'elle se trouvait en réalité à l'hôpital.

La hotline mise en service pour recueillir des informations sur George Anderson continuait à sonner, mais moins souvent, et les quelques informations sérieuses récoltées par ce biais n'avaient mené à rien. Anderson semblait s'être volatilisé, et seules ses maigres affaires placées sous scellés prouvaient qu'il avait bien existé.

Sarah Foster aussi demeurait introuvable. Schmidt avait appelé tous ses contacts et laissé des messages à la plupart d'entre eux, beaucoup de gens étant partis en ce week-end de fête nationale. De son côté, Riley avait lancé une alerte à toutes les patrouilles, sans résultat pour le moment. Elle pensait de plus en plus à Gracie, dont le sourire triste l'attendait tous les jours sur l'affiche accrochée au mur de son bureau, à proximité des rapports d'autopsie et des photos de Chloé Miller et Nicole King. Elle ne cessait d'entrevoir les liens possibles entre ces deux affaires – le vol des médicaments à la pharmacie où travaillait Sarah, la disparition de sa fille, la découverte près du corps de Nicole de cachets provenant de la même officine –, mais en l'absence d'autres éléments, ces faits restaient désespérément isolés. Ses propres recherches sur le Fenozen ne l'avaient pas fait avancer, et le pharmacien de Waterloo n'avait signalé aucun incident. Sur Internet, un article récent évoquait une série de suicides parmi des adolescents ayant suivi un certain traitement médical contre l'acné, un deuxième les raisons pour lesquelles une molécule utilisée contre la maladie de Parkinson pouvait entraîner une addiction aux jeux d'argent, et d'autres encore le rôle de certains antidépresseurs dans des meurtres violents, mais elle n'avait rien trouvé sur le Fenozen en dehors des effets secondaires listés par le fabricant. Même si elle attendait toujours le résultat des analyses toxicologiques concernant Dennis Packer, le sans-abri mort d'une carence rare en vitamines B3, ce médicament s'avérait pour l'heure une piste décevante. Une fois le week-end terminé et l'attention générale désormais tournée vers la grande foire de l'Iowa, elle décida donc qu'il était temps de retourner voir James Miller.

Onze jours s'étaient écoulés depuis que Logan et elle s'étaient présentés chez lui. Il n'y avait pas un brin d'air et la sonnerie de la porte d'entrée résonna jusqu'à la maison voisine. Un homme chauve à lunettes en sortit alors et alla relever son courrier en les saluant d'un signe de la main.

— Comment ça se passe, avec ton frère ? demanda Logan pendant qu'ils patientaient. J'ai entendu dire que son audience préliminaire était prévue demain.

— En effet.

— Tu lui as pris un bon avocat ?

Elle acquiesça. Celui qu'elle avait contacté sur les conseils du vieil ami de son père se disait confiant en sa capacité d'aider Ethan à n'écoper que d'une peine avec sursis et d'une amende. Son frère devrait toutefois se soumettre à des tests antidrogue aléatoires, sachant que le moindre résultat positif le renverrait derrière les barreaux. Pour ne rien arranger, son patron l'avait licencié, de peur que les hommes du shérif lui tombent trop souvent dessus à l'avenir. Lorsque Riley avait interrogé Ethan sur ses liens avec Hoyt Garrett - non sans ravaler un commentaire sur sa tendance à fréquenter des délinquants sexuels -, il s'était défendu en affirmant que Garrett n'était pour lui qu'une vague connaissance, un type qu'il avait rencontré au bar, où il venait parfois avec ses frères aînés, Ryan et Jacob. Cette conversation avait eu lieu deux jours plus tôt. Depuis, ils gardaient le silence et s'évitaient à la maison, mais la tension était insupportable. Comme la montée lente des températures avant un orage.

Elle sonna encore.

— Miller est peut-être au travail, dit Logan.

Au bout d'un moment, la porte s'ouvrit enfin.

James Miller sembla mettre quelques secondes à se rappeler qui ils étaient. Il avait maigri, et son air hébété, ajouté à ses cheveux emmêlés et sa barbe naissante, donnait l'impression qu'il n'avait pas dormi depuis leur dernière visite.

— Sergente, soupira-t-il.

— Pouvons-nous entrer, monsieur Miller ?

Il plissa les yeux.

— Il y a du nouveau ?

— Nous avons juste quelques questions supplémentaires à vous poser, si cela ne vous ennuie pas.

Il hésita un instant, fixa un point derrière eux, puis rentra chez lui en laissant la porte ouverte. Riley se retourna. Le voisin remontait lentement son allée privative en les observant.

À l'intérieur, James les entraîna vers le salon, où il prit place sur le canapé pendant que Logan et Riley s'asseyaient sur des fauteuils. Les coussins étaient fripés et il y avait une bouteille de vodka vide sur la table basse en verre.

— Mes voisins ne s'intéressent à moi que lorsque les flics débarquent, déclara-t-il avec un rire amer. Aucun d'eux n'est venu me voir.

Puis il baissa la voix en s'adressant à Riley.

— Quand pourrai-je récupérer ma femme, sergente ? C'est pour l'enterrement. Je voudrais en finir.

— Nous faisons le maximum, monsieur Miller. Je comprends combien la situation est difficile…

— Épargnez-moi vos platitudes, la coupa-t-il. Comment pourriez-vous comprendre ? J'ai répondu à toutes vos questions. Je vous ai donné toutes les informations possibles. Ma famille et mes amis ont été interrogés. Mes collègues aussi. Qu'est-ce que vous voulez de plus ?

Riley sortit la photo de George Anderson du dossier qu'elle avait apporté.

— Avez-vous déjà vu cet individu ?

Miller ne lui accorda qu'un bref regard.

— Oui. Dans les journaux.

— Il s'appelle George Anderson. Nous souhaitons lui parler dans le cadre d'une enquête sur le meurtre d'une certaine Nicole King.

— Je sais tout ça, répliqua-t-il en croisant les bras. L'un de vos inspecteurs, Schmidt, m'a téléphoné pour m'expliquer que les deux affaires étaient peut-être liées. Il m'a interrogé sur ce type et je lui ai dit que je ne le connaissais pas.

— Tant que nous n'aurons pas les résultats des tests complémentaires, nous ne pourrons pas affirmer qu'Anderson est mêlé au meurtre de votre femme. Mais nous tenons vraiment à l'interroger. Pourriez-vous examiner cette photo de plus près ?

James Miller prit le cliché à contrecœur.

— Peut-être l'avez-vous croisé à la soupe populaire de West Fourth Street ?

Il se raidit, comme s'il était surpris qu'elle soit au courant de son activité de bénévole.

— Ma foi, dit-il au bout d'un moment, si c'est le cas je ne m'en souviens pas.

Et il jeta la photo sur la table basse en se renfonçant dans son canapé.

— Quand nous nous sommes parlé la première fois, je vous ai demandé si vous saviez ce que faisait Chloé dans les champs des fermes Zephyr et si vous connaissiez quelqu'un là-bas...

— La réponse est non.

— La coopérative donne de la farine de maïs à plusieurs associations caritatives, dont la vôtre. Étiez-vous au courant ?

— Eh bien... Je ne crois pas. Non.

Devant le silence de Riley, il se pencha en avant.

— J'ai donné un coup de main à divers endroits, OK ? J'ignore complètement quelles sont leurs sources d'approvisionnement. Et je n'ai aucun souvenir de cet homme.

— Chloé pourrait-elle avoir rencontré Anderson quelque part ?

— Je ne vois pas comment. Votre collègue m'a dit que c'était un sans-abri.

— A-t-elle déjà travaillé comme bénévole avec vous ?

— Non.

— Elle s'est engagée auprès d'une boutique solidaire qui a des liens avec plusieurs organismes locaux d'aide aux sans-abri. Serait-il possible qu'elle l'ait croisé là-bas ?

— Cela fait une éternité qu'elle n'y est pas allée. Et comment voulez-vous que je sache qui elle côtoyait ? Pourquoi n'avez-vous pas interrogé les responsables de la boutique ? À vous entendre, on dirait que le bénévolat est un crime ! Merde, on se casse le cul à essayer de faire le bien et...

Sa phrase resta en suspens, et il secoua la tête.

Riley avait conscience que son hypothèse était tirée par les cheveux. Si James avait soupçonné un lien entre Anderson et sa femme, il en aurait sûrement parlé à Schmidt. Faire un rapprochement entre la découverte de Chloé dans les champs de Zephyr et l'activité de bénévole de son mari auprès d'une association qui utilisait la farine de maïs de la coopérative s'avérait pour le moins hasardeux. Mais tout de même, elle était déçue. Encore une piste qui n'aboutissait à rien. Elle opta pour une autre tactique en repensant à la question que Schmidt avait posée lors de leur briefing.

— Qu'en est-il de votre employeur, Green Fields Technology ? C'est une filiale d'Agri-Co, n'est-ce pas ?

— Oui, et ?

— L'entreprise a été très critiquée ces dernières années. On lui reproche notamment d'avoir acculé des petits fermiers à la faillite.

James haussa les épaules, mais sans la quitter des yeux.

— C'est l'histoire de l'Amérique, non ?

— Certains membres de Zephyr affirment avoir eu des problèmes avec elle et l'accusent d'avoir saboté leurs récoltes. Quelqu'un pourrait-il en vouloir à Agri-Co ou à...

— J'en ai assez !

La violence de sa réaction prit Riley au dépourvu.

— Je suis désolée, monsieur Miller, je mesure combien cela doit être difficile, seulement je préfère ne négliger aucune piste.

— Mais toutes ces questions ? Toutes ces insinuations ?

— Monsieur Miller...

— Vous me traitez comme un suspect alors que vous devriez être en train de chercher le salopard qui a tué ma femme !

— Nous le cherchons, je vous assure. Qu'en est-il de la liaison qu'elle entretenait peut-être selon vous ? Avez-vous réfléchi à la personne avec qui elle pouvait avoir rendez-vous ce soir-là ?

— Non !

Quelque part dans la maison, un téléphone sonna. James tressaillit.

— Excusez-moi.

Après qu'il eut quitté la pièce, Logan haussa un sourcil.

— Tu ferais bien de le ménager un peu, non ? Il est à deux doigts de craquer nerveusement.

Riley ne répondit pas. Elle avait déjà vu la douleur plonger les gens dans la tristesse et la dépression, parfois aussi dans la culpabilité et la colère. James Miller, lui, manifestait toutes ces émotions à la fois, si bien qu'il était difficile de cerner le personnage. Elle avait envie de le pousser plus loin encore dans ses retranchements, mais elle se rappela l'avertissement du shérif. Un nouveau coup de fil de la maire risquait de mettre sa carrière en danger, et la perspective de finir enfermée chez elle avec Ethan, sans aucun travail pour les occuper l'un et l'autre, ne l'emballait pas du tout.

Elle se leva et déambula dans le salon. James s'entretenait avec quelqu'un au téléphone dans le vestibule, mais il parlait trop bas pour qu'elle distingue ses paroles. Elle posa les yeux sur la commode. Le portrait de Chloé et lui le jour de leur mariage, celui des parents de la jeune femme et le cliché de James et de sa famille devant une vieille ferme avaient tous disparu. Elle se dirigea vers le meuble et ouvrit le tiroir supérieur. Les photos étaient là, rangées à côté d'un album en cuir. Parce que leur vue était trop douloureuse ?

— Sergente ? dit Logan d'un ton lourd de mise en garde.

Elle se retourna vers lui.

— Essaie de retenir Miller un instant.

Il se figea, parut sur le point de dire quelque chose, puis quitta la pièce.

À en juger par les premières photos, sur lesquelles Chloé apparaissait en couche-culotte dans les bras de ses parents, l'album appartenait à son amie. James avait entre-temps raccroché, et Riley l'entendit parler à Logan et ouvrir des placards dans la cuisine. Elle continua à tourner les pages.

Les images se succédaient. Chloé toute petite, une fleur à la main à côté de sa mère agenouillée. Sa première balade dans une charrette à foin. Son premier bain dans une pataugeoire. Riley se surprit à sourire, mais une vague de tristesse balaya vite sa nostalgie. Chloé et elle avaient partagé une grande partie de leurs jeunes années. Tant de moments importants. Si le mauvais sort ne s'en était pas mêlé, elles seraient sans doute encore amies et iraient tous les mois au Soprano's avec Mia boire des martinis, se plaindre de leurs maris et se confier leurs espoirs pour leurs enfants. Était-il normal à trente-cinq ans de vivre dans une maison-musée avec son frère toxicomane et un chien arraché au couloir de la mort pour toute compagnie ? Son travail comptait beaucoup, mais il n'aurait pas dû être tout pour elle. La disparition de Chloé avait mis au jour le vide de sa propre existence.

Elle retint son souffle en se découvrant ensuite sur des photos de classe. Sur l'une d'elles, elle posait avec Mia dans une pièce de théâtre, *Le Petit Chaperon rouge*, toutes deux déguisées en arbres, tandis qu'avec ses cheveux blonds et frisottés, Chloé tenait bien sûr le premier rôle, les épaules recouvertes d'une cape écarlate. Riley se remémora les traces de morsure sur son corps et celui de Nicole.

C'est pour mieux te manger, mon enfant.

Plus loin, on les voyait pêcher avec le père de Chloé. Mia brandissait un poisson-chat dont Chloé et elle s'écartaient en riant. Puis venaient Halloween et leurs tenues de sorcières. James avait-il jamais regardé ces photos ? Ne l'avait-il pas reconnue ? Elle avait changé, certes, mais tout de même...

Les années défilaient. Une période pom-pom girl et patins à glace. Un anniversaire immortalisé par un gâteau autour duquel elles s'étaient serrées toutes les trois, éclairées par la lueur des bougies. Un spectacle de danse au lycée, version jupes courtes et gloss à lèvres. Le cœur de Riley se mit à cogner. Elle savait ce qui allait suivre, mais ne pouvait s'empêcher de continuer. Chloé, Mia et elle à douze ans. Treize. Quatorze.

Et la voilà. Elle était bien là.

Sa respiration se bloqua. Elle venait de tomber sur un double de la photo qu'elle avait retrouvée entre les pages de son vieil album scolaire. Sauf que celle-ci était entière. Les lumières de la foire brillaient dans le ciel derrière Mia, Chloé et elle, et deux jeunes gens occupaient l'espace sur la partie qu'elle avait déchirée. L'un était Ethan, dégingandé et souriant, les cheveux dans les yeux. L'autre, qui avait passé un bras autour des épaules de son frère, était Hunter. Son regard n'était pas tourné vers l'objectif mais vers elle, qui riait sans se douter de rien au premier plan.

Riley approcha un ongle de son visage.

Dans la cuisine, le téléphone de Logan sonna et la ramena à l'instant présent. Sans réfléchir, elle tira sur le film transparent qui recouvrait la page et détacha vivement le cliché. Elle le glissait dans sa poche quand James entra dans le salon.

— Qu'est-ce que vous faites ? demanda-t-il à la vue du tiroir ouvert de la commode.

Tout en priant pour que sa main ne tremble pas, elle brandit le cadre qui le montrait avec sa famille.

— Vous l'avez rangé ? Et les autres aussi ?

Il s'avança vers elle à grands pas et le lui arracha avec une fureur telle qu'elle recula. Mais il cilla ensuite en découvrant celui qu'elle avait sorti.

— Trop de souvenirs y sont associés, murmura-t-il. Mon père s'est suicidé quelques mois après que cette photo a été prise.

— Je suis désolée.

— Il était fermier. Il élevait des porcs et cultivait du soja. Il s'est démené toute sa vie pour garder la tête hors de l'eau, mais au bout du compte, il a sombré.

Miller posa un doigt sur la grange rouge délabrée.

— Un soir, il est entré dans cette grange. Et il s'est enfoncé une arme dans la bouche.

Il remit la photo avec soin dans le tiroir, à côté de celle de Chloé et lui le jour de leur mariage.

— Bon Dieu, qu'est-ce qu'elle était belle, continua-t-il d'une voix brisée. Est-ce que je pourrais avoir...

— Oui ?

— Sergente ? les interrompit Logan en arrivant, son téléphone à la main.

Miller se ressaisit aussitôt.

— Vous avez fini ? dit-il sèchement. Parce que j'ai du travail.

Riley retint un juron.

— Bien sûr. Je vous contacterai si nous avons du nouveau. Je vous demande juste d'en faire autant de votre côté.

Une fois dehors, elle prit une profonde inspiration. Elle se sentait comme un fil trop tendu et près de craquer. La photo qu'elle avait volée la brûlait dans sa poche, et ce fut à peine si elle entendit Logan s'adresser à elle lorsqu'ils revinrent vers sa voiture.

— Hé, tu m'écoutes ?

— Pardon. Oui. Tu disais que c'était Schmidt qui t'avait appelé ?

— Il a reçu un coup de fil du shérif du comté de Mercer.

— Mercer ? Dans l'Illinois ?

— Oui. Ils ont repêché un corps dans le Mississippi il y a quatre jours. Une femme non identifiée. Apparemment, cela faisait un moment qu'elle était dans l'eau.

En ouvrant sa portière, Riley tourna les yeux vers la maison. Miller les regardait partir depuis sa fenêtre. Qu'avait-il été sur le point de dire ? S'il pouvait avoir... quoi ?

— Pourquoi le comté de Mercer nous contacte-t-il ? murmura-t-elle, distraite.

— Ils ont entendu parler de nos deux meurtres aux infos et ils pensent qu'il pourrait y avoir un lien avec le leur.

34

Ils traversèrent le Mississippi à Muscatine et regardèrent l'étendue gris revolver du fleuve se dévoiler par flash entre les piles du pont qui séparait l'Iowa et l'Illinois. Une fois de l'autre côté, ils contournèrent la réserve naturelle Mark Twain en direction du sud. Le soleil émergeait de derrière les nuages, jetant des éclats de lumière ambrée sur les cours d'eau et les zones humides, refuge des cerfs, des tortues, des castors et des serpents. C'était dans l'une de ces rivières que la fille avait été retrouvée morte, emmêlée dans des lignes de pêche cassées.

Riley longea les digues en bordure du fleuve et entra dans la ville où le shérif adjoint du comté de Mercer leur avait donné rendez-vous. À leur arrivée à l'institut médico-légal, ils découvrirent un petit homme rondouillard et moustachu, au double menton cisaillé par la lanière de son chapeau en feutre vert. Un badge doré brillait sur ce dernier, identique à celui accroché à sa chemise.

— Ron Saker, dit-il en tendant la main à Logan. Vous êtes la sergente... ?

— Sergente Fisher, lança Riley en refermant sa portière.

— Je suis l'agent Wood, dit Logan avec un petit sourire.

Saker rougit.

— Eh bien, euh... bienvenue, madame. M. Meyer nous attend.

Le médecin légiste les reçut dans son bureau. Maigre comme un clou et quasi septuagénaire, Jim Meyer portait un tablier en plastique bleu et des lunettes démodées perchées sur son long nez crochu. Il les entraîna sans tarder dans un couloir à peine assez large pour laisser passer un brancard. Au plafond, les néons diffusaient une lumière tremblotante et les grilles de la climatisation émettaient un petit bourdonnement.

— Vous avez pu identifier le corps ? demanda Riley à Saker.

— Non, madame. Nous avons fait analyser ses empreintes digitales, mais elles ne figurent dans aucune base.

— Parce que vous avez ses empreintes ? s'étonna Riley en se tournant vers Meyer.

— Un coup de chance. La peau de ses mains s'est détachée comme un gant quand on l'a sortie de l'eau.

— Depuis combien de temps était-elle là-dedans à votre avis ?

— Environ treize jours. Mais elle était morte avant d'être immergée. On le sait parce qu'il y avait des algues dans ses poumons et son estomac. Si elle avait été encore en vie, je les aurais retrouvées dans son foie ou ses reins. J'ai peur malheureusement de ne pas pouvoir être plus précis. Au mieux, je dirais qu'elle a été tuée il y a une petite vingtaine de jours, entre le 15 et le 17 juin.

Soit peu de temps avant Chloé, songea Riley.

— Le corps est très décomposé, mais on aurait pu s'attendre à ce qu'il le soit davantage, continua Meyer. J'en déduis qu'il a d'abord été conservé quelque part.

Quelques jours au moins. Et dans un endroit froid. Un congélateur peut-être.

— Quelle est la cause du décès ?

— Ses blessures ont toutes été infligées post mortem. Je n'en ai identifié aucune qui l'aurait été avant. Et il m'est impossible de dire si elle a été victime d'une agression sexuelle, même si elle était nue quand on l'a repêchée.

— A-t-elle été droguée ?

— J'ai fait envoyer des échantillons de bile et de corps vitré au laboratoire, mais je doute que cela nous apprenne grand-chose. Cela fait trop longtemps qu'elle est morte.

— Il y avait des morceaux de corde enroulés autour d'elle, intervint Saker, dont les chaussures couinèrent sur le sol tandis qu'il pressait le pas pour suivre le médecin légiste. Et des bouts de plastique aussi. On suppose qu'elle était attachée et lestée.

— Les eaux sont chaudes en ce moment, ajouta Meyer en poussant une double porte et en s'écartant pour laisser entrer Riley. Ça accélère le processus de décomposition. Avec l'accumulation des gaz dans son corps, la victime a probablement fini par casser ses liens et par remonter à la surface comme un bouchon.

— Qui l'a découverte ? demanda Logan. Le rapport ne le précisait pas.

— Deux gamins, répondit Saker. Ils se baignaient là et ils sont tombés sur elle. Leurs parents sont bons pour leur payer quelques séances chez le psy.

Ils étaient arrivés dans une salle d'autopsie au milieu de laquelle se trouvait une table de dissection en acier récemment nettoyée. Riley respira l'odeur familière des produits chimiques indissociables de la mort en un tel lieu. Puis Meyer ouvrit une porte sur le côté et les entraîna dans une chambre froide. Trois brancards s'alignaient à l'intérieur, chacun avec un cadavre allongé dessus.

Saker marqua une pause sur le seuil.

— Je vais vous attendre à côté. Je n'ai pas spécialement envie de la revoir.

Les trois autres durent se serrer pour tenir dans la petite pièce. Riley enfila le masque et les gants que lui donna Meyer.

— J'espère que vous avez le cœur bien accroché, dit le médecin légiste en tirant vers lui l'un des brancards.

Le corps était enfermé dans une housse blanche qu'il remplissait inégalement.

— Nous avons là un jeune individu de sexe féminin, commença Meyer en l'ouvrant. Soixante kilos environ. Un mètre soixante-huit.

Riley fut tout de suite assaillie par une odeur puissante semblable à celle d'un poisson putréfié. Le cadavre devant elle était à peine humain - et incomplet, du reste. Il lui manquait un pied, un bout d'une jambe, les lèvres, le nez, les oreilles, un œil et la majeure partie de sa peau et de ses cheveux. Il se réduisait en fait à une masse livide de tissus rouges et noircis, au milieu desquels pointaient des os. On aurait plutôt dit un corps calciné dans un incendie, songea-t-elle en inspirant par la bouche.

— Les dégâts que vous pouvez voir ont surtout été causés par l'eau et les bestioles qui se sont attaquées à elle, expliqua Meyer. Elle a servi de buffet aux vers, aux poissons et aux oiseaux.

Il attira leur attention sur la jambe à laquelle il manquait un pied et d'où la chair pendait mollement.

— C'est peut-être dû à l'hélice d'un bateau. Mais voici ce qui m'a surpris et ce qui a mis Saker et ses collègues dans tous leurs états...

Meyer leur montra le buste du cadavre, sur lequel une incision en forme de Y avait été pratiquée, puis recousue, lors de l'autopsie.

— On ne le distingue pas très bien, mais une partie des tissus mammaires ont été retirés.

— Retirés ?

Riley se pencha pour examiner de plus près les chairs boursouflées. Elle repensa à Ed Gein, qui s'était fait une ceinture avec des mamelons et un corset en peau humaine dans sa ferme du Wisconsin. Des accessoires entièrement réalisés avec le corps de femmes décédées.

— Oui, avec une lame tranchante. Du très beau boulot, net et sans bavure, commenta Meyer, l'air presque impressionné. Et regardez... là, sur le haut de ses bras, et ici, sur ses cuisses. La chair a été découpée. L'une des fesses présente des entailles similaires, mais elles sont plus difficiles à discerner en raison de la lividité cadavérique. Tout ça a été fait avec une précision remarquable. Cela me fait dire que l'auteur de ces actes a déjà travaillé avec des corps.

— Un médecin ou un chirurgien, par exemple ?

— Peut-être. Ou un employé d'une entreprise de pompes funèbres. Voire un vétérinaire.

— Et selon vous, il pourrait y avoir un lien avec nos enquêtes ? dit Logan.

— Ce n'est pas à moi de me prononcer. Mais je peux vous assurer que je n'ai jamais rien vu de tel de toute ma carrière. Quelqu'un a ôté des morceaux de chair à cette jeune fille après sa mort. Soigneusement. Délibérément.

— Avait-elle quelque chose sur elle ? demanda Riley. Quelque chose qui pourrait nous aider à l'identifier ?

— Je vous le répète, elle était nue. Enfin, non, elle portait une bague à la main droite. Une bague très distinctive. Elle est sous scellés dans le bureau du shérif, mais j'en ai une photo. C'est bon pour vous ?

Riley hocha la tête et regarda Meyer remonter la fermeture éclair de la housse. L'odeur de la mort restait logée au fond de sa gorge.

Ron Saker les attendait dans la salle d'autopsie.

— Alors ? Vous pensez qu'il y a un rapport avec les femmes tuées chez vous ?

— Possible, répondit Logan d'un ton évasif pendant que Riley suivait Meyer jusqu'à son ordinateur.

Le médecin légiste pianota sur son clavier, puis se recula afin de lui permettre de mieux voir l'image qui s'affichait à l'écran.

— La voilà, dit-il. Elle est très particulière, n'est-ce pas ?

Riley éprouva un choc. La bague représentait un crâne argenté avec deux cristaux rouges à la place des yeux. Elle sortit son téléphone et fit défiler les photos enregistrées à l'intérieur.

— Quelle distance un cadavre peut-il parcourir en flottant ? s'enquit-elle.

— Difficile à dire. Même si vous en immergiez deux ensemble, vous ne les retrouveriez pas forcément au même endroit. Il y a beaucoup de facteurs à prendre en compte. La taille de la victime, ce qu'elle a mangé avant de mourir, la profondeur et la température de l'eau, la force du courant...

— Mais pourrait-on concevoir qu'un corps dérive de Waterloo jusqu'ici en suivant la rivière Cedar ?

Meyer réfléchit un instant.

— J'ai entendu parler d'un homme qui était tombé dans un fleuve suite à un accident de moto et dont le cadavre avait fait plus de trois cents kilomètres en trois jours. Donc, oui, ça me paraît envisageable.

— Pourquoi cette question, sergente ? s'enquit Logan, perplexe.

Riley brandit devant lui une photo de l'avis de recherche concernant Gracie Foster. La main droite de l'adolescente était visible dessus. À son majeur, on distinguait une bague en forme de crâne argenté aux yeux rouges.

Le soleil se couchait sur le Mississippi. Miroir du ciel écarlate, le fleuve charriait à sa surface un morceau de bois auquel s'était accroché un bout de plastique. Bill Hamilton le suivit du regard depuis le siège arrière de sa voiture pendant que Blake Preston lui remettait les pages de son allocution et lui rappelait les noms des propriétaires de la meunerie devant laquelle ils venaient de se garer.

Une heure plus tôt, alors que son cortège roulait vers le sud, il avait visionné un discours prononcé par Jess Cook dans une ferme bio au sujet du développement durable.

— Nous devons revenir à nos idéaux et à notre ambition d'antan, avait déclaré la sénatrice. Ceux de Henry A Wallace et de ses semblables, qui ont contribué à sortir ce pays de la sécheresse et de la crise économique des années 1930. Wallace a défendu les petits producteurs et créé des aides dont le rôle a été vital pour réduire la pauvreté en milieu rural. Mais Nixon a ensuite attribué ces mêmes subventions à de grands groupes. C'est son gouvernement qui, le premier, a dit aux exploitants agricoles qu'ils devaient choisir entre se développer ou finir sur la paille. Lui aussi qui a considéré la nourriture comme une arme dans sa lutte contre le communisme et qui a passé des contrats avec la Chine et l'Union soviétique pour les amener à dépendre du maïs américain. Mais seuls des géants de l'agroalimentaire pouvaient faire le poids à ce niveau-là. En tant qu'État, nous avons perdu nos entreprises familiales et la diversité de nos récoltes. La politique gouvernementale nous a rendus tributaires de l'argent de pays étrangers et nous a laissés à la merci d'un marché mondial hostile. Elle a également permis à ces entreprises d'asseoir leur domination, et nous avons vu ce que leur pouvoir destructeur était capable d'infliger à nos communautés et à notre environnement. Nous avons vu les riches devenir encore plus riches tandis que les droits et les revenus des travailleurs déclinaient.

Les applaudissements de son public avaient noyé la suite de son discours. Elle avait délivré son sermon à la manière d'un prêtre, mais tous gobaient ce qu'elle racontait, et cela lui valait depuis un point de plus dans les sondages.

— Monsieur ?

Blake le dévisageait avec inquiétude. Hamilton savait qu'il se montrait de plus en plus distrait et que toute son équipe l'avait remarqué, mais il ne pouvait pas leur expliquer pourquoi. Sa famille et son personnel avaient reçu l'ordre de taire l'intrusion survenue chez lui. Il avait prétendu ne pas vouloir révéler qu'il avait été pris pour cible de peur d'apparaître fragilisé. En réalité, il craignait surtout que des choses beaucoup, beaucoup plus graves éclatent au grand jour – il en voulait pour preuve l'installation pirate que l'un des hommes de Gage Walker avait trouvée lorsqu'ils avaient passé le manoir au peigne fin.

— Oui, Blake ? Tu disais ?

— Tout va bien, monsieur ?

Il ne répondit pas tout de suite.

— Cook… lâcha-t-il enfin. Elle va gagner, n'est-ce pas ?

Blake se pencha vers le chauffeur.

— Laissez-nous seuls, dit-il, avant de retourner vers Hamilton. OK, je ne voulais rien dire encore, mais j'ai peut-être quelque chose.

— Sur Cook ? On a fait toutes les recherches possibles. Cette femme est blanche comme neige.

— Un membre de son équipe a été renvoyé la semaine dernière. Apparemment, il n'était pas à la hauteur. Je connais ce type. Il pourrait parler. Je comptais m'en occuper en rentrant.

— On n'ira pas loin avec ça...

— Monsieur, je vous promets qu'on va...

Blake fut interrompu par le téléphone du gouverneur. En voyant le nom de Walker s'afficher à l'écran, Hamilton se raidit.

— Il faut que je réponde.

— Bien sûr, monsieur. Je vais les faire patienter jusqu'à ce que vous soyez prêt.

Hamilton regarda son assistant traverser le parking de la meunerie en direction de la foule venue l'écouter. Les lumières de l'usine éclairaient le ventre des nuages de fumée blanche crachés par les cheminées.

— Walker ? dit-il en décrochant. Vous avez du nouveau ?

— Je crois qu'on l'a trouvée, monsieur.

Il ferma les yeux de soulagement.

— Vous l'avez arrêtée ?

— Pas encore. Jones l'a repérée sur une photo prise durant l'un des meetings de Cook. Vous vous rappelez ce groupe qu'on soupçonnait de faire partie de Mission Earth ? On a confronté les clichés avec les images de la vidéosurveillance. Je vous envoie ça tout de suite.

— Vous pensez pouvoir la localiser ?

— On y travaille, monsieur.

— Et les documents qu'elle a copiés ? Les éléments qu'elle a pu découvrir...

— On gère.

Hamilton n'eut pas besoin d'insister. S'il avait engagé Gage Walker, c'était bien en raison de sa réputation.

Il raccrocha et ouvrit le fichier arrivé entre-temps sur sa messagerie. Il y avait deux photos côte à côte. La première, qu'il avait déjà vue, était une image granuleuse fournie par l'une des caméras du manoir et agrandie de façon à révéler le visage de l'intruse. L'autre, un gros plan d'une femme aux cheveux courts et roses qui brandissait une bannière au milieu d'une foule. C'était bien la même personne. Hamilton tapota l'image avec son doigt.

— Je te tiens.

Lorsqu'il referma le fichier, l'écran de son téléphone réafficha la page qu'il avait consultée un peu plus tôt – un article du *Des Moines Register* sur les meurtres commis dans le comté de Black Hawk. Cela lui rappela ce qu'il avait eu l'intention de demander à Blake avant de se laisser distraire par le discours de Cook. Rangeant son portable, il sortit de la voiture.

Son assistant était revenu l'attendre.

— Tout va bien monsieur ?

— Très bien.

Hamilton se composa un sourire en s'avançant vers la foule massée devant l'usine. Derrière lui, les derniers feux du soleil couchant donnaient au Mississippi une teinte lie-de-vin.

— Vous voulez bien me chercher un numéro de téléphone, Blake ? J'ai besoin de joindre le shérif du comté de Black Hawk.

35

Ils se pressèrent tous dans le gymnase du lycée : les commerçants et les fermiers, les pères inquiets et les mères angoissées, les types tout feu tout flamme à l'idée de traquer un tueur. Les chaises se remplirent vite, laissant les retardataires se serrer contre les espaliers et les cordes.

La maire, Angela Roberts, une quinquagénaire au style direct et au regard vif, se chargea de présenter Reed. Le brouhaha frénétique s'estompa lorsqu'il s'avança vers le pupitre. Le logo du BHCSO tremblotait au centre du grand écran de projection éclairé derrière lui.

Il se racla la gorge devant le micro, qui fit entendre un sifflement aigu en retour.

— Je tiens à vous remercier tous d'être venus. Comme vous le savez, notre belle communauté a été frappée par les meurtres atroces de deux jeunes femmes.

Trois jeunes femmes, pensa Riley. Cela faisait trois jours que Logan et elle étaient rentrés du comté de Mercer, et elle n'arrivait pas à s'ôter de l'esprit le visage ravagé par les vers de Gracie Foster. Elle s'en voulait d'avoir cru que l'adolescente avait fugué, de ne pas l'avoir cherchée davantage – et tant pis si cela n'aurait rien changé vu que Gracie était morte avant qu'ils découvrent Chloé, avant qu'ils comprennent que quelque chose n'allait pas du tout à proximité de chez eux.

Elle observa la foule depuis sa place sur l'estrade. L'air concentré, certaines personnes tendaient le cou pour mieux voir Reed. D'autres s'éventaient comme elles pouvaient, la climatisation peinant à rafraîchir le gymnase bondé. À sa droite se trouvait Hal Edwards, à sa gauche Angela Roberts, puis le procureur du comté et les chefs des départements de police de Waterloo et Cedar Falls. Le but était de renvoyer une image de force, d'unité. Depuis que la nouvelle des meurtres de Chloé Miller et Nicole King s'était répandue – et avec elle, la peur et le soupçon –, ils avaient besoin d'apaiser la tension grandissante au sein de la population. *Nous voulons des citoyens vigilants*, avait fait remarquer Reed à Angela Roberts un peu plus tôt. *Pas des miliciens.*

Aucun signe de James Miller. Riley ne s'était pas vraiment attendue à ce qu'il vienne, mais elle avait repensé à lui depuis leur entretien. Le cliché arraché à l'album de Chloé était dans son casier, où sa vue provoquait chaque matin en elle un choc désagréable. Elle avait envisagé de le porter aux Services techniques pour entamer des recherches sur Hunter, mais trop d'éléments de son passé rôdaient déjà autour d'elle en ce moment. Plus tard peut-être, quand cette enquête serait close.

Peut-être.

Elle se rappela l'énervement de Miller face à ses questions, sa fureur quand il l'avait surprise en train de regarder ses photos. Et cette phrase qu'il n'avait pas achevée... *Est-ce que je pourrais avoir...* quoi ? Tout laissait à penser qu'il n'avait pas tué Chloé, Nicole et Gracie – à moins que son alibi ne soit bidon. Mais quelque chose clochait. Une pièce n'avait pas sa place dans le puzzle. L'expérience lui ayant appris que la colère masquait souvent la peur, elle s'interrogeait : qu'est-ce que James Miller pouvait bien redouter ?

Elle sursauta soudain. Reed venait de la désigner du menton.

— Mes adjoints travaillent jour et nuit sur cette affaire, aidés par des agents de nos services de police. La sergente Fisher, qui dirige notre équipe d'enquêteurs, va d'ailleurs s'exprimer sur le sujet.

Elle traversa l'estrade pendant que Reed retournait s'asseoir près de la maire. Elle eut la chair de poule et la bouche sèche en voyant tous les yeux rivés sur elle, mais il n'y avait pas d'eau sur le pupitre.

Avant qu'elle puisse dire un mot, un homme l'interpella depuis le fond du gymnase.

— Pourquoi vous n'avez pas encore arrêté le coupable ?

D'autres firent écho à sa question.

— On est obligés d'imposer un couvre-feu à nos enfants, lança une femme. C'est ce monstre qui devrait être enfermé. Pas eux !

Des applaudissements saluèrent son intervention. Riley leva une main pour obtenir le silence, mais plusieurs personnes voulaient elles aussi se faire entendre.

— C'est la réputation du comté qui est en jeu ! cria un habitant portant un T-shirt John Deere. La foire commence dans quelques semaines seulement. J'ai discuté avec des clients et des fournisseurs dans tout l'État, mais ils ne parlent que de ces meurtres. Les gens ne s'intéressent plus à nos fermes. Merde, les ragots deviennent notre principal produit d'exportation !

De nouvelles clameurs approbatrices retentirent.

— Je comprends vos inquiétudes, déclara Riley en haussant la voix pour couvrir les protestations. Mais si nous travaillons ensemble, je suis sûre que nous pourrons résoudre cette enquête.

Le silence retomba à contrecœur.

— Beaucoup d'entre vous ont déjà dû voir cet homme aux infos, reprit-elle en actionnant une commande sur le pupitre afin de faire apparaître un portrait de George Anderson à l'écran. Nous avons besoin de l'interroger de toute urgence. A priori, cela fait un moment qu'il est à la rue.

Elle montra ensuite les portes du gymnase, où Logan et Fox avaient pris place derrière une table.

— Mes collègues ont des affichettes avec sa photo et un numéro à contacter si quelqu'un venait à l'apercevoir. Pour ceux qui ont des entreprises, s'il vous plaît, prenez-en une pile et placardez-les dans vos bureaux. Distribuez-les à vos clients. Mais ne vous approchez surtout pas d'Anderson. Appelez-nous. Laissez-nous faire notre travail.

Elle pressa de nouveau la commande, et une autre image succéda à la première. Celle d'une femme aux traits creusés, au balayage raté et aux yeux trop écarquillés et trop brillants.

— Il faut aussi que nous retrouvions cette personne.

— C'est la maman de Gracie ! s'exclama une jeune fille au premier rang. Sarah Foster !

— Il y a un second numéro à contacter si vous avez des informations sur elle, dit Riley en s'efforçant de se faire entendre par-dessus les murmures.

Le bruit enfla à mesure que des membres de l'assistance reconnaissaient le nom de l'adolescente disparue. Riley se demanda comment ils réagiraient lorsqu'ils apprendraient ce qui lui était arrivé. Lorsqu'ils sauraient que sa chair avait été découpée. Que son corps nu et mutilé était resté au fond de l'eau jusqu'à ce qu'il n'ait presque plus rien d'humain. Puis qu'il avait été repêché et déposé sur un plateau en acier à l'intérieur d'une chambre froide dans un État voisin. Sans personne pour le réclamer.

Son dossier dentaire avait permis de confirmer son identité, mais le shérif préférait ne pas rendre la nouvelle publique tant que les proches de Gracie n'auraient pas été informés de son décès. Le problème était que sa mère ne donnait toujours pas signe de vie. Schmidt et Fox continuaient à interroger tous les contacts figurant sur leur liste, mais Riley craignait qu'ils aient en réalité à chercher un quatrième cadavre.

Il n'y avait pas que leurs concitoyens qui étaient à cran. Le BHCSO aussi. Partis de deux meurtres distincts, ils se retrouvaient aux prises avec une affaire beaucoup plus importante dont les ramifications sanglantes dépassaient dorénavant les frontières du comté. Ils avaient trois corps sur lesquels des morceaux de chair avaient été prélevés. Ils avaient des personnes disparues, des rumeurs qui se propageaient, des reporters aux aguets et une communauté de plus en plus agitée. Mais à côté de ça, ils ne disposaient d'aucune piste sérieuse et, faute de témoins et de résultats d'analyses, d'aucun suspect non plus.

Un tueur en série. Ces mots commençaient à être prononcés tout bas. Aucun d'eux n'avait jamais été confronté à un tel cas de figure, et cela donnait à Riley une conscience aiguë de sa position. Sa visibilité – sa *vulnérabilité* – en tant qu'enquêtrice principale pouvait conduire à deux issues bien différentes. Soit elle venait à bout de cette enquête et cela lancerait sa carrière. Soit cette enquête viendrait à bout d'elle.

Après avoir répondu à quelques questions, elle abandonna le pupitre à Angela Roberts, qui conclut cette réunion par une prière et une invitation à laisser les forces de l'ordre faire leur travail. Puis la foule sortit en file indienne du gymnase en prenant au passage les affichettes distribuées par Fox et Logan.

Riley en profita pour rejoindre Reed, occupé à rassembler ses notes.

— Au moins, l'information va bien circuler, maintenant, dit-elle. Si Anderson est toujours dans les parages, il va avoir du mal à rester caché.

— Mmm, grogna le shérif, avant de se redresser, l'air fatigué. Fisher, il y a du nouveau. Je comptais vous en parler plus tôt, mais je n'ai pas eu le temps.

— Oui, monsieur ?

— Je me suis entretenu avec l'Unité d'analyse comportementale hier.

— L'Unité... Vous voulez dire les profilers du FBI ?

— Oui. Je leur ai demandé leur aide.

Riley accusa le coup.

— Leur aide ?

— Ils nous envoient deux de leurs agents spéciaux. Ils sont dans un avion en provenance de Quantico. J'ai besoin que vous les briefiez.

— Vous me retirez l'enquête ?

Sa voix se brisa. Horrifiée de se sentir au bord des larmes, elle serra les poings en luttant contre la vague d'émotion qui la submergeait.

— Je ne vous retire rien du tout, Fisher, la rassura Reed, non sans bienveillance. C'est toujours vous qui dirigez cette enquête. Mais le FBI vous épaulera en dressant un profil du tueur.

— Monsieur, je...

— Shérif ?

Reed se retourna vers le chef de la police de Waterloo.

— Le sujet est clos, Fisher. Préparez votre briefing.

Elle le regarda s'éloigner, en proie à un profond tumulte intérieur. Elle savait que faire appel au FBI allait creuser un trou dans leur budget, mais s'il ne procédait pas très vite à une arrestation, Reed ne serait probablement pas réélu à son poste – la tension ambiante le prouvait bien. Ne pas perdre la face était peut-être plus important pour lui à cet instant que ne pas perdre un dollar. Mais c'était *son* enquête. Ces femmes – Chloé, Nicole, Gracie –, elle les avait dans la peau. Elles occupaient ses pensées et ses rêves. Leurs morts violentes et leurs vies envolées faisaient partie d'elle. L'idée que des étrangers débarquent et mettent le nez dans ses affaires lui était insupportable. Exhumé par le meurtre de Chloé, son passé se rappelait de plus en plus douloureusement à son souvenir. À moins d'arrêter l'assassin, elle craignait de ne jamais réussir à le refouler au fond d'elle-même.

Elle descendit de l'estrade, prise d'une envie soudaine de fuir la foule, mais alors qu'elle se dirigeait vers la sortie, elle vit Sean Taylor foncer vers elle. À en juger par sa mine impatiente, il ne souhaitait pas seulement l'interroger sur les meurtres. L'audience préliminaire d'Ethan avait eu lieu pendant qu'elle était en déplacement dans l'Illinois. Comme prévu, il s'en était tiré avec une amende de 1 000 dollars et six mois de prison avec sursis. Mais son arrestation pour détention de drogue était à présent de notoriété publique, et elle était prête à parier que le journaliste cherchait à pondre un article là-dessus. *Le frère de la première sergente du comté est un toxicomane !* Déterminée à l'éviter, elle fendit l'assistance.

Elle avait presque atteint les portes du gymnase quand quelqu'un l'attrapa par le bras. Elle se retourna vivement. Vêtue d'une robe blanche démodée aux manches rehaussées de volants bleus, une croix en or autour du cou, une petite dame aux cheveux blonds bouffants la fusillait du regard. Riley mit un moment à la reconnaître – c'était la mère d'une amie de Maddie, Amelia.

— Il faut que je vous parle, mademoiselle Fisher, déclara la femme d'une voix dure et vibrante de colère. Je ne veux plus que votre nièce joue avec mes enfants.

— Pardon ?

— Je suis tombée sur ça dans la chambre d'Amelia.

Elle lui jeta une photo à la figure.

Riley découvrit avec horreur un des clichés de Nicole King pris par le médecin légiste.

— Où l'a-t-elle trouvé ?

Mais tout en posant la question, elle devina la réponse. Elle avait laissé ces photos sur la table de la salle à manger en présence de Maddie.

— Cette fille n'est pas fréquentable. Quand on voit sa mère... et son père qui a été interpellé pour détention de drogue ! Les chiens ne font pas des chats, ça c'est sûr.

— Je suis désolée. Je vais lui parler.

— Vous feriez bien de l'emmener à l'église. De lui faire craindre la colère du Seigneur. Mais en attendant sa rédemption, il n'est pas question qu'elle mette les pieds chez nous.

Quelques instants plus tard, Riley s'arrêta à un feu rouge au croisement de la rue Lafayette et pianota sur son volant en fixant la photo de Nicole King posée sur son tableau de bord. Son esprit tout entier était accaparé par Maddie et l'arrivée des agents du FBI, si bien qu'elle sursauta en entendant sonner son téléphone. L'indicatif signalait un appel en provenance de Des Moines. Pensant que c'était l'avocat qui lui avait recommandé quelqu'un pour assurer la défense d'Ethan, elle répondit.

— Allô ?

— Riley ? C'est Bill. Bill Hamilton.

— Monsieur le gouverneur ?

Elle était si surprise qu'elle ne vit pas que le feu était passé au vert. Quelqu'un klaxonna derrière elle.

— Allô ? Riley ?

— Une seconde, monsieur.

Elle se gara rapidement et coupa le moteur.

— Je vous écoute, monsieur.

Hamilton se mit à rire

— Allons, pas de formalités avec moi, vous me connaissez depuis trop longtemps pour ça. S'il vous plaît, appelez-moi Bill, dit-il, avant de poursuivre d'un ton plus sérieux. Écoutez, Riley, cela fait un moment que je pensais vous téléphoner. J'ai honte d'avoir autant attendu. Je voulais vous féliciter quand j'ai appris que vous aviez été promue sergente, mais vous n'imaginez pas à quel point une campagne électorale est chronophage. Franchement, je deviens un étranger pour ma femme et mes enfants.

Il rit de nouveau, mais sa gaieté avait quelque chose de contraint.

— Je comprends, mon... Bill.

— Enfin, bref, comment avance votre enquête ? Nous sommes tous choqués ici. Un tueur *cannibale* ? Dans le comté de Black Hawk ? On se croirait dans un roman.

Riley supposa qu'il s'inquiétait autant que le shérif devant la couverture médiatique de l'affaire et ses chances de réélection.

— Je vous assure que nous faisons tout notre possible.

— Et cet ancien combattant ? George Anderson, c'est ça ? Selon vous, c'est lui le coupable ?

— C'est un suspect, en tout cas. Mais nous ne pouvons pas le déclarer coupable sans témoin et sans le résultat des analyses ADN. Le shérif Reed a demandé l'assistance du FBI. Ils nous envoient deux profileurs.

Elle avait veillé à garder un ton léger, mais elle peinait toujours à accepter la nouvelle.

Il y eut un silence au bout du fil.

— C'est bien, dit enfin le gouverneur.

— À ce sujet, monsieur, vous pourriez peut-être faire quelque chose pour nous.

— Oh ?

— Comme je vous le disais, nous attendons le résultat des analyses ADN. Je sais que le labo est débordé, mais s'il était possible d'accélérer le processus... Cela nous aiderait vraiment beaucoup.

— Je vais voir ce que je peux faire. Et le mari de la première victime, James Miller, il vous paraît suspect lui aussi ?

— Je...

— Je vais être franc avec vous, Riley. J'ai rencontré James il y a quelques années à Des Moines. Il assistait à une conférence sur le secteur agricole avec des représentants de son entreprise. J'avoue qu'il m'a impressionné. Il avait des idées séduisantes sur le rôle de l'Iowa dans l'agriculture mondiale, et j'ai entendu dire qu'il menait des travaux de recherche intéressants chez GTF. Bref, il m'a fait l'effet d'un homme tout à fait respectable. Il représente un véritable atout pour notre État. Pour notre avenir, même.

Riley ne sut pas quoi répondre. Hamilton s'exprimait avec désinvolture, mais elle percevait une pointe de nervosité dans ses propos. Était-ce un avertissement pour la dissuader d'enquêter sur James Miller ? Mais comment était-il au courant de ses soupçons à son égard ?

— Est-ce que Miller vous a contacté au sujet de cette affaire, monsieur ?

Elle distingua du bruit en arrière-fond. Quelqu'un s'adressait au gouverneur.

La voix de ce dernier s'estompa, comme s'il avait placé une main sur son téléphone. Puis il reprit la communication.

— Excusez-moi, il faut que je vous laisse. Je passerai un coup de fil au laboratoire et je verrai ce que je peux faire. Tenez-moi informé, s'il vous plaît. Et sachez que votre père serait fier de vous, Riley.

— Monsieur, je...

Il avait raccroché.

36

Ils se réunirent tous au Bureau des enquêtes – Schmidt, Logan, Amy Fox, Bob Nolan, deux techniciens de la police scientifique et Chad Becker. Jackson Cole manquait à l'appel, en revanche. Riley consulta ses notes en laissant les autres parler entre eux.

Des photos de Chloé Miller et Nicole King recouvraient les tableaux d'affichage. L'avis de recherche de Gracie Foster était toujours là, lui aussi, mais à côté cette fois des clichés pris par le médecin légiste du comté de Mercer. S'y ajoutait une carte du comté du Black Hawk et de la moitié est de l'Iowa, repliée suivant le tracé du Mississippi, le long de la frontière avec l'Illinois. Des punaises rouges indiquaient les différents lieux où les corps avaient été retrouvés – les champs de maïs de Zephyr, l'abattoir et la rivière dans la réserve naturelle Mark Twain.

Riley leva le nez de ses dossiers lorsque le shérif Reed arriva en compagnie de deux hommes. Le premier était de taille moyenne, mince et proche de la cinquantaine. Les cheveux bruns ondulés, les mâchoires carrées et rasées de près, il portait un costume noir bien coupé et des chaussures parfaitement lustrées. Son collègue était tout son contraire - petit, massif, avec une épaisse tignasse blonde qui frisottait au niveau des tempes, des joues rouges et des auréoles sous les bras de la chemise à carreaux, qu'il avait rentrée dans son pantalon. Ses yeux verts balayèrent la pièce sans se fixer sur personne.

— Sergente, voici l'agent spécial Elijah Klein, de l'Unité d'analyse comportementale.

L'homme aux cheveux bruns s'avança vers elle.

— Ravi de vous rencontrer, sergente.

Son intonation hachée et sèche suggérait qu'il venait de l'Est. New York, peut-être.

— Riley Fisher, dit-elle en lui serrant la main.

Il avait la peau fraîche et une poigne ferme, mais pas trop.

— Et voici l'agent spécial Steven Gooch, dit Reed.

Ce dernier lui adressa un simple signe de tête et se concentra sur les photos accrochées au mur. L'apparente froideur avec laquelle il scruta les corps de ces femmes mutilées éveilla en elle l'envie instinctive de les protéger.

— Messieurs, je vous laisse avec la sergente Fisher. Ma secrétaire s'occupera de vous réserver des chambres d'hôtel.

— Merci, shérif, dit Klein.

Riley attendit que Reed soit parti avant de présenter son équipe aux deux agents. Ses collègues les saluèrent avec raideur et sans sourire. Elle savait que c'était un acte voulu, une façon de lui signifier qu'elle restait leur chef. Pour un peu, elle les aurait embrassés.

Klein échangea une poignée de main avec chacun d'eux en répétant leur nom d'un ton calme et courtois. Gooch, lui, semblait toujours ne s'intéresser qu'aux photos.

Riley avait presque terminé quand Cole entra et s'assit sur l'un des bureaux en la fixant d'un air de défi

— Et voici l'agent Cole, conclut-elle. Un soutien provisoire.

Elle s'en voulut de sa mesquinerie, mais prit plaisir à le voir se rembrunir.

— Souhaitez-vous qu'on attaque le briefing ? demanda-t-elle ensuite à Klein.

— Oui, mais avant cela, je tiens à vous dire que nous sommes là pour vous épauler, répliqua-t-il avec bonne humeur. Je sais que les gens sont parfois méfiants quand on arrive - on a l'image des grands méchants gars du FBI, ceux qui marchent sur vos plates-bandes, qui prennent de haut vos services et qui récoltent tous les honneurs à la fin.

Schmidt laissa échapper un petit rire sardonique.

— Je vous assure que les choses ont évolué. Considérez-nous comme l'équivalent de votre médecin légiste local - sauf qu'au lieu de disséquer les cadavres de vos victimes, nous allons disséquer l'esprit de votre tueur et élaborer un profil qui vous aidera à l'arrêter. Nous sommes là pour vous conseiller, pas pour vous donner des ordres.

À ces mots, Riley remarqua un changement d'atmosphère dans la pièce. Les corps se détendirent, les mines s'adoucirent. Il était difficile de rester insensible à la franchise et au sourire égal de cet homme.

Pendant qu'il s'asseyait et que Gooch s'appuyait contre un bureau en sortant un calepin de sa poche de chemise, elle entreprit de leur exposer méthodiquement le cas de Chloé Miller.

Si Klein l'écoutait attentivement, Gooch ne cessa de griffonner sur son carnet en léchant bruyamment son doigt chaque fois qu'il tournait une page. Elle enchaîna avec Nicole King et leur décrivit la scène qu'ils avaient découverte à l'abattoir : le corps et ses plaies, le fragment de dent retrouvé par Webb et le sac à dos avec la photo de famille et les comprimés qui, pensaient-ils, appartenaient à George Anderson, ancien combattant en Irak devenu toxicomane et sans-abri. Elle évoqua les liens possibles entre cette affaire et Sarah Foster, qui avait été en mesure de voler ces cachets dans la pharmacie où elle travaillait et dont la fille disparue venait d'être repêchée dans un bras du Mississippi. Elle précisa qu'elle s'était renseignée sur le médicament en question, le Fenozen, en envisageant qu'il ait joué un rôle dans ces meurtres, mais qu'elle n'avait relevé aucune preuve en ce sens. Elle termina en passant en revue le rapport d'autopsie de Gracie Foster et les conclusions de Jim Meyer, selon lequel des morceaux de chair avaient été découpés sur le cadavre.

— Ils sont rapprochés, déclara Gooch à la fin, les yeux toujours baissés sur son carnet.

Son accent traînant et nasillard était celui du Sud. La Virginie ou l'un des deux États de Caroline.

— Rapprochés ?

Il souligna quelque chose avec son stylo, puis leva la tête.

— J'ai noté que Gracie Foster était morte la première entre le 15 et 17 juin. Nicole King a été assassinée autour du 18. Puis Chloé Miller le 21. Ces meurtres sont rapprochés.

— Les tueurs en série ne frappent pas à un tel rythme d'habitude, expliqua Klein. Enfin, si, cela s'est déjà vu, ajouta-t-il en se tournant vers son collègue. Mais il n'y a pas eu d'autres meurtres depuis. Pas que l'on sache, en tout cas.

— Nous sommes inquiets pour Sarah Foster, avoua Riley. Nous avons appelé toutes ses connaissances, mais pour le moment, aucune n'a eu de ses nouvelles.

— Il me serait utile d'avoir la liste de ces personnes.
— Anderson est votre principal suspect ? demanda Gooch.
— Oui. Tous les services de police du comté ont pour consigne d'ouvrir l'œil. Il y a aussi des affiches dans chaque ville. S'il est toujours dans le coin, je suis sûre que nous finirons par le retrouver.
— Vous n'avez personne d'autre dans votre viseur ?
Son ton cassant agaça Riley. Malgré sa frustration en apprenant que Reed avait sollicité l'aide du FBI, elle s'était obligée à voir le bon côté des choses. Qu'importait la manière dont ils résolvaient cette enquête, du moment qu'ils y parvenaient ? Pour autant, la pilule avait été dure à avaler, et l'arrivée des deux hommes avait exacerbé sa peur à l'idée que Reed ne la croie pas capable de réussir. Klein faisait des efforts visibles pour ne pas saper son autorité, mais Gooch ne semblait pas avoir conscience de sa condescendance à son égard.
— Nous avons interrogé James Miller en le considérant comme un suspect potentiel dans la mesure où cette histoire d'infidélité pouvait constituer un mobile, répondit-elle sèchement. Mais il a un alibi solide en ce qui concerne Nicole King. Pour Gracie Foster, ce sera plus difficile à vérifier, à cause de la date incertaine du décès.
Elle repensa à l'appel inattendu de Bill Hamilton et à l'impression qu'il lui avait donnée de chercher à protéger Miller. Elle n'en avait pas encore parlé à son équipe - elle ne voulait pas révéler à Reed que le gouverneur se portait garant de cet homme, surtout à présent que le FBI était là. Mais loin d'avoir apaisé ses soupçons, ce coup de fil l'amenait à se poser de nouvelles questions, à commencer par celle-ci : pourquoi un gouverneur plongé dans une campagne électorale ardue prenait-il

la peine de défendre un suspect dans une affaire de meurtre si tous deux n'étaient que de simples connaissances ? Que le travail de Miller soit important ou pas, cela était étonnant.

— Vous avez mentionné un certain Hoyt Garrett, dit Klein. C'est bien celui qui a étranglé une fille au lycée ?

— Nous l'avons rayé de notre liste, répondit Riley en évitant le regard de Cole. Il a des alibis pour Miller et King.

Elle jeta un coup d'œil à Amy Fox, qui s'était chargée d'appeler les hôpitaux pour savoir si Lizbeth Garrett avait été admise dans l'un d'eux. En vain. Cette incohérence dans les déclarations de Maryanne, si minime soit-elle, la chiffonnait toujours.

— Personne d'autre ? insista Gooch.

— Non. Nous espérons que les traces d'ADN nous en apprendront davantage.

— Sur ce point, nous pouvons vous être utiles, dit Klein. Faites envoyer des échantillons à Quantico, notre laboratoire les traitera dans la semaine.

L'ambiance dans la pièce changea radicalement cette fois. Les coéquipiers de Riley échangèrent des regards surpris, et Riley elle-même retrouva le moral. Ce n'était peut-être pas une mauvaise chose d'avoir ces hommes avec eux finalement. Klein, du moins.

— Mais quels que soient les résultats, ajouta-t-il, rien ne vaut une bonne investigation menée à l'ancienne. Sergente, pourriez-vous nous fournir des copies des comptes rendus d'interrogatoire, des rapports d'autopsie, des photos et des analyses ?

— Et moi, j'aimerais voir les scènes des différents crimes, intervint Gooch.

— Combien de temps vous faut-il pour établir un profil ? demanda Riley.

— Deux ou trois jours, pas plus. Après ça, on pourra vous aider à débusquer votre SNI.

Chad leva la main.

— Votre quoi ?

— Le Sujet non identifié d'une enquête. On est fan des acronymes, chez nous.

— Et comment vous y prendrez-vous ? s'enquit Fox.

— Il y a plusieurs façons de procéder, ça dépend du genre de tueur auquel on est confrontés. Certains adorent s'immiscer dans le travail de la police – ça attise leur sentiment de toute-puissance – et on peut jouer là-dessus pour les amener à se démasquer.

— Yep, approuva son collègue. Ça ne m'étonnerait pas que vous ayez parlé au vôtre sans vous en douter.

— Avez-vous déjà bossé sur une affaire comparable à celle-là ? dit Logan. Je pense surtout aux morsures, aux bouts de chair arrachés... Ce doit être un cas de figure assez rare, non ?

— Si vous saviez... soupira Klein. Depuis que je suis entré à l'Unité d'analyse comportementale, j'ai traqué près d'une douzaine d'assassins qui mordaient leurs victimes, buvaient leur sang ou mangeaient leur cadavre.

— Il y a vraiment des tarés, marmonna Schmidt.

— Ne sous-estimez pas votre homme, les prévint Gooch en rangeant son calepin dans sa poche. Le rythme auquel il agit trahit chez lui une grosse pulsion à satisfaire. Et quel que soit l'élément qui l'a déclenchée, il a pris goût à tuer.

37

Il faisait nuit et des tourbillons de poussière dansaient devant les phares de la Dodge le temps que Riley rentre chez elle. Les deux jours qu'elle venait de passer à arpenter les lieux des différents crimes dans une chaleur infernale avec les agents du FBI l'avaient épuisée.

Gooch avait étudié en silence ces endroits redevenus étrangement banals une fois débarrassés des rubans jaunes de la police et de tout ce qui en avait fait des scènes d'horreur. Elle l'avait observé s'arrêter ici et là afin de prendre des notes dans son carnet, se baisser et examiner quelque chose sous un autre angle, parfois aussi s'éloigner sans prévenir. Klein se montrait plus communicatif, au point qu'elle se demandait si son rôle n'était pas de présenter une image plus acceptable du FBI et de faire contrepoint aux manières rêches de Gooch auprès des forces de l'ordre locales. Leur méthode pour établir un profil tenait selon elle plus de l'art que de la science, tant ils semblaient privilégier les hypothèses aux faits bruts, mais on ne pouvait guère douter de leur efficacité, au vu de tous les tueurs qu'ils avaient envoyés derrière les barreaux. Cette façon de procéder lui rappelait d'ailleurs ses parties de chasse avec son grand-père et le don incroyable de ce dernier pour traquer le gibier et anticiper ses déplacements en fonction de la direction du vent ou de l'intensité de la lumière.

En sortant de sa voiture, elle remarqua que les portes de la remise étaient ouvertes.

— Ethan, tu fais chier...

Une odeur de moisi flottait à l'intérieur. Dans la pénombre, elle distingua un carton par terre avec des mots griffonnés au marqueur sur les côtés. L'écriture était celle de sa mère, et elle reconnut la boîte dans laquelle Ethan et elle avaient rangé leurs vieux jouets – des plateaux de jeux aux pièces manquantes, des poupées de chiffon en trop mauvais état pour être données à des associations caritatives, des petits soldats amputés de leurs membres. Ethan avait-il tout ressorti ? Elle l'imagina tapi là, face à ces vestiges de leur vie d'autrefois – une vie familiale bien différente, pleine de joie et de plaisanteries, où leur mère et leur père pouvaient éclater de rire devant une dinde de Thanksgiving carbonisée après avoir bu trop de vin et où leur grand-père chantait des chansons de Johnny Cash en les emmenant à l'école dans son pick-up. La tristesse monta en elle. À présent que leurs parents étaient morts et que leur grand-père n'était plus que l'ombre de lui-même, que formait-elle avec Ethan, si ce n'est un couple de fantômes incapables de quitter la maison où ils avaient vécu ? Ils auraient dû la vendre et tourner la page. Repartir de zéro. Comment avait-elle pu croire qu'ils parviendraient à fuir le passé en demeurant enlisés dedans ?

Elle allait ramasser le carton quand elle entendit un bruit au fond de la remise – un chuintement léger pareil à un soupir ou au souffle du vent à travers de hautes herbes. Elle se redressa, tous les sens en alerte, mais déjà, le silence était retombé. Elle sonda l'obscurité en tendant l'oreille jusqu'à ce qu'un bip de son téléphone la fasse sursauter.

Elle avait reçu un SMS de Kristen Webb.

Pouvez-vous m'appeler dès que possible ?

Elle tenta sa chance au cas où la médecin légiste serait encore à son bureau. Peine perdue. Elle raccrocha et resta immobile, mais il n'y avait plus aucun bruit, aussi replaça-t-elle le carton sur son étagère avec l'intention de revenir inspecter son contenu à la lumière du jour. Puis elle referma les portes de la remise et rentra chez elle.

La maison était plongée dans le noir, à l'exception de la véranda, dont la lampe allumée guida ses pas. Elle avait envoyé un message à Ethan un peu plus tôt en lui demandant d'aller chercher à manger et elle espéra qu'il ne s'était pas arrêté dans un bar. Ils avaient assez de problèmes comme ça. Elle l'avait informé que Maddie avait volé une des photos prises par la médecin légiste, et cela n'avait eu pour résultat que de déclencher une dispute entre sa fille et lui. Depuis, l'adolescente était privée de sorties. Riley doutait cependant que Sadie ou Mason Lee veillent au respect de la punition et, parce que son enquête l'occupait toute la journée, elle avait chargé Rose de parler à sa nièce et de s'assurer qu'elle comprenait la nature de sa faute. Rose avait volontiers accepté de l'aider, mais Riley avait perçu la fatigue dans sa voix. Lori n'allait a priori toujours pas mieux.

Elle monta les marches de la véranda d'un pas lourd. Scrounger accourut en aboyant, et à peine eut-elle poussé la porte-moustiquaire qu'il colla son museau dans sa main. Ce fut à ce moment-là, en se dirigeant vers le coffre-fort pour y ranger son arme de service, qu'elle l'aperçut – une enveloppe blanche à son nom sur le plan de travail de la cuisine. Elle se demanda brièvement si Ethan lui avait laissé un mot pour lui dire où il était, mais ce n'était pas son genre. Elle souleva l'enveloppe et sentit quelque chose glisser à l'intérieur. Curieuse, elle l'ouvrit. Elle ne vit d'abord que l'éclat de l'or terni dans la faible clarté. Puis, en la renversant sur sa paume, elle découvrit un collier à la chaîne brisée et au pendentif en forme d'étoile.

Ce fut comme si une bombe faisait dévier le monde de son axe. Elle en eut le souffle coupé. Les jambes flageolantes, elle lâcha tout et sortit dans l'air étouffant en jetant des regards affolés autour d'elle. Entre les hauts sycomores dont elle devinait les silhouettes, le ruisseau tout noir, la vieille remise tapie dans la cour et le crissement aigu des cigales, semblable à un cri sans fin, la nuit lui semblait pleine de menaces. Et toutes ces ombres. Quelque chose bougea à la périphérie de son champ de vision, mais ce n'était qu'un papillon que la lumière faisait paraître bien plus gros qu'il n'était. Suivie par Scrounger, elle fonça dans la cuisine, s'adossa au mur et, agrippant son Glock à deux mains, le pointa sur l'obscurité derrière la porte qui oscillait encore sur ses gonds.

Elle resta ainsi jusqu'à ce que ses bras se mettent à trembler et que la crosse de son arme commence à glisser contre ses paumes moites. Le chien la déconcentra en gémissant. Les oreilles et la queue baissées, il la fixait de ses grands yeux marron emplis d'inquiétude. Elle reporta son attention sur le collier brisé qu'elle n'avait pas vu depuis vingt et un ans, ce cadeau de son grand-père qui gisait à présent par terre, comme arraché au passé.

La nausée l'envahit soudain. Elle se précipita dans la salle de bains à l'étage et tomba à genoux devant la vieille cuvette vert citron des toilettes. Après avoir vomi, elle s'assit contre la baignoire et laissa la sueur sécher sur son front. Elle se sentait dans un état de faiblesse tel qu'elle n'en avait jamais connu auparavant.

Rien n'avait changé ici depuis que sa famille avait emménagé dans cette maison. Ni le miroir ovale au-dessus du lavabo, ni le linoléum craquelé. C'était dans cette pièce qu'elle s'était enfermée le matin où les parents de Mia l'avaient ramenée prématurément de la grande foire de l'État. *On ne sait pas ce qui lui est arrivé*, les avait-elle entendus chuchoter à sa mère au-dehors.

C'était dans cette pièce aussi qu'elle avait ôté ses vêtements, les yeux rivés sur les hématomes qui parsemaient tout son corps. Un corps différent de celui qu'elle avait lorsque, quelques jours plus tôt, Mia, Chloé et elle s'étaient entassées dans une voiture et avaient repris en chœur jusqu'à Des Moines les chansons diffusées à la radio. Elle sentait l'odeur du gasoil, revoyait les longues files de caravanes blanches, les kilomètres de tentes, la fumée, le ciel bleu riche de promesses et les lumières éblouissantes de la foire.

Et puis Hunter. Le copain de fac de son frère, dont elle s'était amourachée. Le beau jeune homme si apprécié de ses parents. Ses yeux. Son sourire. L'alcool brûlant dans sa gorge. Les rires un peu bêtes qui faisaient place à des vertiges. La main de Hunter dans la sienne. Chloé soufflant un baiser enivré dans sa direction et entonnant un refrain avec Mia pendant qu'il l'entraînait à l'écart. Sa marche vacillante dans les bois, loin de la foule et des lumières. La sensation que la tête lui tournait. Le fracas distant des manèges.

Les bleus reflétés par le miroir de la salle de bains étaient livides et chacun disait sa douleur. Le sol dur sur lequel elle était tombée lorsqu'il l'avait poussée, la racine noueuse d'un arbre dans son dos, les cailloux qui avaient éraflé ses bras nus. L'odeur des aiguilles de pin et de la terre. Des trucs dans ses cheveux. Le collier arraché pendant qu'elle se débattait. La peau de ses poignets devenue pourpre et les marques rouges sur son ventre et ses cuisses.

Il y avait aussi cette morsure horrible dans son cou, la trace de ses dents imprimée en elle au point que du sang avait taché le pansement avec lequel elle avait tenté de la dissimuler. Mais le pire, c'était ses blessures invisibles. Celles qui la faisaient souffrir au plus profond d'elle-même, dans son cœur et dans son âme autant que dans sa chair. Elle avait été déchirée. Comme la paume de sa main qu'elle avait entaillée avec un rasoir quelques semaines plus tard, le jour où Chloé, Mia et elle avaient prêté serment près de la rivière.

On ne dira jamais rien à personne.

Cette promesse, elle avait été la première à la rompre des mois plus tard, entre deux sanglots. Ses parents étaient restés pétrifiés, tandis que son frère avait quitté la pièce en chancelant, le teint grisâtre. Une fois partagé, une fois dégoupillé, ce secret les avait détruits. Pas tout de suite, mais lentement, inexorablement. À la manière d'une maladie qui aurait rongé leur famille. D'un poison instillé des années durant en chacun d'eux.

Elle cilla et revint à la réalité. La sonnerie de la porte d'entrée retentissait dans toute la maison.

38

L’adrénaline fusa en elle, et elle se ressaisit comme sous l’effet d’un seau d’eau glacée. Arme au poing, elle descendit sans bruit l’escalier. Scrounger aboyait, et les panneaux de verre translucides de la porte laissaient deviner une silhouette grande et solidement charpentée. Son cœur tambourina contre ses côtes. Un homme fort pouvait briser d’un bon coup de pied la chaînette de sécurité, mais elle aurait braqué son Glock sur lui bien avant. Serrant d’une main ce dernier, elle entrouvrit le battant.

Jackson Cole se tenait devant elle, les cheveux presque blancs dans la lumière de la véranda. Elle baissa aussitôt son arme. Trop tard cependant, il l’avait vue le viser.

Surpris, il fit un pas en arrière.

— Hé !

— Qu’est-ce que tu fabriques ici ? demanda-t-elle, partagée entre l’envie de pleurer de soulagement et celle de le frapper.

— Je voulais te parler.

Il remarqua alors la chaînette de sécurité, et le pli qui barrait son front s’accentua. Son regard se porta derrière elle, vers l’intérieur de la maison.

— Qu'est-ce qui ne va pas ?

— Rien.

— Foutaises. Tu trembles comme une feuille. Qu'est-ce qui s'est passé ?

Parce qu'il poussait la porte, elle le laissa entrer et, hébétée, alla poser son arme sur le plan de travail en frissonnant à l'idée d'avoir été à deux doigts de faire feu.

— Qu'est-ce que c'est ? demanda Cole en se baissant pour ramasser le collier tombé par terre.

Elle eut l'impression qu'il s'emparait d'une partie d'elle-même et le lui arracha.

— Ne touche pas à ça !

— Bon, bon, d'accord !

Il leva les mains, perplexe, pendant qu'elle reculait en serrant la chaîne dans son poing.

— J'essaie juste de t'aider, se défendit-il.

— Je n'ai pas besoin de toi !

— OK, ça va, j'ai compris. C'est pour ça que tu as failli me flinguer sur le pas de ta porte ? dit-il en enfonçant les pouces dans les poches de son jean. Je sais que tu ne voulais pas de moi sur cette enquête, mais putain...

Elle le regarda fixement, puis éclata d'un rire sec.

Au bout d'un moment, il fit de même.

— Tu m'as foutu les jetons, avoua-t-il. Hé, tu aurais une bière ? Parce que ça ne serait pas de refus, là.

Ayant recouvré son calme, elle rangea le collier dans l'un des tiroirs de la cuisine et sortit deux canettes du frigo.

— Attends... dit-il en la voyant se débattre avec l'opercule.

Il lui prit les bières avec douceur, les ouvrit à sa place et lui en tendit une.

— Alors ? Qu'est-ce qui t'arrive ?

Elle leva sa canette dans sa direction, mais la reposa sans y toucher.

— Qu'est-ce que tu fais ici, Jackson ?

Il soupira.

— Je me suis dit qu'on pouvait peut-être repartir sur de nouvelles bases, toi et moi, OK ? Et essayer de s'entendre, maintenant qu'on travaille ensemble.

— Ce n'est que temporaire.

— Peut-être, mais on sait tous les deux qu'il faut du sang neuf au Bureau des enquêtes.

Il était donc venu tenter de l'amadouer dans l'espoir d'être promu ?

— Si j'obtiens le budget pour embaucher un inspecteur de plus, je choisirai Logan.

Il fit grise mine à ces mots, et sa vraie nature transparut un bref instant sur son visage.

— Écoute, je suis désolé pour ton frère. Tu as tout à fait le droit de m'en vouloir, j'aurais dû te consulter d'abord.

Devant son silence, il continua :

— Mais Wood ? Il vient à peine d'arriver. Il n'est pas d'ici, lui. Il n'est pas comme nous. Pas comme toi et moi.

— C'est l'une des nombreuses qualités que j'apprécie chez lui.

— On a eu des différends, d'accord, mais on a été proches autrefois. Et je ne pense pas à ce que tu crois, ajouta-t-il lorsqu'elle détourna les yeux. Je veux parler de l'époque où on était débutants. Tu te rappelles nos rondes de nuit ? Les pancakes au Maid-Rite quand on avait fini notre service ? Et la descente au Blue Lagoon, avec ces connards qui essayaient de traverser le fleuve dans une poubelle ? Ouais, dit-il, encouragé par son demi-sourire. Tu t'en souviens.

Elle croisa son regard. L'espace d'un instant, elle trouva quelque chose de rassurant à cette relation familière, à ce passé commun, quand tout était moins compliqué entre eux. À cette époque où ils étaient – non pas proches, pas comme elle pouvait l'être de Logan –, mais où ils faisaient équipe et veillaient l'un sur l'autre tout en apprenant les ficelles du métier.

Cole s'approcha d'elle et posa une main sur la sienne. Sa paume était calleuse – conséquence de ses nombreuses heures d'entraînement au stand de tir.

— Est-ce qu'on ne peut pas revenir en arrière ? Conclure une trêve ?

Elle soupira, trop fatiguée pour se disputer avec lui, et le laissa lui presser l'épaule.

— Je ne sais pas comment résoudre cette affaire. Tout le monde attend de moi des réponses...

Tout en prononçant ces mots, elle se tourna vers le tiroir où elle avait rangé le collier. Et si c'était Hunter qui l'avait rapporté ? Elle sentit pulser la cicatrice dans son cou et repensa à Chloé, recroquevillée au milieu des plants de maïs. Était-ce parce qu'elle entrait en résonance avec cet événement de son passé que cette enquête lui tenait tant à cœur ? *Peut-être.* Un violeur pouvait-il devenir un tueur en série ? *Oui.*

— Mais je suis perdue.

La main de Cole glissa de son épaule vers son dos.

— Tout va bien, murmura-t-il en l'attirant vers lui.

Elle respira son parfum, mélange de déodorant, de sueur et de lubrifiant pour arme à feu, et ferma les yeux en percevant les battements sourds de son cœur. Cela faisait longtemps que personne ne l'avait enlacée ainsi. Elle eut brusquement envie de se confier à lui. Cole connaissait son passé, ou du moins en connaissait une partie.

— Tu te rappelles cette nuit ? Celle où je... celle où je suis venue chez toi ?

— Oui.

Il avait répondu d'une voix tendue, et un muscle se contracta dans son bras.

— Tu te rappelles notre conversation ? ajouta-t-elle en se reculant pour le regarder. Tu te rappelles ce que je t'ai dit ?

— Tu as dit beaucoup de choses ce soir-là, Riley.

Il se pencha soudain vers elle pour l'embrasser. Elle sursauta et le repoussa si fort qu'il heurta le plan de travail.

— Qu'est-ce qui te prend ? s'écria-t-il en se frottant la hanche.

— Qu'est-ce que tu fais ?

— Tu parlais de la nuit où on a baisé ! Je croyais que tu voulais recommencer !

— Mais pas du tout !

— Alors quoi, merde ?

— Je voulais juste discuter !

— Ho ! Tu m'invites à entrer chez toi après avoir pointé ton arme sur moi, tu te comportes bizarrement, et puis tu te mets à évoquer le passé et tu te blottis contre moi...

— Non, ce n'était pas ce que...

— À quoi tu joues ? Tu cherches encore à m'entuber ?

— Non, je...

— Tu as choisi Wood juste pour me faire chier, hein ? Tu l'as choisi alors même que tu savais à quel point je rêvais de décrocher ce poste ! OK, c'est toi qui as été promue, et j'avoue que je l'ai eue mauvaise. Mais *Wood* ?

Il fit un pas en avant. D'instinct, elle glissa une main vers son arme.

— Ça fait douze ans qu'on bosse ensemble, Riley ! Et il a suffi d'une nuit où on avait trop bu pour que tu me rejettes complètement. C'est pour ça que tu n'avais pas envie que j'intègre ton équipe, hein ? Tu t'en veux toujours d'avoir couché avec moi !

— Non, protesta-t-elle trop vite. J'ai choisi Logan parce que c'est un bon flic. Il ne fait pas sauter les contraventions de ses copains, lui.

Cole écarquilla les yeux, incrédule.

— Peut-être, mais moi, je n'ai pas couvert mon frère toxicomane pendant des années !

Elle ne put s'empêcher de rougir.

— Et je ne t'ai pas forcée à coucher avec moi ce soir-là, Riley. Ce n'est pas ma faute si tu en as honte. Mais de là à vouloir encore me punir après tout ce temps... Tu ferais bien de te demander qui de nous deux est le flic le plus pourri.

Il remarqua alors la main qu'elle avait posée sur le plan de travail, tout près de son arme de service.

— Quoi, tu comptes me tirer dessus ? Putain, tu es vraiment cinglée...

Il la planta là et traversa la cuisine à grands pas. L'instant d'après, le claquement de la porte d'entrée résonna dans toute la maison.

Riley remonta dans la salle de bains s'asperger le visage d'eau froide. Lorsqu'elle se redressa, elle contempla son reflet dans le miroir, les gouttes qui dégoulinaient le long de ses joues et son teint pâle malgré son bronzage. Ses doigts se crispèrent sur le rebord du lavabo tandis que s'imposait à elle le souvenir de son réveil près de Cole et du contact rêche de ses draps bon marché sur sa peau.

D'autres images lui succédèrent, à commencer par le dealer de Venice Beach qui avait donné à son lit une odeur de patchouli, et ces étrangers rencontrés dans des bars miteux et des chambres de motel. Chacune de ces étreintes avait été en quelque sorte une répétition de la première, comme si elle avait cherché un moyen de s'en extraire. Sauf qu'il n'y avait jamais eu d'issue de secours. À chaque fois, elle n'avait éprouvé qu'un dégoût de plus en plus profond vis-à-vis d'elle-même.

Elle sentit enfler sa colère contre Cole et tous les types qui voulaient toujours plus que ce qu'ils avaient. Contre son frère, coupable d'avoir fait entrer un monstre dans sa vie et de s'être écroulé au moment où elle avait le plus besoin de lui. Contre son père – *un avocat, merde* –, qui n'avait rien fait pour que justice soit rendue et qui avait condamné Dieu sait combien d'autres femmes à connaître un sort similaire entre les mains de Hunter. Contre sa mère et son choix de s'abrutir avec des médicaments plutôt que d'affronter la dure réalité du viol de sa fille.

Mais plus que tout, sa colère était dirigée contre elle-même. En hurlant, elle envoya son poing dans le miroir, si fort qu'elle laissa au milieu un cratère irrégulier d'où partaient des zébrures semblables aux fils d'une toile d'araignée. Du sang coula de ses doigts. Son visage dans la glace apparaissait désormais brisé. À l'extérieur, la lumière de la véranda s'éteignit, et l'obscurité enveloppa la maison.

39

Riley se coucha ce soir-là avec son arme à côté d'elle. À l'aube, après une heure d'un sommeil agité, elle descendit boire trois cafés bien serrés. Ses jointures avaient cessé de saigner, mais elle avait dû cacher le bleu qu'elle s'était fait sous un bandage.

Ethan n'était toujours pas rentré. Elle essaya encore de lui téléphoner, sans succès. Craignant un accident quelconque, peut-être en rapport avec la réapparition du collier, elle lui laissa un nouveau message, ainsi qu'un autre à Sadie pour lui demander de ne pas déposer Maddie chez eux. Puis elle appela Rose et lui transmit la même consigne. Lorsque sa tante voulut savoir pourquoi, elle lui expliqua que c'était à cause de son enquête – ce qui ne fit que l'inquiéter davantage.

— Riley, ma chérie, que se passe-t-il ? Tu n'as pas l'air dans ton état normal.

À 7 heures, sur le qui-vive, elle quitta la maison. Tout était tranquille au-dehors. La brume formait des volutes sur la rivière, l'obscurité oppressante avait disparu et chaque chose était à sa place. Les oiseaux pépiaient, les abeilles bourdonnaient. On aurait pu croire que tout allait bien. Sauf qu'il n'en était rien. Elle jeta sa veste sur la banquette arrière de la Dodge, ainsi que le sachet de congélation fermé dans lequel elle avait glissé le collier et l'enveloppe.

En route vers Waterloo, elle appela le Central et déclara avoir remarqué un rôdeur près de chez elle – un journaliste, à coup sûr, mais tout de même, elle préférait qu'on surveille sa maison. Si la personne qui s'était introduite chez elle traînait encore dans les parages, les agents de patrouille verraient avec un peu de chance de qui il s'agissait.

À son bureau, elle reprit tous les comptes rendus liés à son enquête en attendant Klein et Gooch, qui devaient présenter ce jour-là le fruit de leur travail. Elle avait du mal à se concentrer et ne cessait de repenser à sa dispute avec Cole, à l'étrange absence de son frère et à toutes les hypothèses que faisait surgir la brusque réapparition de son collier – le tout entremêlé d'images violentes du soir de son agression. L'arrivée d'Amy Fox fut un soulagement.

La jeune recrue lui tendit un café et posa une boîte de pâtisseries sur le bureau de Schmidt. Elle lui avait acheté ses donuts préférés.

— Je viens d'avoir l'hôpital de Cedar au téléphone, sergente. Lizbeth Garrett n'a pas été admise là-bas non plus. J'ai adressé une requête à son médecin pour avoir accès à son dossier.

Riley fixa la chemise dans laquelle elle avait rassemblé toutes les informations concernant la sœur de Hoyt Garrett, en particulier des notes sur son parcours et une photo montrant une femme de son âge environ, aux cheveux blonds bouclés et aux joues parsemées de taches de rousseur.

— Très bien. On arrêtera les recherches après ça. Il est inutile que tu perdes ton temps sur une piste qui ne mènera sans doute à rien. Si ça se trouve, Hoyt ignorait que Lizbeth était à l'hôpital. Ou peut-être qu'il voulait la protéger. Qui sait si elle n'est pas toxicomane ?

Klein et Gooch débarquèrent une heure plus tard, suivis du reste de son équipe. Jackson Cole fut ponctuel cette fois. Il entra sans la regarder, l'air tendu. Schmidt, Logan, Nolan et Becker étaient quant à eux impatients de savoir ce que les agents du FBI avaient à leur apprendre, mais l'enthousiasme de Logan fit place à de l'inquiétude lorsqu'il remarqua la main bandée de Riley.

— Ça va ? dit-il tout bas.

— Un accident ridicule. Je me suis mis en tête de cuisiner, répondit-elle avec un rire peu convaincant.

— Et moi qui pensais que tu te servais seulement de ton micro-ondes, plaisanta-t-il.

Riley s'aperçut que Klein les observait. Il avait compris qu'elle mentait, c'était évident.

— Nous sommes prêts, lui lança-t-elle avec raideur.

Le silence se fit dans la pièce.

— Bonjour à tous, commença-t-il. Nous avons passé les deux derniers jours à lire vos rapports. Tout d'abord, laissez-moi vous dire que le travail que vous avez accompli sur cette affaire est exemplaire. Cependant, ajouta-t-il à l'intention de Riley, nous sommes parvenus à des conclusions légèrement différentes des vôtres.

— Différentes en quoi ?

Elle se sentait prise en traître. Humiliée devant son équipe. Pourquoi Klein ne l'avait-il pas d'abord consultée ? Dire qu'elle l'avait cru diplomate.

— Je suis désolé, sergente, je voulais vous en parler hier soir, mais je n'ai pas réussi à vous joindre.

Elle songea aux notifications qu'elle avait vues sur son téléphone après le départ de Cole. Elle n'avait même pas regardé qui l'avait appelée. Sonnée, elle était juste restée assise dans la cuisine, avec son arme à côté d'elle et une bière fraîche contre sa main blessée.

— J'ai dû régler un problème familial.

Le rouge lui monta aux joues lorsque Cole tourna les yeux vers elle.

— Enfin bref, reprit Klein, il y a à la fois des similarités très inhabituelles entre les trois victimes – à savoir les traces de morsures et les lambeaux de chair arrachés, qui suggèrent des pratiques cannibales ou une chasse aux trophées –, et aussi des divergences dans le mode opératoire de votre assassin. Il peut y avoir une explication à cela, comme nous le verrons plus tard. Mais tant que nous n'aurons pas les résultats des analyses ADN, nous en serons réduits à supposer que les trois femmes ont été tuées par un même individu. À ce sujet, d'ailleurs, j'ai eu des nouvelles de notre laboratoire à Quantico ce matin. Ils ont bien reçu les échantillons et vont s'efforcer de les traiter au plus vite. Si tout va bien, dans le courant de la semaine.

— Excellent, murmura Riley.

Cela les conduirait-il à Hunter ? Se pouvait-il qu'il soit de retour ? Retrouverait-on ses traces sur le corps des victimes ? Elle se força à chasser de son esprit l'idée que Chloé, Nicole King et Gracie Foster étaient peut-être mortes parce qu'elle ne l'avait pas dénoncé autrefois. Parce que sa famille avait préféré étouffer l'affaire. *Suis-je responsable ?*

— Notre principal point de désaccord concerne votre suspect, continua Klein. En nous appuyant sur ce que vous avez découvert jusqu'à présent, nous ne pensons pas que George Anderson soit le coupable.

Cette conclusion fit à Riley l'effet d'une douche froide.

Klein leva une main pour faire cesser l'agitation provoquée par ses paroles.

— Je vais laisser l'agent Gooch vous exposer le profil auquel nous sommes parvenus.

Gooch sortit son calepin.

— Si on part du principe qu'il n'y a bien qu'un seul et même tueur, alors sa première victime d'après les rapports d'autopsie est Gracie Foster.

— On n'arrête pas de parler d'un homme, l'interrompit timidement Fox. Est-on sûr de ça ?

— Les tueuses en série sont très rares, répondit Klein. On ne sait toujours pas bien pourquoi. Une histoire de testostérone, peut-être. L'expérience nous a appris que les femmes ont tendance à intérioriser leurs problèmes, et les hommes à les extérioriser violemment.

Fox hocha la tête.

— Sarah Foster a signalé la disparition de sa fille le 14 juin, reprit Gooch. La date estimée du décès se situe entre le 15 et le 17, mais le médecin légiste pense que Gracie n'a pas été jetée à l'eau avant le 19. Elle a donc pu être enfermée quelque part une journée ou plus, ensuite seulement être tuée, puis mise dans une sorte de chambre froide jusqu'à son immersion dans la rivière. Aussitôt après, soit le 20 juin, notre homme étrangle Nicole King à l'abattoir. Il revient près d'elle le lendemain ou le surlendemain, et c'est là qu'il lui inflige une bonne partie des mutilations et des morsures relevées sur son corps.

— C'est assez fréquent chez les tueurs en série, expliqua Klein. Et lorsqu'ils ne peuvent pas revenir auprès du cadavre, ils retournent souvent sur les lieux du crime ou sur la tombe de leur victime. Il nous est déjà arrivé de mettre en scène des cérémonies dans des cimetières pour les faire sortir du bois. On en a arrêté plusieurs comme ça.

Riley songea à James Miller. À son rire faux, à son haleine imbibée de vodka, à sa colère diffuse. Elle ne l'imaginait pas tomber dans ce genre de panneau.

— Le 21 juin, poursuivit Gooch, c'est au tour de Chloé Miller.

— Qu'est-ce qui vous fait croire qu'Anderson ne peut pas être l'auteur de ces crimes ? demanda Logan. Surtout si on considère son passé militaire, son mariage brisé, la perte de son travail et de sa maison, et sa toxicomanie.

— J'ai dit que nous ne le pensions pas coupable, le corrigea Klein. Pas qu'il ne pouvait pas l'être. Si Nicole King avait été votre seule victime, alors oui, Anderson aurait été un très bon suspect. Mais son profil ne colle pas avec celui du type qui a tué les deux autres femmes, en tout cas avec ce qu'on sait de lui à ce stade.

— Selon moi, votre homme est de la région, dit Gooch. Ou s'il ne l'est pas, elle lui est quand même familière. Nous visons un Blanc entre trente et cinquante ans. Costaud et en forme.

L'âge et la corpulence correspondaient à ceux de Hunter. Riley sortit son téléphone portable. Toujours aucun message d'Ethan. Puis elle vit que Klein la regardait et s'obligea à rester concentrée sur la réunion.

— Il conduit un véhicule – un pick-up ou un camion équipé d'une chambre froide, continua Gooch. Il dispose très certainement d'un logement dans les environs. Il a eu des problèmes de santé mentale dans un passé récent, peut-être combinés à une dépendance à l'alcool ou à la drogue. Et il a vécu quelque chose qui a déclenché cette série de meurtres – par exemple la perte d'un travail ou une rupture amoureuse. Les types de ce genre sont des bombes à retardement.

— Et la disparition d'Anderson dans tout ça ? demanda Fox. Vous ne trouvez pas bizarre que personne ne l'ait aperçu depuis plusieurs semaines ? Est-ce que ça ne plaide pas en faveur de sa culpabilité ?

— Je pense qu'Anderson a été témoin de la mort de Nicole King ou des mutilations qui ont suivi. Partant de là, il a dû s'enfuir ou être tué à son tour.

— Que fait-on alors ? dit Schmidt. La ville tout entière cherche quelqu'un qui selon vous est innocent.

— Gracie Foster, répondit Gooch. C'est grâce à elle que vous le coincerez.

— Il l'a tuée en premier, renchérit Klein. Mais plus important encore, elle a compté à ses yeux. Son cadavre ne présente aucun signe évident de strangulation, ni de déchaînement de violence ou de mutilations précipitées. Il a prélevé des morceaux de chair sur elle après sa mort avec précision et attention, et il l'a conservée dans une chambre froide pour ralentir la décomposition. Il ne l'a pas laissée pourrir par terre comme il l'a fait avec King. Il l'a lestée et immergée dans l'eau. Gracie Foster était quelqu'un qu'il voulait cacher. Soit parce qu'elle avait des liens avec lui, soit parce qu'il regrettait de l'avoir tuée - et il est fort probable que ce soit pour ces deux raisons à la fois. Mais ce premier assassinat l'a déstabilisé. Les meurtres de King et Miller ont été brutaux, motivés par la colère et un besoin compulsif, une envie dévorante de détruire et de consommer. Leurs cadavres témoignent d'un changement dans son état d'esprit. Il se montre plus violent à présent.

— Et les morsures ? s'enquit Logan. Pourquoi fait-il ça ?

— On constate en général une gratification sexuelle derrière de tels actes. Mais selon moi, cela exprime plutôt une soif de pouvoir. De contrôle. Ces hommes ont souvent souffert d'un manque à ce niveau-là. Ils ont connu un parent maltraitant, des problèmes sexuels, des échecs professionnels. Cela les pousse à vouloir reprendre le dessus. À s'arroger un pouvoir de vie et de mort sur un autre être humain.

— On dirait presque que vous les excusez, remarqua Logan.

— Non. Nous essayons de les comprendre afin de mieux pouvoir les arrêter, et si possible avant qu'ils passent de nouveau à l'acte.

— Et Sarah Foster, la mère de Gracie ? dit Fox. Pensez-vous qu'il lui soit arrivé quelque chose ?

— J'ai bien peur que oui, étant donné les circonstances dans lesquelles sa fille et elle ont disparu. Mais là encore, Sarah Foster pourrait être l'élément qui nous conduira à votre homme.

— Et comment procède-t-on ? demanda Cole.

— Il faut réexaminer la liste de ses contacts. Qu'on se renseigne sur chacun d'entre eux avec notre profil à l'esprit.

Après avoir chargé Schmidt et Logan de rassembler les coordonnées et les antécédents de toutes les personnes liées aux Foster, Riley s'excusa. Elle se sentait distraite, déconcentrée.

Klein l'intercepta juste avant qu'elle sorte.

— Tout va bien, sergente ?

Elle jeta un coup d'œil à son équipe. Par chance, tous s'affairaient de leur côté.

— Oui.

— Vous n'avez pas l'air dans votre assiette.

Elle revit la petite étoile en or glisser hors de l'enveloppe et tomber dans sa paume, mais parvint à soutenir le regard de Klein.

— Vous n'êtes pas là pour dresser mon profil, répliqua-t-elle.

— Non, je suis là pour vous aider.

L'espace d'un instant, elle eut envie de tout lui raconter - Hunter, son passé, sa peur à l'idée que ce monstre soit revenu. Mais elle se ressaisit.

— J'ai juste besoin d'un petit moment à moi.

Elle trouva refuge dans le calme des vestiaires. L'endroit sentait le déodorant, le cirage et la nourriture rance. Un robinet gouttait dans l'une des douches, et ce bruit hypnotique apaisa son esprit agité. Elle réfléchit au profil dressé par les agents du FBI. Oui, Hunter collait en partie à leur description. Mais si Klein et Gooch avaient raison et que le tueur avait des liens avec Gracie et Sarah Foster, il ne pourrait s'agir de Hunter que s'il connaissait les deux femmes, donc s'il s'était installé dans le comté de Black Hawk depuis quelque temps déjà.

Elle se repassa la soirée de la veille dans sa tête. Son retour chez elle, la remise ouverte, la boîte de jouets par terre, et ce souffle pareil à un murmure dans le noir. Le choc provoqué par le collier. Puis Cole.

Elle serra les dents.

Tu ferais bien de te demander qui de nous deux est le flic le plus pourri.

Ces mots l'avaient piquée au vif, en grande partie parce que Cole avait visé juste. Elle avait protégé Ethan alors qu'elle aurait dû donner l'exemple. Tout le problème de la famille Fisher était là : ils avaient trop tendance à cacher la vérité aux autres – et à se la cacher entre eux aussi. Elle repensa aux addictions de son frère, à la douleur de sa nièce, à sa mère perdue dans son brouillard médicamenteux – une voie que Lori semblait suivre à son tour – et aux efforts de son grand-père pour dissimuler sa démence. Et à Hunter, leur grand secret honteux qui avait fini par les détruire.

S'il y avait une probabilité qu'il soit revenu et une autre, si infime soit-elle, qu'il ait quelque chose à voir avec les meurtres, il fallait qu'elle parle. Elle le devait à son équipe, ainsi qu'à Chloé, Nicole et Gracie. Peut-être pourrait-elle obtenir que justice leur soit rendue à toutes les trois, et tant pis si cela l'exposait à des questions et des ragots. Tant pis si cela nuisait à sa carrière.

Elle se leva, ouvrit son casier et en sortit le sachet de congélation contenant l'enveloppe et le collier. Bob Nolan ne mettrait pas longtemps à faire apparaître les éventuelles empreintes présentes dessus. Elle ramassa aussi la photo volée à James Miller, celle prise ce fameux soir à la grande foire de l'État. Elle avait un nom et un visage. S'ils figuraient dans leurs bases de données, Nolan saurait vite les retrouver.

40

Un point lumineux apparut au bord de son champ de vision et le traversa comme une écharde. Cela faisait si mal qu'elle tourna la tête. Un gémissement retentit quelque part à proximité. Elle tenta de nouveau d'entrouvrir les yeux.

Elle vit la couverture et les barreaux métalliques de son lit, ainsi qu'un tube qui pendouillait en l'air, relié à une poche de liquide suspendue au-dessus d'elle tel un poumon avachi. D'autres lits entouraient le sien – certains vides et nus, d'autres occupés par des personnes dont la silhouette se dessinait sous les draps – et des spots montés sur des trépieds diffusaient une lumière aveuglante réfléchie par la pâleur des murs blancs. Elle plissa les yeux. Tout cela lui semblait étrangement familier, mais elle ignorait depuis combien de temps elle était là, et pourquoi. Avait-elle fait une énième crise d'épilepsie ?

Le gémissement reprit, et elle leva la tête pour en déterminer l'origine. La forme étendue sur le lit en face d'elle bougeait sous sa couverture. Elle se laissa retomber faiblement sur son oreiller et tenta d'appeler quelqu'un, mais fut choquée de ne pas réussir à produire plus qu'un murmure ténu. Elle était assoiffée et sa langue gonflée lui faisait l'effet d'une limace sèche.

Ses doigts cherchèrent un bouton. Ayant déjà été hospitalisée à l'adolescence après l'une de ses pires crises, elle savait qu'il y en avait toujours un que l'on pouvait presser pour qu'une infirmière souriante vous apporte un soda ou un antalgique. Elle effleura les barreaux métalliques, mais ne trouva rien et ne put bientôt pas aller plus loin. Un pincement dans son bras et un mouvement du tube relié à la poche lui firent prendre conscience qu'on lui avait mis une intraveineuse.

Paniquée, elle fit un nouvel effort pour se redresser. Quelque chose clochait. Cet endroit avait un côté irréel tout à fait bizarre. À présent que ses yeux s'étaient habitués à la lumière, elle s'aperçut que les murs blancs étaient en réalité des bâches en plastique qui enfermaient les rangées de lits dans un cocon éthéré. Elle en suivit les contours jusqu'au-dessus de sa tête. On aurait dit une sorte de serre en polyéthylène, de celles dans lesquelles les fermiers faisaient pousser des légumes. Ou un hôpital de campagne. Derrière, elle devinait un espace empli d'ombres. Le sol était plus curieux encore – n'était-ce pas du béton craquelé ?

Le gémissement en provenance de la rangée d'en face s'amplifia. Elle distingua des pieds nus et calleux. Des chevilles entravées par de grosses sangles marron attachées aux barreaux du lit. Une contention, comprit-elle, en proie à une peur grandissante. Le patient ne se sentait visiblement pas bien du tout et il n'y avait personne pour l'aider. Son pouls s'accéléra. Où étaient sa famille, ses enfants ? Elle appela de nouveau, mais sa voix se brisa et resta inaudible.

Elle essaya de s'asseoir. Une douleur fusa dans son crâne et s'ajouta à celle causée par le cathéter enfoncé dans sa chair. Sa couverture glissa, libérant son bras. Une bande adhésive décolorée dont les bords s'enroulaient sur eux-mêmes maintenait sa perfusion en place, mais plus que ça, ce fut sa peau qui attira son attention. Elle était parsemée de croûtes, comme si elle s'était égratignée. Avait-elle eu un accident ? À la ferme peut-être ? Un déclic se fit dans son esprit. Il y avait bien eu un accident, n'est-ce pas ?

Elle voulut ramener son bras vers elle pour examiner ces étranges blessures, mais en fut empêchée par la sangle en cuir qui reliait son poignet au lit. Elle constata alors que tous ses membres étaient entravés. On l'avait attachée elle aussi. Où était-elle ? Dans un asile ? Avait-elle fait une crise d'épilepsie assez grave pour occasionner des lésions cérébrales ? La nausée monta en elle. L'espace d'un instant, elle craignit de vomir, mais elle avait l'estomac vide. Depuis quand n'avait-elle pas mangé ? À cette idée, son ventre se tordit. Une image tentait d'affleurer dans son esprit, mais elle se refusait d'instinct à la regarder en face.

Quelque chose bougea derrière les bâches à l'extrémité de la pièce. Des silhouettes minces se rapprochaient. Elle se figea, le cœur battant. Quelqu'un tira sur une fermeture Éclair, et le rideau en plastique s'écarta devant deux personnes.

— Il faut que tu lui parles, dit une voix féminine empreinte de lassitude et d'une pointe de désespoir. Combien de temps encore vas-tu laisser faire ça ?

Une porte couina, puis elle perçut un bruissement semblable à celui d'un emballage.

Elle se risqua à jeter un coup d'œil aux nouveaux venus. Vêtus de blouses et de masques, ils se tenaient à côté de deux frigos et d'un chariot sur lequel étaient disposés des instruments en métal. Des fils serpentaient sur le sol en béton.

Le plus grand des deux - un homme, à en juger par sa corpulence - enfila des gants en latex.

— Je te l'ai dit, il n'en a rien à faire, déclara-t-il. Il sait déjà tout ça.

— Mais c'est de la folie ! On ne contrôle plus rien.

— Tu crois que je ne le vois pas ?

Un gémissement sonore les fit soudain sursauter.

— Merde...

L'homme contempla le patient qui s'agitait.

— Occupe-toi de lui, tu veux ?

La femme se pencha vers l'un des frigos. Les mains tremblantes, elle sortit une seringue de son sachet et se dirigea vers les lits avec prudence, en la brandissant comme une arme.

— Il reprend connaissance plus vite qu'il ne le devrait.

— Augmente la dose, dit son collègue en commençant à déballer des affaires près du chariot. Je ne tiens pas à ce que ce connard se réveille, j'ai déjà bien assez à faire.

Piégée sur son matelas, elle les observa jusqu'à ce que son attention soit attirée par le sas d'entrée de cette étrange structure médicale. La fermeture Éclair n'avait pas été totalement refermée et un courant d'air soulevait par moments les bâches en plastique. Elle entrevit un espace immense, un énorme bâtiment aux murs et au toit en tôle ondulée et rouillée. De petits interstices laissaient pénétrer la lumière du jour, dévoilant çà et là des cages à animaux dont les barreaux cassés pendouillaient dans le vide. Son dernier espoir d'être dans un lieu de soins s'évanouit, et un cri choqué lui échappa. Il y eut un mouvement à côté d'elle. La femme la regardait fixement.

— S'il vous plaît !

L'inconnue s'avança, sa seringue toujours à la main. Sur le lit d'en face, le patient s'était tu.

— Là, du calme...

Un souvenir émergea des profondeurs de sa mémoire, et à mesure qu'il s'imposait à elle, elle se mit à gémir de peur. Elle se rappelait la lumière et les hurlements. Et le sang. Tant de sang.

Oh, mon Dieu.

— Ne vous inquiétez pas, Lizbeth, murmura la femme en tournant une valve sur la perfusion. Tout ira bien.

41

Ce fut avec un optimisme rare que Riley entra dans la chambre de son grand-père. Un aide-soignant croisé dans le couloir l'avait informée que le vieil homme s'était montré plus bavard que d'habitude ce jour-là.

— Bonjour, papy, dit-elle en l'embrassant sur la joue. Comment vas-tu ?

Il tapota sa main bandée.

— Tu n'as pas l'ombre d'un pied dans la tombe, Ann.

Cela doucha ses espoirs. Ce n'était pas la première fois qu'il s'adressait à elle comme à sa défunte épouse, mais il avait tendance à le faire de plus en plus souvent.

Joe Fisher se tourna vers son téléviseur mural afin de suivre un reportage consacré à Jess Cook, dont un ancien employé affirmait qu'elle était liée à un groupe d'écoterroristes, Mission Earth. Selon un récent sondage, elle avait reculé de trois points face à Hamilton. La sénatrice apparut bientôt à l'écran, la mine sévère, et monta dans sa voiture pendant que des journalistes se pressaient autour d'elle en lui tendant leurs micros.

— J'aimerais que tu sois là avec moi, papy.

— Je suis toujours là, ma chérie.

Riley sentit des larmes lui picoter les yeux.

— Tu te souviens du collier que tu m'as offert ? Celui que j'ai perdu à la foire de l'État ? Je me demande si ce n'est pas Hunter, l'homme qui...

Incapable de prononcer ces mots à voix haute, elle s'interrompit.

— Il se pourrait qu'il soit revenu. Et qu'il s'en soit pris à d'autres femmes.

Elle n'avait cessé d'y penser durant toute la journée, pendant que son équipe s'employait à dresser une nouvelle liste des contacts de Sarah Foster avec les remarques de Gooch et Klein à l'esprit.

Après son agression, Hunter l'avait laissée tranquille et n'avait jamais remis les pieds chez elle. Riley entendait encore sa mère demander à Ethan où était passé son charmant ami – c'était avant qu'elle raconte à ses parents ce qui lui était arrivé. Pourquoi serait-il revenu au bout de tant d'années alors qu'il avait eu ce qu'il voulait ? Pourquoi se serait-il exposé ? Partagée entre ses craintes et ses doutes, elle avait les idées si embrouillées qu'elle ne s'y retrouvait plus.

— Le shérif a réclamé l'aide du FBI. J'ai peur de mal faire mon travail. De ne rien contrôler. Ces femmes, papy, tu sais comment elles sont mortes ? Tu m'as toujours dit de laisser mes enquêtes au bureau à la fin de la journée, mais je ne peux pas. Elles me hantent en permanence.

À la télévision, le présentateur continuait à détailler les derniers sondages. Joe Fisher semblait hypnotisé.

— Peut-être que Reed a raison. Peut-être que cette affaire me touche de trop près. Peut-être est-ce pour ça que je n'y vois plus clair...

Elle soupira et lâcha la main du vieil homme. À quoi bon se confier à lui ?

— Il faut que je file, papy. Ethan n'est pas rentré à la maison depuis hier et je m'inquiète pour lui. Si Hunter est revenu...

— On aurait dû traquer ce garçon, gronda soudain son grand-père.

Ses yeux plissés dessinaient deux fentes brillantes de rage et il s'était agrippé aux bras de son fauteuil.

— On aurait dû le retrouver, Michael, et buter ce fils de pute !

Michael. Son père ?

— Le buter ?

— Je l'ai recherché, mais tu m'as dit de laisser tomber. Tu répétais qu'il valait mieux oublier cette histoire, que c'était dans l'intérêt de Riley, et que tu ne voulais pas lui infliger un procès, parce que tu avais vu trop de femmes sortir brisées de cette épreuve, poursuivit le vieil homme d'une voix étranglée par l'émotion. Merde, Michael, on aurait dû faire *quelque chose* !

Ces mots mirent Riley au bord des larmes.

— Tu n'as jamais su jauger les gens, fiston. Heureusement que tu étais avocat, et pas flic. C'était plus facile pour toi d'ignorer certains crimes. Et ça explique que tu aies travaillé si longtemps pour cette crapule, j'imagine.

Le doigt pointé vers l'écran de télévision, Joe Fisher montrait Bill Hamilton, qui, tout sourire, saluait les caméras devant un hôtel en cours de construction à Des Moines.

— Qu'est-ce que tu veux dire ?

— Combien de fois as-tu fermé les yeux sur ses agissements, fiston ?

— Tu parles de Hamilton ? demanda Riley en s'accroupissant devant lui. Est-ce que papa avait des informations compromettantes sur lui ? Et toi aussi ?

Le regard de son grand-père se perdit derrière elle. Son expression changea, les plis de son visage s'adoucirent, et toute sa colère sembla l'abandonner.

— Papy ?

Il cligna des paupières.

— C'est l'heure d'aller à l'école, ma chérie.

Riley s'assit sur ses talons et leva la tête vers le téléviseur. À l'écran, Hamilton serrait les mains de ses supporters. Elle repensa à son appel inattendu. À son intérêt pour l'enquête, et surtout pour James Miller.

Un véritable atout pour notre État. Pour notre avenir.

Cette tension dans sa voix. Cet avertissement subtil.

Elle se remémora aussi la fureur de Miller, le temps qu'il lui avait fallu pour signaler la disparition de Chloé, la culpabilité qu'il étouffait. Toucher un mot à Angela Roberts de cette histoire était une chose, mais amener le gouverneur à se porter garant de lui... Même Reed l'avait prévenue : elle devait éviter de trop mettre la pression à James Miller.

Un homme riche et respecté dans notre communauté.

Et si le problème dans cette affaire n'était pas ce qu'elle ne voyait pas, mais ce qu'elle avait toujours vu ?

Les monstres pouvaient se cacher au milieu de la foule à condition d'arborer le bon masque. Ed Gein n'avait-il pas été perçu comme un brave type par ses voisins, alors qu'il vivait dans une maison remplie d'horreurs ?

C'est un si gentil garçon.

Certes, James Miller avait un alibi a priori solide concernant Nicole King, et aucun indice ne laissait penser qu'il était responsable de la mort de sa femme. Mais ne pouvait-il pas être impliqué d'une autre façon ? Ne pouvait-il pas détenir la clé du meurtre de Chloé ?

Elle se redressa, les yeux rivés sur le sourire suave de Bill Hamilton. Sa décision était prise.

Dans le couloir de la maison de retraite, elle ne mit pas longtemps à trouver le numéro qu'elle cherchait sur le site internet de la sénatrice.

Une voix répondit au bout de deux sonneries.

— Jess Cook pour un avenir meilleur. En quoi puis-je vous aider ?

42

— Logan ? C'est moi. Écoute, je suis en route pour Des Moines.

Au volant de sa Dodge, Riley ralentit jusqu'à rouler au pas. La circulation était dense sur l'autoroute en cette fin de journée.

— Il s'est passé quelque chose ? s'inquiéta Logan.

— Je suis une nouvelle piste, répondit-elle en jetant un coup d'œil à un semi-remorque qu'elle voyait se rapprocher dans son rétroviseur. Même s'il y a peu de chances pour que ce soit la bonne, j'aimerais en avoir le cœur net.

— J'étais censé garder les enfants ce soir, mais au cas où, Carol comprendrait que je vienne avec toi.

— Non, merci. En revanche, j'ai dit à Klein que je comptais travailler chez moi sur les contacts de Sarah Foster. Si quelqu'un me cherche, il faudrait que tu me couvres. Et aussi que tu planches sur ces contacts à ma place. Je vais t'envoyer les fichiers.

— Je peux savoir de quelle piste il s'agit ?

Le trafic reprit de la vitesse, et le vent chaud qui s'engouffrait par sa vitre ouverte ébouriffa ses cheveux. Derrière elle, le camion s'ébranla et accéléra à son tour.

— Pas tant que je n'aurai pas la certitude qu'elle mène quelque part.

Il y eut un silence au bout du fil.

— Tu es sûre que tout va bien ?

— Je veux juste résoudre cette enquête, soupira-t-elle.

— D'accord. Mais si tu as besoin de quoi que...

Son téléphone bipa et afficha un numéro qu'elle ne reconnut pas.

— Je dois te laisser, Logan.

— Quand rentreras-tu ?

— Demain soir. Je te raconterai tout à ce moment-là.

— Fais attention à toi.

— Merci, dit-elle, avant de prendre l'autre appel. Allô ?

— Riley ? C'est moi, Mia.

Elle fut surprise, mais se remémora ensuite la carte de visite qu'elle avait donnée à son ancienne amie.

— Salut, Mia.

Elle n'obtint pas de réponse.

— Allô ?

— Riley, je voulais te dire... je suis désolée de t'avoir ratée hier.

— Comment ça ?

— Hier soir, quand je suis passée chez toi. Je pensais que ton frère t'aurait prévenue. Je lui ai remis une enveloppe. Tu ne l'as pas eue ?

Riley eut l'impression de se liquéfier. Elle freina brutalement, obligeant le gros poids lourd derrière elle à faire un écart pour l'éviter. Le chauffeur la klaxonna et lui adressa un doigt d'honneur pendant qu'elle se garait en tremblant sur la bande d'arrêt d'urgence.

— Riley ?

Des véhicules la doublèrent dans un bruit de tonnerre. L'air sentait le gasoil et la poussière.

— C'était toi ?

Elle avait cru que Hunter était de retour. Cela faisait une nuit et une journée entières qu'elle vivait avec cette idée cauchemardesque à l'esprit. Elle avait même confié le collier et la photo à Nolan afin qu'il entame des recherches dessus.

— Excuse-moi. J'aurais probablement dû attendre que tu rentres, mais je...

Mia s'interrompit soudain. Riley distingua les pleurs d'un bébé en arrière-fond, jusqu'à ce qu'une porte se referme.

— Comment se fait-il que tu l'aies eu en ta possession, Mia ?

— C'est Chloé. Elle est retournée dans les bois le matin après... tu sais quoi. Elle est allée à l'endroit où tu disais que tout s'était passé et elle a retrouvé ton collier sous les arbres. Elle a toujours eu l'intention de te le rendre parce qu'elle connaissait sa valeur à tes yeux, mais je crois qu'elle a eu peur de ta réaction.

Riley se rappela les hésitations de Chloé. Cette impression qu'elle donnait en permanence d'avoir quelque chose sur le bout de la langue.

— Au bout du compte, elle m'a demandé si j'accepterais de m'en charger. Seulement, tu n'as pas repris l'école cette année-là et on ne t'a pas revue pendant si longtemps... J'ai supposé que tu préférais ne plus en entendre parler. Mais maintenant... Je ne sais pas, il me semble que je devais le faire. Chloé a toujours souhaité que tu le récupères.

— Et tu l'as confié à Ethan ?

— Oui, je...

— Il faut que je te laisse, Mia.

Riley raccrocha et repartit sur-le-champ. Ses pneus crissèrent sur la chaussée. Le pied au plancher, elle fonça cette fois en direction de Cedar Falls.

Les derniers rayons du soleil faisaient rougeoyer les arbres au bord de la rivière lorsqu'elle arriva chez elle et s'arrêta dans un nuage de poussière près du pick-up de son grand-père. Ethan était rentré, mais elle n'éprouva aucun soulagement. Seulement de la colère. Une rage brûlante.

Elle le trouva dans la cuisine, occupé à planter un couteau dans le film cellophane d'un plat préparé. Il leva les yeux et changea d'expression à sa vue.

Scrounger courut vers Riley, qui l'ignora complètement.

— Pourquoi tu ne m'as pas dit que Mia était passée ? Pourquoi tu ne m'as pas rappelée ? Je t'ai laissé je ne sais pas combien de messages !

Le chien se mit à aboyer en l'entendant crier. Elle l'attrapa par le cou et le traîna dans le couloir avant de refermer la porte sur lui.

Ethan jeta son couteau sur le plan de travail.

— J'avais besoin de réfléchir et d'être seul un moment, OK ?

— Tu avais besoin d'être seul un moment ? Parce que ton temps est plus important que celui des autres, peut-être ?

— Je ne m'attendais pas à la voir. Mia, je veux dire. Ça a... ça a fait remonter des souvenirs.

Riley songea à la boîte de jouets laissée ouverte par terre dans la remise. Un rire amer lui échappa.

— Et moi, à ton avis, comment est-ce que tu crois que je me suis sentie ? dit-elle en se frappant la poitrine.

— Je ne comprends pas.

— Tu ne lui as pas demandé ce qu'il y avait dans l'enveloppe ? Tu n'as pas pris la peine de regarder ?

— Non, je...

— C'était mon collier, Ethan ! Celui que notre grand-père m'avait offert. Celui que ton meilleur ami m'a arraché pendant qu'il me violait.

Là, c'était fait. Elle avait largué sa bombe.

Ethan devint livide.

— Riley, je ne me doutais pas...

— Tu ne te doutes jamais de rien ! Tu ne réfléchis pas ! Tu ne penses qu'à toi, jamais à moi ou à Maddie. De quand date ta dernière visite à papy ?

— Je n'ai pas la force de gérer ça.

Il voulut partir, mais elle le retint par le bras. Il empestait si fort la cigarette et la bière qu'elle eut envie de le frapper.

— Tu n'as pas la force de gérer ça ? As-tu seulement essayé un jour de le faire ?

— Riley...

— Tu savais que j'étais ivre ce soir-là ! Tu as vu Hunter m'entraîner à l'écart !

Sa voix suraiguë se brisa, et elle se mit à pleurer. Une partie d'elle aurait voulu s'arrêter, tant cela l'horrifiait d'étaler ainsi sa douleur, mais elle ne pouvait pas. Les mots sortaient de sa bouche telle une bile acide.

— Pourquoi tu ne l'en as pas empêché ? J'avais *quatorze ans* !

Derrière la porte, Scrounger continuait d'aboyer.

— Et c'est toi qui t'es effondré après ça, cracha-t-elle. Comme toujours. La mort de papa et maman n'y a rien changé, tu n'as pas relevé la tête. Tu ne nous as pas soutenus. Tu ne m'as pas soutenue, *moi.* C'était toujours à moi de tout assumer. De payer les factures. D'entretenir la maison. De trouver du travail. De m'occuper de ta fille, même !

— Que voulais-tu que je fasse ? Je ne pouvais pas t'aider ni effacer ce qui s'était passé ! Par quoi aurais-je dû commencer ?

Il dégagea son bras et la poussa pour sortir de la pièce.

— Ah non, Ethan, pas ce soir ! Tu ne vas pas t'enfuir encore une fois !

Il se retourna brusquement.

— C'est toi qui t'es enfuie ! Maman, papa… on croyait tous que tu étais morte ! Merde, Riley, tu n'as aucune idée de ce qu'on a traversé. Tous ces mois sans nouvelles… Papa et Joe t'ont cherchée partout et n'en dormaient presque plus. Quant à maman, elle n'arrivait même plus à quitter son lit. Ils m'ont à peine dit un mot pendant cette période. Ils me jugeaient responsable, et moi aussi. Responsable de ce qu'il t'avait fait, lui !

Ses jambes le trahirent et il se laissa tomber sur le sol de la cuisine, la tête dans les mains. Un bruit étrange s'éleva d'entre ses doigts.

Il pleurait. Depuis quand n'avait-il pas fait ça ? se demanda-t-elle. Et tout en regardant sangloter son frère de quarante ans, elle songea à son retour de Californie.

Le temps qu'elle rentre, Ethan avait déjà quitté l'université, où il avait au départ suivi les traces de leur père en entamant des études de droit. Pendant qu'elle luttait pour se reconstruire avec l'aide de leur grand-père, qu'elle terminait sa scolarité au lycée et qu'elle commençait à préparer un diplôme, il était tout simplement passé au second plan. Ses amis de la fac avaient fait carrière et avancé dans la vie, et lui, de son côté, avait sombré dans la spirale de la drogue, de l'alcool, des petits boulots sans avenir et d'un mariage toxique.

Elle avait toujours su qu'elle n'était pas la seule victime de Hunter. Mais le silence dans sa famille était tel qu'il avait été facile d'ignorer la souffrance d'Ethan. Peut-être aurait-elle dû être plus contente, plus *fière* d'avoir été capable de rebondir. Et plus compréhensive en voyant qu'il n'y arrivait pas, lui.

Elle tendit la main vers son épaule, puis se ravisa et s'assit par terre sur le linoléum craquelé. Scrounger avait cessé d'aboyer et grattait la porte avec ses griffes.

Au bout d'un moment, Ethan leva la tête. Il avait les yeux rouges.

— J'ai trouvé ta vieille poupée, là-bas dans la remise. Celle que mamie t'avait donnée. Tu te rappelles, ta poupée de chiffon ?

Il renifla avec un sourire triste.

— Tu as joué avec jusqu'à ce qu'elle rende l'âme, d'après maman. Elle a fini par te la retirer en prétendant qu'elle avait je ne sais quelle maladie.

— Je me souviens, murmura Riley.

— Et toi, tu t'es dépêchée de récupérer cette mocheté... J'avais compris qu'il t'était arrivé quelque chose à la foire, Riley, enchaîna-t-il, de nouveau sérieux. Je l'avais compris avant même que tu en parles à nos parents. Quelque chose de grave. Quand on est revenus, tu as remballé tous tes jouets – tes Barbie, tes ours en peluche et ta poupée de chiffon. Tu as tout fourré dans un carton à l'intérieur de la remise. Je t'ai regardée depuis ma chambre ce jour-là. Tu n'imagines pas combien ça m'a fait mal. Et je n'ai pas les mots pour te dire combien je suis désolé.

Riley secoua la tête. Elle se sentait brisée intérieurement, et des larmes tombèrent sur son jean. Son souffle, qu'elle avait jusqu'alors retenu, s'échappa d'elle dans un gémissement.

Ethan se rapprocha et l'attira contre lui.

— Si je savais où est Hunter, je le tuerais pour ce qu'il t'a fait. Je tuerais ce salopard à mains nues.

Il y eut un bruit près de la porte-moustiquaire.

Maddie les observait depuis le seuil, le teint pâle et l'air choquée. Sans un mot, elle tourna les talons et dévala les marches de la véranda.

— Maddie, attends !

L'adolescente les ignora et enfourcha son vélo.

— Madison !

Ils coururent derrière elle, mais elle fonçait déjà comme une dératée le long de l'allée.

Ethan sortit les clés du pick-up de sa poche.

— On va la rattraper.

Riley se figea.

— Je suis censée me rendre à Des Moines ce soir. *Merde !* C'est à cause de cette enquête...

— Ne t'inquiète pas, je gère. Je gère, Riley, répéta-t-il devant son hésitation.

— OK. Je serai là demain.

Elle contempla le chemin au bout duquel Maddie avait disparu. Qu'est-ce que sa nièce avait dû penser en les voyant tous les deux affalés par terre dans la cuisine et en entendant son père parler de tuer quelqu'un ?

— Laisse-moi tout lui expliquer à mon retour, d'accord ?

Il acquiesça en silence, puis s'installa au volant du pick-up.

— Je serai joignable sur mon portable si tu as besoin de moi ! lança-t-elle.

Il démarra, et elle s'écarta pour qu'il puisse faire demi-tour. Les dernières lueurs du jour teintaient la rivière d'un rouge sanguinolent. Elle ferma les yeux en sentant la vague d'émotion qui l'avait submergée se retirer et l'abandonner là, comme brisée et nue.

Elle allait rentrer dans la maison lorsqu'elle entendit de nouveau un doux murmure. Cette fois, elle le vit, tout près du cours d'eau – un éclat doré qui se mouvait à travers les herbes. Elle distingua les chevrons noirs de son dos. Sa queue semblable à une cravate à rayures, son corps sinueux, épais et puissant, qui glissait sur le sol. C'était un crotale des bois – l'un des serpents les plus venimeux du pays, et l'un des plus gros qu'elle ait jamais vus. Il s'éloigna en direction de la remise et, sous son regard fasciné, baissa sa large tête pour se faufiler lentement par-dessous les vieilles portes gauchies.

43

Lizbeth Garrett rêvait qu'elle était de retour à la ferme, au milieu des odeurs et des bruits familiers du quotidien : le foin fumant sous l'effet de la chaleur dans la grange, l'herbe tendre des pâturages, la voix sèche de son père appelant les enfants, le choc des assiettes posées sur la table. Sa mère avait cuisiné son plat préféré. Du poulet rôti à la peau craquante, prête à se rompre.

Son père se chargeait de le découper, comme à son habitude. Il mettait cinq bonnes minutes à préparer son couteau en le passant sur son aiguisoir avec des mouvements fluides. Le crissement produit faisait toujours gargouiller son estomac. Ses frères s'arrogeaient les ailes et les pattes, mais cela ne la dérangeait pas. Ils pouvaient bien prendre ces parties-là, cette viande à la teinte bleutée et au goût de gibier traversée de veines pourpres. Elle n'aimait, quant à elle, que le blanc pur et parfait du poulet.

Son père découpait donc la volaille, et la chair se détachait en fines tranches sous sa lame. Seulement quelque chose n'allait pas. Du sang coulait en même temps et formait des bulles qui éclataient. Elle voulut le prévenir, mais il n'écoutait pas. Elle s'adressa alors à sa mère. Peine perdue, sa voix se noya dans le brouhaha ambiant et le tintement des couverts. Elle paniqua face au spectacle choquant de cet animal mort qui se vidait ainsi devant eux. Ils allaient tous être malades ! Mais personne ne prêtait attention à elle. Elle contempla son assiette. Elle était remplie d'un liquide aussi gluant que de la gelée, aussi sombre que le vin. Son ventre se tordit.

Quelque part, quelqu'un beuglait. Elle se leva et sortit. C'était la fin de l'après-midi et des rais de lumière transperçaient les arbres. Cela lui fit mal aux yeux. Sa peau avait un aspect bizarre, constata-t-elle. Elle était toute mouchetée de rouge. Puis un nouveau cri retentit. Elle aperçut Hoyt, tombé à genoux près de la pile de bois qui jouxtait la grange. Une scie gisait dans l'herbe à côté de lui et il hurlait comme un damné en agrippant son poignet entaillé par la lame. Leur mère se précipita vers lui. À l'intérieur de la maison, leur père réclamait une ambulance au téléphone, tandis que les enfants avaient le nez collé à la fenêtre et l'air choqués. Nul ne sembla la voir lorsqu'elle se dirigea vers son frère. Son cœur cognait follement. Elle voulait faire demi-tour, mais ses pieds la portaient en avant. Le sang coulait en filets presque noirs sur le bras de Hoyt, et ses yeux étaient attirés malgré elle par la plaie palpitante.

Non.

Elle se débattit, tenta de s'échapper. Ça ne pouvait pas continuer.

Son frère hurlait toujours, et sa mère lui agrippait le bras, les doigts rouges de sang. Lizbeth les avait presque rejoints. Elle sentit une odeur métallique semblable à celle de vieilles pièces de monnaie serrées dans une main. Tout allait recommencer.

— Mon Dieu, elle s'est réveillée ?

Une voix d'homme lui parvint au milieu du tumulte. Le monde ensoleillé autour d'elle se fissura.

— Elle ne fait sûrement que rêver. Je vais augmenter sa dose.

— Tu m'avais dit que tu la maintiendrais inconsciente. Qu'elle ne saurait jamais rien de tout ça.

Cette voix lui était familière, mais elle n'arrivait pas à mettre un nom dessus. Elle avait l'esprit trop embrouillé.

— Je fais de mon mieux, OK ?

— De ton mieux ? Ça ne suffit pas, bordel !

Il y eut un bruit sourd suivi d'un fracas.

Lizbeth battit des paupières. Son soulagement à l'idée d'échapper à son cauchemar s'évanouit lorsqu'elle découvrit les rangées de lits et les parois blanches de son cocon de plastique. Encore cet endroit bizarre.

Il y avait deux silhouettes à une extrémité. L'une lui tournait le dos – un homme dont les cheveux gris-blond et bouclés balayaient l'encolure d'un T-shirt délavé. Il dominait de toute sa hauteur un type appuyé contre un chariot. Celui-là portait une blouse médicale verte. Une scène floue lui revint en mémoire. Elle se rappela deux autres personnes habillées ainsi. Un échange tendu et des yeux cernés.

— Tu m'avais juré de régler le problème ! J'ai fait tout ce que tu m'as demandé. J'ai mis ma vie et même *ma famille* en danger pour toi !

— J'ai juste besoin d'un peu plus de temps.

— Et maintenant, j'ai les flics qui viennent rôder autour de chez moi ! Putain de merde !

— Pour ça, tu ne peux t'en prendre qu'à ton fils. Tu devrais plutôt me remercier : l'avocat que je lui ai trouvé me coûte un bras !

L'homme en tenue médicale se baissa pour ramasser quelque chose par terre. Une paire de ciseaux. Il se redressa et l'agita comme une arme.

— Tu n'es pas le seul à avoir souffert ! ajouta-t-il avec une émotion palpable.

L'autre recula d'un pas. Au bout d'un moment, il soupira.

— Et si je l'emmenais à l'hôpital ?

— Tu veux vraiment courir le risque ? Je t'ai pourtant dit ce qu'il a menacé de faire si cette histoire s'ébruitait. Il est trop compromis maintenant. Et nous aussi.

— On ne peut pas continuer comme ça. John commence à poser des questions. Il a compris que quelque chose n'allait pas.

— Tu ne lui as rien révélé ?

— Non, mais je ne sais pas combien de temps encore on pourra cacher ça aux autres. Ou au reste du monde, conclut l'homme aux cheveux bouclés d'un ton désespéré en montrant les lits derrière eux.

— Et les cachets ? Tu disais que tu avais une piste ?

Il y eut un silence.

— L'un de mes fils a le nom de quelqu'un qui vend du Fenozen. Un certain Charles Moore. Un cas social.

Cette voix. Elle lui était si familière. Lizbeth tenta de se redresser, mais elle était trop faible. Tout s'obscurcit autour d'elle. Elle replongeait dans le noir. La fatigue la submergeait et elle ne pouvait rien contre elle.

— Si on peut empêcher ces médocs de circuler, on parviendra peut-être à calmer le jeu. Ça nous permettra de gagner du temps.

Lizbeth réentendait les cris dans sa tête. Elle sombrait de nouveau dans son rêve.

Pas un rêve. Un souvenir.

— Promets-moi que tu l'aideras.

— Quand le marché sera conclu, elle aura les meilleurs soins possible. Tu as ma parole.

Le soleil et les cris. Elle s'avançait vers Hoyt, dont la blessure n'en finissait pas de saigner. Elle était presque penchée au-dessus de lui à présent. Le visage de sa mère changea d'expression. Passa de la peur à la confusion. Et son père qui braillait toujours...

Cette voix.

44

Il fallait deux heures pour aller du comté de Black Hawk à Des Moines en longeant des routes interminables qui, entre deux petites villes perdues, fendaient en ligne droite des champs de maïs ponctués çà et là de fermes et de silos. Rien ne changea durant le trajet, hormis la couleur du ciel, d'abord rouge écarlate, puis bleu indigo. Les jours pouvaient se succéder ainsi indéfiniment dans l'immensité de la Corn Belt, avec une monotonie quelque peu oppressante.

Cela faisait longtemps que Riley ne s'était pas sentie aussi libre – la dernière fois remontait à son départ d'Okoboji en auto-stop, quand les prairies du Nebraska avaient disparu dans la brume derrière elle et que le rempart des montagnes Rocheuses s'était dressé à l'horizon. Elle avait traversé le Colorado et l'Utah jusqu'au Pacifique, vu des pics rocheux rouge sang et des déserts faire place à des séquoias géants, respiré un air qui embaumait le sel et les pins, suivi des routes sinueuses dans un brouillard doré et franchi des gouffres qui s'achevaient dans l'océan.

Bon sang, ce que cela faisait du bien de conduire. D'arrêter de tourner en rond et d'avancer dans une nouvelle direction. Elle prenait un risque, mais Logan la couvrait et il n'y avait aucune raison que Reed le découvre. Avec un peu de chance, son entretien avec la sénatrice l'aiderait à résoudre cette enquête et les conséquences de ce déplacement non autorisé en vaudraient la peine.

Chaque kilomètre parcouru lui éclaircissait les idées. Soulagée de savoir que Hunter n'était pas revenu, elle avait laissé un message à Bob Nolan pour lui dire d'abandonner ses recherches. Sa dispute avec Ethan l'avait également débarrassée d'un fardeau. Ils avaient crevé l'abcès, le choc était derrière eux, et peut-être pourraient-ils désormais commencer à recoller les morceaux. Tout juste s'inquiétait-elle pour Maddie. Ethan avait appelé pour l'informer que l'adolescente était arrivée sans encombre chez sa mère. Elle refusait de lui parler, mais il comptait aller là-bas dès le lendemain matin. Après que Riley lui eut conseillé de faire attention au serpent dans la remise, il était resté en ligne un instant, comme sur le point d'ajouter quelque chose, mais avait conclu par un rapide au revoir.

Des Moines se profila au loin bien avant qu'elle atteigne la ville. Puis la lumière vive des panneaux publicitaires se mêla à l'éclairage public – une pharmacie Walgreen, des motels et quelques fast-foods, dont un Wendy's.

Il avait plu récemment, et les rues mouillées luisaient sous les réverbères. Partout, des panneaux annonçaient la tenue prochaine de la grande foire de l'État.

VENEZ EMMAGASINER DES TAS DE SOUVENIRS !

C'était là qu'elle avait vécu ses premières années, mais elle n'y était pas retournée depuis longtemps – depuis ses études à Camp Dodge, en fait. Pour elle,

Des Moines était l'endroit où Hunter avait commis son crime. Son Ground Zero à elle. Mais la ville avait changé, et ce fut à peine si elle la reconnut. Il y avait de nouveaux immeubles dans le quartier financier et les bâtiments en brique du centre – dont les façades signalaient encore des commerces fermés bien des années plus tôt – abritaient désormais des bars chics et des restaurants bondés. Un drapeau aux couleurs de l'arc-en-ciel pendait à l'extérieur d'un club gay.

Riley avait réservé une chambre dans un hôtel moderne au pied de la colline du Capitole. Elle se fit apporter un plateau-repas – une salade César toute ramollie et deux verres de vin blanc tiède qu'elle but en consultant ses messages téléphoniques. Un dénommé Bub, de l'entreprise spécialisée dans l'éradication des nuisibles qu'elle avait contactée à Cedar Falls, lui promettait de la rappeler au plus vite au sujet du crotale. Logan aussi avait tenté de la joindre. Il avait commencé à éplucher la liste des connaissances de Sarah Foster. Personne pour le moment ne correspondait au profil établi par Klein et Gooch, mais il projetait de s'y remettre le lendemain dès son arrivée au bureau. Après ça, elle se glissa entre les draps amidonnés de son lit et dormit étonnamment bien.

Elle se réveilla de bonne heure. Ignorant la bouteille d'eau minérale à 4 dollars sur la table de chevet, elle but à même le robinet de la salle de bains. Le ciel sur la ville était d'un gris ardoise. Aux infos, le présentateur du bulletin météo expliquait qu'un front orageux se formait dans la moitié sud-est de l'État et qu'il pourrait dégénérer en tempête accompagnée de tornades d'ici la fin de la journée. On signalait déjà des coupures d'électricité et des perturbations sur les réseaux téléphoniques étaient à prévoir. Riley espéra qu'elle serait repartie à temps pour échapper au plus gros des intempéries.

Le snack-bar où elle avait rendez-vous se trouvait à dix minutes à pied de l'hôtel, sur la colline du Capitole, mais elle avait encore deux heures à attendre. Elle les passa à travailler sur son ordinateur portable dans l'un des nouveaux cafés du centre-ville, au milieu des étudiants débordants d'énergie de l'université de l'Iowa, et quitta les lieux peu avant 10 heures. Partout dans la rue, des affiches célébraient la foire de l'État avec des photos des manèges, des chanteurs de country sur la scène principale, du toboggan géant et de tout ce qui pouvait se manger sur un bâtonnet – que ce soit des saucisses panées, des Oréos frits, des chaussons fourrés à la cerise ou des beignets. Plusieurs mettaient en avant le Grand Prix de la foire, et elle se demanda si John Brown et les fermes Zephyr avaient encore une chance de remporter la prestigieuse récompense pour leur nouvelle variété de maïs après les événements dont leurs champs avaient été le théâtre.

Le dôme doré du Capitole étincelait sous le ciel menaçant. Elle repensa à son père et à ses dernières années passées à aider Bill Hamilton à devenir gouverneur.

Combien de fois as-tu fermé les yeux sur ses agissements ?

Avec ses tabourets en cuir rouge le long du comptoir, ses alcôves branlantes, ses menus tachés et sa vitrine remplie de parts de tarte, le snack-bar semblait tout droit sorti des années 1950. Ça, c'était le Des Moines dont elle avait gardé le souvenir. Un cuisinier retournait des steaks hachés et des œufs sur une plaque grésillante pendant qu'une serveuse au teint terreux s'occupait de deux hommes vêtus de salopettes en jean.

Riley s'installa à une table, le plus loin possible des autres clients. La serveuse lui apporta du café.

Un vrai café. Assez fort pour faire démarrer un moteur, aurait dit son grand-père. Son téléphone vibra sur la table en Formica. Logan. Elle s'apprêtait à répondre quand la porte s'ouvrit en tintant sur deux femmes. La première, qui devait avoir une vingtaine d'années, portait un tailleur élégant et un attaché-case. L'autre, plus âgée, avait des cheveux blonds coupés court et de grosses lunettes noires. C'était la sénatrice Jess Cook.

Riley mit son téléphone en mode silencieux et se leva pour l'accueillir.

— Sergente Riley Fisher, se présenta-t-elle en lui montrant son badge. Je travaille pour le shérif du comté de Black Hawk. Merci d'avoir accepté ce rendez-vous, madame.

— Appelez-moi Jess. Je ne suis pas encore gouverneur, dit Cook en s'asseyant, les yeux toujours cachés derrière ses lunettes. Voici mon assistante.

La jeune femme s'installa à côté d'elle, en face de Riley.

— Vous disiez dans votre message que vous souhaitiez me parler de cette enquête en cours à Black Hawk ? attaqua d'emblée la sénatrice. Celle sur les meurtres, c'est ça ?

— En un sens, oui.

Riley s'interrompit en voyant arriver la serveuse.

— Vous désirez commander, mesdames ?

— Du café, c'est tout, répondit Cook.

Son ton sec était très éloigné de l'attitude décontractée et amicale qu'elle avait affichée jusqu'alors durant sa campagne. Elle avait l'air agitée, et même nerveuse. Il fallait croire que les allégations sur ses liens avec Mission Earth la préoccupaient, surtout à présent que l'élection approchait.

— Je cherche à en savoir plus sur l'un de nos suspects, dit Riley à voix basse. Je pense qu'il pourrait être plus ou moins proche du gouverneur Hamilton.

— Pourquoi ne l'interrogez-vous pas, lui, directement ?

Riley jeta un coup d'œil aux deux hommes en salopette qui dévoraient des assiettes remplies d'aliments frits, puis à la serveuse, en pleine discussion avec le cuisinier.

— Je doute d'obtenir une réponse très détaillée.

— Vous ne sous-entendez tout de même pas que le gouverneur... pourrait être impliqué d'une façon ou d'une autre dans ces meurtres ?

La question se voulait désinvolte, mais Riley perçut une certaine tension derrière.

— Je ne suis sûre de rien. Mon seul but à ce stade, c'est de mieux cerner le personnage. De déterminer quels sont ses réseaux.

— Et qui mieux que sa rivale pourrait vous éclairer ? Vous souhaitez donc me soutirer des renseignements sur lui.

— J'imagine que vous êtes très occupée, madame, mais toute information serait la bienvenue.

Riley se tourna vers la devanture du snack-bar. Un SUV noir aux vitres teintées passait dans la rue en roulant au pas.

— Des vies sont en jeu, ajouta-t-elle.

Cook serra sa tasse entre ses mains, sans toucher à son café, et resta silencieuse un instant. Pour finir, elle s'adressa à son assistante.

— Laissez-moi une minute.

La jeune femme les dévisagea tour à tour avec hésitation, Riley et elle, puis obtempéra.

— Je ne tiens pas à discuter de ça ici, déclara Cook. Où logez-vous ?

Riley lui indiqua le nom de son hôtel.

— Très bien, je demanderai à mon assistante de déposer un message à la réception pour que vous sachiez où et quand me retrouver.

Riley se leva en même temps qu'elle et, voyant qu'elle prenait son portefeuille, lui fit signe de le ranger.

— Vous pensez pouvoir nous aider ?

— Je pense que nous pouvons nous aider mutuellement, sergente Fisher.

Elle partit ensuite. Riley regarda les deux femmes monter dans une Toyota hybride rouge qui s'éloigna en direction du Capitole.

— Vous voulez l'addition ? s'enquit la serveuse en lorgnant les tasses de café encore fumantes sur la table.

— Oui, merci.

Le téléphone de Riley vibra de nouveau. Logan lui avait laissé un message, qu'elle écouta en cherchant de la monnaie dans sa poche.

— Hé, on a peut-être quelqu'un qui colle au profil, disait-il avec enthousiasme.

La ligne grésilla, et sa voix devint moins audible.

— ... un certain Charles Moore. C'est un ex-compagnon de Sarah Foster. Des agents de patrouille lui ont parlé il y a quelque temps déjà, juste après qu'on nous a signalé la disparition de Gracie, mais il a prétendu ne pas l'avoir vue depuis un bon moment. Schmidt l'a appelé plusieurs fois la semaine dernière et il fait partie de ceux qui n'ont jamais donné de nouvelles. Apparemment, Sarah Foster l'a fréquenté six mois environ – c'est sa sœur qui nous l'a appris. Elle a rompu avec lui après avoir été renvoyée de sa pharmacie. Il est blanc, âgé de quarante-trois ans, et il conduit un pick-up. Il habite...

Le grondement d'un moteur derrière lui masqua ses paroles.

— ... très isolé. Et devine ? Ça fait un moment qu'il est au chômage, mais il a bossé des années comme boucher.

Riley distingua une voix étouffée en arrière-fond. On aurait dit Schmidt.

— Écoute, on est presque arrivés sur place. Je te rappelle.

Elle remarqua à peine la serveuse qui venait encaisser l'addition. Dans sa tête résonnaient les mots que Jim Meyer, le médecin légiste du comté de Mercer, avait prononcés face aux entailles sur le cadavre de Gracie Foster.

L'auteur de ces actes a déjà travaillé avec des corps.

45

La Dodge Charger cahotait violemment le long de la route défoncée. Logan poussa un juron lorsque son téléphone faillit lui échapper.

— Merde, Schmidt, tu fais exprès de passer sur tous les nids-de-poule ?

— Désolé.

Penché en avant, son collègue serrait fort le volant en plissant les yeux pour tenter d'y voir clair à travers les nuages de poussière.

Les champs desséchés et envahis de mauvaises herbes ne semblaient pas avoir été cultivés depuis des années – un vieux tracteur rongé par la rouille avait même été abandonné au milieu de l'un d'entre eux. Un corps de ferme se profilait au loin au bout du chemin.

Logan parvint à presser le bouton d'appel de son téléphone, qu'il colla à son oreille tout en agrippant la poignée de sa portière.

— Agent Klein ? Oui. On y est presque. Non, il faut que vous preniez *à droite* sur Hawkeye Road. Environ un kilomètre et demi après le ranch Brewer Stud. Pardon ? Vous dites ?

Il contempla son écran.

— Merde, je ne capte plus rien.

Schmidt secoua la tête.

— Ils vont mettre un moment à trouver la bifurcation.

— On continue ou on attend ? demanda Logan en fixant la maison de forme cubique, la grange et le silo délabré qui se dressaient devant eux.

— Si Moore est chez lui, il doit déjà avoir vu la poussière qu'on soulève, répondit Schmidt sans ralentir. Je n'ai pas envie qu'il s'enfuie.

Logan consulta de nouveau son téléphone. Toujours aucun message de Riley. Il regretta de ne pas l'avoir questionnée davantage sur cette piste qu'elle était partie suivre à Des Moines. Il repensa au pansement sur sa main, dont les bords roulottaient juste assez pour dévoiler la peau fendue de ses jointures. Ce n'était pas un accident domestique.

De près, la ferme se révéla encore plus décrépite qu'il ne l'avait supposé. Les volets fermés et les pans de bois blanchis par le soleil et la pluie donnaient l'impression que plus personne n'habitait là depuis très longtemps. Il remarqua des engins agricoles imposants dans les sombres profondeurs de la grange, dont les portes avaient été laissées ouvertes, ainsi que des dépendances vétustes à proximité du silo. En revanche, le pick-up garé dans la cour, quoique cabossé et couvert de boue, paraissait bien plus récent que cet environnement en ruine.

— Il a des pneus Goodyear, fit-il observer à Schmidt lorsqu'il s'arrêta.

Ils sortirent de la voiture et s'approchèrent prudemment de la maison. Divers détritus, emballages alimentaires et morceaux de plastique traînaient çà et là, pris dans les mauvaises herbes.

— Qu'est-ce que c'est que ça ?

Logan s'écarta vers ce qui ressemblait à un vêtement.

— Putain de merde !

C'était un chien mort. Ce qui restait de son pelage tout fripé retombait sur son corps infesté de vers et une substance noire avait séché dans la poussière à côté de sa tête.

— Comment peut-on flinguer un chien et l'abandonner là comme ça ? marmonna Schmidt avec dégoût.

Il faisait lourd et une odeur pestilentielle de plus en plus difficile à supporter les assaillit à mesure qu'ils avançaient.

— Merde, souffla Logan. C'est quoi, cet endroit ?

La porte entrebâillée de la maison donnait sur une pièce obscure.

Il sortit son badge, mais garda sa main libre près de son holster.

— Monsieur Charles Moore ? appela-t-il en toquant au battant. Nous représentons le shérif du comté de Black Hawk. Nous aimerions vous parler.

Un bruit résonna quelque part à l'intérieur. Logan dégaina son arme et adressa un signe à Schmidt, qui en fit autant avant d'entrer avec lui. La puanteur était suffocante, et il dut se retenir de se pincer le nez. À la place, il se força à prendre de petites inspirations par la bouche.

Ils se trouvaient dans une salle à manger dominée par une grande table. Les lieux étaient répugnants de saleté. Il y avait là des assiettes crasseuses sur lesquelles des mouches allaient et venaient, des boîtes, des briques alimentaires et des flacons de médicaments vides, des vêtements jetés sur les dossiers des chaises et des piles instables de magazines. Trois portes menaient au reste de la maison - deux fermées, et une ouverte. Ils se dirigèrent vers la dernière, toujours sur le qui-vive.

— Monsieur Moore ? répéta Logan. Nous sommes des adjoints du shérif du comté de Black Hawk. Nous aimerions juste vous parler.

La pièce visible par l'entrebâillement était une cuisine sombre et grouillante de mouches. L'odeur infecte qui s'en dégageait donna envie de vomir à Logan. Le sol était jonché de vaisselle brisée et des casseroles pleines de moisissures baignaient dans l'eau graisseuse et noire de l'évier. Trois grosses planches à découper en bois et plusieurs couteaux de taille industrielle s'étalaient sur le plan de travail, tous maculés de traces brunâtres que l'on retrouvait également par terre. Logan sentait presque les microbes s'insinuer dans sa bouche et sous sa peau. Des tasses cassées crissèrent sous ses bottillons et des bestioles détalèrent lorsqu'il entra.

— Des rats, murmura-t-il à la vue de leurs déjections.

Un nouveau bruit sourd retentit quelque part au-dessous d'eux, suivi par une sorte de cri étouffé.

— Le sous-sol.

Ils s'approchèrent d'une porte dans un coin – non sans grimacer en entendant grincer les lames du parquet sous leurs pas. Logan se plaqua contre l'encadrement en serrant son Glock. Puis il fit signe à Schmidt. Dès que son collègue lui eut ouvert, il pivota en pointant son arme devant lui, mais ne vit que de la poussière tourbillonner dans la pénombre d'un escalier.

Il descendit en premier en faisant craquer les marches sur son passage. Le temps d'arriver en bas, ses yeux s'étaient habitués à l'obscurité, plus profonde à cet endroit. Il distingua des boîtes et des cagettes le long des murs de pierre, ainsi que des étagères ployant sous le poids d'outils rouillés entre lesquels s'étiraient des toiles d'araignée. Il balaya la cave du regard jusqu'à ce qu'il repère une nouvelle porte à l'autre bout. De la lumière filtrait par en dessous, et un fracas retentit juste avant qu'elle s'éteigne.

Les deux hommes traversèrent rapidement la pièce. Sitôt prêt, Schmidt tira le battant et Logan braqua son arme vers l'ouverture.

— Pas un geste !

L'espace devant eux était plongé dans le noir, mais Logan eut l'impression de voir quelque chose monter dans les airs. Le cœur battant, il fixa l'obscurité. Rien ne bougea. Au bout d'un moment, il écarta une main de son Glock, chercha l'interrupteur à tâtons et l'actionna. Une lumière vive leur dévoila alors un cagibi transformé en abri anti-tempête – en témoignaient les deux congélateurs alignés contre un mur, le petit lit au matelas sale et les étagères remplies de boîtes de conserve et de bouteilles d'eau poussiéreuses. Des marches en face d'eux menaient vers ce qui devait être une trappe. À en juger par les pots brisés tombés par terre et les oscillations de l'ampoule nue au plafond, ils avaient dérangé quelqu'un.

Logan s'élançait déjà quand il entendit Schmidt jurer. Il suivit son regard et constata que le matelas était taché par ce qui ressemblait à du sang. Beaucoup de sang. Des vêtements de femme parsemaient tristement le sol et une paire de menottes pendait au cadre métallique du lit.

— Putain de merde.

Au même instant, le rugissement d'un moteur s'éleva au-dessus d'eux.

Le téléphone de Riley sonna juste à sa sortie du snack-bar. C'était sûrement Logan, pensa-t-elle, avant d'être distraite par un SUV noir qui s'approchait dans la rue. On aurait dit celui qu'elle avait aperçu un peu plus tôt durant son entretien avec Jess Cook. Lorsqu'il parvint à sa hauteur, elle vit un homme sur le siège passager brandir son portable dans sa direction, comme pour la prendre en photo. Elle le fixa avec colère, puis reporta son attention sur son propre téléphone.

Le nom de Kristen Webb s'affichait à l'écran, et cela lui rappela que la médecin légiste lui avait envoyé un message la veille au soir – soit presque dans une autre vie.

— Docteur, je suis désolée, je me suis laissé déborder.

— Je comprends. Vous vous souvenez des éclats de verre fichés dans la main de Chloé ? Ils sont à base de borosilicate. C'est un verre très résistant à la chaleur qu'on utilise souvent pour fabriquer des instruments médicaux et du matériel de laboratoire comme des seringues ou des éprouvettes.

— En clair, pas le genre d'objets qu'on peut s'attendre à trouver dans un champ ?

La ligne grésilla, déformant la voix de Webb.

— Ils n'auraient rien à y faire, en tout cas. Et vous vouliez aussi savoir si Dennis Packer prenait du Fenozen, n'est-ce pas ? Eh bien, il y en avait une quantité importante dans son organisme, mais pas de quoi provoquer son décès.

— Assez cependant pour influer sur son état de santé, selon vous ?

La démence comptait parmi les symptômes de la pellagre mentionnés par la médecin légiste, et Tom le sans-abri avait évoqué les troubles mentaux dont souffraient Dennis Packer et George Anderson.

— Le Fenozen y a très certainement contribué, oui. Cela étant, je ne pense pas qu'il ait été le seul facteur en jeu, même à fortes doses. J'ai creusé le sujet et la première chose sur laquelle je suis tombée, c'est un article assez peu conventionnel mais très intéressant selon lequel la pellagre a pu favoriser l'essor des légendes sur les vampires à la fin du Moyen Âge.

— Parce qu'elle pousse à boire du sang et à mordre les gens ?

— Je me le suis demandé, mais l'explication est plutôt à chercher du côté des symptômes de la maladie. Je vous avais parlé des dermatites qui lui sont associées, je crois ? La peau devient très sensible au soleil. Dans certains cas, elle se craquelle et se couvre de grosses vésicules, en particulier sur les zones les plus exposées - les bras, les mains, le cou et le visage. Pecker souffrait de ça, par exemple. Mais qu'il ait eu un mauvais régime alimentaire ou pas, je trouve très curieux qu'il ait développé une pellagre, ici, en Amérique. Je vous l'ai dit, la farine et les céréales que nous consommons sont enrichies en niacine depuis des décennies. Cette vitamine est aussi présente dans la viande rouge, le foie, les volailles, les noix et de nombreux légumes. Il serait très difficile aujourd'hui d'en manquer, même en ne mangeant qu'à la soupe populaire. Seuls les pays les plus pauvres du monde et les populations qui dépendent essentiellement de la culture du maïs, comme les zones rurales d'Amérique du Sud et certaines parties de la Chine et de l'Afrique, sont encore concernés par ce problème.

Riley jura intérieurement. Cela faisait deux pièces supplémentaires à ajouter à son puzzle. Pour ne rien arranger, Logan et Schmidt tenaient un tout nouveau suspect. *Et toi, tu es à 150 kilomètres d'eux.* Perdait-elle son temps à Des Moines pendant que son équipe se rapprochait du tueur ?

— Je suis désolée, sergente, c'est tout ce que j'ai, dit Webb devant son silence.

— Non, c'est très bien. Merci pour votre aide, docteur.

Logan monta les marches en courant et tenta d'ouvrir la trappe. Malgré tous ses efforts, elle refusa de bouger. Soit elle avait été fermée à clé de l'autre côté, soit quelqu'un avait poussé quelque chose de lourd par-dessus.

Le bruit d'un véhicule qui s'éloignait parvint jusqu'à eux.

— Vite ! dit Schmidt en rebroussant chemin.

Logan grimpa à sa suite l'escalier branlant menant à la cuisine. Au milieu de la pièce, il glissa sur un reste de nourriture pourrie. Il réussit de justesse à reprendre son équilibre et fonça dans la salle à manger, qu'il traversa en sautant par-dessus les cartons et en renversant une chaise.

Des pneus crissèrent à l'extérieur. Son arme braquée devant lui, Schmidt disparut dans la lumière du jour. Logan était presque arrivé à la porte quand des coups de feu retentirent.

Cinq détonations successives et assourdissantes.

Quelque chose percuta la cloison derrière lui en envoyant voler des bouts de plâtre. Il se jeta à terre. Il y eut un nouveau crissement de pneus, un cri, et pour finir un éclair blanc au passage d'un véhicule.

Il se redressa et se colla contre le mur à côté de l'entrée en soufflant fort. Puis il se risqua à regarder dehors. Un nuage de poussière enveloppait toute la cour. Il sortit et vit une fourgonnette blanche s'éloigner en cahotant sur le chemin de terre en direction de la voie rapide.

— Prends la voiture ! dit-il en s'efforçant de lire la plaque d'immatriculation. Cam !

Ne recevant pas de réponse, il se retourna.

— Oh, merde !

Schmidt était étendu par terre, les bras en croix. Son arme lui était tombée des mains et il fixait le ciel en clignant des paupières.

Logan se précipita vers lui. Deux taches rouges s'élargissaient sur sa chemise – l'une sur la poitrine, l'autre au niveau du ventre.

— Je vais prévenir les secours, OK ?

Il fonça jusqu'à la Dodge et alluma la radio.

— J'ai un officier blessé ! Il me faut de l'aide de toute urgence !

Il indiqua l'adresse au Central et poursuivit :

— Le suspect roule dans une fourgonnette Ford et se dirige vers Hawkeye Road. Sa plaque d'immatriculation : E comme Écho, N comme novembre...

Il s'interrompit en entendant Schmidt gémir. Son collègue agitait un bras avec l'air de vouloir saisir quelque chose.

— Dépêchez-vous ! cria-t-il avant de le rejoindre en courant. Je suis là, Cam. Reste avec moi, OK ? Reste avec moi.

Indifférent au vent qui soufflait de la poussière dans ses yeux, il s'agenouilla près du vieil inspecteur et lui prit la main. Schmidt toussa en crachant un peu de sang. Un rapace tournoyait dans le ciel gris. La radio grésilla, et des voix se mêlèrent à la friture tandis que le Central relayait son message et que des agents aux quatre coins du comté commençaient à répondre.

46

Riley vérifia sur son GPS qu'elle était au bon endroit. Les petites maisons en bois dominées par les chênes blancs d'Amérique qui bordaient les rues de ce quartier à la lisière nord-ouest de la ville se ressemblaient toutes. Les mêmes rocking-chairs et les mêmes roues de chariot utilisées comme éléments décoratifs émaillaient les pelouses. L'ensemble évoquait les zones pavillonnaires habitées par des retraités.

Le vent s'était levé pendant la journée. Dans une heure, le soleil serait couché et les nuages qui s'étaient massés en formant des colonnes monstrueuses au cours de l'après-midi baignaient dans une lumière rouge et violette lourde de menaces. Les arbres avaient l'air de bouillonner.

Ses cheveux volèrent en tous sens autour de son visage lorsqu'elle sortit de sa voiture. Elle garda son arme dans son holster et glissa son téléphone dans la poche de son jean. Elle ne captait plus rien depuis un moment déjà. Un peu plus tôt, elle avait laissé un message à Logan pour lui demander où il en était avec Charles Moore. Son inquiétude s'était accrue à mesure que le temps passait. Et si Moore était arrêté sans qu'elle soit présente pour mener l'interrogatoire ? Et si le shérif exigeait de savoir où elle était ?

Des drapeaux dansaient tout le long de la rue. À l'est, les nuages semblaient scintiller sous l'effet des éclairs. Il n'y avait aucune lampe allumée derrière les fenêtres de la maison où elle avait rendez-vous et des fleurs mortes gisaient dans un pot à l'extérieur. Elle frappa à la porte en regardant autour d'elle. Un vieil homme traversait l'un des jardins voisins pour rentrer chez lui une chaise en plastique, les yeux rivés sur le ciel maussade.

Au bout de quelques instants, Jess Cook lui ouvrit. La sénatrice s'était changée, mais si sa tenue était plus décontractée – une chemise ample en lin, un jean et des bottines –, son expression restait tendue. Elle scruta la rue derrière Riley.

— Vous n'avez pas été suivie ?

— Non, madame.

— Vous en êtes sûre ?

— Certaine.

Cook la fit entrer.

— Ils ne connaissent pas l'existence de cet endroit. Enfin, pas encore.

Riley se demanda à qui elle faisait allusion. Quand la sénatrice avait exigé le secret autour de cette entrevue, elle avait supposé que c'était parce que la presse la harcelait au sujet de sa chute dans les sondages, mais elle soupçonnait à présent une autre raison. Cela la mit mal à l'aise. Dans quoi s'était-elle fourrée ?

Elle suivit Cook jusqu'à un salon à l'arrière de la maison. Uniquement éclairée par une lampe de faible intensité, la pièce comportait trois fauteuils effrangés et quelques étagères sur lesquelles des figurines animales en porcelaine prenaient la poussière. Debout près de la fenêtre, une jeune femme de petite taille aux cheveux roses surveillait le jardin à travers une fente entre les rideaux.

— Lily, voici la sergente Riley Fisher.

L'inconnue se retourna. Très mince, à tel point que son sweat noir à capuche flottait autour d'elle, elle avait un visage d'elfe et des yeux marron et brillants qui examinèrent Riley avant de se poser sur l'arme à sa hanche.

— C'est une mauvaise idée, dit-elle à la sénatrice.

Elle s'était exprimée d'un ton sec, mais Riley perçut une pointe de peur dans sa voix.

Un simple regard de Jess Cook suffit pourtant pour qu'elle s'assoie sur l'un des fauteuils en jouant nerveusement avec les manches élimées de son sweat.

— Sergente, je vous présente Lily. Ou plutôt devrais-je dire Thorne. Ma demi-sœur.

— Bonjour, Thorne, répondit Riley, sans rien comprendre à ce qui se passait.

— Mon père a eu une liaison dans les dernières années de son mariage, expliqua Cook. Très peu de gens sont au courant. Moi-même, je ne l'ai découvert que lorsque Lil... Thorne était presque adolescente. Sa mère a eu des problèmes, et Thorne a été élevée ici par notre grand-mère.

— Et... ?

— Elle a de sérieux ennuis, sergente. Elle se cache en attendant que l'on décide de ce qu'il faut faire.

Le grondement du tonnerre au loin fit trembler les bibelots sur les étagères. La lumière vacilla.

Riley secoua la tête. Elle était venue dans l'espoir d'en apprendre davantage sur Bill Hamilton et ses liens avec James Miller, mais Cook semblait vouloir l'impliquer dans une sorte de drame familial. Dieu sait pourtant si elle-même en avait déjà assez à gérer.

— Madame, je...

— Les accusations portées contre moi cette semaine ne sont pas tout à fait fausses. Ce n'est malheureusement pas la première fois que ma sœur se retrouve dans cette situation. Depuis plusieurs années déjà, elle fait partie d'un certain groupe...

— Mission Earth ? Les écoterroristes ?

— Les *guerriers* de l'écologie, la corrigea Thorne. On se bat pour votre avenir.

Riley l'ignora et s'adressa à Cook.

— La cyberattaque dans le comté de Polk, celle contre la société pétrochimique... c'était elle ?

— Oui.

— Nom de Dieu...

— Comme je vous l'ai dit, elle est dans le pétrin.

— Elle devrait surtout être en prison, madame.

Thorne bondit sur ses pieds.

— Cette rencontre ne mènera à rien.

— Lily, assieds-toi ! Écoutez, sergente, je ne cautionne en aucun cas les actes que ses compagnons et elle ont commis. Je n'en ai pas eu connaissance par avance. Certes, j'ai conscience que Mission Earth soutient ma candidature, mais je ne les ai jamais encouragés. Ces allégations pourraient d'ailleurs avoir de graves conséquences sur ma campagne.

À ces mots, son expression se durcit, et Thorne baissa les yeux.

— Jusque très récemment, continua Cook, je n'avais aucune idée de l'étendue de son engagement auprès de ce groupe. Mais elle est ma sœur, et elle court maintenant un véritable danger.

— Comment ça ?

— Il y a onze jours, elle et deux de ses amis sont entrés dans la maison du gouverneur grâce à l'aide d'un contact sur place. Ils ont téléchargé des fichiers à partir de son ordinateur personnel et...

— Madame, la coupa Riley en se levant, votre sœur a besoin d'un avocat. Et pour être franche, vous aussi. Vous ne devriez pas me raconter ça sans un conseiller juridique à vos côtés.

— Hamilton l'a vue. Elle a été traquée et localisée par son service de sécurité. On ignore comment, mais j'ai récemment renvoyé un membre de mon équipe qui était au courant de mes liens de parenté avec Thorne. Il est possible qu'il ait parlé à Hamilton, qui a pu ensuite utiliser ces informations pour s'en prendre à moi. Et à elle aussi. Allez savoir. Quoi qu'il en soit, ses hommes de main sont allés chez elle et lui ont tiré dessus lorsqu'elle s'est enfuie. Ils ont ouvert le feu sur une jeune femme sans défense.

— Ce sont des mercenaires, murmura Thorne. Des anciens des Forces spéciales. J'ai parcouru le dossier de leur chef, Gage Walker. Celui qui a tenté de m'abattre.

Riley se rassit et l'examina. Son attitude bravache avait fait place à une peur sincère.

— Que faisiez-vous chez le gouverneur ? Que cherchiez-vous là-bas ? demanda-t-elle, avant de trouver elle-même la réponse à sa question en voyant Cook baisser la tête. Vous vouliez obtenir des informations compromettantes sur Hamilton, c'est ça ? Pour votre sœur ? Pour l'épauler dans sa campagne ?

— Je ne l'ai pas fait sans raison, répliqua Thorne. Il y a longtemps que des rumeurs circulent sur les liens de Hamilton avec les géants de l'agrobusiness. Des rumeurs de corruption selon lesquelles il vend notre État en faisant en sorte d'en tirer un bénéfice financier et politique personnel.

Riley eut une vision de son père descendant les marches de la maison pour se rendre à son travail, son attaché-case à la main.

Combien de fois as-tu fermé les yeux sur ses agissements ?

— Dans l'Iowa, les conséquences de ses choix sont chaque année plus évidentes, expliqua Thorne d'une voix rauque. La pollution a doublé sous son mandat et certaines espèces indigènes sont au bord de l'extinction. Des entreprises comme Agri-Co ne se soucient que de leurs profits, pas de la terre et de l'eau qu'elles contaminent avec leurs produits chimiques, ni de la vie sauvage qu'elles font disparaître. Le nombre de cancers augmente à cause des pesticides, et malgré ça, leurs alliés politiques et des lobbyistes les aident à semer leur poison. Hamilton est au cœur de ce système. Alors oui, je voulais soutenir ma sœur. Parce que je pense qu'elle est le meilleur espoir qu'ait notre État d'inverser la tendance. Ces types, avec leurs dollars et leurs contrats juteux, ne sont pas propriétaires de notre terre ! De quel droit la traitent-ils comme si c'était le cas ? Ils ne font que la détruire.

Les yeux brillants, elle s'interrompit et détourna le regard.

Le tonnerre gronda de nouveau au-dehors. Quelque part dans le quartier, des chiens se mirent à aboyer.

— Qu'y avait-il dans les fichiers que vous avez copiés ?

— Que des banalités ou presque, reconnut Thorne. Des e-mails, des comptes rendus financiers. J'ai dû me déconnecter rapidement, si bien qu'une partie des données a été altérée. Mais il y avait tout de même un dossier intitulé Red Lance.

— Red Lance ?

— Il contenait une série de documents, dont une sorte de contrat rédigé en chinois. Le problème, c'est que le fichier a été tellement détérioré qu'il est devenu illisible. Aucun logiciel de traduction automatique n'a réussi à en tirer quoi que ce soit.

— En quoi est-ce une preuve de corruption ? Le gouverneur vient de recevoir une délégation de hauts fonctionnaires chinois. Il a forcément échangé des messages avec eux.

— Ce document porte sa signature et mentionne une somme, répondit Cook. Cent millions de dollars.

Elle marqua une pause afin de laisser à Riley le temps d'assimiler l'information.

— Évidemment, l'Iowa fait souvent affaire avec la Chine, et ce de façon bien légale. Mais depuis que l'un des hommes de Hamilton a tenté de tuer ma sœur, je subodore quelque chose de louche dans ce contrat. Quelque chose que le gouverneur tient beaucoup à garder secret.

— Pourquoi me mêlez-vous à cette histoire, madame ?

— Quand vous m'avez dit ce matin que vous vous intéressiez à Hamilton dans le cadre de votre enquête, j'ai pensé que vous pourriez peut-être nous aider. Pour être honnête, je ne vois pas à qui d'autre m'adresser.

— Mais ce problème ne relève pas du tout de mes compétences. Si nous sommes bien face à un cas de corruption – ce dont je suis loin d'être convaincue –, il faut que vous alertiez le FBI. Le Département de la sécurité intérieure, même.

Elle envisagea de l'orienter vers l'agent Klein, mais se ravisa à temps. Même s'il lui avait fait l'effet de quelqu'un de franc et direct, ni lui ni aucun de ses collègues ne savaient qu'elle était là. Elle n'avait parlé à personne de l'appel que lui avait passé Hamilton et de ses soupçons concernant Miller.

— Je suis venue à Des Moines enquêter sur un suspect dans une affaire de meurtres. Il ne s'agit pas du gouverneur en personne, mais il se trouve qu'il connaît l'homme en question. Un certain James Miller...

— James Miller ? l'interrompit Thorne. J'ai repéré ce nom dans le dossier Red Lance.

— Quoi ?

— Il figure dans les documents.

Riley se tourna vers la sénatrice.

— Madame, James est le mari de Chloé Miller. L'une des femmes qui ont été tuées dans le comté de Black Hawk.

— J'avais vu les infos, bien sûr, mais je n'ai pas fait le rapprochement en lisant le dossier, soupira Cook. Ce patronyme est assez répandu. Et ces derniers jours ont été... Enfin bref, si vous supposiez l'existence d'un lien entre votre suspect et le gouverneur, je dirais que tout ceci tend à le prouver, non ?

Riley garda un instant le silence.

— Ce dossier apporte-t-il d'autres renseignements sur leur relation ?

— Les documents ont l'air de nature scientifique. On y trouve des équations, des tableaux...

— Nous pensons qu'il pourrait y avoir un rapport avec le maïs... ajouta Thorne.

— Mais je n'en suis pas certaine, la tempéra Cook.

— Le génie biologique, murmura Riley.

Elle songea à Miller, dont le travail chez GTF, une filiale d'Agri-Co, consistait à développer des variétés de céréales plus résistantes. À John Brown et à son espoir, grâce à la nouvelle semence des fermes Zephyr, de décrocher une récompense qui lui permettrait de faire connaître sa coopérative au niveau national. À Hamilton et à sa tentative pour la dissuader d'enquêter sur Miller. À la mort de Chloé dans un champ de maïs.

Elle avait le sentiment que les pièces du puzzle se heurtaient les unes aux autres sans qu'elle comprenne encore comment les associer.

Thorne sortit un petit objet de la poche de son sweat.

— J'ai tout mis sur une clé USB. Tout ce que j'ai eu le temps de copier.

— Si nous vous donnions cette clé, sergente, qu'en feriez-vous ? demanda Cook. Seriez-vous en mesure d'aider ma sœur ?

— Je ne sais pas, avoua Riley. Il faut d'abord que je voie en quoi tout cela est lié à mon enquête – à supposer qu'on ne se trompe pas.

— Je suis prête à témoigner, si cela peut conduire à la destitution de Hamilton, déclara Thorne.

— Ne nous emballons pas.

Thorne hésita, puis lui remit la clé.

Riley se leva en sentant dans sa main la chaleur de ce petit morceau de métal porteur de tant de secrets et de dangers.

— Je vous contacterai dès que j'aurai du nouveau.

Elle suivit Cook hors du salon, laissant Thorne s'affaisser sur son fauteuil. Noyée dans son sweat noir, l'air toute pâle, la jeune femme n'était pas sans lui rappeler Maddie.

La sénatrice inspecta la rue dans les deux sens depuis le perron de sa maison.

— Soyez prudente, sergente. Je sais que ma sœur a enfreint la loi, mais elle ne mérite pas d'être tuée d'une balle dans le dos par des brutes épaisses.

La porte se referma derrière elle. Il faisait presque complètement nuit et la tempête couvait. Riley sortit son téléphone en regagnant sa voiture. L'écran s'alluma – elle avait de nouveau du réseau. Elle s'arrêta en repoussant les cheveux que le vent ramenait dans ses yeux. Tous les appels qu'elle avait ratés s'affichaient les uns après les autres.

Ethan. Logan. Kristen Webb. Amy Fox. Le shérif Reed. Plusieurs numéros qu'elle ne reconnut pas. De nouveau

Ethan. Logan. Tante Rose. Sadie. Son angoisse s'accrut tandis que retentissait un coup de tonnerre.

Avant qu'elle puisse écouter un seul de ses messages, son téléphone se mit à sonner. C'était son frère.

— Ethan ? Qu'est-ce qui...

— Où étais-tu passée ? Ça fait des heures que j'essaie de te joindre !

Elle ne lui avait jamais entendu cette voix paniquée et désespérée.

— Je...

— Maddie est partie en douce de chez sa mère tard hier soir et n'est pas rentrée. Ses amies, Rose... Personne ne l'a revue depuis. Elle a disparu, Riley. Maddie a disparu.

47

Elle quittait la ville en direction du nord quand la pluie se mit à tomber en grosses gouttes qui s'écrasèrent lentement, mais en continu, sur son pare-brise. Des éclairs illuminèrent le ciel. Elle avait branché son kit mains-libres et la voix de son frère crépitait par intermittence dans l'habitacle.

— Ethan, écoute-moi, tu as pensé à géolocaliser son téléphone ?

— Ça ne donne rien. J'ai tout essayé !

Elle eut l'impression d'entendre James Miller. Il avait dit la même chose au sujet du soir où il était parti à la recherche de Chloé. Elle réprima la peur qui montait en elle.

— OK. Maddie n'a peut-être pas activé l'application.

Elle consulta son GPS. Elle était à deux heures de chez elle, et peut-être davantage si la tempête persistait.

— Tu es à la maison ? Très bien. Je veux que la ligne reste libre au cas où elle appellerait. Je vais contacter les Services techniques et voir s'ils peuvent pister son portable. Tiens bon.

Elle raccrocha et abattit sa main avec rage sur le volant lorsqu'un feu l'obligea à s'arrêter à un croisement.

Elle revit la mine choquée de sa nièce après qu'elle eut surpris les paroles d'Ethan sur Hunter. Elle revit ce moment dans sa chambre, quelques semaines auparavant, où l'adolescente l'avait menacée de s'enfuir. Et elle revit enfin Gracie Foster – ou ce qui subsistait d'elle – enveloppée dans une housse. Puis elle chassa cette image de son esprit. Cela ne faisait même pas vingt-quatre heures que Maddie s'était sauvée. Il était trop tôt pour céder à la panique.

Nichée dans le porte-tasse à côté de son siège, la clé USB semblait lui adresser un clin d'œil argenté dans le noir. Pendant que la pluie tambourinait sur le toit de sa voiture, elle fit défiler ses contacts sur son téléphone. Le monde derrière son pare-brise devint indistinct, brouillé par la lumière des phares. Des camions la croisaient en envoyant voler des gerbes d'eau. Les arbres ployaient sous le vent. Elle s'apprêtait à joindre les Services techniques lorsqu'elle reçut un appel. C'était Logan. Elle répondit juste quand le feu passait au vert.

— Logan, je ne peux pas te parler, je suis...

— Riley.

Cet emploi de son prénom fut comme un signal d'alarme. Ça, et aussi le ton de sa voix. De même qu'Ethan quelques instants plus tôt, il fit naître en elle un frisson de peur, à cette différence près que Logan n'avait pas l'air paniqué, mais plutôt abattu.

— Qu'est-ce qu'il y a ? demanda-t-elle en augmentant la cadence des essuie-glaces.

Les balais allaient et venaient à toute vitesse en couinant de protestation, mais c'était à peine s'ils parvenaient à rendre la route visible sous ce déluge. Un nouveau feu rouge se profila devant elle.

— Logan ?

— C'est Cam, Riley. Il est mort.

— Quoi ? Qu'est-ce que tu veux dire ?

Une partie d'elle-même avait conscience de paraître en colère. Elle avait déjà observé cette réaction chez la plupart des gens auxquels elle avait annoncé un décès. En général, ils refusaient d'accepter la nouvelle et se montraient furieux contre la personne qui faisait ainsi s'écrouler leur monde. Un camion derrière elle la klaxonna – le feu était repassé au vert. Elle écrasa l'accélérateur.

— Parle, à la fin ! Que vous est-il arrivé ?

— On est allés à la ferme de Charles Moore ce matin. Pour l'interroger.

— Je sais, j'ai eu ton message. Un ex-compagnon de Sarah Foster, c'est ça ?

— Sa maison… Riley, je n'ai jamais rien vu de pareil. Quelqu'un – on suppose qu'il s'agissait de lui – s'est échappé par l'issue de secours d'un abri antitempête. Il est parti au volant d'une fourgonnette en nous tirant dessus. On ne s'y attendait pas du tout. Cam a été touché. J'ai essayé… J'ai essayé de le sauver, mais…

La route devenait de plus en plus floue malgré les essuie-glaces. Riley cligna des yeux et s'aperçut qu'elle était en larmes.

Mon Dieu. Cam.

Elle se força à se concentrer. Il le fallait.

— Où est Moore ? Vous l'avez arrêté ?

— Pas encore. Mais ça ne va pas tarder, affirma Logan avec véhémence. Une alerte a été lancée à toutes les forces de police.

Riley imagina le branle-bas de combat sur place. Les flics de tout le comté devaient être sur le coup. Cela faisait des années qu'un agent n'avait pas été tué dans l'exercice de ses fonctions, et Cameron Schmidt était connu et apprécié de tous. Les gars ne feraient pas de quartier.

Je n'aurais pas dû m'absenter.

— Ce n'est pas tout, sergente. On a retrouvé Sarah Foster. Ou plutôt son cadavre. Elle a été tailladée. Massacrée. Moore conservait son corps au congélateur dans sa cave.

— Nom de Dieu.

Les lumières de Des Moines s'estompaient à mesure qu'elle s'éloignait de la ville. La route était à présent moins fréquentée, seuls quelques camions roulant au loin, mais la pluie tombait si dru qu'elle formait un rideau devant elle. À sa gauche, par-delà l'étendue noire de la campagne, les éclairs se succédaient, dévoilant le ventre monstrueux de la tempête.

— On a découvert des vêtements aussi. Ils correspondent à ceux que portait Gracie Foster le jour de sa disparition. Nolan et le laboratoire travaillent déjà dessus, mais ils vont en avoir pour un moment. Cette ferme, c'est la maison des horreurs.

Tout en écoutant Logan, Riley vit des phares apparaître dans son rétroviseur.

— D'après l'agent Gooch, cela pourrait expliquer pourquoi Nicole King a été tuée dans un abattoir. L'usine était fermée depuis des années mais, parce qu'il était boucher de profession, Moore ou des membres de sa famille ont pu être employés là-bas. On en saura plus quand le FBI aura obtenu le résultat des analyses ADN. Klein a mis la pression au laboratoire de Quantico aujourd'hui.

Le véhicule derrière elle se rapprochait à toute vitesse.

— Il y avait un pick-up dans sa cour, continua Logan. Avec des pneus Goodyear.

— Tu penses aux traces près du corps de Chloé ?

L'éclat des phares derrière elle l'éblouissait. C'était à peine si elle distinguait encore la route.

— Il fait chier, celui-là !

— Moore s'est enfui à bord d'une fourgonnette blanche. Il avait dû la garer quelque part hors de notre vue.

— Une fourgonnette blanche ? répéta-t-elle en ralentissant pour laisser le connard derrière elle la doubler. Tu te souviens de Tom, le sans-abri ? Il en a évoqué une quand on l'a interrogé. Celle conduite par les « ravisseurs », comme il disait.

— Merde, j'avais oublié ça. Qu'est-ce qu'il nous a raconté, déjà ? Qu'elle kidnappait des clochards dans la rue ? Putain. Si ça se trouve, on va déterrer d'autres corps. Je préviens Nolan.

Logan observa un silence avant de poursuivre :

— Riley, cet endroit... Tu imagines dans quelles conditions Sarah et Gracie ont dû mourir ? Ce type est un monstre.

— Je suis sur le retour. Logan, Maddie a disparu.

— Quoi ?

Le véhicule derrière elle, un SUV noir, remonta à sa hauteur en l'éclaboussant. Elle entrevit deux hommes par la vitre ouverte. L'un d'eux, un chauve au cou épais, lui criait quelque chose. Elle remarqua alors un objet dans sa main et éprouva un choc en reconnaissant un revolver.

— Arrête-toi ! beuglait-il.

D'instinct, elle accéléra. La Dodge réagit au quart de tour et s'éloigna du SUV.

— Merde !

La ligne grésilla.

— Sergente ? Que se passe-t-il ?

La pluie martelait toujours le pare-brise et les essuie-glaces n'étaient pas assez rapides pour faire leur office. Le SUV la rattrapa, puis se déporta pour tenter de la doubler. Bien qu'aveuglée par ses phares, Riley continua à foncer à travers la tempête, pied au plancher, jusqu'à ce qu'elle réussisse à mettre un peu de distance entre ses poursuivants et elle.

— Logan, écoute, je suis...

Elle n'aperçut l'arbre tombé sur la route qu'au dernier moment et braqua sans réfléchir en freinant de toutes ses forces. La Dodge fit une violente embardée sur la chaussée mouillée, et ses pneus gauches se détachèrent du sol.

La voiture tourna sur elle-même en lui donnant un horrible sentiment d'apesanteur. Toute la scène lui parut se dérouler avec une lenteur irréelle. Mais bien trop vite, le monde se renversa dans un fracas de tôle froissée et de verre brisé. La dernière image qui s'imprima dans son esprit tandis qu'elle était ballottée comme une poupée de chiffon sur son siège fut celle de l'airbag qui s'ouvrait devant elle.

48

Des choses tombaient en tintant sur le sol et des rayons scintillants traversaient son champ de vision. Quelque part, de l'eau gouttait. Elle sentit une odeur de gasoil dans l'air, ainsi qu'un goût de sang sur ses lèvres. Un drôle de ballon blanc dégonflé pendouillait tout près d'elle. Une douleur fusa dans son épaule lorsqu'elle tendit le bras pour le repousser. Elle tourna la tête – ce qui lui fit tout aussi mal – et s'étonna de voir la chaussée si proche de son visage. Seules une plaque de métal froissée et des milliers de petites lumières la séparaient d'elle. Non, pas des lumières mais des éclats de verre éclairés par les phares d'un véhicule. Et le métal froissé était le toit de sa voiture. Elle se trouvait toujours au volant de la Dodge, attachée à son siège par sa ceinture de sécurité. Le terminal mobile s'était défait de son support et oscillait au bout de ses fils.

La panique la gagna. Elle prit une grande inspiration, mais une nouvelle douleur, cette fois dans sa poitrine, lui coupa le souffle. Des voix se rapprochaient et quelqu'un foula les débris de verre. Une ombre s'interposa entre elle et le faisceau des phares. Elle se rappela alors le SUV qui avait tenté de la doubler, le type chauve armé d'un revolver, l'arbre couché sur la route.

— Elle est vivante ?

Elle grimaça, aveuglée par une lampe torche braquée sur elle. Le tonnerre grondait toujours au loin.

— Oui, elle bouge.

— Fouille la voiture.

— Merde !

— Quoi ?

— On a de la compagnie.

L'idée la traversa soudain que ce n'était pas le tonnerre qu'elle entendait, mais un camion. Des freins crissèrent. Une paire de bottes surgit sur sa gauche et s'avança vers elle en pataugeant dans les flaques.

— Que s'est-il passé ? demanda une voix d'homme paniquée. J'ai vu la voiture faire un tonneau et...

— Tout va bien, on s'en occupe.

— J'ai appelé les secours.

— Super, on prend le relais maintenant.

— Mais je peux vous filer un coup de main.

— Foutez le camp, compris ?

Un bruit sec lui parvint. Riley le connaissait bien. C'était celui d'une culasse que l'on faisait coulisser.

Les bottes reculèrent.

— Oh, là, du calme ! C'est bon, je m'en vais.

L'homme repartit en trébuchant. Une portière claqua, juste avant que s'élève le vrombissement sourd d'un moteur.

Elle tenta de crier à l'aide, mais le camion passa devant elle en écrasant les débris épars de sa voiture. Puis il y eut un fracas – quelqu'un dégageait à coups de pied ce qui restait de sa lunette arrière. Sa ceinture l'empêchait de bouger et de saisir son arme de service, et elle ne put que tourner la tête et voir un bras se glisser par l'ouverture pour attraper son sac sur la banquette.

— Fouille-la.

Une main se tendit vers elle. Des doigts rêches palpèrent sa hanche et s'enfoncèrent sans ménagement dans la poche de son jean. Elle se débattit en protestant.

— Rien ici.

Un autre bruit commençait à se faire entendre pardessus celui de la pluie. Des sirènes.

— Et là-dedans ?

Des objets tombèrent sur la route à mesure que l'un des individus les sortait de son sac. Des mouchoirs. Des clés.

— Elle n'est peut-être pas repartie avec ?

— Pourquoi veux-tu que Cook ait rencontré un flic – et ce flic-là en particulier ?

— Tant pis, filons avec ce qu'on a.

Il y eut un juron, puis des pas précipités. L'instant d'après, des pneus crissèrent et le SUV s'éloigna en trombe, la laissant accrochée à son siège. Alors qu'elle cherchait à se libérer, elle aperçut un petit morceau de métal parmi les éclats de verre qui jonchaient le toit de sa voiture. Non sans mal, elle ramassa la clé USB et la serra dans son poing en écoutant les sirènes se rapprocher.

49

Il était presque minuit le temps qu'elle arrive à Waterloo. Ses blessures – des entailles sans gravité et des hématomes – avaient été soignées par les secours sur les lieux mêmes de son accident, mais elle souffrait d'un traumatisme cervical qui s'était douloureusement rappelé à elle lorsqu'elle avait sauté à bas de la dépanneuse. Son cou lui semblait pris dans un étau.

Sorti l'accueillir, le shérif se crispa en découvrant l'épave de la Dodge déchargée par le camion et les éclats de verre qui continuaient à se détacher des vitres brisées. Elle l'avait informé de ce qui s'était passé en cours de route, mais sa colère n'était pas encore retombée.

— Dans mon bureau, sergente.

Malgré l'heure tardive, le BHCSO grouillait d'activité. Des téléphones sonnaient, des agents couraient dans les couloirs et toutes les salles étaient allumées. La traque de Charles Moore battait son plein.

La secrétaire de Reed vint à leur rencontre dans l'escalier.

— J'ai madame le maire en ligne, monsieur. Elle vous demande.

— Dites-lui que je la rappellerai, répliqua-t-il d'un ton sec qui emplit Riley d'appréhension.

Il referma la porte de son bureau derrière elle, puis marqua une pause devant la broderie de sa femme sur la devise du BHCSO. L'EXCELLENCE DANS LE MAINTIEN DE L'ORDRE.

Riley l'observa avec inquiétude. Elle n'avait aucune nouvelle d'Ethan, de Sadie et de Rose, tous partis à la recherche de Maddie. Elle était aussi dévastée par la perte de Schmidt. Le visage de l'inspecteur n'avait cessé de la hanter durant tout le trajet et elle mourait d'envie de savoir où en était l'enquête sur Moore. Elle ravala pourtant ses questions – elle avait trop conscience de la précarité de sa situation.

Reed resta debout.

— J'attends, sergente.

— Monsieur, comme je vous l'ai dit au téléphone, je suis allée à Des Moines afin de suivre une piste.

— Et vous avez eu un accident en rentrant ?

— Oui, monsieur. Il y avait un arbre au milieu de la route.

Telle était l'explication qu'elle avait donnée sur place à la police. Elle n'avait pas voulu avouer la vérité – pas sans en connaître les implications. Le SUV noir qui était passé au pas devant le snack-bar où elle avait retrouvé Jess Cook et l'homme avec son portable braqué sur elle lui étaient revenus en mémoire après le crash. L'avait-on prise en filature ? Elle était certaine d'être arrivée très discrètement à la cachette de la sénatrice, mais elle pensait à ce moment-là que le but était de semer des journalistes, pas des types armés et prêts à tout pour garder secrètes les informations que Cook et sa sœur avaient dénichées. Ayant toujours en tête la tentative de meurtre dont Thorne avait été victime, elle avait laissé un message à la sénatrice pour la prévenir qu'elle n'était peut-être pas à l'abri chez elle.

— Et quelle est cette piste dont vous avez omis de me parler ?

Là encore, elle ne pouvait pas tout lui dire. Pas tant que la portée exacte de cette histoire lui échappait. Les hommes qui l'avaient pourchassée n'avaient peut-être pas eu l'intention de provoquer un accident, mais ils n'avaient manifesté aucun remords et ne s'étaient pas du tout souciés de savoir si elle était blessée. À supposer qu'ils fassent partie de la garde rapprochée du gouverneur, ils bénéficieraient d'un appui de taille. Dans quoi avait-elle mis les pieds ? Une seule chose était sûre : cela excédait de très loin tout ce que le shérif et elle avaient jamais eu à gérer. La piste James Miller l'avait menée à un gouffre. Elle l'avait d'abord soupçonné de cacher des indices concernant le meurtre de Chloé, et voilà qu'il trempait peut-être dans un complot étatique. Si elle voulait protéger ses sources et la clé USB en sa possession, elle allait devoir faire très attention.

— Je voulais confirmer certaines informations sur James Miller auprès de quelqu'un qui le connaît par le biais de son travail.

— Alors même que je vous avais expressément demandé de ne pas vous acharner sur lui ?

— Monsieur, Miller reste un suspect dans cette enquête. Certes, nous avions d'autres pistes, mais je tenais à suivre celle-là.

— Vous avez donc préféré vous concentrer sur des détails, dit froidement Reed. Pendant que votre équipe, elle, traquait le vrai tueur ?

Était-ce un blâme qu'elle détectait dans sa voix ? Lui reprochait-il la mort de Schmidt ? *Il a raison. Si tu avais été là, les choses auraient pu se passer différemment. Cam serait peut-être encore en vie.* L'image de l'inspecteur s'imposa à elle. Cam à son bureau, les yeux rivés sur son ordinateur en même temps qu'il triturait des nouilles chinoises avec des baguettes. Cam, tout sourire, qui lui tendait une bière lors de la fête organisée pour sa promotion. Cam, ses cartes routières et le nouvel itinéraire que Sue et lui projetaient de faire à vélo.

Mon Dieu. Sue.

— Monsieur, je savais que les agents Klein et Gooch maîtrisaient la situation. Quand j'ai pris la décision d'aller à Des Moines, mon équipe ne faisait qu'étudier des pistes déjà explorées. Charles Moore était un ex-compagnon parmi d'autres de Sarah Foster. Il figurait sur notre liste de contacts, mais il n'avait pas fait longtemps partie de sa vie et ils avaient rompu il y a plusieurs mois. Nous n'avions aucune raison de le soupçonner jusqu'à hier et aucun de nous n'aurait pu prévoir la vitesse à laquelle tout allait s'enchaîner.

— C'est pourtant le propre de notre travail, Fisher. Je ne vous apprends rien en disant ça.

Il n'y avait pas que de la colère en lui, s'aperçut-elle. Il y avait aussi de la déception. Elle n'avait pas été à la hauteur de ses attentes.

— Monsieur, je sais que j'aurais dû être ici et vous n'imaginez pas combien je m'en veux. Mais, s'il vous plaît, laissez-moi mener la traque contre Moore.

— Non. À partir de maintenant, c'est moi qui vais coordonner les recherches. Toutes les forces de police locale ont été prévenues et je tiendrai une conférence de presse à la première heure demain matin. L'agent Klein nous épaulera. Nous allons placarder partout des affiches avec la photo de Moore. D'ici demain après-midi, ce fils de pute ne pourra pas lever le petit doigt sans se faire repérer. Nos collègues de Waterloo ont envoyé quelques techniciens à la ferme pour aider Nolan. Apparemment, ce qu'ils ont trouvé n'est pas beau à voir.

— Nolan est sur place ?

— Oui. Comme presque toute votre équipe.

— Je peux y aller dès maintenant. Il me suffit de prendre une voiture.

— Fisher, je...

— Je suis en état de travailler, monsieur. Je n'ai qu'un léger traumatisme cervical.

— Je vous mets en congé.

Stupéfaite, elle recula d'un pas.

— Monsieur, je sais que j'aurais dû vous prévenir de mon déplacement à Des Moines. Mais ce qui est arrivé à la Dodge était un accident et personne n'aurait pu prédire ce qui allait se passer à la ferme.

— J'ai parlé à quelques-uns de vos adjoints, Riley.

— Oh.

— Jackson Cole m'a raconté qu'il était allé vous voir l'autre soir et qu'il vous avait trouvée très agitée.

— Monsieur, Cole ne digère toujours pas que j'aie été promue à sa...

— Et vous avez pointé une arme sur lui.

Quel connard.

Reed soupira. Il avait l'air épuisé.

— Je vous ai dit dès le début que si vos liens avec Chloé Miller venaient à interférer avec votre travail, je vous retirerais cette enquête. Les événements de ces derniers jours confirment malheureusement mes craintes.

— Monsieur, je...

— Je prends le relais avec l'aide des agents Klein et Gooch. Nous pourrons réévaluer la situation un peu plus tard. Donnez-moi votre badge et votre arme, sergente.

La main tremblante sous son pansement plein de boue, Riley lui remit son étoile dorée, puis son Glock.

— Rentrez chez vous maintenant, allez vous reposer.

Il n'y avait plus à discuter.

Hébétée, elle redescendit l'escalier. Elle passait devant le Bureau des enquêtes lorsqu'elle aperçut Amy Fox près de la photocopieuse, d'où elle regardait fixement le bureau de Schmidt. Riley s'arrêta. Encombré de divers dossiers, de deux tasses à café et d'une boîte de beignets, le meuble semblait occuper plus d'espace que d'habitude, comme s'il était devenu le centre de gravité de la pièce. Fox leva la tête en l'entendant entrer.

— Hey, dit Riley.

— Bonsoir, sergente.

La jeune femme se détourna, mais pas assez vite pour lui cacher ses yeux gonflés à force de pleurer. Au bout d'un moment, elle renifla et rajusta sa chemise.

Riley s'avança vers la photocopieuse, qui crachait sans discontinuer l'avis de recherche lancé contre Charles Moore, avec son nom en haut de la page et un numéro à contacter tout en bas.

ARMÉ ET DANGEREUX. NE PAS S'APPROCHER.

Elle fixa les mâchoires carrées, les lèvres pincées, les cheveux clairsemés et les yeux gris acier de leur homme. Leur tueur cannibale. Finirait-il sur le site internet qu'elle avait consulté ? Offrirait-il aux esprits curieux et fascinés un énième monstre d'apparence humaine à étudier ?

Fox contemplait une photo de Schmidt et de sa femme.

— Il était si gentil.

— En effet, dit Riley en posant une main sur son épaule. On arrêtera Moore. Il paiera pour ça.

— Ça ne me suffira pas.

— Je sais. Mais c'est tout ce qu'on peut faire.

Fox lui refit face et l'examina en semblant remarquer seulement à cet instant ses entailles et ses hématomes.

— J'ai entendu dire que vous aviez eu un accident. Tout va bien ?

Non, se retint de répondre Riley. *Ma nièce a disparu, on m'a communiqué des informations pour lesquelles certaines personnes sont apparemment prêtes à tuer et j'ai été suspendue.* Puis elle aperçut les clés de voiture sur le bureau de Fox et une idée germa en elle malgré la fatigue.

— Tu es occupée ?

— Je termine juste de photocopier les affiches. Le shérif m'a dit d'aller dormir après ça, mais je doute d'y arriver.

— Est-ce que Logan est à la ferme ?

— Oui, pourquoi ?

Riley prit les clefs de voiture et les lui tendit.

— Tu peux me déposer là-bas ?

En route, elle contacta les Services techniques. Elle les avait appelés en rentrant de Des Moines pour leur demander de pister le téléphone portable de Maddie et elle voulait savoir où ils en étaient.

— Un instant, sergente, répondit l'agent de service. Oui, on l'a localisée.

Son cœur fit un bond.

— Où ?

— Hier soir. À 23 h 50.

Mais il doucha ses espoirs en lui lisant l'adresse.

— C'est chez elle. Vous n'avez rien d'autre ?

— Non, désolé. Ça veut dire qu'elle n'a plus de batterie ou qu'elle a retiré sa carte SIM. Je peux envoyer une requête à son opérateur téléphonique, mais vous savez comment ça se passe en général.

— Pas de nouvelles ? s'enquit Fox après qu'elle eut raccroché.

Riley se renfonça dans son siège en secouant légèrement la tête. Son cou et ses épaules l'élançaient, mais elle ne voulait pas prendre d'antalgiques. Au moins la douleur avait-elle le mérite de la maintenir sur le qui-vive. Le ciel était bouché, sans la moindre étoile visible à l'horizon. Seules des lueurs se distinguaient parfois au loin à mesure que la tempête se déplaçait vers l'ouest. Selon le dernier bulletin météo, elle atteindrait Sioux City à l'aube. Des tornades avaient été signalées dans toute la moitié sud de l'État.

— Je suis sûre que Maddie va rentrer saine et sauve. Tout ira bien, déclara Fox sans conviction.

Sauf que rien n'allait bien ce soir-là.

Les multiples projecteurs donnaient aux bâtiments de la ferme des allures de sapin de Noël. Deux motards de la patrouille étaient postés au bout du chemin de terre défoncé. L'un d'eux brandit une lampe torche et l'autre nota leurs noms dans son registre. Riley se demanda combien de temps mettraient Sean Taylor et ses collègues à rappliquer pour s'efforcer de prendre une bonne photo ou d'obtenir quelques détails bien sanglants. Cette vieille ferme bien flippante serait parfaite en une de leurs journaux. Un nouvel Ed Gein à leur porte.

Elle enfila des gants et des surchaussures pendant que Fox se garait près des voitures de patrouille déjà présentes.

— Merci, Fox. Essaie de dormir un peu, d'accord ? Ils vont avoir besoin de toi demain.

— Quand reviendrez-vous, sergente ?

Elle hésita. Elle avait avoué à Fox qu'elle avait été mise en congé d'office à cause de son accident, mais son équipe aurait peut-être droit à un autre discours de la part de Reed. Dans tous les cas, elle était incapable de répondre à cette question.

Des dizaines de silhouettes allaient et venaient devant la ferme dans la lueur aveuglante des projecteurs. Certaines inspectaient le sol, ramassant çà et là des choses que d'autres glissaient dans des sachets. La plupart n'étaient pas reconnaissables en raison de leurs masques et de leurs combinaisons blanches, mais elle repéra Jackson Cole et Chad Becker près de la grange. La vue du premier fit monter en elle une bouffée de colère. Préférant toutefois éviter une nouvelle confrontation, elle se dirigea rapidement vers la maison.

Des flashes crépitaient dans la cour, illuminant des taches de sang au sol. Celui de Cam, comprit-elle à la vue des gants et des seringues abandonnés par les secouristes qui avaient tenté de le sauver. Elle aperçut Bob Nolan près d'un pick-up, où il donnait des instructions à un technicien occupé à relever des empreintes sur la poignée et la portière du conducteur. Un autre photographiait les pneus. Chloé avait-elle fini dans ce véhicule ? Avait-elle échappé à Moore et s'était-elle enfuie, blessée, dans les champs de maïs ?

Logan était à l'intérieur de la maison en compagnie d'un membre de l'équipe de Nolan. Tous deux s'employaient à mettre des pièces à conviction sous scellés dans la cuisine. La puanteur était suffocante et l'éclairage intense n'arrangeait rien en dévoilant la crasse qui recouvrait la moindre surface. Des mouches bourdonnaient et des cafards rampaient dans les coins. Sur les plans de travail, des planches à découper et des couteaux de boucher paraissaient maculés de sang séché – animal ou humain, les analyses le diraient plus tard, mais elle n'était pas pressée d'avoir le résultat.

Le technicien fut le premier à remarquer sa présence.

— Bienvenue en enfer, sergente.

Logan se redressa, un sachet à la main. Sa combinaison et ses surchaussures étaient sales, et son masque barré d'une traînée noire. Il avait l'air hagard. Riley l'imagina, seul à cet endroit avec Cam, dans l'attente des secours. Elle aurait dû être avec eux.

— Ce n'était pas un petit accident, commenta-t-il en examinant son visage.

— Si tu me disais plutôt ce que vous avez trouvé ici.

Il brandit devant elle la boîte blanche contenue dans son sachet.

— Du Fenozen, murmura-t-elle.

— En grosses quantités, précisa-t-il en s'écartant pour lui dévoiler une table sur laquelle d'autres scellés s'empilaient, tous remplis de plaquettes de comprimés.

— Il provient de la pharmacie ?

— Oui. Sarah Foster devait le voler pour que Moore puisse ensuite le revendre à la sauvette dans la rue. Je suppose qu'il avait besoin d'argent après avoir été licencié. A priori, lui aussi est accro à ces médicaments. Tout ça colle avec le profil de Gooch et Klein puisque d'après eux, notre homme est toxicomane. La sœur de Foster nous a dit que Sarah avait quitté Moore il y a quelques mois. Peut-être que ç'a été ça, l'élément déclencheur, le facteur stressant qui l'a fait dérailler. La rupture avec sa copine associée à la facilité pour lui de se procurer du Fenozen.

— Sarah est toujours ici ?

— Oui. Nolan voulait analyser en priorité les traces de pneus de la fourgonnette avec laquelle Moore s'est enfui, afin qu'on puisse essayer de la pister. J'ai un bout de la plaque d'immatriculation, mais...

Il secoua la tête.

— Tu as fait ce qu'il fallait.

— Dès que Nolan en aura terminé à l'extérieur, il s'occupera d'elle. Webb monte la garde en attendant.

— Montre-moi.

Logan se fraya un chemin au milieu du chaos et l'entraîna vers l'escalier menant au sous-sol. Une ampoule nue au plafond éclairait faiblement les lieux.

— Avez-vous trouvé un drone quelque part ?

— Tu penses à celui que John Brown a vu le soir où Chloé est morte ? Non. Pas encore. Mais bon, il y a un tel bazar dans cette baraque...

Logan passa ensuite dans l'abri antitempête.

— Mon Dieu, souffla Riley en découvrant le lit étroit, les menottes accrochées au cadre et le matelas taché de sang.

— On suppose que Gracie a été enfermée ici - ces vêtements par terre sont ceux qu'elle portait quand elle a disparu. On a aussi ramassé le téléphone de sa mère au rez-de-chaussée. L'un des techniciens a réussi à le débloquer et on est tombés sur un texto de Moore datant d'il y a dix-neuf jours. Dans son message, il laissait entendre à Sarah qu'il savait quelque chose au sujet de Gracie et il lui demandait de venir à la ferme. Sa voiture est dans la grange.

Riley imagina le moment où Sarah avait été entraînée de force dans ce sous-sol. Celui où son espoir d'avoir des nouvelles de sa fille avait fait place à la terreur. Avait-elle aperçu les vêtements de Gracie ? Avait-elle compris qu'elle l'avait perdue ? Avait-elle deviné ce qui l'attendait ? L'horreur de ce scénario la rongeait intérieurement. Les cris de cette femme. Ses efforts pour se libérer de ses menottes. Les pas de Moore dans l'escalier. À en juger par tout le sang sur le lit, il s'était attaqué à l'une de ses deux victimes au moins alors qu'elle était encore en vie. Elle serra les dents en se forçant à chasser ces images de son esprit.

Logan attira son attention sur le fond du cagibi, où des marches menaient à une trappe.

— Moore s'est échappé par là, dit-il, avant de pointer du doigt un vieux congélateur adossé au mur de briques. Et Sarah est là-dedans.

Riley s'approcha de l'appareil et prit son courage à deux mains.

Des morceaux de chair humaine se mêlaient à des poulets et des steaks emballés dans du plastique. Un bras proprement sectionné au niveau du coude et recouvert à cet endroit de petits cristaux de glace rouges. Une main fine, des ongles au vernis encore brillant. Un cœur marron enveloppé dans un film cellophane tout fripé. Mais le plus choquant était la tête tranchée aux lèvres bleues, aux yeux voilés de givre et aux mèches de cheveux gelées semblables à de fragiles brindilles blondes. Elle était nichée au milieu des différentes parties du corps de Sarah Foster comme parmi les pièces mélangées d'un puzzle.

— Nolan a dit qu'il valait mieux garder le congélateur fermé, déclara doucement Logan.

Riley obtempéra, mais ce qu'elle venait de voir demeurait gravé en elle, et elle doutait de réussir à l'oublier un jour.

— Il se pourrait qu'on découvre d'autres restes humains ici. Et ailleurs sur cette propriété, surtout si les sans-abri avaient raison et que des gens ont bien été enlevés dans la rue par une fourgonnette blanche. La police de Waterloo va dépêcher sur place un de ses chiens pisteurs de cadavres.

Riley ne répondit pas tout de suite. Elle se sentait prise dans l'œil du cyclone. Autour d'eux, tout était silencieux – on se serait cru dans une tombe. Là en bas, l'horreur régnait en toute quiétude. Mais au-dehors, quelque chose se tramait. Au-dehors, quelque part, il y avait Maddie. Et un assassin en fuite. Et les hommes qui l'avaient pourchassée sur la route.

— Logan, j'ai besoin de ton aide.

50

L'aube avait fait pâlir le ciel à l'est le temps que Riley ait fini de tout lui raconter. Le silence retomba sur la maison - Scrounger était chez Rose et Ethan cherchait toujours Maddie. Elle dévisagea Logan. Assis depuis une heure devant le bar de sa cuisine, il l'avait laissée parler sans jamais l'interrompre.

— Qu'est-ce que tu en dis ?

— Que j'ai besoin de quelque chose de plus fort qu'un café. D'après toi, les hommes qui t'ont poursuivie sur la route font partie de la sécurité privée du gouverneur ?

— Oui.

— Et tu penses qu'ils voulaient la clé USB que la sœur de la sénatrice t'a donnée ?

— Ils étaient persuadés en tout cas que je détenais quelque chose d'important. D'assez important pour braquer une arme sur moi et sur un camionneur qui a tenté de me venir en aide.

— Qu'y a-t-il dans ces fichiers ? Tu as évoqué un contrat...

Riley sortit la clé de sa poche.

— Je n'ai pas eu le temps de les consulter.

— Ton ordinateur marche toujours ?

Elle descendit de son tabouret pour inspecter le petit sac de voyage qu'elle avait récupéré dans le coffre de la Dodge. Son ordinateur avait survécu à l'accident, protégé par les vêtements qui l'entouraient. Elle le posa sur le bar en grimaçant de douleur. Elle s'était aperçue dans un miroir un peu plus tôt et avait été choquée par les hématomes qui couvraient sa cage thoracique.

Logan se pencha en avant lorsqu'elle inséra la clé dans son port. Il sentait la transpiration, ses ongles d'habitude impeccables étaient cassés, et ses mains noires de terre et de sang séché. Le visage luisant dans la lumière bleue, ils regardèrent une fenêtre s'afficher à l'écran, avec à l'intérieur toute une série de dossiers. Riley les fit défiler. Certains avaient trait à la campagne électorale, d'autres renfermaient des comptes rendus financiers.

— Merde, murmura Logan. Ce sont les fichiers privés du gouverneur.

Ces paroles lourdes de sens flottèrent un moment entre eux.

— Là ! dit-elle. Red Lance.

Elle cliqua dessus. Deux documents apparurent. Elle ouvrit le premier et découvrit des pages entières de tableaux remplis de lettres et de chiffres. La seule chose compréhensible était l'adresse mail de l'expéditeur. Celle, personnelle, de James Miller.

— Il est peut-être question de ses recherches chez GTF ? suggéra Logan. Tu dis que Hamilton l'a couvert d'éloges à ce sujet quand il t'a appelée.

— Oui. Cook pensait d'ailleurs que cela pouvait concerner la culture du maïs. Mais il nous faudrait d'autres diplômes que les nôtres pour piger quoi que ce soit à tout ça.

— Si ce truc a un lien avec le travail de Miller, pourquoi aller aussi loin pour le garder secret ? C'est vrai, je sais que les avancées technologiques en agriculture sont très précieuses, mais de là à tirer sur une jeune fille et à envoyer un flic dans le décor...

— Ça dépend de l'enjeu, j'imagine.

Riley ouvrit le second document. Il s'agissait du contrat dont la sénatrice lui avait parlé. La somme mentionnée par Cook figurait sur une page, de même que le nom du gouverneur, présent tout en bas, sous sa signature.

— Cent millions de dollars, ça représente un bel enjeu, justement, fit-elle remarquer.

Tout le reste était rédigé en chinois et parsemé d'un fatras de symboles, de chiffres et de lettres aléatoires.

— C'est quoi, ça ?

— D'après Thorne, une partie des fichiers ont été détériorés.

Un nouveau dossier leur dévoila ensuite des messages téléchargés sur la boîte mail privée du gouverneur. Le plus ancien remontait à huit mois. Elle les passa en revue. Ils semblaient émaner pour l'essentiel de membres de sa famille et de ses amis : en dehors de quelques reçus de carte bancaire, il y avait surtout des invitations à des soirées et des vœux de réussite pour sa campagne. Puis elle tomba sur un mot de James Miller envoyé au mois de mars.

Red Lance demeure instable. Nous ne pourrons pas démarrer la phase suivante tant que les choses ne seront pas sous contrôle et que je ne comprendrai pas ce que cela signifie. Il convient de repousser l'échéance.

La réponse de Hamilton était très brève :

Tout doit être prêt dans les délais impartis, selon le planning prévu au départ. Je transférerai des fonds supplémentaires, mais il est impératif que la date de livraison soit respectée. Aucun retard ne sera accepté.

Riley avança dans la liste, comme hypnotisée par les mails qui apparaissaient successivement à l'écran.

— Là, dit Logan.

Un nouveau message de Miller.

Il y a un problème. Il faut qu'on parle.

— Regarde la date, murmura-t-il.

— Le 25 juin. Le jour qui a suivi la découverte du corps de Chloé.

Riley fut interrompue par son téléphone. Une bouffée d'espoir l'envahit lorsqu'elle vit que c'était son frère.

— Tu l'as retrouvée ? demanda-t-elle aussitôt après avoir décroché.

— Non, répondit Ethan d'une voix brisée. Je l'ai cherchée partout. Dans tous les endroits qu'elle connaît. Tous ceux où on allait ensemble.

Elle l'informa que les Services techniques n'avaient pas pu localiser Maddie, mais ne lui avoua pas qu'elle avait été suspendue. Elle n'avait rien dit à Logan non plus.

— Je te rejoins dans pas longtemps.

Il y eut un silence au bout du fil.

— Ça ressemble à un mauvais karma, Riley. Comme si Dieu me punissait d'avoir été un père merdique. Et si tout ça finissait mal… ?

— Maddie était bouleversée, Ethan. Je pense plutôt à un acte de rébellion. Rien de grave.

Mais tu sais ce qui peut arriver à une fille perdue.

Ignorant la petite voix dans sa tête, elle poursuivit :

— Si tu restais à la maison ? Dors quelques heures. Je prends le relais.

— Non. Ses amies seront bientôt réveillées. Je veux passer chez elles et les regarder droit dans les yeux pour voir si l'une d'elles me ment.

Il paraissait en colère cette fois.

— Ethan...

— Je te rappelle plus tard, la coupa-t-il en raccrochant.

— Toujours pas de nouvelles ? dit Logan. Je ne suis pas sûr de pouvoir vous aider, mais si tu as besoin de quoi que ce soit...

Riley se sentait abrutie de fatigue. Elle s'accouda au bar et appuya sa tête endolorie sur ses mains en fixant les mails du gouverneur.

— Je suis trop crevée pour réfléchir, souffla-t-elle, avant de jeter un coup d'œil aux yeux injectés de sang de Logan. Désolée. Je sais que toi aussi.

Mais il s'était déjà remis à parcourir les mails du gouverneur.

Riley tira son sac de voyage vers elle et en sortit une boîte d'antalgiques.

— Est-ce qu'on peut conduire après avoir avalé ce truc ? s'interrogea-t-elle à voix haute en lisant l'étiquette.

Une idée la traversa soudain.

— Tu m'as dit à la ferme que Charles Moore prenait sûrement du Fenozen, n'est-ce pas ? Il ne se contentait pas d'en vendre.

— Oui. Il y avait beaucoup de tablettes entamées dans sa salle de bains et plusieurs vides dans la poubelle.

— Il est donc accro à ce médicament ? Tout comme Dennis Packer, le sans-abri atteint de pellagre. Et aussi George Anderson, à en croire Tom et sa bande d'anciens combattants. D'après lui, Packer et Anderson n'étaient plus les mêmes et se comportaient bizarrement.

— Mais tu t'es renseignée sur le Fenozen, non ? Personne n'a jamais signalé d'effets secondaires différents de ceux habituellement constatés. Deux ou trois sans-abri toxicomanes au comportement bizarre, c'est une chose. Moore, lui, c'en est une autre radicalement différente. Ce type est un psychopathe.

— Qu'est-ce que tu fais des éclats de verre dans la main de Chloé ? N'oublie pas ce que Webb m'a dit. Ils proviennent peut-être d'un hôpital ou d'un laboratoire.

— Tu as vu tous les produits pharmaceutiques qu'on a retrouvés chez Moore. Il pourrait très bien y avoir aussi des seringues.

— Non, je n'imagine pas Chloé réussir à sortir vivante de cet endroit, et même si c'était le cas, les champs de maïs de Zephyr sont à l'autre bout de la ville, à des kilomètres de la ferme de Charles Moore. Elle ne serait pas allée aussi loin, pas blessée comme elle l'était.

— Sauf si Moore l'a fait monter dans son pick-up quelque part par là-bas. On peut supposer qu'il a tenté de la droguer, qu'elle s'est tellement débattue que la seringue s'est brisée dans sa main et qu'elle s'est ensuite enfuie.

— Peut-être. Mais j'ai l'impression que quelque chose nous échappe, dit Riley en tapotant l'écran. Red Lance demeure « instable » ? À quoi, ou à qui ce nom fait-il référence ?

Logan se pencha brusquement vers l'ordinateur.

— Regarde.

Il lui montra un e-mail intitulé « communiqué de presse ». Mais c'était l'expéditeur qui avait attiré son attention. Le message avait été envoyé à Bill Hamilton par John Brown.

Riley cliqua dessus. Trois épis de maïs jaunes sur fond de soleil levant rouge emplirent l'écran.

FERMES ZEPHYR.

Il s'agissait bien d'un communiqué de presse. Composé de plusieurs pages d'informations et de chiffres, il présentait la nouvelle semence de maïs hybride de la coopérative et soulignait tout ce que celle-ci avait accompli au sein de la communauté de Black Hawk. Riley le lut rapidement.

— Le texte évoque le Grand Prix de la foire de l'Iowa en expliquant pourquoi il serait bon que Zephyr l'emporte.

Elle éprouvait la même impression que dans la maison de la sénatrice – toutes les pièces du puzzle lui semblaient se heurter.

— Et si Brown avait essayé de faire pression sur le gouverneur ? suggéra Logan. Peut-être que Hamilton a une certaine influence sur le choix du gagnant.

— Nous avons beaucoup d'éléments sur la table. Bill Hamilton et James Miller. La culture du maïs et un contrat avec la Chine. Les fermes Zephyr et leur semence. Mais je ne comprends pas comment ils sont liés entre eux...

— Allons poser la question à Miller, alors, dit Logan en consultant sa montre. On a le temps. Nolan s'occupe de tout à la ferme. Reed veut qu'on soit revenus avant la conférence de presse pour nous briefer, mais elle n'aura lieu que dans quatre heures.

— Qu'est-ce que tu comptes demander à Miller, au juste ?

— Eh bien, la nouvelle de ce qui a été retrouvé chez Charles Moore va vite se répandre, tu ne crois pas ?

— Bon sang, c'est vrai, tu as raison.

Reed avait-il pensé à tout ça au milieu de ce chaos ?

— On dira à Miller qu'on a un suspect dans le meurtre de sa femme et qu'une traque est en cours. Et tant qu'on y est, on essaiera de le faire réagir au sujet de Bill Hamilton. Après ça...

Logan s'interrompit en la voyant secouer la tête.

— Qu'est-ce qu'il y a ?

— Je ne t'ai pas tout raconté.

51

Aucune ride ne troublait la surface du ruisseau, d'une pâleur laiteuse dans la lumière de l'aube. Maddie ramena ses genoux contre sa poitrine. Elle sentait encore l'after-shave de Brandon dans ses cheveux après être restée allongée contre lui toute la nuit, sans aucun autre bruit que celui de leur respiration et le chant des oiseaux et le coassement des grenouilles. Une heure plus tôt, alors qu'il s'apprêtait à partir entamer sa journée de travail dans le garage de son oncle, à Waterloo, il avait proposé de revenir ce soir-là, mais elle n'était pas sûre de vouloir s'absenter plus longtemps de chez elle. À vrai dire, elle ne savait pas vraiment quoi faire.

La voix rauque de son père résonna dans sa tête.

Je le tuerais pour ce qu'il t'a fait. Je tuerais ce salopard à mains nues.

Ces mots l'avaient profondément ébranlée. Riley était un roc pour elle. Il arrivait que les choses dégénèrent avec sa mère et Mason Lee ou que son père empeste l'alcool le matin quand il l'emmenait en voiture à l'école, mais dans ces moments-là, elle avait l'assurance de pouvoir toujours compter sur sa tante – une femme qu'elle admirait et qu'elle jugeait capable de tout arranger. Découvrir qu'elle avait fugué dans sa jeunesse l'avait stupéfiée, et elle avait eu du mal à en croire ses oreilles – jusqu'à ce que la vue de Riley à genoux et en larmes lui fasse prendre conscience qu'elle était peut-être aussi brisée intérieurement que les autres adultes de son entourage.

Elle n'avait eu qu'une envie après ça, s'éloigner d'eux tous, mais elle commençait à redouter les conséquences de son acte. Et puis elle s'en voulait un peu, sachant que Riley au moins allait s'inquiéter pour elle. Si elle rentrait tout de suite, sa famille serait soulagée. Mais si elle tardait trop, elle risquait d'avoir à affronter leur colère, et alors, quand pourrait-elle revoir Brandon ?

La veille au soir, ils avaient allumé un feu au centre de l'ancien camp biblique et discuté des heures durant en partageant des bières et des snacks. La veste de Brandon sur ses épaules, elle l'avait écouté lui parler de sa vie à Memphis, de sa mère alcoolique et de son père malchanceux. Il l'avait également interrogée sur des sujets auxquels personne avant lui ne s'était intéressé, ni ses parents, ni même Riley. Par exemple, ce qui la rendait heureuse ou triste, et ce qu'elle aimerait être si elle avait le choix.

Pour finir, elle s'était blottie contre lui, incapable de garder les yeux ouverts sous l'effet de la bière. Il lui avait pris la main et l'avait emmenée dans l'une des cabanes. Là, il avait repoussé du pied les feuilles mortes qui tapissaient le sol et avait étalé par terre une couverture qui sentait légèrement le gasoil. Debout sur le pas de la porte, elle avait soudain réévalué la situation – elle était seule dans les bois avec un garçon de dix-huit ans qu'elle connaissait à peine. Et alors qu'elle avait passé la soirée à contempler son visage dans la lumière dorée du feu de camp en souhaitant qu'il l'embrasse, elle avait brusquement eu peur.

Au bout du compte, elle n'aurait pas dû. Il s'était contenté d'enrouler un bras autour d'elle et elle s'était endormie la joue contre sa chemise, avant de se réveiller dans la même position quand l'alarme du téléphone de Brandon avait sonné.

Elle bâilla et but une gorgée du soda qu'il lui avait laissé. En rangeant la bouteille dans son sac, elle entrevit son portable. L'espace d'un instant, l'idée de remettre sa carte SIM l'effleura. Sauf qu'elle n'était pas prête à faire éclater la bulle dans laquelle elle se trouvait. Pas tout de suite. Cela l'étonnait qu'aucune de ses amies n'ait rien dit à Riley ou à son père de cet endroit. Encore que. Elles auraient alors dû admettre qu'elles aussi le fréquentaient, et toutes subissaient déjà les conséquences de cette histoire avec la photo prise à sa tante.

Une nuée d'oiseaux s'envola de l'autre côté de la rivière. Tandis qu'ils s'éloignaient, Maddie distingua des voix qui se rapprochaient. Elle se raidit. Ça ne pouvait pas être Brandon, si ? Des branches craquèrent. Elle s'était réfugiée là plusieurs fois au cours des semaines précédentes, mais sans jamais croiser qui ou quoi que ce soit – à l'exception du drone.

Elle ramassa son sac et rentra dans la cabane se poster près d'une fenêtre pleine de toiles d'araignée, en jurant au souvenir de son vélo qu'elle avait laissé au niveau de la clôture du camp. Non loin d'elle, une petite jetée aux planches pourries et recouvertes de mousse descendait en pente douce jusqu'au cours d'eau.

Trois hommes apparurent à travers les arbres. Le premier, aux cheveux blonds et bouclés et à l'air plus âgé que les autres, ouvrait la marche en repoussant brutalement les branchages qui le gênaient. Les deux suivants portaient quelque chose enveloppé dans ce qui ressemblait à des sacs-poubelles. Quelque chose de long et d'a priori lourd qui leur donnait du fil à retordre – elle les entendait souffler fort de là où elle était.

Parvenus au bord de la rivière, ils posèrent leur fardeau. L'un d'eux se pencha en avant, les mains sur les genoux, pendant que son compagnon s'accroupissait. Le plus âgé, lui, testa la solidité de la jetée avec son pied.

— Putain de merde ! cracha l'un des deux porteurs, visiblement éprouvé. Putain de merde !

Le vieux se tourna vers lui.

— Ce n'est pas le moment, Jacob. Il faut qu'on tienne bon.

— On n'était pas obligés d'en arriver là, papa ! Pourquoi est-ce que Hoyt l'a flingué ?

— Ton frère n'a fait que me protéger. John s'apprêtait à aller voir les flics et je n'ai pas réussi à l'en dissuader.

— On devrait réagir. Appeler quelqu'un.

— Qui ?

— Tu sais bien qui.

— La ferme, Jacob.

— Et pourquoi pas ? Il a assez de pouvoir pour nous sortir de ce pétrin.

— Il en a assez aussi pour nous jeter dans la fosse aux lions. Tu as déjà oublié de quoi il nous a menacés ?

— Non. Mais Hoyt est complètement défoncé, papa. Il l'est depuis le drame avec Lizbeth. Je me doutais bien qu'il allait péter les plombs.

— Tant pis, il faut qu'on avance, déclara celui qui n'avait encore rien dit. On ne peut pas garder ce monstre enfermé dans le silo. John n'était pas le seul à vouloir nous interroger. Maintenant, toute la ville est à la recherche de la fourgonnette.

Le vieux passa les mains dans ses cheveux, puis acquiesça.

— On va la laisser ici et repartir dans ton pick-up. On reviendra s'en débarrasser quand il fera nuit, après avoir emmené le gars chez Miller.

— Putain, murmura le dénommé Jacob. D'abord le flic, et maintenant John ?

— Le flic, c'était un accident ! Ce connard est sorti de nulle part, je n'ai pas eu le choix ! répliqua son père avant de soupirer et de se concentrer sur le paquet posé sur la rive. Allez ramasser des cailloux, OK ? Il faut qu'on le leste.

Pendant que les deux autres obtempéraient, Maddie vit le vieil homme passer une main dans son dos et extraire quelque chose de la ceinture de son jean. Un revolver. Elle eut envie de se cacher, mais elle était incapable de détacher les yeux de la scène. Le type contempla son arme un moment, puis la jeta dans la rivière.

52

Logan gara sa Ford Crown Victoria à proximité de la maison de Miller au moment où le ciel commençait à se teinter de rouge. Il coupa le moteur et resta assis en réfléchissant à ce qu'il allait pouvoir dire pour amener cet homme à s'ouvrir à lui sur ses liens avec Bill Hamilton. Mais il n'avait pas dormi, la fatigue lui embrumait le cerveau et, pour ne rien arranger, voilà que Riley avait été suspendue.

Il se doutait qu'elle ne lui avait pas tout dit. Sa main bandée et ses regards parfois perdus dans le vague depuis qu'ils avaient découvert le corps de Chloé l'incitaient à penser qu'elle n'était pas juste éprouvée par la mort d'une vieille amie. Il sentait qu'il y avait quelque chose d'autre derrière tout ça. Quelque chose qui faisait apparaître une nouvelle facette de cette femme toujours si maîtresse d'elle-même, concentrée et réservée. Elle se montrait désormais plus vulnérable, plus tiraillée intérieurement – et par conséquent plus réelle aussi. Quand tout ça serait terminé, peut-être lui dirait-il qu'il était là pour elle si elle avait besoin de parler.

En prenant son badge, il grimaça devant ses mains maculées de terre et de sang.

Va chercher Sue, avait murmuré Schmidt avant de mourir. *Va chercher Sue.*

Mais il n'avait pas eu le temps.

La rue était paisible à cette heure matinale. Aucune trace de la voiture de Miller dans les parages. En revanche, un véhicule inconnu stationnait devant chez lui. Un SUV Chevrolet Suburban noir et tout sale. Miller avait-il de la compagnie ?

Rien n'avait été entretenu depuis leur dernière visite : le gazon avait poussé et les lys qui bordaient l'allée avaient fané. Logan gravit les marches de la véranda et se figea en sentant du verre brisé sous ses pieds. L'un des carreaux colorés près de l'entrée était cassé et la porte, entrebâillée. Des bruits lui parvinrent de l'intérieur. Des voix d'hommes. Un coup assourdi.

Il recula, dégaina son arme et fit le tour de la maison. Il en connaissait suffisamment la configuration pour savoir qu'il pouvait atteindre la cuisine sans se faire remarquer. À l'arrière, le jardin était plongé dans la pénombre, mais la porte-moustiquaire laissait filtrer de la lumière. Il s'approcha d'une fenêtre. Malgré les stores baissés, il distingua une partie de la pièce en collant sa tête contre l'encadrement.

Un homme en pantalon de treillis et polo noir se tenait près du plan de travail, face à un ordinateur portable qu'il masquait de son corps. Petit, trapu, le crâne chauve et luisant, ce n'était pas Miller. En découvrant le Colt calé sur sa hanche dans un holster, Logan se rappela sa conversation avec Riley. Elle était persuadée que les responsables de son accident étaient des membres de la sécurité privée du gouverneur. Tout ce qu'il voyait du type sous ses yeux – son revolver, sa posture, ses tatouages – clamait qu'il s'agissait d'un ancien militaire.

À l'étage, quelqu'un semblait déplacer des meubles. Puis un autre homme vêtu comme le premier, les mains gantées et armé lui aussi, entra dans la cuisine et posa devant le chauve un carton rempli à la va-vite de dossiers.

— Tout est là ?

— Oui. Jensen est en train de charger le reste dans la voiture. J'ai l'impression que l'essentiel des documents est au labo.

Au labo ? Celui où travaillait Miller chez GTF ? Logan sortit son téléphone de sa poche.

— Il ne faut surtout pas qu'on laisse la moindre trace derrière nous.

— On a ce qu'on voulait, Walker. C'est bon maintenant. Qu'est-ce qu'on fait au sujet de la sergente ?

— Larson a appelé, dit le chauve en refermant l'ordinateur. Jones et lui seront bientôt chez elle. Je ne sais pas ce que Cook lui a donné, mais ils le récupéreront.

Logan n'écouta pas la réponse de l'autre. Fébrile, il chercha le numéro de Riley dans ses contacts... jusqu'à ce qu'un bruit de pas le fasse sursauter. Il se retourna et découvrit le canon noir d'un revolver braqué sur lui.

Riley indiqua au chauffeur de taxi par où passer dans les rues résidentielles du quartier de Tanisha, l'amie de Maddie. Le soleil se levait à peine et il était encore tôt pour aller déranger les gens. Qu'importe, elle ne pouvait pas rester inactive. Une partie d'elle aurait voulu accompagner Logan et suivre la piste qui la ramenait sans cesse à James Miller, mais elle n'était plus habilitée à le faire, et sa nièce était sa priorité.

Le chauffeur était nouveau dans le coin et ne se repérait pas très bien. Il avait eu l'air inquiet quand elle était montée dans sa voiture. Bien qu'elle eût pris une douche après le départ de Logan pour se débarrasser du sang et de la poussière sur sa peau, elle donnait toujours l'impression de s'être battue. Il avait lorgné sa main bandée, les marques laissées sur sa gorge par sa ceinture de sécurité, les entailles sur ses joues. Pour finir, cependant, il s'était détendu, au point même de devenir très bavard.

— Vous avez entendu parler de la fusillade ? dit-il en lui jetant un coup d'œil dans son rétroviseur. La radio a dit qu'un flic avait été tué. Bon sang, et il y a aussi ces femmes assassinées... Mon épouse et moi, on a quitté Chicago parce qu'on voulait élever nos enfants dans un endroit sûr. Elle doit accoucher de notre premier à l'automne.

— Il n'y a pas grand-chose à craindre par ici, monsieur, l'assura Riley en observant les rues tranquilles que le soleil commençait à inonder d'une lumière dorée.

Les mêmes rues où Chloé, Mia et elle avaient joué autrefois. Elle aperçut ensuite un cycliste à la lisière du parc régional et sentit son cœur se serrer en pensant à Cam.

— Monsieur ? s'amusa le chauffeur. Aucun client ne m'a encore jamais appelé comme ça.

— Déformation professionnelle. Je suis flic.

Mais sa ceinture lui paraissait bien légère sans son badge et son arme de service. Que se passerait-il si Reed décidait de ne pas la réintégrer ?

— Bon Dieu. Vous le connaissiez, celui qui a été tué ? Vous étiez là-bas peut-être ? C'est pour ça que vous êtes tout esquintée ?

Devant son silence, il secoua la tête.

— Désolé. Je ne voulais pas être indiscret.

— J'ai eu un accident de voiture. La faute à la tempête.

Pendant que le chauffeur embrayait sur la météo du Midwest, elle rumina un soupçon qui avait germé en elle en rentrant de Des Moines. C'était sur cette même route que ses parents avaient perdu la vie douze ans plus tôt. Une chaussée verglacée, une nuit de novembre. Un camion lancé à toute vitesse. Elle en avait frissonné.

Rien n'avait jamais laissé supposer que leur mort ait pu être autre chose que le fruit du hasard, même si le chauffard n'avait pas été retrouvé. Le seul témoin n'avait pas relevé sa plaque d'immatriculation, trop occupé qu'il était à essayer de porter secours à ses parents. C'était un délit de fuite. Le conducteur était-il ivre ? Était-ce un immigré clandestin qui avait paniqué ? Cela arrivait. Mais son père avait travaillé pour Bill Hamilton, un gouverneur désormais impliqué dans un complot majeur et dont les sbires, en plus de tirer sur une jeune fille, avaient manqué de la tuer. Sachant cela, elle n'avait pu se défaire de cette idée durant tout le trajet.

La sonnerie de son téléphone la ramena au temps présent. Elle soupira en voyant le nom qui s'affichait à l'écran.

— Maddie ! Dieu merci ! Où es-tu ? Tout va bien ?

— Je suis chez toi, répondit l'adolescente d'une petite voix terrifiée.

— Maddie ? Qu'est-ce qui se passe ?

— Riley... Il y a des hommes dans la maison.

53

— Vous voulez bien patienter ici ? dit-elle au chauffeur après lui avoir demandé de la laisser à quelque distance de chez elle.

— Je vais rater le rush du matin, protesta-t-il. Ça représente au moins six courses.

— Vous pouvez continuer à faire tourner le compteur, monsieur.

Il sourit de nouveau devant cette marque de politesse.

— Je m'appelle Gabriel. Très bien, je vous attends.

— Merci.

Une main sur la portière, Riley hésita un instant avant de poursuivre :

— Gabriel, si je ne suis pas revenue d'ici vingt minutes, alertez le bureau du shérif du comté de Black Hawk et dites qu'il y a un code 2 à mon adresse.

— Un code 2, répéta-t-il avec le plus grand sérieux.

Riley sortit et s'avança vers sa maison en restant à l'ombre des sycomores. La vue d'un SUV noir garé juste au milieu de l'allée l'arrêta net. Une fois de plus, elle se maudit de sa négligence, dont elle n'avait pris conscience qu'en recevant le coup de fil de Maddie. Elle avait fait opposition à ses cartes de crédit en rentrant de Des Moines – par simple précaution, à vrai dire, pas vraiment de peur que les types qui lui avaient volé son sac à main se donnent la peine de les utiliser –, mais elle avait complètement oublié le permis de conduire dans son portefeuille.

Elle était restée en ligne avec Maddie aussi longtemps qu'elle l'avait osé. Ayant appris qu'il y avait au moins deux intrus chez elle, elle lui avait conseillé de se cacher et avait envisagé d'appeler des renforts, avant de se raviser – son instinct lui soufflait de faire attention. Si ces hommes étaient bien ceux de Hamilton, il s'agissait de professionnels. Ils n'iraient peut-être pas jusqu'à s'en prendre à sa nièce sans raison, mais elle ignorait comment ils réagiraient en cas de confrontation avec la police locale, et elle ne voulait pas risquer la vie d'un autre collègue.

L'air était humide ce matin-là. On n'entendait que le bourdonnement des insectes et celui, plus lointain, de la circulation sur la voie rapide. En nage, elle s'approcha du SUV. Personne à l'intérieur.

Elle reporta son attention sur la maison en mesurant pour la première fois combien leur vieille demeure victorienne comptait de fenêtres. Elle n'avait pas le choix, elle devait traverser la cour à découvert. Elle courut sans faire de bruit et entra dans la remise. Une image du serpent se faufilant sous les portes pourries s'imposa à elle. Elle savait quelles conséquences pouvait avoir la morsure de cet animal – elle avait eu vent de gens qui vomissaient du sang et faisaient des hémorragies internes en quelques minutes –, mais elle passa outre à sa peur et attendit juste que ses yeux s'habituent à l'obscurité avant de se diriger vers le fond du bâtiment.

Sa Winchester souleva un nuage de poussière lorsqu'elle la détacha de son crochet. Elle sortit vivement le fusil de sa housse protectrice. Parce que cela faisait longtemps qu'elle ne s'en était pas servie, elle vérifia s'il était chargé, au cas où. Hélas pour elle, elle avait toujours été prudente, et la chambre était vide. Ça, les intrus ne le sauraient pas, mais il fallait qu'elle arrive à récupérer les cartouches rangées dans son coffre.

Elle courut jusqu'à la maison et se plaqua contre le mur à côté de l'entrée en se félicitant d'avoir confié Scrounger à Rose. Puis elle se risqua à regarder par la porte-moustiquaire. Le sac à dos de Maddie était posé sur le plan de travail, mais la cuisine était déserte.

Elle tira le battant en s'arrêtant pile avant qu'il couine et se glissa dans l'entrebâillement. Les tiroirs étaient ouverts et leur contenu, sens dessus dessous. Elle cala la crosse de sa Winchester contre son épaule. Sa fatigue s'était évaporée, chassée par l'adrénaline, mais tout son corps protestait contre cet effort. Puis le plancher grinça à l'étage. Elle s'immobilisa. C'était curieux comme un lieu aussi familier pouvait soudain vous sembler étranger. Les ombres devenaient sinistres et menaçantes. Plus près d'elle, dans une pièce voisine, quelqu'un se déplaçait.

Elle passa dans le couloir en sentant la sueur dégouliner le long de ses joues. Une silhouette émergea de la salle à manger – un homme trapu vêtu d'un pantalon de treillis, d'un T-shirt et d'une cagoule noirs.

— Ne bougez pas !

Il pivota vers elle, prêt à dégainer, mais se figea à la vue de son fusil. Des bruits résonnèrent à l'étage – des pas lourds suivis d'un cri étouffé.

— Tournez-vous, ordonna Riley. Les mains sur la tête.

Le type obéissait quand deux autres personnes apparurent dans l'escalier. Horrifiée, elle découvrit Maddie, qu'un individu masqué bâillonnait tout en la menaçant d'un revolver appuyé sur sa tempe.

— Lâche ton fusil, dit-il.

Cette voix... elle ne lui était pas inconnue. Elle hésita, jusqu'à ce qu'il resserre son étreinte sur Maddie. L'adolescente laissa échapper un gémissement.

— Tout de suite !

— Très bien.

Lentement, Riley s'accroupit et posa sa Winchester par terre.

— Mets-toi contre le mur.

La mémoire lui revint soudain. C'était lui qui l'avait fouillée dans la Dodge, juste après son accident.

L'homme à côté d'elle ramassa le fusil et ricana en ouvrant la chambre.

— Il n'est même pas chargé.

Il le laissa là, puis sortit son revolver, qu'il pointa sur elle pendant que son acolyte descendait l'escalier en plaquant toujours Maddie contre lui.

— La sénatrice Cook t'a donné des fichiers. Je les veux.

Riley songea à lui dire qu'elle ne comprenait pas de quoi il parlait, mais elle refusait de prendre ce risque. Pas alors qu'il menaçait sa nièce.

— Ils sont dans le coffre.

— Où ça ?

Elle lui désigna un endroit sous les marches.

— Ouvre-le.

Sentant son arme rivée sur elle, elle s'approcha du coffre et tapa le code. Elle avait rangé son ordinateur à l'intérieur après le départ de Logan, et la clé USB était toujours dans son port. Elle regretta de ne pas avoir copié son contenu quand elle en avait l'occasion.

— Ne touche pas à ça et recule-toi, dit le type au moment où elle s'apprêtait à retirer la clé.

Il prit l'ordinateur et examina les pages qu'elle n'avait pas pris la peine de refermer.

— Tu as envoyé ces fichiers quelque part ? Tu les as partagés avec quelqu'un ?

— Non.

Maddie poussa un cri étouffé. La pression du revolver contre sa tempe s'était accentuée.

— Vérifie ses mails, lança celui qui la tenait à son complice.

Celui-ci s'exécuta.

— Le dernier date d'il y a deux jours. Il n'y avait pas de document joint.

— Je vous ai dit la vérité, plaida Riley.

L'homme derrière Maddie la jaugea du regard.

— Reste où tu es.

Il traversa le couloir avec l'adolescente pendant que l'autre prenait l'ordinateur sous son bras. Parvenu sur le seuil de la cuisine, il lâcha Maddie et la poussa violemment vers Riley. L'instant d'après, les deux individus avaient disparu.

Riley rattrapa sa nièce alors que la porte de la maison se refermait en claquant. Maddie tremblait.

— Tout va bien, dit-elle en l'étreignant. Tu n'as plus rien à craindre.

Un cri au-dehors les fit sursauter. Riley se raidit.

— Attends-moi ici.

— Riley, non !

Mais elle se dégagea et entra dans la cuisine. Par la porte, elle vit que l'un de leurs agresseurs s'était effondré à mi-chemin entre la remise et la rivière. L'ordinateur gisait sur le sol à côté de lui.

Le deuxième homme revint sur ses pas en courant, mais se figea brusquement.

— Merde, c'est quoi, ça ?

Riley distingua un mouvement dans l'herbe. Un éclat doré et noir qui avançait en ondulant.

Le type à terre agrippait son mollet.

— Il m'a mordu ! Ce putain de serpent m'a mordu, Larson !

Ce dernier ramassa l'ordinateur, puis l'aida à se relever et à rejoindre la Chevrolet en boitillant.

Riley composait déjà le numéro du Central lorsque le véhicule recula le long de l'allée. Elle retourna dans le couloir et montra le coffre à Maddie.

— Il y a une boîte de cartouches là-dedans, ma puce. Tu veux bien me la sortir ?

Au bout de ce qui lui parut une éternité, le Central répondit enfin.

— Sergente Riley Fisher à l'appareil. Je demande une assistance immédiate. Deux hommes armés viennent de quitter mon domicile dans une Chevrolet noire...

— Sergente ? s'étonna Jean, la plus âgée des quatre dispatcheuses. Vous n'êtes pas partie rejoindre les autres ?

— Les autres ?

— Charles Moore a été aperçu au lycée de Cedar Falls.

Au loin résonnaient en effet des sirènes auxquelles elle n'avait pas prêté attention jusque-là.

Merde.

Après avoir donné à Jean tous les détails concernant la Chevrolet, elle raccrocha et saisit sa Winchester. Maddie l'attendait dans la cuisine, son sac à dos serré contre elle et la boîte de munitions posée sur le plan de travail. En traversant la pièce pour la récupérer, Riley marcha sur quelque chose – une fourchette tombée de l'un des tiroirs. D'autres couverts jonchaient le sol, et, parmi eux, un objet doré. Son collier. Elle le ramassa, songea à le ranger, mais préféra finalement le fourrer dans la poche de son jean.

— Bien, dit-elle en chargeant son fusil. Ne traînons pas.

— Riley, j'ai un truc à te dire.

— Pas ici, ma chérie. Il vaut mieux qu'on s'en aille.

Elle ne s'attendait pas à voir revenir la Chevrolet, mais il n'était pas question qu'elle prenne le moindre risque.

— Reste derrière moi, ajouta-t-elle.

— Mais...

— Il faut qu'on file. Tout de suite.

Elle sortit en pointant son arme devant elle. Le SUV était parti et le bruit des sirènes s'amplifiait – elles devaient être à quelques rues de là. Les yeux plissés, elle scruta l'herbe. Plus aucune trace du serpent. En revanche, un détail attira son regard. Un éclat argenté dans la lumière du soleil. Elle retint son souffle. C'était la clé USB. Elle avait dû se déloger de son port quand Larson avait laissé tomber l'ordinateur. Triomphante, elle se pencha pour la ramasser, mais l'inquiétude l'emporta presque aussitôt en elle. Combien de temps les hommes du gouverneur mettraient-ils à se rendre compte de leur oubli ?

Les sirènes hurlaient dans toute la ville lorsqu'elle remonta l'allée – si vite que Maddie dut courir pour la suivre. Dieu merci, le taxi était toujours garé sous les arbres.

— Dépêche-toi !

— Riley, stop ! protesta Maddie en la retenant par le bras. J'ai quelque chose à te dire !

54

Le taxi s'éloigna, et Riley entraîna Maddie vers la maison de Rose et Lori. Sa nièce avait le teint pâle et paraissait secouée. Elle aurait voulu lui dire que tout irait bien, mais pour l'heure, malheureusement, elle avait d'autres priorités. Après avoir sonné, elle scruta la rue comme elle l'avait fait plusieurs fois en cours de route pour s'assurer que personne ne les avait suivies.

— Maddie, j'aimerais que tu prennes ça, dit-elle en lui donnant la clé USB. N'en parle à personne. Ni à Rose, ni à Lori, ni même à ton père. Cache-la jusqu'à mon retour. Et ne sors pas d'ici surtout. Je suis très sérieuse.

— Quand reviendras-tu ?

— Bientôt. Tiens bon.

La porte s'ouvrit sur Lori. Malgré la chaleur, la compagne de sa tante avait enfilé une épaisse robe de chambre sur sa chemise de nuit. Les pupilles dilatées, elle les fixa toutes les deux un peu trop longtemps. Les pleurs du petit Benjamin résonnaient à l'étage.

— Riley ?

— Rose n'est pas là ?

— Non, elle est avec Ethan, répondit Lori, avant de se tourner vers Maddie. Ils sont partis à ta recherche.

— Il faudrait que tu les appelles. Dis-leur que Maddie est avec toi. Et j'ai besoin d'emprunter ta voiture.

— Ma voiture ? répéta Lori, perplexe.

Elle attrapa cependant la clé suspendue à un crochet et la lui tendit.

Riley poussa Maddie à l'intérieur de la maison.

— Je reviens le plus vite possible.

— Riley ! lança Lori alors qu'elle s'éloignait. Que se passe-t-il ? Pourquoi toutes ces sirènes ?

— Je t'expliquerai plus tard, répondit Riley par-dessus son épaule. Appelle Rose et Ethan. Et ne sors pas de chez toi !

La voiture de Lori - une Ford Focus bleue avec un siège bébé à l'arrière - était garée le long du trottoir. Elle cala son fusil à côté d'elle et prit la direction de Cedar Falls en écrasant l'accélérateur.

Après ce que Maddie lui avait raconté, elle était prête à parier que les trois individus aperçus par sa nièce dans les bois faisaient partie des fermes Zephyr. Bien que choquée, l'adolescente avait réussi à se remémorer deux prénoms, Hoyt et Jacob. Le plus âgé de la bande devait être leur père, Frank Garrett, et tout portait à croire que ses fils et lui avaient jeté un cadavre dans la rivière.

Elle connaissait l'ancien camp biblique - il n'était pas très éloigné des champs dans lesquels Chloé avait été retrouvée. La coopérative. Les semences de maïs. Le mail de John Brown à Hamilton. Elle n'arrivait toujours pas à ordonner les pièces du puzzle, mais elle avait au moins une certitude : à en juger par l'intervention des hommes de main du gouverneur et le rôle a priori central de James Miller dans toute cette histoire, elle avait envoyé Logan droit dans la gueule du loup.

La Crown Victoria de son collègue était stationnée devant la maison de l'ingénieur. Elle se gara à côté en sentant la tension dans ses épaules se relâcher légèrement. Ses craintes – certes nourries par plusieurs coups de fil infructueux – étaient peut-être infondées. Elle ne vit nulle part la voiture de Miller. Son voisin en revanche était là, occupé à couper des fleurs fanées dans son jardin. Il interrompit sa tâche pour la regarder.

Elle gravit les marches de la véranda et baissa les yeux en entendant quelque chose crisser sous ses pas. Son soulagement s'évapora sur-le-champ. Un carreau avait été brisé et la porte était entrebâillée.

— Monsieur Miller ? C'est le bureau du shérif.

Pas de réponse.

— Logan ? dit-elle en entrant avec précaution.

Elle se dirigea vers la cuisine. Il n'y avait personne, mais la porte de service était ouverte elle aussi. À l'arrière, une table avait été renversée et des gouttes d'un liquide sombre tachaient le plancher de la véranda. Elle s'accroupit pour passer un doigt sur l'une d'elles. Du sang. Toutes dessinaient un chemin qui contournait la maison et s'arrêtait juste devant.

— Excusez-moi, monsieur ! dit-elle en courant vers le voisin. Je suis la sergente Riley Fisher, du bureau du shérif.

Elle voulut lui montrer son badge, mais se rappela qu'elle n'en avait plus. Elle allait devoir y aller au bluff en espérant qu'il ne lui demanderait pas une preuve de son identité.

— Avez-vous vu M. Miller ?

Les lunettes embuées par la chaleur, l'homme se redressa sur ses petites jambes épaisses et toutes blanches.

— Pas depuis hier, madame. J'ai sonné chez lui tout à l'heure, mais sans obtenir de réponse.

James avait pourtant affirmé qu'aucun de ses voisins ne lui avait rendu visite depuis la mort de Chloé…

— Vous avez sonné chez lui ?

— Faut dire qu'il y a eu un peu de raffut, madame. Ça nous a réveillés, ma femme et moi.

— Vous avez donc été dérangés par du bruit, monsieur... ?

— Erickson, madame. Wally Erickson. Ça ressemblait fort à une dispute. On entendait des objets se briser. Et des gens qui criaient.

— Vous n'avez pas alerté la police ?

Elle était presque sûre que Wally Erickson était du genre à harceler le Central dès que quelqu'un ou quelque chose troublait le calme de sa rue.

— Eh bien, pour être honnête, je croyais que *c'était* la police.

— Pourquoi ?

— L'une des personnes était votre collègue, celui qui vous accompagnait la dernière fois. Il a dû y avoir une sorte d'altercation, parce qu'il avait l'air blessé et son visage était en sang.

À ces mots, Riley sentit l'angoisse lui nouer le ventre.

— Les quatre autres, en revanche, ne me disaient rien du tout.

— Les quatre autres ?

— Oui, ils sont sortis en portant des cartons et un ordinateur qu'ils ont fourré dans un véhicule garé dans la rue. Je pensais qu'ils étaient venus arrêter M. Miller, mais je ne l'ai pas vu quand ils sont partis.

— Quand cela s'est-il passé ?

— Oh, il était tôt. C'était il y a un peu plus d'une heure.

— Dans quoi roulaient-ils ?

— Une Chevrolet Surburban noire. Je ne l'avais encore jamais remarquée par ici.

Le même SUV que celui qui l'avait pourchassée à son retour de Des Moines. Le même aussi que celui des deux hommes qui s'étaient introduits chez elle.

— Vous n'avez pas noté la plaque d'immatriculation, par hasard ?

Wally Erickson rougit.

— En fait, j'ai fait mieux que ça, madame.

Il prit son téléphone portable et lui montra une photo.

Riley poussa un juron. La plaque était différente de celle qu'elle avait relevée. Ils étaient donc six au moins. Les deux auxquels elle avait eu affaire, plus les quatre qui s'étaient rendus chez Miller. Elle agrandit la photo avec ses doigts. Les vitres de la Chevrolet étaient teintées, mais elle parvint à distinguer des silhouettes à l'intérieur. Ils tenaient Logan.

Elle retourna à sa voiture et contacta le Central pour lancer une alerte à toutes les patrouilles.

Ce fut de nouveau Jean qui décrocha, l'air encore plus stressée que lors de son précédent appel.

— Jean, j'ai besoin qu'on retrouve un deuxième SUV. Même marque, même modèle, mais plaque différente. Je pense que l'agent Wood a été enlevé.

— Je diffuse tout de suite l'information, répondit la dispatcheuse en se ressaisissant.

Riley démarra, mais resta ensuite immobile en laissant tourner le moteur, les mains sur le volant. Cela la rassurait un peu que ces types aient emmené Logan au lieu de l'abattre sur place – juste un peu, car elle ne voyait pas du tout ce qu'ils comptaient faire de lui. Un grand ménage semblait en cours : les deux premiers individus avaient voulu récupérer les fichiers que Thorne lui avait confiés, les quatre autres étaient allés chez James Miller afin d'embarquer certaines de ses affaires, et de leur côté, Frank Garrett et ses fils avaient jeté quelque chose dans la rivière. Ses collègues réagiraient vite à une menace contre l'un des leurs, mais tous les regards étaient pour l'heure braqués sur Charles Moore. C'était sa faute si Logan avait des ennuis. C'était donc à elle de le tirer de là.

James Miller. Bill Hamilton. Les fermes Zephyr.

Et Chloé, morte dans les champs de maïs.

Elle se tourna vers la maison dans laquelle son amie avait vécu, puis sortit le collier de sa poche. En contemplant l'étoile dorée au bout de sa chaîne cassée, elle se rappela son grand-père lorsqu'il lui avait offert le petit écrin rouge le jour de son anniversaire. Son sourire ridé au moment où elle l'avait ouvert. La bouffée de fierté qu'elle avait éprouvée. Ce n'était pas qu'un joli colifichet. Déjà à l'époque, à quatorze ans, elle avait su qu'elle voulait suivre sa trace. Avec ce bijou, Joe Fisher, shérif du comté de Black Hawk, lui avait signifié qu'il l'avait bien compris. Et qu'il avait confiance en elle.

Elle imagina Chloé fouiller le sol, à genoux sous les arbres. Elle l'imagina trouver le collier, le rapporter et le garder. Ce morceau perdu d'elle-même. Ce cadeau qui lui avait été volé. Des larmes lui brûlèrent les yeux. Elle voyait presque son amie courir dans les champs de maïs, tomber et se recroqueviller sur elle-même de douleur tandis que ses mains se mêlaient à la terre sèche. Qu'importe si elle n'avait plus son badge. Ce n'était pas seulement son travail qui était en jeu.

Elle quitta le quartier propret des Miller et s'engagea dans une grande avenue commerçante en écoutant le hurlement des sirènes s'estomper derrière elle. Après avoir traversé la Cedar près de la voie ferrée et longé des usines et un entrelacs de rivières sombres, elle prit la direction des petites routes et s'enfonça dans l'étendue ondoyante et dorée des champs de maïs, avec en ligne de mire le château d'eau qui se dressait au loin et, juste à côté d'elle, son fusil chargé.

55

Charles Moore se tenait au bord du terrain de foot, face au soleil levant. Il n'avait plus guère que la peau sur les os et tremblait malgré la chaleur. Ses bras le picotaient, comme si des insectes pénétraient dans sa chair. Des sirènes hurlaient et des lumières rouges et bleues clignotaient autour de lui. En titubant, il pivota sur lui-même et essaya de comprendre le pourquoi de toute cette agitation.

Il y avait eu ces inconnus venus le traîner hors de sa cave. Le soleil aveuglant. La fourgonnette blanche qui l'avait aspiré tout entier avant de l'emporter. L'obscurité caverneuse du silo à grains vide dans lequel on l'avait enfermé. Derrière les murs d'acier, il avait entendu des voix, puis, plus tard, le bruit d'un véhicule de plus en plus proche. Des cris. Des coups de feu. Le grondement d'un moteur qui s'éloignait.

Il était resté des heures seul dans le silence avant de parvenir à se libérer de ses liens et à sortir en gravissant l'échelle à l'intérieur du silo. Une fois dehors, il avait parcouru des kilomètres à travers la campagne, perdu et dérouté. Il avait eu l'intention de regagner le sombre cocon de sa ferme, mais à mesure que l'aube se profilait et lui dévoilait les toits de la ville par-delà les champs de maïs, ses pas l'avaient entraîné ici, jusqu'au terrain de football du lycée.

C'était le dernier endroit où il se rappelait avoir été heureux depuis qu'il avait été licencié. Avec ses presque trente ans d'expérience en tant que boucher, il ne voyait pas quel autre métier il aurait pu exercer. Au début, il y avait eu la boisson, les bagarres. Après ça, la drogue. Et pour finir, Sarah Foster.

Oui, d'accord, il l'avait draguée à cause de son travail, parce qu'il voulait qu'elle lui rapporte des trucs de la pharmacie. Une boîte de ceci ou cela. Pas grand-chose. Juste de quoi adoucir leurs samedis soir. Mais au cours de cette période rendue plus apaisée par les médicaments, il était tombé amoureux d'elle. Sarah lui avait donné le sentiment d'être un homme. Son protecteur. Avec Gracie et elle, ils avaient commencé à former une famille, certes cabossée, mais une famille tout de même.

Tandis que le soleil jetait ses premiers rayons sur les gradins vides, il entendit les acclamations dans sa tête. Il s'imagina s'asseoir là-haut, entre Sarah et Gracie, et leur distribuer des hot-dogs à la mi-temps.

Des hot-dogs. Ces saucisses tendres. Leur odeur. Leur goût. Cette envie infernale qu'il ne pouvait soulager, quelle que soit la quantité qu'il mangeait. Des steaks hachés et de la viande crue. Du foie et du boudin. Une faim terrible et impossible à satisfaire. Une obsession qui le rongeait intérieurement.

Il songea à Gracie lorsqu'elle avait frappé à sa porte sans prévenir, les yeux rouges, et qu'elle lui avait annoncé s'être disputée avec sa mère. Elle lui avait demandé de l'argent en disant qu'elle comptait aller dormir chez des amis. Il se rappela sa peur grandissante à la vue de la crasse dans laquelle il vivait, de la folie dans laquelle il était tombé. La manière dont elle avait reculé alors qu'il la suppliait de rester.

La suite lui revint sous forme de flashs brutaux. Ses mains qui lui griffaient le visage. Ses cris. Tous ses cris. Il avait attrapé un oreiller pour les étouffer et l'avait appuyé sur elle. Elle s'était cabrée comme un agneau sous son poids, jusqu'à ce que, enfin, elle s'immobilise, le corps mou et sans vie. Quand tout avait été terminé, il s'était écarté d'elle et accroupi contre les pierres humides du mur de la cave. Et il n'avait pas bougé pendant des heures.

Au bout du compte, son cerveau de boucher lui avait soufflé que la chair allait se gâter s'il ne faisait rien. Il s'était forcé à déshabiller Gracie, à prélever ce dont il avait besoin sur elle, puis il l'avait déposée doucement dans l'un de ses congélateurs avant de remonter l'escalier pour avaler autant de cachets que possible. Mais il n'avait pas eu la force de la garder. Ses traits figés dans leur dernière expression d'horreur le hantaient.

Des jours plus tard, les bras chargés du cadavre de l'adolescente, il était sorti de son pick-up en titubant et s'était approché de l'une des nombreuses rivières du comté nourries par la Cedar. Jamais il n'oublierait la pluie tombant sur son visage et tambourinant sur la bâche en plastique dans laquelle il l'avait enveloppée. Ni les poids qu'il avait apportés et que la boue avait rendus glissants lorsqu'il les avait attachés à ses membres au milieu des roseaux. Ni le *splash* et le tourbillon de l'eau.

De retour à la ferme, les mains pleines de terre, il s'était enfoncé le canon de son revolver dans la bouche, mais n'avait pas été capable de presser la détente. Seuls ses cachets l'avaient soulagé – hormis ces petites infirmières blanches qui fondaient en pétillant sur sa langue, rien n'avait le pouvoir de l'apaiser. Mais la faim était ensuite revenue. C'était comme une bombe en lui. Il avait alors envoyé un texto à Sarah pour lui dire qu'il savait où était Gracie et pour lui demander de passer chez lui.

Mon Dieu, sauvez-moi.

— Charles Moore !

La voix, amplifiée par un mégaphone, déchira le silence et résonna d'un bout à l'autre du terrain de foot.

— Posez les mains sur la tête !

Il se tourna et découvrit des hommes courbés derrière leurs véhicules. Pouvaient-ils l'aider ? Pouvaient-ils mettre fin à son supplice ? Il fit un pas vers eux pour leur parler.

L'agent spécial Elijah Klein traversa le parking à la hâte. Sirènes hurlantes, des voitures de patrouille rejoignaient celles déjà garées sur le terrain de foot du lycée de Cedar Falls. Dans la lumière bleue des gyrophares, des policiers tapis derrière leurs portières grandes ouvertes pointaient leurs armes sur une silhouette debout près des gradins.

Klein s'avança vers une berline frappée d'une étoile dorée. Riley Fisher n'était pas là, mais Reed lui avait laissé un message un peu plus tôt pour l'informer qu'il l'avait renvoyée chez elle et qu'il reprenait la direction de l'enquête.

Le shérif s'adressait à Moore via un haut-parleur.

— Charles Moore ! Levez les mains en l'air !

— Shérif.

Protégé comme les autres par sa portière ouverte, Reed ne lui accorda qu'un bref coup d'œil avant de reporter son attention sur leur suspect.

— Charles Moore, vous êtes cerné !

Moore pivota lentement vers lui. Il n'avait plus grand-chose en commun avec l'individu dont la photo avait été reproduite sur les avis de recherche. Sale, les traits émaciés, la barbe plus longue et grisonnante, il avait tout d'un sauvage qui se serait aventuré hors de son bois. Klein remarqua d'étranges lésions sur ses bras et son cou – des croûtes presque semblables à des écailles. Il n'avait jamais rien vu de pareil.

Il leva les yeux vers les tireurs d'élite vêtus de noir qui se déployaient sur le toit du lycée. L'unité d'intervention du SWAT se mettait en place. Sa tension s'accrut lorsqu'il examina les dizaines de véhicules arborant divers insignes et devises – certains dépendaient du comté de Black Hawk et du bureau du shérif à Waterloo, d'autres de la police de l'État, dont le siège se trouvait à Cedar Falls. Tous étaient venus abattre l'homme accusé d'avoir tué l'un des leurs. Un homme coupable aussi d'avoir sauvagement assassiné quatre femmes dans la région. Un monstre qui avait terrorisé leurs villes. Les yeux plissés, ils l'avaient dans leurs viseurs et ne demandaient qu'à faire feu. Klein savait comment cela se terminait en général.

— Shérif, dit-il par-dessus le bruit des sirènes. Moore est instable. Un tel niveau de menace ne fera qu'aggraver son état. Permettez-moi de lui parler, j'arriverai peut-être à le calmer et à vous le ramener.

Reed secoua la tête.

— Vous avez fait votre boulot. Laissez-moi faire le mien, répliqua-t-il avant de s'adresser de nouveau à Moore. Je veux voir vos mains, Moore ! Tout de suite !

Moore fit un pas en avant en criant quelque chose.

Les protestations de Klein se perdirent dans le fracas des armes.

Assise à son bureau, Amy Fox contemplait la boîte de beignets que Cam Schmidt ne finirait jamais. L'inspecteur en avait mangé deux et les autres avaient ramolli. Quant à sa veste, elle attendait toujours qu'il revienne la récupérer sur le dossier de sa chaise. Comment pouvait-elle être là et pas lui ?

La jeune femme se sentait bien réveillée malgré sa fatigue. Après avoir déposé Riley à la ferme, elle était rentrée chez elle, mais n'avait même pas eu le temps de se déshabiller que déjà, un coup de fil l'avertissait de la présence de Charles Moore au lycée de Cedar Falls. À son arrivée au bureau, malheureusement, il ne restait plus un véhicule de service, si bien qu'elle en avait été réduite à patienter sur place.

Un message s'afficha sur son ordinateur. Elle l'ouvrit en espérant en savoir plus sur ce qui se passait, mais ce n'était qu'un mail provenant du secrétariat du médecin qu'elle avait contacté au sujet de Lizbeth Garrett. Elle cliqua dessus et découvrit le dossier médical de la jeune femme – un dossier a priori banal qui mentionnait simplement une fracture du poignet deux ans plus tôt, une gastro-entérite et la biopsie d'un grain de beauté suspect. En dehors de cela, Lizbeth souffrait d'épilepsie et avait un traitement pour espacer ses crises.

Les yeux las de Fox parcoururent le reste du message, puis remontèrent brusquement d'une ligne.

Six mois auparavant, Lizbeth s'était vu prescrire un nouveau médicament contre l'épilepsie. Fox posa son doigt sur l'écran et suivit le commentaire du médecin jusqu'à sa conclusion :

FENOZEN.

56

Après avoir laissé la voiture de Lori au bord de la route, Riley suivit les indications de Maddie et se faufila à travers un trou dans le grillage en emportant avec elle son téléphone et son fusil. Puis elle se fraya un chemin dans le sous-bois, accompagnée par le bourdonnement des insectes qui grouillaient sous la canopée et le vrombissement d'un avion épandeur dans le ciel.

Elle parvint vite aux cabanes. Près des restes d'un feu de camp, des canettes de bière écrasées côtoyaient de vieux pétards. Maddie ne lui avait pas dit avec qui elle avait fréquenté cet endroit, mais il faudrait qu'elles aient une petite conversation quand tout ça serait terminé. Une longue conversation, même.

Un peu plus loin, la rivière scintillait entre les arbres. Elle s'approcha d'un ponton en piteux état et remarqua des traces de pas dans la boue. Attentive à ne pas les piétiner, elle prit quelques photos. Des algues flottaient à la surface du cours d'eau. Ils allaient devoir envoyer des plongeurs chercher ce que les Garrett avaient jeté à cet endroit.

Elle s'éloigna ensuite en direction du nord. Selon Maddie, c'était de là que Frank Garrett et ses fils étaient arrivés. Et en effet, elle tomba sur d'autres empreintes, ainsi que sur des céphalanthes et des joncs écrasés. Ajoutée au poids de sa Winchester dans ses mains, cette traque silencieuse lui rappela ses parties de chasse avec son grand-père. Mais la sensation était très différente quand le gibier était lui aussi armé.

Elle n'eut qu'une faible distance à parcourir avant d'atteindre la clôture du camp. Elle la suivit jusqu'à ce qu'elle trouve un nouveau trou par lequel se faufiler – non sans serrer les dents face à la douleur dans son cou. Le bois débouchait sur un chemin de terre envahi par les herbes et le sumac vénéneux, mais dont le sol témoignait d'allées et venues récentes. Beaucoup d'allées et venues, à en juger par les traces de pneus. Elle longea le sentier en veillant à rester derrière les arbres.

Des bâtiments se dressèrent bientôt devant elle – une ferme en ruine aux fenêtres condamnées et une grange rouge vétuste dominée par une pompe à vent aux lames rouillées. Elle s'arrêta, en proie à une curieuse impression de déjà-vu. Au bout d'un moment, cela lui revint. Cette maison figurait sur une des photos de James Miller. Celle qu'il lui avait arrachée des mains. C'était sur ces marches affaissées que sa famille et lui avaient posé. Et c'était dans cette grange que son père s'était tiré une balle dans la tête. Derrière, de vieux silos à grains et deux hangars en tôle ondulée disparaissaient dans l'ombre des arbres.

À sa gauche, le bois s'éclaircissait en dévoilant des champs de maïs qu'une brume de chaleur faisait miroiter au loin. Elle aperçut le château d'eau à côté du panneau publicitaire représentant le logo des fermes Zephyr. *Des rives de la Cedar jusqu'à la frontière du comté*, avait dit John Brown lorsqu'elle lui avait demandé jusqu'où s'étendait la coopérative. L'ancienne ferme familiale des Miller était située au cœur des champs de Zephyr. À proximité de l'endroit où Chloé était morte.

Elle progressa rapidement entre les arbres. Il n'y avait aucun signe de vie aux alentours, mais au bout du chemin de terre se trouvait un véhicule. À sa vue, elle se figea et serra plus fort son fusil. C'était une fourgonnette Ford blanche.

Charles Moore gisait au sol, le corps criblé de balles. Quelques officiers de police s'avançaient dans l'air embrumé par la fumée des armes en continuant à tenir leur cible en joue lorsque Reed cria de cesser le feu. Par-delà le terrain, les gyrophares des voitures de patrouille illuminaient les rubans jaunes qui maintenaient les équipes de télévision et les habitants à l'écart.

Sur un signe du shérif, des aides-soignants s'approchèrent de Moore en portant une civière.

— Putain.

Les oreilles encore bourdonnantes, Klein se retourna et découvrit l'agent Gooch.

— Qui a donné l'ordre de tirer ? demanda ce dernier en contemplant le chaos autour d'eux.

Devant la mine désabusée de son collègue, il poussa un juron.

— Foutus cow-boys !

L'un des aides-soignants se redressa, les gants tachés de sang. Il chercha Reed du regard et secoua la tête.

— Il paraît que Moore a crié quelque chose avant d'être abattu ?

— Oui. « Aidez-moi. »

— Intéressant, grogna Gooch en sortant son calepin. Dommage qu'on n'ait pas pu l'interroger.

Il s'interrompit en entendant sonner le téléphone de Klein.

— C'est Quantico, dit celui-ci en se bouchant une oreille pour couvrir le bruit ambiant.

L'appel ne dura que quelques minutes.

— Je viens d'avoir le labo, expliqua-t-il à la fin. Ils ont le résultat des analyses ADN.

— On aurait pu éviter de leur mettre la pression finalement, commenta Gooch, occupé à griffonner sur son calepin.

Il leva toutefois la tête devant le silence de Klein.

— Quoi ? Qu'est-ce qu'il y a ?

— L'ADN retrouvé sur Chloé Miller et Nicole King n'est pas celui de Charles Moore.

— Comment ça ? Je croyais qu'il figurait dans nos bases de données. Il avait des antécédents, non ?

— Oui, mais ce n'est pas lui qui a laissé son ADN sur ces deux femmes. C'est George Anderson.

— Anderson ? s'étonna Gooch. Est-ce qu'ils auraient pu opérer ensemble ?

— Ce n'est pas tout. Le labo a identifié *deux* ADN différents sur le cadavre de Chloé Miller. Celui d'Anderson, et un autre inconnu de nos services.

— Merde.

Klein se tourna vers le corps ensanglanté de Moore.

— Apparemment, on a affaire à plusieurs tueurs.

57

Riley se baissa derrière des bidons d'huile pour vérifier que la voie était libre, puis s'approcha de la fourgonnette. Les lettres E et N de la plaque d'immatriculation lui confirmèrent que c'était bien celle qui avait quitté la ferme de Moore après que Cam avait été abattu. Celle aussi probablement qui, selon les rumeurs rapportées par Tom et les anciens combattants, kidnappait des gens dans la rue. Elle ne comprenait pas ce qu'elle fabriquait là. Charles Moore l'avait-il abandonnée ? Ou était-ce quelqu'un d'autre qui avait tué Cam et s'était enfui ? Elle prit son téléphone, mais il n'y avait pas plus de réseau à cet endroit qu'au camp biblique.

La ferme était envahie par la végétation. De mauvaises herbes poussaient autour des silos à grains et le lierre étouffait la maison. James Miller lui ayant dit que son père cultivait du soja et engraissait des cochons, elle supposa que les deux gros hangars en tôle ondulée avaient été des porcheries à une époque.

Elle parvint à la pompe à vent et se tapit derrière une pile de pneus. De là, elle avait vue sur une plus grande partie du site, notamment sur un SUV Chevrolet au coffre ouvert et rempli de cartons. Et dont la plaque fit naître en elle une bouffée d'espoir.

Elle poursuivait son avancée quand deux hommes vêtus de noir et portant des armes à la hanche émergèrent de l'un des hangars. Elle parcourut au pas de course les derniers mètres jusqu'à la grange et se faufila à l'intérieur. Une fois à l'abri, elle les observa charger d'autres cartons dans la Chevrolet.

Un mouvement derrière elle la fit soudain sursauter. Elle se retourna en levant son fusil, mais ce n'était qu'un pigeon qui volait entre les chevrons cassés du toit. Dans les profondeurs du bâtiment, elle distingua alors une voiture. La marque, le modèle, la plaque – elle avait parfaitement mémorisé tous ces détails consignés dans le dossier de son enquête. C'était le véhicule de Chloé. Son cœur se mit à battre à cent à l'heure.

Elle jeta un nouveau coup d'œil à l'extérieur. Les deux hommes avaient disparu, mais des bruits lui parvenaient. Elle s'arma de courage, sortit de la grange et traversa la portion de terrain à découvert qui la séparait d'un groupe électrogène et d'un gros réservoir de propane situés près des hangars. Reliés à ces derniers par des fils et des tuyaux, ils avaient tout l'air neufs, au point de paraître incongrus au milieu de cette ferme délabrée.

De là, elle se glissa entre les bâtisses, où la végétation offrait une bonne protection. Le soleil se réverbérait sur la tôle ondulée – tellement attaquée par la rouille qu'elle présentait des trous par endroits. Riley s'accroupit dans l'herbe et colla son visage contre l'un d'eux. Il lui fallut un moment pour s'habituer à la pénombre de l'autre côté. Dans un premier temps, elle vit de la poussière tourbillonner dans les rais de lumière qui s'infiltraient par les ouvertures et éclairaient le sol bétonné et fissuré. Puis son regard fut attiré par un élément frappant.

Un immense cube en verre de la taille d'une pièce se dressait au centre du hangar. Des projecteurs illuminaient les bureaux et les tables en acier à l'intérieur. On aurait dit une sorte de laboratoire rudimentaire. Il y avait des ordinateurs et des frigos, des microscopes, des plateaux chargés d'éprouvettes sur des étagères métalliques. Un meuble supportait un gros drone doté de pattes pareilles à celles d'une araignée. Dans un coin, un homme armé rangeait des boîtes de Petri dans une caisse. Ni Logan ni James Miller ne semblaient être là.

Par-delà le laboratoire, à l'autre bout du bâtiment, elle aperçut des tas de plants à divers stades de développement, tous disposés sous des lampes chauffantes – pour l'heure éteintes – et arrosés par un système automatique. Du cannabis, pensa-t-elle d'abord, avant de remarquer les épis jaunes. Non, du maïs. Elle se rappela les pages entières de chiffres et d'équations du fichier Red Lance. Jess Cook avait-elle eu raison de supposer que le document avait un rapport avec la culture de cette céréale ?

Un bruit de moteur s'éleva au-dehors. Riley revint sur ses pas en veillant à rester baissée. Une deuxième Chevrolet apparut. Cette fois, c'était celle qui était venue chez elle. Les deux hommes sortis quelques instants plus tôt avec des cartons allèrent à sa rencontre. Un troisième les accompagnait – un type chauve et musclé au physique de brute épaisse. Elle le reconnut sans peine – jamais elle n'oublierait ce moment où il avait pointé une arme sur elle à travers la vitre de sa voiture près de Des Moines.

La portière du conducteur s'ouvrit sur l'individu qui avait menacé Maddie. Il avait ôté sa cagoule et paraissait contrarié.

— Alors ? dit le chauve en se dirigeant vers lui. Elle avait les fichiers ?

— Elle avait une clé USB, répondit l'autre, les mâchoires serrées. Mais on l'a perdue.

— Tu te fous de moi, Larson ?

— Jones s'est fait mordre par un putain de serpent. Il a dû la laisser échapper. On est retournés la chercher, mais on n'a rien trouvé. Et la policière était partie. Cette clé a pu tomber n'importe où. Ou peut-être que la fille l'a ramassée. En tout cas, on ne pouvait pas s'éterniser là-bas.

Le passager de la Chevrolet descendit à son tour de son siège. À son teint livide, Riley l'identifia comme étant le fameux Jones.

Il y eut un instant de tension palpable avant que le chauve fasse demi-tour sous le regard de ses compagnons.

— On réglera ce merdier quand on en aura fini ici, lança-t-il.

— Walker ?

— Quoi ?

Jones grimaça et montra sa jambe.

— J'ai besoin d'un médecin.

— On verra ça plus tard.

Alors qu'ils s'engouffraient dans le hangar, un bruit de ferraille parvint à Riley du bâtiment voisin. Une plainte déchirante lui succéda, et ce son irréel la fit frissonner. Elle scruta les parois en tôle, mais il n'y avait pas de trou à sa hauteur cette fois. Tant pis. Les six hommes étant à présent hors de vue, elle ne prit pas le temps de réfléchir et fonça vers les portes entrebâillées du second hangar.

Il était aussi grand que le premier – assez pour accueillir un millier de cochons – et sentait le renfermé. Elle imagina sans mal le boucan et la puanteur qui devaient régner là autrefois. Dans la pénombre, elle distingua les vestiges des enclos empilés contre les murs, ainsi qu'une forme pâle tout au fond. Elle avança encore et constata qu'il s'agissait d'une sorte de vaste tente en plastique.

Son fusil pointé devant elle, elle s'approcha de cet étrange chapiteau. Son pied se posa sur quelque chose d'épais. Elle fit un bond en arrière, terrifiée à l'idée d'avoir marché sur un serpent, mais ce n'était qu'un fil – un parmi tous ceux qui s'échappaient de la structure et s'entremêlaient avant de disparaître à l'extérieur. Peut-être étaient-ils reliés au groupe électrogène. Elle se figea en entendant de nouveau un gémissement. Il venait bien de cet endroit. Le cœur battant, elle vérifia qu'il n'y avait personne, puis tira sur le zip qui fermait la tente. Un pan de plastique s'ouvrit. Stupéfaite, elle resta là un long moment à contempler le spectacle qui s'offrait à elle.

Deux rangées de six lits rudimentaires semblables à ceux des hôpitaux de campagne se faisaient face à l'intérieur, dont la moitié étaient occupés, à en juger par les silhouettes qu'elle devinait sous les draps. La plupart de ces personnes étaient immobiles, et seul le léger mouvement de leur poitrine indiquait qu'elles respiraient. Au milieu d'une des rangées, cependant, quelqu'un s'agitait. Une nouvelle plainte retentit, suivie d'un cliquetis métallique.

Riley fit un pas en avant en sentant la sueur couler sur son visage. Son cœur cognait toujours, mais à un rythme plus régulier, et elle réfléchit à toute vitesse pour tenter de comprendre ce qu'elle avait sous les yeux. Des poches à perfusion remplies de liquide pendaient à des pieds près des lits. Des mouches bourdonnaient dans l'air saturé d'effluves corporels et d'odeurs de désinfectant chimique, et les parois en plastique de cette infirmerie de fortune tamisaient l'éclairage apporté par les quelques rayons du soleil qui arrivaient jusque-là. Elle aperçut des seringues sur un chariot, des poubelles recouvertes d'autocollants de mise en garde et deux vitrines réfrigérées pleines de fioles. Elle se rappela les paroles de Kristen Webb.

Le borosilicate. Un verre qu'on utilise souvent pour fabriquer des instruments médicaux et du matériel de laboratoire.

Encore ce bruit de ferraille. Elle s'approcha du patient agité, mais en examinant les autres au passage, elle remarqua un halo de cheveux blonds bouclés et emmêlés dans le lit d'en face. Ils appartenaient à une jeune femme au visage luisant de transpiration et aux paupières papillotantes, comme si elle se débattait dans un rêve. Ses traits lui disaient quelque chose – elle était sûre de les avoir déjà vus. Puis elle se rappela des taches de rousseur et un sourire sur une photo, et elle la reconnut brusquement – c'était Lizbeth Garrett, la fille de Frank et Maryanne, la sœur de Hoyt, Ryan et Jacob. La mère des trois enfants qui jouaient devant la ferme des Garrett.

Ses bras reposaient sur sa couverture. Un pansement sale tenait en place la perfusion reliée à l'un d'eux, mais ce fut sa peau desquamée et parsemée d'étranges lésions rouges qui intrigua Riley. Étaient-ce des brûlures ? des égratignures ? Son cou lui aussi présentait des plaques similaires.

Dans certains cas, les malades ont la peau qui se craquelle et se couvre de grosses vésicules, en particulier sur les zones exposées au soleil.

Lizbeth souffrait-elle de pellagre ?

Alors qu'elle se penchait pour lui parler, Riley se raidit, de plus en plus choquée. La main de la jeune femme était attachée aux barreaux de son lit par des menottes rembourrées. Et pas seulement sa main. Les lanières et les sangles qui dépassaient des draps par endroits lui firent prendre conscience que tous ses membres l'étaient aussi. La voir clouée là, dans ce lieu désolé où aucun être humain n'avait sa place – a fortiori quelqu'un de si mal en point – lui donna une furieuse envie de la libérer. Mais qu'elle soit malade, droguée ou les deux à la fois, Lizbeth n'était pas en état de marcher, et le chemin était long jusqu'à sa voiture.

Riley sortait son téléphone quand un nouveau gémissement la fit sursauter. Le patient agité avait en partie repoussé sa couverture. Il s'agissait d'un homme aux cheveux châtain foncé et à la barbe en bataille, lui aussi attaché à son lit – et de surcroît menotté. C'était le cliquètement de ses chaînes contre ses barreaux qu'elle avait entendu. Sous le regard horrifié de Riley, il ouvrit la bouche et tira une langue enflée et violacée vers une mouche posée sur sa joue. Mais l'insecte s'envola, et il tenta en vain de l'attraper avec sa main. Le moignon informe qui remplaçait deux de ses doigts la renseigna sur son identité.

— George Anderson.

Il redressa brusquement la tête. Les veines de son cou se gonflèrent et ses yeux écarquillés et hagards se tournèrent vers elle tandis que ses chaînes s'entrechoquaient de plus belle. Puis ses lèvres gercées se retroussèrent sur des chicots pourris dont au moins un était cassé. Riley recula d'un pas, mais il était trop tard. Il se mit à hurler, si fort que de la bave coula sur son menton. Autour de lui, les autres captifs s'agitèrent à leur tour.

Elle s'enfuit en courant, poursuivie par les cris d'Anderson, et émergea de la tente au moment où s'ouvraient les portes du bâtiment. Le soleil entra à flots, et avec lui des éclats de voix. Arme au poing, le chauve et ses compagnons se précipitèrent dans le hangar.

Assise sur le rebord de la fenêtre, un œil collé entre les rideaux, Maddie scrutait la rue en caressant distraitement Scrounger, qui avait appuyé ses pattes de devant à côté d'elle. Cela faisait presque une heure que Lori avait prévenu Rose et son père de son retour. Pourquoi n'étaient-ils toujours pas là ? Elle voulut prendre son téléphone, mais se rappela ensuite qu'elle l'avait laissé chez Riley, sous le lit où elle s'était cachée avant que les hommes ne la trouvent, et elle ne connaissait pas le numéro de son père par cœur.

— Viens me chercher, murmura-t-elle, au bord des larmes.

Elle sentait encore le froid du canon pressé contre sa tempe. L'odeur de la main plaquée sur sa bouche et son nez. Rien que d'y penser, cela lui donnait la nausée. Pour ne rien arranger, Lori se comportait bizarrement et ne lui apportait pas un grand réconfort en restant enfermée à l'étage avec Benjamin, qui n'arrêtait pas de pleurer. Elle l'entendit marcher dans la nurserie et supposa qu'elle faisait les cent pas en essayant de calmer son fils.

Puis une porte s'ouvrit.

— Maddie ?

Elle descendit du rebord de la fenêtre et alla au pied de l'escalier.

Debout sur le palier, Lori berçait son bébé en étouffant ses vagissements contre son épaule. Elle avait le teint pâle et les traits tirés.

— Maddie, je ne me sens pas très bien. Tu peux aller me chercher mes cachets ?

— Où sont-ils ?

— Euh... dans la cuisine, je crois. C'est toujours Rose qui me les apporte. Dans l'un des placards, peut-être ? Je ne sais pas.

— J'y vais.

Maddie entra dans la pièce voisine, soulagée d'avoir quelque chose à faire. Le téléphone était posé sur la table, près d'un carnet d'adresses et d'un calepin sur lequel les coordonnées de plusieurs personnes avaient été griffonnées. Elle l'avait déjà aperçu un peu plus tôt, quand elle avait glissé la clé USB de Riley dans un Tupperware rempli de cookies faits maison, et elle s'était beaucoup reproché sa fugue en découvrant les noms de ses amies barrés les uns à la suite des autres.

Elle fouilla les placards, déplaça des paquets de farine de maïs, des boîtes de muffins et une bouteille de bourbon presque vide, mais ne vit pas le moindre médicament. Elle savait que Lori souffrait d'épilepsie. Le fait qu'elle ne se sente pas bien pouvait-il vouloir dire qu'une crise était imminente ? Elle n'avait pas la force de gérer ça en plus du reste.

Une minute. Rose devait avoir le numéro de son père, non ? Elle ramassa le carnet d'adresses et tourna les pages. *Fisher, Ethan.*

Elle pressa vivement les touches du téléphone d'une main tremblante.

— Papa ?

La voix choquée d'Ethan lui répondit.

— Maddie ? Dieu merci ! Où es-tu ?

— Lori... Lori ne t'a pas appelé ?

— Quoi ? Non, pas du tout ! Où es-tu ?

— Tu les as trouvés, Maddie ?

Elle pivota et découvrit Lori sur le pas de la porte, l'air fantomatique dans sa longue robe de chambre. Benjamin pleurait à l'étage. À l'autre bout du fil, son père criait toujours.

58

— Où est la clé USB ? demanda Walker à Riley pendant que Larson fouillait ses poches.

Les cris désespérés de George Anderson résonnaient encore dans le hangar, mais elle ne pouvait rien faire. Les hommes du gouverneur lui avaient déjà arraché son téléphone et son fusil.

— Comment voulez-vous que je le sache ? Vos gars me l'ont prise.

Le chauve parut sur le point de dire quelque chose, mais l'un de ses compagnons l'interrompit.

— On n'a peut-être pas beaucoup de temps devant nous. Si elle a compris qu'il fallait venir ici...

Un tic nerveux agita la mâchoire de Walker.

— Enferme-la avec les deux autres. Et toi, Jones, va remplacer Michaels. Si l'un d'eux tente quoi que ce soit, tue-le.

Riley grimaça lorsque Larson l'attrapa par le bras pour l'entraîner vers l'ancienne maison des Miller. Jones les suivit en boitant et en transpirant abondamment.

La porte de la ferme ne tenait plus qu'à un gond et les marches du perron ployèrent sous leurs pas. L'intérieur était à l'avenant : les pièces étaient défraîchies, le plafond s'effritait et de la moisissure s'était développée sous le papier peint à moitié décollé.

Dans la cuisine se trouvait un sixième homme armé.

— Qu'est-ce qui se passe ici ?

— Walker a besoin de toi.

Le type partit rejoindre leur chef, laissant Larson prendre le relais. Aux murs pendaient les restes d'anciens placards et le sol était jonché de morceaux de plâtre.

— Ne bouge pas !

Larson se dirigea vers le mur du fond et déverrouilla une porte pendant que Jones pointait son revolver sur l'ouverture. Puis il poussa Riley en avant et claqua le battant derrière elle.

Elle effleura de ses doigts ce qui devait être des étagères. Durant quelques instants, l'obscurité lui parut totale, mais sa vision s'ajusta peu à peu et la lumière qui filtrait sous la porte lui dévoila une sorte de cellier. Elle approcha un œil du trou de la serrure en entendant les pas de Larson s'éloigner. Jones s'était appuyé contre le mur de la cuisine, le teint de plus en plus pâle.

— Riley ?

Elle se retint de crier. Il y avait quelqu'un d'autre dans ce cagibi.

— Logan ? Dieu merci, tu es vivant !

Mais elle remarqua ensuite des taches sombres sur sa chemise et une entaille sur son front.

— Tu es blessé ?

— Un de ces salopards m'a frappé avec la crosse de son revolver, dit-il, les yeux brillants dans la pénombre. Comment as-tu su que j'étais ici ?

— C'est Maddie. Elle...

Riley n'acheva pas sa phrase. Une nouvelle silhouette venait de surgir derrière Logan. James Miller.

— Que font-ils ? demanda-t-il d'un ton pressant. Ces types, là-dehors, que font-ils ?

— J'ai l'impression qu'ils nettoient votre bazar, répliqua-t-elle en haussant la voix. Bon sang, vous avez vu ces gens ?

— Riley... commença Logan.

— Est-ce que tu les as vus, Logan ? Tu as vu Lizbeth Garrett ? Et George Anderson ? Ils sont enchaînés dans une porcherie !

— Riley...

— J'ai essayé de les aider, la coupa James en faisant un pas en avant.

Son visage lui apparut dans la faible lumière. Il avait une lèvre fendue, du sang séché sur les joues et un œil tout gonflé. Cela l'effraya. Si Walker et sa bande étaient capables de faire ça à un associé de Hamilton, cela n'augurait rien de bon. À quoi rimait ce grand ménage ? Allaient-ils en faire partie, eux aussi ?

— De les *aider* ?

James s'affaissa contre les étagères. Elle avait du mal à reconnaître l'homme qu'elle avait interrogé pour la première fois seulement quelques semaines plus tôt. Ce court laps de temps lui avait fait perdre toute sa superbe.

— S'il vous plaît, dit-elle en s'efforçant de parler plus doucement. J'ai besoin de comprendre. Que se passe-t-il ici ? C'est quoi, ce laboratoire ? Ce marché avec le gouverneur Hamilton ?

James redressa vivement la tête à ces mots.

— On est au courant, ajouta Riley. Cent millions de dollars pour un contrat avec la Chine ?

— Ce n'était pas mon idée, protesta-t-il. Et encore moins mon but.

— La ferme, là-dedans ! cria Jones depuis la cuisine.

James poursuivit à voix basse :

— Je n'ai jamais voulu que tout ça se produise. Jamais. Mon seul crime a été de voler la semence. Si vous saviez comme je le regrette. Bon sang, si je pouvais revenir en arrière...

— La semence ?

— Expliquez-lui, dit Logan à Miller. Répétez-lui tout ce que vous m'avez raconté.

James observa d'abord un silence, puis se lança :

— Il y a quelques années, j'ai créé une nouvelle variété de maïs.

— Chez GTF ?

— Oui. C'était une variété qui poussait plus vite et qui se montrait plus résistante que tout ce que j'avais pu voir auparavant. Une super semence.

Elle se rappela les paroles de John Brown. *Une nouvelle variété. On bosse dessus depuis trois ans.*

— Et vous l'avez donnée aux fermes Zephyr ?

— Oui. Quand j'ai quitté l'université, je pensais que tout ce que j'avais appris pourrait bénéficier au monde entier. Je voulais offrir aux pays en proie à la famine la possibilité de modifier leurs cultures en fonction de leur environnement. Avec le changement climatique, nous allons tous devoir nous adapter, et nos productions agricoles aussi. Mon travail chez GTF n'a jamais été un simple boulot. Il signifiait quelque chose pour moi. Vous comprenez ?

Elle songea à ce que Mia lui avait dit. Selon elle, James rêvait de devenir le nouvel Henry A. Wallace. Un homme avec en tête un projet pour nourrir toute la planète.

— Quand j'ai été embauché, reprit James, GTF était une société indépendante. Mais au bout de quelques années, elle a été achetée par Agri-Co. À partir de là, elle n'a plus été qu'un petit rouage de cette grosse machine. J'ai pu observer de mes propres yeux le fonctionnement des géants de l'agrobusiness. Les dégâts provoqués par leurs pratiques. Leur volonté d'engranger des profits à n'importe quel prix. Les marchés passés en douce et les pots-de-vin versés. Ça me rendait malade. Je savais que le succès de ma semence ne serait qu'un moyen de plus pour eux de gagner une fortune aux dépens d'un nombre toujours plus grand de fermiers. Des gens comme mon père. Cette semence a peut-être vu le jour dans le laboratoire de GTF, mais elle doit tout à mon travail. J'ai donc falsifié le résultat de mes recherches en concluant qu'elle ne présentait aucun intérêt et je l'ai gardée pour moi.

— Pourquoi l'avoir donnée à Zephyr ?

— Après le suicide de mon père, ma famille a déménagé à Waterloo, mais nous avons conservé les champs que nous possédions dans le coin. Il y a dix ans, j'en ai cédé une partie à John Brown. C'était un ami de mes parents et cette vente lui a permis d'étendre son exploitation et de lancer sa coopérative. Je lui ai confié la semence en sachant qu'il serait en mesure de la tester pour moi. Et la faire planter ici, sur nos terres... c'était comme si j'avais ramené mon père à la vie.

— Red Lance est le nom de cette variété de maïs, ajouta Logan.

James hocha la tête.

— Lance en hommage à mon père, dont c'était le prénom. Et Red parce que les graines sont de couleur rouge.

— Et Hamilton ? Que vient-il faire là-dedans ? demanda Riley tout en jetant un coup d'œil à la porte.

Mais ils parlaient si bas que Jones ne devait pas les entendre.

— Créer une semence, c'est une chose, répondit Miller. La développer, c'en est une autre. Cela suppose du temps et de l'argent. Même si j'avais les champs de Zephyr pour faire des essais avec la mienne, il me fallait de quoi financer mon propre laboratoire. J'avais rencontré Hamilton dans le cadre de mon travail chez GTF et je savais qu'il avait les fonds et les contacts nécessaires. Avec lui, Red Lance pouvait devenir une réussite. Je l'ai appelé l'année dernière en espérant le persuader d'utiliser son influence pour que la semence participe au concours agricole de la foire de l'Iowa. Le Grand Prix à lui seul peut mettre une petite entreprise sur orbite en lui apportant des sponsors et de la publicité. Zephyr et moi, on imaginait déjà vendre notre maïs à toute l'Amérique. Enfin, de modestes fermiers allaient avoir leur part du gâteau. De plus en plus de gens dans ce pays souhaitent une agriculture durable. Ils voient bien que les grosses sociétés manquent à leurs devoirs envers eux en rognant sur les salaires et les normes de qualité pour accroître leurs profits. Ils voient bien que leurs villes sont saignées à blanc et que les emplois disparaissent - et avec eux leur moyen de subsistance.

— Hamilton savait-il que vous aviez volé cette semence à GTF ?

— Il n'a jamais posé de questions.

— Et Zephyr ? Est-ce que John Brown était au courant ? dit Riley en se rappelant la haine du fermier envers Agri-Co.

— Oui. Mais dès la deuxième année, on a pu considérer que Red Lance nous appartenait véritablement. J'avais mis au point ce que je croyais être une séquence génétique améliorée en me servant de graines issues de la première récolte. Le résultat s'annonçait extraordinaire. Hamilton a cru en nous et j'ai pu créer ici mon propre laboratoire. Une fois notre maïs moulu, Zephyr a commencé à commercialiser la farine dans les environs et à en donner une partie à des associations caritatives afin de faire connaître la marque dans le comté de Black Hawk. Le produit a plu aux gens et des fermiers qui jusque-là avaient du mal à s'en sortir ont soudain eu droit à des articles dans la presse et aux félicitations du maire. Hamilton a soutenu la participation de Red Lance au concours de la foire, comme nous l'espérions. Tout allait pour le mieux. Mais c'est à ce moment-là que des problèmes sont apparus.

Quelques instants s'écoulèrent durant lesquels Miller fut incapable de poursuivre.

— Après la deuxième récolte, on s'est aperçus que des gens développaient des sortes d'allergies, avoua-t-il enfin. Cela a d'abord touché des membres de la coopérative, qui mangeaient tous la farine de maïs que l'on produisait. Certains ont souffert d'une sensibilité extrême au soleil et d'éruptions cutanées bénignes, tandis que d'autres se plaignaient de soucis digestifs. Ces troubles ont fini par s'estomper, mais quand ils se sont de nouveau manifestés après la troisième récolte, j'ai compris que Red Lance pouvait en être la cause. Le maïs poussait plus vite, certes, mais il était beaucoup moins nourrissant.

— La pellagre, murmura Riley.

Elle repensa à Lizbeth Garrett attachée à son lit, la peau couverte de lésions. Et à Dennis Packer, mort d'une carence en vitamine B3 dans une église abandonnée.

— Vous en avez parlé à quelqu'un ? Vous avez rappelé tous les produits ?

— Je n'imaginais pas que le problème puisse être si grave au départ. Nous avions fait moudre toute notre récolte, mais je savais qu'il n'y avait pas assez de farine sur le marché local pour provoquer des dégâts sanitaires sur le long terme. Autrefois, on surnommait la pellagre « la maladie du printemps », parce qu'elle suivait le cycle saisonnier du maïs, qui se récolte en automne.

Les symptômes allaient et venaient au cours de l'année en fonction de la quantité consommée : comme les gens en mangeaient autrefois durant tout l'hiver, ils développaient la maladie au printemps. J'ai passé tout le temps que j'ai pu ici, au laboratoire, à tenter de modifier la semence. J'espérais réussir à la débarrasser de ses points faibles pour m'assurer qu'elle soit prête en vue du concours.

— Attendez, je croyais que les céréales étaient enrichies en niacine pour empêcher que les gens tombent malades.

— Les farines blanches, oui. Mais la farine de maïs de Zephyr n'aurait pas dû en avoir besoin. La coopérative utilise les grains séchés entiers, et lorsqu'ils sont transformés correctement, ces derniers renferment toute la vitamine B3 nécessaire. Sauf que ce n'était pas le cas avec Red Lance.

— Vous n'avez jamais rien dit de tout ça à Chloé, n'est-ce pas ? demanda Riley en se rappelant les paroles de Mia, pour qui James prétendait travailler tard afin de masquer son infidélité.

— Non. Je ne voulais pas lui attirer des ennuis.

Riley entendit Jones tousser derrière la porte, mais resta concentrée sur les explications de James.

— Selon vous, ce problème n'en était pas un au départ. Qu'est-ce qui vous a fait changer d'avis ?

— Après la troisième récolte, la fille de Frank Garrett, Lizbeth, a été particulièrement touchée par la maladie. Elle présentait tous les symptômes classiques de la pellagre : sa peau cloquait quand elle s'exposait au soleil. Elle est devenue agressive, paranoïaque. Et elle délirait par moments. Puis son état a empiré de façon dramatique. C'est là que ses pulsions alimentaires ont commencé. Elle s'est mise à rechercher des plats riches en niacine, comme la viande rouge et le foie. Sa mère l'a même surprise en train de manger du bœuf haché cru. Cela a duré jusqu'au jour où l'un de ses frères s'est entaillé la main et où elle... elle a mordu sa plaie. Frank a dû l'attacher.

— Mon Dieu, souffla Riley au souvenir de la cicatrice de Hoyt Garrett.

— Lizbeth et les gens qui sont ici n'ont pas la pellagre, sergente, reprit James. Peut-être qu'au début, si. Ou peut-être qu'il s'agit d'une maladie qui provoque les mêmes symptômes, mais chez eux, elle a évolué vers une forme beaucoup plus grave. Je n'ai jamais rien vu de tel en tant que scientifique. Ce dont ils souffrent... c'est quelque chose de nouveau et de totalement inconnu pour moi.

Riley songea à la nervosité de Maryanne Garrett lorsqu'elle avait prétendu que sa fille était à l'hôpital.

— Ils sont au courant, n'est-ce pas ? Les Garrett savent que Lizbeth est ici ? Qu'est-ce que vous fabriquez avec elle ? Et avec les autres ? Est-ce qu'ils font simplement partie d'une grande expérience pour vous ?

— Non ! s'insurgea James, avant de baisser la voix. Non, j'ai prévenu Hamilton dès que Lizbeth est tombée malade. Je lui ai expliqué qu'il y avait un gros souci avec mon maïs et je lui ai demandé de le retirer du concours. Je comptais tout abandonner et détruire mes notes de recherche. Cette variété ne devait pas continuer à être vendue. Mais Hamilton avait déjà pris les choses en main. Sans rien me dire, il avait noué des contacts avec un géant chinois de l'agroalimentaire et conclu un marché concernant Red Lance.

— Un marché à 100 millions de dollars.

— Sur le papier, mon maïs est idéal pour la Chine. Il y a moins de terres arables là-bas et les conditions climatiques sont bien plus rudes.

— Mais vous avez informé Hamilton des risques sanitaires ? Vous lui avez parlé de Lizbeth ?

— Oui, et ça n'a servi à rien. Il a refusé de faire machine arrière. Ce n'était pas qu'une question d'argent. Ce contrat lui ouvrait les portes des milieux économiques chinois et lui offrait le genre d'opportunité qui peut faire décoller une carrière politique. À la foire, il prévoit d'annoncer un programme massif d'investissements chinois dans notre État. Tout ça grâce à Red Lance.

Riley hocha la tête. Cela expliquait la présence de la délégation à laquelle le gouverneur avait fait faire un grand tour de l'Iowa.

— Il pense que cela l'aidera à remporter l'élection de novembre ?

— Oui. Et peut-être même à se présenter à la Maison-Blanche à la fin de son prochain mandat.

Mais Walker et ses hommes avaient tiré sur Thorne, ils avaient provoqué son accident de la route et menacé Maddie d'une arme...

— Hamilton se montre prêt à aller très loin pour garder tout ça secret. Ce n'est pourtant pas un crime de vendre des produits américains à l'étranger.

— Des produits comme la farine de maïs pour nourrir le bétail, non, en effet. Mais il s'agit ici d'une technologie. En matière de séquençage génétique de semences hybrides, l'Amérique a des années d'avance sur ses concurrents. Un tel savoir vaut des milliards. Ces dernières années, des espions chinois ont été arrêtés alors qu'ils dérobaient des semences dans des fermes de l'Iowa pour les emporter à l'étranger et tenter de déchiffrer leur code génétique. Le FBI voit dans le vol de ces technologies agricoles l'une des plus grandes menaces qui pèsent sur notre pays, juste après le terrorisme. Le marché conclu par Hamilton pour la semence elle-même est tout à fait illégal.

— Et malgré ce que vous avez découvert, il tenait toujours à la vendre ?

Riley se demanda comment son père avait pu travailler pour cet homme. Avait-il su de quoi Hamilton était capable ?

— Il voulait que j'essaie de résoudre le problème. Il m'a proposé de nouveaux fonds pour ça. Tout ce dont j'avais besoin, il était prêt à me le fournir.

— Vous avez dit oui ?

— Pas tout de suite, répondit James en soutenant son regard. Mais ce connard m'a menacé. Il a juré de me dénoncer à GTF. D'envoyer tous les membres de la coopérative en prison pour avoir profité d'un bien mal acquis. De les dépouiller de tout ce qu'ils possédaient. Ma famille a déjà connu la pauvreté. La misère, même. Je ne pouvais pas leur infliger ça. Ma mère...

Il n'exagérait pas. Elle n'avait pas oublié la photo dans son salon – ces gens maigres aux vêtements informes qui posaient devant une ferme délabrée.

— Et les autres agriculteurs ? Ils savaient ce qui se passait ?

— Seulement les Garrett. Je ne voulais pas prendre le risque de mêler plus de monde à cette histoire. Et je craignais que Hamilton me fasse surveiller. Qu'il mette mon téléphone sur écoute, qu'il accède à mes mails. Il me donnait l'impression d'être prêt à s'abaisser à beaucoup de choses. Les Garrett ont accepté de garder Lizbeth chez eux et j'ai réussi à me procurer des sédatifs auprès de ma sœur, Margaret, qui est infirmière à l'hôpital de Waterloo.

— Ils ne l'ont pas emmenée chez un médecin ?

— Je leur ai expliqué le chantage de Hamilton. On avait tous peur.

James s'interrompit afin de reprendre son souffle.

— Je me suis donc remis à travailler sur la semence. Mais peu de temps après, j'ai entendu parler d'étranges symptômes chez un nombre croissant de sans-abri dont s'occupaient les associations caritatives soutenues par Zephyr - des affections dermatologiques, des troubles mentaux. J'ai commencé à faire du bénévolat dans des soupes populaires pour voir de quoi il retournait. Au début, il m'a semblé que ce n'étaient que des cas isolés de pellagre. Des petits désagréments qui disparaîtraient une fois qu'on aurait épuisé notre stock de farine de maïs, comme on avait pu le constater avec les membres de la coopérative. Mais ensuite... j'ai découvert que certaines personnes étaient aussi gravement atteintes que Lizbeth.

— C'est George Anderson qui a tué Nicole King, sergente, dit Logan.

— Si seulement j'avais su, soupira James. J'ai exposé la situation à Frank Garrett et je lui ai demandé de rassembler et de détruire tous les paquets de farine de notre marque qu'il pourrait trouver. On n'a pas osé lancer un appel public, au cas où Hamilton l'apprendrait. Frank et ses fils m'ont également aidé à localiser les sans-abri les plus touchés par la maladie.

— Les ravisseurs ? C'était vous qui les kidnappiez ?

— Je les repérais grâce à mon travail de bénévole et les Garrett se chargeaient de les emmener ici. J'ai utilisé l'argent de Hamilton pour les installer le plus confortablement possible en attendant de pouvoir leur fournir un traitement par l'intermédiaire de Margaret.

— Une minute, le coupa Logan. Les Garrett ? Vous voulez dire que c'est l'un d'entre eux qui a tué Cam ?

— Cam ?

L'air perplexe, James les dévisagea tour à tour.

— Avez-vous vu les Garrett au cours des dernières vingt-quatre heures ? dit Riley, dépitée de savoir que Cam et ses collègues avaient traqué Charles Moore pour rien.

— Non. En arrivant tout à l'heure, j'ai aperçu leur fourgonnette, mais ils la laissent souvent ici. Je comptais appeler Frank quand Walker a débarqué.

— Continuez.

— En cherchant à soigner Lizbeth, Margaret et moi avons fait une découverte : elle suivait un traitement qui avait provoqué chez elle une forte carence en vitamine B3, et cette carence s'était dangereusement accentuée à partir du moment où elle avait commencé à consommer notre farine. Son médicament était un barbiturique prescrit aux personnes souffrant d'angoisse ou de troubles du sommeil. Frank a appris qu'un type en revendait dans la rue.

— Le Fenozen.

— Oui. Il semble interférer avec la capacité du corps à transformer en niacine les acides aminés essentiels présents dans la viande, les œufs ou le poisson, par exemple. Je pense que c'est l'association du Fenozen et de Red Lance qui est à l'origine de tout. Parce qu'elle n'apportait pas les doses de vitamine B3 recommandées pour la santé, notre farine a fait apparaître les symptômes de la pellagre chez presque tous ceux qui l'intégraient au quotidien dans leur alimentation. Mais celles qui étaient en plus sous Fenozen devenaient...

— Des cannibales, conclut Riley, sidérée.

— Je vous le répète, je ne comprends pas tout. Mais ce n'est pas la première fois dans l'histoire que ce genre de chose se produit. Une consommation élevée de maïs, surtout mal préparé, a déjà été liée à une augmentation du nombre d'agressions et de suicides, et aussi, en effet, à des actes de cannibalisme. Bien sûr, tous nos patients ont arrêté de prendre du Fenozen et ils reçoivent maintenant des compléments à base de vitamine B3, mais cela n'a fait qu'améliorer légèrement leur état, et on en a perdu deux suite à une overdose. Je ne suis pas médecin, et tout cela dépasse largement les compétences de ma sœur. Tout ce que je peux vous dire, c'est que cette forme extrême de la maladie se manifeste au départ par une envie irrépressible. L'organisme réclame désespérément la vitamine indispensable à sa survie. Résultat, les gens commencent par la chercher dans certains aliments, et à la fin, quand les bouffées délirantes s'installent, cette pulsion alimentaire se transforme quelque part dans leur cerveau en un besoin très spécifique de manger de la chair humaine.

Riley revit toutes les victimes - Gracie et son corps mutilé, Nicole King sur le sol de l'abattoir, Sarah Foster et sa tête tranchée dans le congélateur de Charles Moore. Et Chloé, recroquevillée au milieu des plants de maïs.

— Qu'est-il arrivé à votre femme, James ?

— J'ai menti quand je vous ai dit que je la soupçonnais d'avoir une liaison. À mon avis, elle pensait que je la trompais, et c'est pour ça qu'elle est venue ici ce soir-là. Soit elle a géolocalisé mon téléphone, soit elle m'a suivi. Quoi qu'il en soit, elle a découvert la même chose que vous, sergente, et vous imaginez bien ce qu'elle a dû en conclure. Il est possible qu'elle ait reconnu George Anderson. Peut-être l'avait-elle déjà croisé dans la boutique où elle faisait du bénévolat ? Je n'en sais rien, mais je suppose que c'est la raison pour laquelle elle lui a retiré ses entraves. Elle a réussi à le faire sortir de son lit, lui et un des autres patients. Cela faisait seulement quelques jours qu'Anderson était là et il avait totalement sombré dans la folie. Même les sédatifs avaient du mal à le calmer. Je travaillais au laboratoire quand j'ai entendu des cris.

Riley se raidit.

L'attaque a été brutale. Le muscle a été transpercé de part en part.

— Frank Garrett était présent lui aussi – il était venu voir Lizbeth. J'ai essayé de faire une piqûre à Anderson, mais on a dû s'y mettre à deux pour lui faire lâcher Chloé, continua James d'une voix rauque. Elle était blessée et s'est enfuie avant que je puisse tout lui expliquer. J'ai un drone qui me sert à inspecter les champs. Je l'ai fait décoller pour tenter de la retrouver et Frank a pris son pick-up.

— C'est donc votre drone que John Brown et Ed Wilson ont aperçu depuis la route, murmura Logan. Mais pourquoi Brown n'a-t-il pas reconnu votre femme quand il est tombé sur son cadavre ?

— Ils ne s'étaient jamais rencontrés. Je vous le répète, je ne parlais pas de mon travail à Chloé. John n'a découvert qui elle était qu'en lisant les journaux, mais il n'avait aucune raison de relier sa mort à notre maïs. Cela étant, il doit se dire que quelque chose ne tourne pas rond, parce qu'il pose beaucoup de questions maintenant, d'après Frank.

S'il savait de quoi Maddie avait été témoin au bord de la rivière… songea Riley.

— Je ne me doutais pas que Chloé avait agonisé dans les champs juste à côté d'ici, je vous le jure. Je pensais qu'elle s'était enfuie loin de cet endroit. Loin de moi. J'ignorais à quel point elle était blessée.

Riley fut frappée par cette brutale ironie du sort. Sa femme était morte au milieu des plants de maïs qu'il avait créés.

— J'ai bien conscience que j'aurais dû tout avouer à quelqu'un, mais je n'avais pas la moindre idée de la manière dont réagirait Hamilton. Vous avez vu de quel genre d'hommes il s'est entouré.

— Que font-ils ici ?

— Ils se sont pointés avec votre collègue, dit James en montrant Logan. Ils m'ont attaqué et nous ont jetés dans ce cagibi. À mon avis, Hamilton est fatigué d'attendre sa semence. Ils sont sûrement venus la chercher.

— Est-ce que Red Lance est un danger pour tous ceux qui l'utilisent ? Quelle ampleur le problème pourrait-il prendre si cette semence était mise sur le marché ? Les sans-abri ne doivent pas être les seuls à consommer votre farine de maïs et à se soigner avec du Fenozen. Le cas de Lizbeth le prouve.

— La plupart des gens ont des régimes alimentaires suffisamment variés et trouvent ailleurs la vitamine B3 dont ils ont besoin. Margaret a accès aux dossiers médicaux du comté. On a étudié ceux de toutes les personnes actuellement sous Fenozen. Aucune n'a présenté de symptômes sévères. Nous pensons que c'est l'état de Lizbeth qui a aggravé les choses.

— Son état ?

— La raison pour laquelle on lui avait prescrit ce médicament. Il permet d'atténuer l'angoisse et les troubles du sommeil, mais on l'emploie parfois aussi comme anticonvulsif. Lizbeth est épileptique.

— Mon Dieu.

— Sergente ? s'inquiéta Logan. Qu'y a-t-il ?

— Lori ! La compagne de ma tante. Elle est épileptique.

— Est-ce qu'elle prend le même médicament ?

— Je ne sais pas. Mais cela fait des mois qu'elle n'est plus elle-même.

Au souvenir du comportement bizarre de Lori et des paquets de farine de maïs qu'elle avait aperçus dans les placards de Rose, Riley se jeta contre la porte.

— Laissez-moi sortir ! cria-t-elle. S'il vous plaît ! Je dois parler à Walker !

— Comment s'appelle-t-elle ? demanda James.

— Bell. Lori Bell.

— Elle ne figurait pas dans la liste de Margaret.

— Normal, elle n'utilise pas son vrai nom sur les dossiers officiels. Son ex-mari... ça n'a pas d'importance.

Elle se mit à taper contre le battant.

— Merde !

— C'est quoi, cette odeur ? dit soudain Logan en reniflant.

Riley regarda de nouveau par le trou de la serrure. Jones s'était affaissé contre le mur, le menton sur la poitrine. Sa chemise était imbibée du sang qui s'écoulait de sa bouche et son arme reposait par terre à côté de lui.

James huma l'air à son tour, puis écarta Riley et s'approcha à son tour de la serrure.

— C'est du propane, dit-il en se redressant.

Logan le regarda fixement.

— Vous ne pensez quand même pas... Ils n'iraient pas jusqu'à... ?

— Les lampes chauffantes dans le hangar ! Elles s'allument automatiquement. Il suffirait que l'une d'elles produise une étincelle et...

Il n'acheva pas sa phrase et se mit lui aussi à taper du poing sur la porte.

59

Debout dans sa cuisine, Lori Bell tenta en vain de se rappeler comment elle était arrivée là. Maddie se tenait collée contre l'évier, les yeux écarquillés d'effroi.

Elle fit un pas vers l'adolescente.

— Maddie ? dit-elle, inquiète de la voir tressaillir.

Quelque chose crissa sous ses chaussons. Elle baissa la tête et découvrit des cachets éparpillés sur le linoléum. Au milieu, un flacon blanc roulait encore sur lui-même. L'avait-elle laissé tomber ? Ou jeté ?

— Maddie, qu'est-ce qui se passe ? demanda-t-elle d'une voix éraillée. Est-ce que j'ai crié ? Je suis désolée.

Elle porta une main tremblante à son visage.

— Je ne suis pas dans mon assiette. Il faut juste que je prenne mon médicament.

Elle fit un nouveau pas en avant, mais Maddie s'enfuit en courant de la pièce. La porte du salon claqua. L'instant d'après, des sanglots étouffés parvinrent à Lori, ponctués par les aboiements de Scrounger. Elle alla remplir un verre d'eau au robinet et ramassa un des cachets. Puis, sans plus se soucier de Maddie, elle remonta lentement à l'étage. Elle ne se sentait pas bien, mais n'aurait pas su dire pourquoi.

La lumière du jour filtrait à travers les rideaux de la nurserie. Suspendus au-dessus du berceau de Benjamin, les animaux d'un mobile tournoyaient et dansaient dans la brise qui entrait par la fenêtre. Lori aurait voulu l'ouvrir davantage et aérer vraiment la pièce, mais le soleil lui brûlait les yeux. Elle resta donc en retrait, en dehors de son éclat aveuglant.

Ben avait cessé de pleurer et émettait de petits gargouillis. Elle contempla ce miracle aux joues roses et aux doux cheveux blonds. Le bébé dont elle avait à peine osé rêver. Son verre d'eau se couvrit de condensation contre sa paume moite et son sourire s'estompa. Pourquoi ce malaise en elle, alors qu'elle avait ce qu'elle avait toujours désiré ? Pourquoi Ben pleurait-il autant ? Il lui arrivait de se tortiller dans ses bras comme s'il voulait lui échapper. Comme si elle était une étrangère. Elle doutait parfois du lien qui l'unissait à ce petit être, au point de se demander souvent s'il n'y avait pas eu un problème à l'hôpital et si, peut-être, on ne lui avait pas donné l'enfant d'une autre.

Elle s'écarta du berceau et avala avec peine son cachet. L'eau avait un goût bizarre, et une crampe lui tordit le ventre. Elle ne se rappelait pas quand elle avait mangé, mais malgré la faim qui la tenaillait, elle ne voyait pas du tout ce qu'elle aurait pu prendre. Rien n'apaisait cette douleur en elle.

Elle posa son verre sur une étagère et se contempla dans le miroir en tirant sur le col montant de sa chemise de nuit. La rougeur était toujours là. Elle avait fait des recherches sur Internet en constatant qu'elle empirait, mais cela semblait pouvoir correspondre à tant de choses. Et Rose s'inquiétait déjà assez après tout ce qui était arrivé à Riley ces derniers temps, elle n'allait pas lui causer un souci supplémentaire en lui parlant de ça.

Ben se mit à geindre. Elle revint auprès de lui et le souleva dans ses bras. Comme d'habitude, il serra les poings et ses traits se contractèrent.

— Chhh, mon bonhomme.

Malgré ses vagissements, elle l'attira contre elle et sentit son petit corps se débattre. Elle respira l'odeur d'avoine de ses cheveux, sa peau chaude et sucrée, son souffle laiteux.

Au-dehors, un pick-up s'arrêta devant la maison. Il y eut un claquement de portière. Des bruits de pas dans l'allée. Puis la porte d'entrée s'ouvrit.

— Papa ! cria Maddie.

Lori ferma les yeux et effleura de ses lèvres sèches la joue de Benjamin.

Gage Walker avait ordonné à son équipe de sectionner le tuyau relié au réservoir de propane afin que ce dernier se répande dans le hangar où se trouvait le laboratoire. Dès qu'ils s'en seraient suffisamment éloignés, il attacherait une fusée éclairante au drone de Miller et l'enverrait à l'intérieur. Ils avaient pris tout ce qui pouvait leur servir et tout ce qui pouvait leur nuire. Le reste ? Ma foi, le site serait trop détruit pour permettre à quiconque de comprendre ce qui s'y était passé, ni qui était responsable. Il n'avait plus qu'à faire avouer à la sergente où étaient les fichiers. Après ça, il lui réglerait son compte, ainsi qu'aux deux autres. Mieux valait être prudent. Pendant que ses hommes chargeaient les semences dans les SUV avec les cartons contenant toutes les notes de Miller, Walker s'avança vers la ferme en armant son revolver.

Il avait traversé la moitié de la cour quand les lampes chauffantes s'allumèrent dans le hangar. C'était l'étincelle dont le propane avait besoin. L'explosion éventra le bâtiment en projetant des débris d'acier et de verre dans toutes les directions. L'onde de choc plaqua Walker à terre, perça le flanc du deuxième hangar, fit voler en éclats les vitres des véhicules, souffla l'un des côtés de la maison et, pour finir, cracha une énorme boule de feu dans le ciel.

Le silence était revenu. Des feuilles embrasées tombaient sur le sol comme des confettis, tandis que de petites flammes dansaient dans les herbes sèches et commençaient à lécher les parois de la grange, toutes criblées de fragments métalliques.

Étendue par terre sous un soleil aveuglant, Riley voyait des morceaux de bois calcinés, des épis de maïs rougeoyants et des lambeaux de tissu brûlés atterrir autour d'elle. Ses oreilles sifflaient et elle avait un goût de sang dans la bouche. Lentement, elle roula sur le ventre. Le monde tangua devant elle, mais elle réussit ensuite à se mettre à genoux. Il ne restait presque plus rien de la maison. La partie principale avait été détruite et les poutres du toit s'étaient cassées comme des os. Durant un bref instant, elle crut avoir été prise dans une tornade. Puis elle se rappela. L'odeur du gaz. Leurs cris frénétiques.

Logan.

Elle se releva en vacillant. Il y avait des débris tordus partout autour d'elle. Des flammes de plus en plus grosses. De la fumée. Puis elle aperçut un bras bronzé et musclé qui dépassait d'un pan de placoplatre tapissé de papier peint. Et qui bougeait. Elle se fraya tant bien que mal un chemin jusqu'à lui et repoussa les décombres en retenant un cri de douleur.

Logan s'assit en secouant ses cheveux blancs de poussière. L'entaille sur son front saignait, mais en dehors de quelques égratignures, il avait l'air sain et sauf.

— Ça va, sergente ? articula-t-il entre deux quintes de toux.

— Oui.

Elle l'aida à se redresser. Ses oreilles bourdonnaient encore et elle avait l'impression de devoir crier pour se faire entendre.

Logan essuya le sang sur son œil en contemplant les dégâts.

— Où est Miller ?

— Je ne sais pas...

Elle se tourna vers le second hangar. Le trou béant en son centre ne laissait voir que l'obscurité et le brouillard de poussière à l'intérieur du bâtiment.

— Lizbeth et les autres ! Il faut qu'on les sorte de là !

Ils se dirigèrent d'un pas chancelant vers les ruines fumantes. Les flammes s'étaient entre-temps rapprochées de la base du réservoir de propane, toujours intact - seul le gaz qui s'était répandu dans le hangar avait pris feu.

Après quelques mètres, ils tombèrent sur la première victime, en partie cachée par une plaque de tôle ondulée. C'était Larson. Du sang suintait autour d'un fragment de métal fiché dans sa poitrine et ses yeux ouverts fixaient le ciel. Logan se baissa pour lui prendre son arme. Plus loin, près des SUV, un des autres hommes de Walker rampait à quatre pattes. Un lambeau de chair s'était détaché de son crâne ensanglanté, et il ne tarda pas à s'écrouler par terre. Il n'y avait en revanche aucune trace de James Miller.

Dans le hangar, des éclats de verre et des épis de maïs brûlés se mêlaient aux vestiges des enclos à cochons et des poutres s'inclinaient dangereusement au niveau du toit. Partiellement détruite par l'explosion, la tente en plastique avait été réduite en charpie et n'offrait plus qu'un cocon calciné à ses résidents, dont les lits avaient été renversés. George Anderson gémissait, piégé par ses liens.

Riley s'avançait vers le patient le plus proche d'elle quand James émergea du nuage de poussière ambiant en portant Lizbeth Garrett. Il avait un bout de métal planté dans le cou et la chemise déchirée et imbibée de sang. Lizbeth ne semblait pas blessée, elle, mais elle était si abrutie de médicaments qu'elle pouvait à peine marcher.

— Occupez-vous d'elle !

Pendant que Miller repartait vers le fond de la tente avec Logan, Riley passa le bras de la jeune femme par-dessus son épaule en grimaçant de douleur. L'espace d'un instant, elle frémit au souvenir de la cicatrice sur la main de Hoyt Garrett, mais elle se ressaisit et entraîna Lizbeth hors du bâtiment. La grange était à présent en proie à des flammes qui s'élevaient au-dessus des arbres. Le feu s'était également propagé autour du réservoir de propane, dont les valves produisaient un bruit strident et menaçant.

Une fois bien à l'écart, Riley laissa Lizbeth s'effondrer dans l'herbe. Elle retournait dans le hangar quand un grondement retentit – une plaque de tôle venait de se détacher du toit. Elle s'écrasa avec fracas et souleva un nouveau nuage de poussière dont Logan émergea peu après en soutenant deux personnes – une femme et un homme. Riley l'aida à les emmener auprès de Lizbeth.

Les yeux brûlés par la sueur, ils se dépêchèrent d'aller chercher les autres patients, mais Walker surgit soudain des décombres en titubant et en pointant son arme sur eux. Riley distingua un éclair accompagné d'une détonation. Quelque chose frappa son épaule. Elle bascula en arrière et tomba lourdement sur le sol.

Alors qu'elle tentait de prendre une inspiration, une douleur sans commune mesure avec tout ce qu'elle avait connu jusque-là fusa en elle. Incapable même de parler, elle resta là, le regard levé vers le ciel, en sentant une substance chaude se répandre sur sa poitrine.

Logan hurla si fort que sa voix domina le sifflement des valves du réservoir de propane. Elle le vit se baisser et dégainer le revolver de Larson. Il y eut plusieurs détonations. Puis le rugissement d'un moteur. Elle tourna la tête. L'un des SUV s'éloignait en trombe. Elle devina deux silhouettes à l'intérieur, dont celle de Walker au volant.

Logan rangea son arme et déchira son T-shirt pour en faire une boule qu'il pressa contre son épaule. Elle poussa un cri.

— Il faut que tu le maintiennes appuyé là, OK ?

Les mains tremblantes, elle fit ce qu'il lui disait, mais le monde autour d'elle devenait flou par moments. Elle cria de nouveau lorsqu'il l'attrapa par la taille pour la mettre debout.

James Miller sortit du hangar en traînant deux hommes. Des filets de sang coulaient sur son visage au teint cadavérique.

— Faites monter tout le monde dans la voiture ! Le réservoir va exploser !

Il guida les deux patients hébétés vers le dernier SUV et les aida à s'installer.

— Je m'occupe d'Anderson, lança-t-il avant de repartir au pas de course.

Logan porta à moitié Riley jusqu'à la Chevrolet.

— C'est bon, je vais y arriver, dit-elle en s'accrochant au tableau de bord.

Il fonça auprès des malades étendus dans l'herbe et la laissa se hisser seule sur son siège. Une plainte lui échappa. Elle sentait la balle logée dans son épaule, tout contre son os.

Logan ramena sans ménagement deux autres personnes, puis retourna chercher Lizbeth. Il revenait avec elle à travers les débris quand un grondement infernal se fit entendre – la carcasse métallique du hangar s'effondrait sur elle-même. Il déposa Lizbeth sur la plateforme arrière et courut s'asseoir au volant.

— On n'a pas le temps, dit-il à Riley.

Elle acquiesça et se laissa aller contre son dossier.

Le réservoir s'enflamma juste après qu'ils eurent atteint le chemin de terre qui s'enfonçait dans les bois. L'explosion fut bien plus importante que la première. Une gigantesque boule de feu monta dans le ciel au-dessus des champs de maïs. Riley ferma les yeux en sentant son sang tremper ses vêtements. Elle n'arrivait pas à se tenir droite et glissait sur son siège. Une main sur sa blessure, l'autre agrippée au volant, Logan ne cessait de la supplier.

— Reste avec moi, Riley. Reste avec moi, merde !

60

Le soleil du matin s'invitait dans la pièce à travers les stores vénitiens et dessinait des échelles blanches sur les murs. Des machines bourdonnaient. Dans le couloir, des infirmiers et des aides-soignants allaient et venaient en portant des dossiers et en poussant des fauteuils roulants. Des téléphones sonnaient quelque part.

Riley s'agita dans son lit et grimaça. Les médicaments lui permettaient de supporter la douleur depuis son opération quelques jours plus tôt, mais sa blessure commençait tout juste à cicatriser. Elle avait eu de la chance, lui avait dit le chirurgien. La balle avait surtout endommagé des tissus mous, sans trop toucher les nerfs. À condition de se reposer et de faire un peu de kinésithérapie, elle se rétablirait complètement. Elle pourrait toujours conduire et se servir d'une arme. Elle pourrait toujours faire son travail.

Quelqu'un frappa à la porte, et Rose entra avec une gerbe de pivoines, suivie par Maddie.

— Tu as de quoi te reconvertir en fleuriste, plaisanta-t-elle en faisant une place à son bouquet sur une table qui en comptait déjà plusieurs.

L'un d'eux était un cadeau de Logan et de sa famille, un autre venait de Kristen Webb, et il y en avait aussi un petit de Sue Schmidt – une attention délicate qui avait fait pleurer Riley. Elle avait également reçu des ballons gonflables et une carte signée par tous ses collègues, dont le shérif Reed. « Rétablissez-vous vite », avait-il griffonné d'une écriture frénétique.

Il avait été l'un des premiers à lui rendre visite après sa sortie du bloc opératoire.

— Vous avez eu raison d'enquêter sur Miller, avait-il dit doucement, l'air ébranlé par tout ce qui s'était passé. Je suis désolé de ne pas vous avoir écoutée. Quand vous serez prête, votre badge vous attend.

Rose l'embrassa sur le front.

— Ethan a dit qu'il essaierait de faire un saut un peu plus tard.

En retrait derrière elle, Maddie se dandinait sur ses pieds.

— Viens là, ma chérie, dit Riley en tapotant son lit. Tu vas bien ?

L'adolescente acquiesça et s'assit à côté d'elle mais garda la tête baissée, si bien que ses cheveux formaient un rideau sombre devant ses yeux.

Riley les repoussa en arrière.

— On a beaucoup de sujets à aborder, toutes les deux, mais sache que tu es en sécurité maintenant. Ces types ne pourront plus s'en prendre à toi.

— Tu as apporté quelque chose à Riley, n'est-ce pas, ma puce ? dit Rose.

Le visage de Maddie s'éclaira et elle tira un bracelet de la poche de son jean.

— Je t'en ai fait un nouveau.

— Il est magnifique, dit Riley en tendant la main pour qu'elle le noue à côté de son bracelet d'hôpital.

Maddie l'avait réalisé dans des tons noirs et dorés, et en tressant les fils de telle sorte qu'ils forment de parfaits petits chevrons. Cela lui rappela le crotale des bois, mais elle sourit et s'efforça de ne pas y penser.

— Merci. Hé, tu ne voudrais pas essayer de me trouver un autre vase pour ces fleurs ? Les infirmières en auront peut-être un à te donner.

— Bien sûr.

Riley attendit qu'elle soit partie pour se tourner vers Rose.

— Comment va-t-elle vraiment ?

— À mon avis, elle se remettra de tout ça. On est assez résilients, dans la famille. Tu es bien placée pour le savoir.

— Et Lori ?

— Il semblerait qu'elle ait franchi une étape. Ses nouveaux médicaments ont l'air de faire effet et les médecins disent que le plus dur est derrière elle. C'est déjà ça. Si Dieu le veut, elle rentrera bientôt à la maison.

— C'est génial.

La veille, lors de sa visite, Logan lui avait expliqué que les rescapés de la ferme réagissaient à leur traitement eux aussi, quoique lentement. Les spécialistes venus de New York à la demande de l'hôpital avaient été étonnés par ces patients dont les scintigraphies cérébrales révélaient des anomalies qu'ils n'avaient encore jamais vues. Quant à Lizbeth Garrett, elle était toujours en soins intensifs, mais dans un état stable. Logan avait également tenu Riley au courant de l'avancement de leur enquête. Seules quelques informations avaient fuité dans la presse, les médias étant pour l'heure obnubilés par Charles Moore – « le boucher du comté de Black Hawk », comme le surnommaient les journaux – et sa maison des horreurs.

L'agent Gooch étant parti travailler sur une autre affaire, seul Klein était resté afin de les aider à tout boucler. Deux jours plus tôt, des plongeurs avaient repêché le corps de John Brown dans la rivière. Des investigations étaient en cours, mais Frank Garrett avait déjà été inculpé du meurtre de Schmidt.

L'enterrement de Cam était prévu la semaine suivante, dans le même cimetière que les parents de Riley. Ce serait le premier d'une longue série. L'accès à la ferme des Miller avait été bloqué et des spécialistes appelés en renfort pour fouiller les ruines, où quatre des hommes de Walker, James Miller et George Anderson avaient péri.

La porte s'ouvrit sur Maddie, qui entra en portant un vase. Quelqu'un surgit derrière elle. C'était l'agent Klein.

Il salua Riley d'un signe de tête, puis se tourna vers Rose.

— Excusez-moi, madame, pourrais-je dire un mot à la sergente Fisher ?

Rose prit Maddie par la main.

— Allons manger une glace à la cafétéria, tu veux ?

Klein les regarda partir, puis s'approcha de Riley.

— Comment allez-vous, sergente ?

— Je me sentirai beaucoup mieux quand je serai sortie d'ici, répondit-elle en se redressant avec peine en position assise. Il y a du nouveau sur Hamilton ? Où en est-on ?

Dès l'instant où elle s'était réveillée de son opération, elle avait appelé Logan pour lui demander d'aller récupérer la clé USB chez sa tante et de la remettre à Klein. Elle espérait que cette pièce s'avérerait précieuse, surtout à présent que tant d'indices avaient été détruits par l'explosion, mais elle n'avait eu aucune nouvelle depuis.

— Le SUV dans lequel Gage Walker s'est enfui a été découvert hier soir, abandonné dans le comté de Clayton. Il y avait un corps sur le siège passager. L'agent Wood l'a identifié comme étant l'un des hommes de Walker. Il avait été abattu. Exécuté froidement, a priori.

— Et Walker ?

— Aucune trace de lui pour le moment. Mais les cartons que vous l'avez vu charger dans son véhicule ont disparu eux aussi.

— Les notes de Miller ? Les semences ? On ne peut pas laisser ce maïs être mis en vente.

— Walker est sur la liste des personnes les plus recherchées par le FBI. On le retrouvera.

— Et Hamilton ? Il a été arrêté ? Est-ce que l'enquête sur lui a commencé ?

— Oui. Deux de mes collègues spécialisés dans le vol de technologies agricoles ont pris le relais. Ils sont ici, d'ailleurs. Est-ce que vous vous sentez apte à répondre à quelques questions ?

— Bien sûr.

— Je vais leur dire de venir.

Klein marqua une pause avant de poursuivre.

— Je suis désolé pour Schmidt. Je sais combien il est difficile de perdre un collègue, surtout aussi dévoué à son travail que celui-là. Votre équipe vous fait honneur, sergente Fisher.

— Merci, agent Klein.

61

Les premiers flocons de neige étaient tombés la semaine précédente. Ils n'avaient pas tenu, mais l'hiver ne faisait que commencer. Des citrouilles de Halloween pourrissaient sur les perrons des maisons et des feuilles mortes s'amoncelaient dans les allées lorsque Riley arriva chez elle au volant de la vieille Dodge de Cam. La première fois qu'elle l'avait conduite, elle avait trouvé une photo de Sue et lui scotchée à l'intérieur du pare-soleil. Prise à la montagne, elle les montrait à côté de leurs vélos, les joues rosies par le vent. Elle l'avait laissée là.

Scrounger vint à sa rencontre et fit des bonds lorsqu'elle sortit de la voiture. L'entreprise d'extermination des nuisibles qu'elle avait contactée n'avait pas réussi à débusquer le crotale, mais lui avait suggéré de faire démolir la remise par mesure de sécurité – un conseil qu'elle n'avait pas écouté. À la place, elle avait fait changer les portes et combler les fissures de façon à ce que rien ne puisse y entrer. Si délabré fût-il, ce bâtiment représentait pour elle une réserve de souvenirs. Un hommage à l'histoire de sa famille.

Le vieux pick-up n'était pas là, ce qui voulait dire qu'Ethan n'avait pas fini son service au Kum & Go. Il avait pourtant promis de partir à l'heure et d'apporter un gâteau. Elle aurait aimé lui faire confiance, mais c'était si difficile – surtout depuis que sa mise à l'épreuve avait été prolongée après un test antidrogue positif.

De la musique et des voix résonnaient dans la cuisine lorsqu'elle en franchit le seuil, toujours suivie par Scrounger. Rose discutait avec la mère d'une amie de Maddie, Tanisha, pendant que Lori remuait quelque chose sur le feu. Une odeur de farine de maïs et de lard flottait dans la pièce.

— Bienvenue à la maison, ma chérie ! lança Rose.

Les joues rouges, elle agita une bouteille de bourbon.

— Je prendrai plutôt une bière.

— Ça arrive tout de suite. Le dîner est presque prêt.

Riley rangea son Glock dans le coffre-fort. En passant devant le salon, elle aperçut Maddie sur le canapé. Assise à côté de Tanisha, l'adolescente faisait sautiller Benjamin sur ses genoux. L'enfant avait à présent une vraie touffe de cheveux blonds et gazouillait joyeusement. Par terre dans un coin, des cadeaux attendaient d'être ouverts. Riley n'en revenait pas que sa nièce ait quinze ans ce jour-là. Elle lui paraissait encore si jeune. Trop jeune, même, pour le garçon installé en face d'elle qui faisait des grimaces à Benjamin. Brandon. Riley avait tenté au départ de s'opposer à cette amitié entre eux, mais elle avait fini par comprendre qu'il était plus sage de ne pas les séparer. Sans compter que Maddie n'avait pas eu l'air aussi heureuse depuis bien longtemps.

Elle monta dans sa chambre se débarrasser de son manteau et cilla en sentant un élancement dans son épaule – même si la douleur s'était atténuée, elle se rappelait parfois à son souvenir, et les médecins l'avaient prévenue que la cicatrice laissée par la balle ne disparaîtrait jamais. Alors qu'elle détachait ses cheveux, son regard fut attiré par un exemplaire du *Des Moines Register* posé sur sa table de chevet. Une photo de Jess Cook, la nouvelle gouverneure de l'Iowa, figurait à la une du journal. Entourée d'une foule de supporters, elle souriait et saluait les caméras sous une pluie de confettis rouges, blancs et bleus. Le candidat choisi à la dernière minute pour remplacer Bill Hamilton n'avait pas eu la moindre chance de l'emporter face à elle.

La victoire de Cook avait cependant été éclipsée par le scandale entourant les agissements de Hamilton. Ce dernier était apparu à plusieurs reprises à la télévision, la mine fermée, tandis que des agents de police le poussaient à l'arrière d'une voiture ou l'entraînaient dans un bâtiment fédéral. Riley avait appris que la sœur de Cook, Thorne, ne serait pas traduite en justice, en raison des indices qu'elle avait fournis, mais elle ne savait presque rien d'autre de l'enquête, qui lui avait été retirée dès l'instant où la clé USB avait été remise au FBI. Elle ignorait même si Gage Walker avait été retrouvé et si les semences Red Lance avaient été récupérées. Faute de mieux, elle suivait régulièrement les informations, en particulier celles en provenance de Chine, en attendant de voir s'il se passait quelque chose de ce côté-là.

Elle ôta son badge et le plaça sur la coiffeuse, à côté de la photo de Joe Fisher en uniforme de shérif. Puis elle déposa un baiser sur son index, qu'elle pressa contre la joue du vieil homme. Elle irait lui rendre visite le lendemain. Une semaine plus tôt, une infirmière lui avait annoncé doucement qu'il n'en avait plus pour très longtemps.

Près du portrait de son grand-père, une photo de Mia, Chloé et elle avait fait son apparition. Mia la lui avait donnée le jour de l'enterrement de leur amie. Blotties sur la balancelle de la véranda, toutes trois se tenaient par les épaules. Mia et elle avaient parlé d'aller boire un verre ensemble, mais elle n'était pas sûre qu'elles le feraient.

Son collier ne la quittait plus, en revanche. Elle l'avait apporté à un bijoutier dès qu'elle avait quitté l'hôpital. Le pendentif en forme d'étoile avait été nettoyé et la chaîne, remplacée. Depuis, elle dessinait une ligne étincelante en travers de sa vieille cicatrice. Son cadeau avait retrouvé sa place. Elle avait aussi demandé à Bob Nolan de poursuivre ses recherches, mais Hunter semblait n'avoir laissé aucune trace derrière lui. Elle n'était pas allée plus loin. Pour le moment.

Au rez-de-chaussée, elle prit la bière que Rose lui tendit et sortit sur la véranda. La semaine avait été longue, elle avait besoin d'un peu de calme avant de faire la fête. Son souffle forma des petits nuages de vapeur dans l'air lorsqu'elle se dirigea vers la rivière. L'herbe était tapissée de feuilles dorées devenues rouges. La nuit tombait déjà.

Cette période de l'année lui faisait toujours penser à ses parents, et ils étaient particulièrement présents dans son esprit ces derniers temps. Elle s'était penchée sur les rapports concernant leur décès. Celui-ci paraissait bien dû à un accident, comme la police l'avait conclu à l'époque, mais le doute avait été semé en elle. Tant pis, elle refusait de le laisser s'installer. Le passé était le passé, elle avait envie désormais de tourner la page.

Cette envie s'accompagnait d'une agitation en elle, d'une sorte d'effervescence dans sa tête et dans son corps qui n'avait cessé de s'accentuer après l'enterrement de Chloé. Elle éprouvait le besoin de voyager, de prendre le volant et de partir sur les routes. Mais pour aller où, ça, elle n'aurait su le dire.

— Salut.

Une bière à la main, Logan traversait la pelouse dans sa direction, et elle distingua les silhouettes de Carol et Callie derrière la porte-moustiquaire de la maison. La jeune fille et Maddie s'étaient liées d'amitié au lycée de Cedar Falls, où elles avaient fait leur rentrée en septembre. Un mois plus tôt, Logan avait été officiellement promu au Bureau des enquêtes. Amy Fox continuait à les seconder, mais ils allaient recruter un nouvel inspecteur afin de remplacer Cam Schmidt. Jackson Cole avait déjà postulé.

Logan la rejoignit et trinqua avec elle.

— Lori prépare un ragoût de tofu.

— Je me demandais ce qu'on sentait dans la cuisine.

Il sourit.

— Je finirai par faire de toi une végan.

Puis ils observèrent un silence en contemplant la rivière et ses eaux noires dans les dernières lueurs du jour.

— Allez, viens, dit Logan au bout d'un moment. Rose et Carol vont siffler tout le bourbon, sinon.

Riley se mit à rire et le suivit vers la maison. Ils étaient parvenus au milieu de la cour quand son téléphone sonna. Elle ne reconnut pas le numéro, mais elle savait à quelle zone correspondaient les premiers chiffres.

Quantico.

C'était le FBI.

Remerciements

On n'arrive à rien tout seul.

J'aimerais remercier en premier lieu mon agent au Royaume-Uni, Antony Topping, chez Green & Heaton, qui a misé sur moi et cru à ce livre dès le début – à l'époque où cette histoire paraissait pourtant sans doute un peu bizarre. Antony, ton aide et tes conseils ont été vraiment inestimables – sans parler de ta patience. Je te promets qu'un jour, tu réussiras à faire de moi quelqu'un de plus zen. Merci également au reste de cette formidable équipe, en particulier Kate Rizzo et Imogen Morrell.

Je dois beaucoup à mon agent américain, Dan Conaway, chez Writers House, à New York. Dan, j'ai beaucoup apprécié tes premières remarques encourageantes sur la manière de faire avancer ma folle idée, ainsi que toutes tes excellentes indications en cours de route. Et je n'oublie pas ta fabuleuse équipe, à commencer par Lauren Carsley.

Merci à Rupert Heath pour son soutien tout au long de cette incroyable aventure et pour sa gentillesse au moment de passer le flambeau. Merci à Sylvie Rabineau, de l'agence WME, qui s'est engagée si tôt dans la défense de ce livre.

Je tiens à exprimer ma gratitude envers mon éditeur, Nick Sayers, chez Hodder & Stoughton. Nick, ç'a été un plaisir et un privilège de travailler avec toi, et je te suis très reconnaissante de m'avoir de nouveau accordé ta confiance. Cela a été un sacré voyage, et il a été rendu encore plus agréable par ton humour et ta générosité. Merci comme toujours pour tes commentaires si pertinents.

Je dois également beaucoup à mon éditeur chez Flatiron, Zachary Wagman. Zack, merci mille fois pour ton enthousiasme et tes brillantes suggestions. Je suis enchantée de terminer cette année insensée avec une telle équipe ! Un grand merci à tout le personnel de Flatiron, en particulier Maxine Charles. Je mesure la chance que j'ai de pouvoir compter sur vous tous.

Certains aspects du roman doivent beaucoup à plusieurs personnes qui ont sacrifié une partie de leur précieux temps pour moi. Je remercie donc Michael Buckmaster de m'avoir orientée vers Jim Lanas, et Jim de m'avoir mise en contact avec Anthony Montiel. Il m'a considérablement aidée en m'éclairant sur la vie d'un inspecteur placé sous les ordres d'un shérif américain. (Toute erreur concernant les procédures policières ne saurait venir que de moi !) Un grand merci aussi à Andy Clark, qui m'a fait profiter de son expertise sur les points les plus techniques de l'histoire.

Je tiens à souligner le charme incroyable des habitants de l'Iowa. Ils comptent parmi les personnes les plus chaleureuses et les plus généreuses que je connaisse. Des employés très serviables du Capitole à Des Moines à l'instructeur du stand de tir qui m'a appris à utiliser un Glock (sans que je me blesse moi-même) en passant par les policiers qui ont répondu à mes questions lors de la grande foire de l'État, les agriculteurs que nous avons rencontrés là-bas, le personnel du Black

Hawk Hotel, à Cedar Falls, les clients des bars et des restaurants, les gens croisés durant des matchs et dans des stations-service de Waterloo jusqu'à Okoboji – tous ont nourri ce livre d'une foule d'éléments typiques de leur région. J'adresse une mention spéciale à Karl, de la ferme Strawberry, à Muscatine, qui m'a permis d'assister à une réunion avec le maire afin que je puisse découvrir une partie des problèmes auxquels sont confrontés les habitants de l'Iowa et les défis qu'ils doivent relever au niveau de leurs communautés pour faire le poids face à de grandes entreprises.

J'exprime toute ma gratitude à mes amis et à ma famille, qui m'ont écoutée parler de ce livre pendant des années. Merci à David et à Daniel, de Goldsboro Books, qui ont publié mes premiers textes dans une anthologie de nouvelles. À Anthony et Helen Riches, pour leurs avis critiques. À Alex von Tunzelmann et Imogen Robertson, pour m'avoir rappelé de ne pas jouer avec les hamsters. Et à Imogen et Laura Shepherd-Robinson, de la Novel Clinic (si seulement on pouvait être entouré de bons amis, de paroles de sagesse et de bulles chaque jour que l'on passe à écrire !). Et à tous les autres, qui se reconnaîtront, sachez que je vous aime.

Pour finir, je tiens comme toujours à exprimer tout mon amour et toute ma gratitude à Lee. Merci d'être mon fidèle compagnon de recherche et d'avoir sillonné avec moi les routes de l'Iowa – au mépris des tornades et des alertes météo – pour m'emmener dans des bars miteux boire du Fireball et manger des corn-dogs. Nous n'avons pas réussi à tester toutes les bières pression, mais ce n'est pas faute d'avoir essayé.

Composition et mise en pages
Facompo à Rouen

#lisez! engagé
www.lisez.com
Pour plus d'information :
Imprimé sur du papier issu de forêts gérées durablement.

CET OUVRAGE
A ÉTÉ ACHEVÉ D'IMPRIMER
SUR ROTO-PAGE
PAR L'IMPRIMERIE FLOCH
À MAYENNE EN FÉVRIER 2023

N° d'impression : 101984
Imprimé en France